Weihnachten
2023

Für meinen
Goldschatz eine
Geschichte von einem
außergewöhnlichen
Pinzgauer im 18. Jhd.

Deine Pinzgauerin

Kolm NAZ

IMPRESSUM:
Verlag: RUPERTUS © 5622 Goldegg, 2022
Herausgeberin: Margit Gruber, 5661 Rauris
Lektorat: Eva Adelbrecht, 5571 Mariapfarr
Satz: Helmut Kirchtag, 5451 Tenneck
Druck: Samson Druck, 5581 St. Margarethen
ISBN: 978-3-902317-27-8

ERIKA SCHERER

Kolm NAZ

Roman

Kapitel I

Der Traum

Der Alltag verging in der Fülle der Hausarbeiten: kochen, putzen, waschen, nähen, stricken … war eine Arbeit getan, wartete bereits die nächste. Anna saß am Küchentisch und stopfte eilends, im schwächer werdenden Licht des nahenden Abends, die Hose von Naz. Es war ihr leicht ums Herz. Morgen würde Ignaz heimkommen, morgen würden sie über das neue Zuhause reden. So bang war es ihr um Ignaz gewesen. Angst hatte sie gehabt. Dass ihm etwas passieren könnte. Dieses Ungetüm von einer Aufzugsmaschine, das sich wie ein ‚Tatzlwurm' den Berg hinaufwand, war Anna nicht geheuer. Soviel hatte sie schon darüber reden gehört, auch von Ignaz. Belustigt ob ihres entsetzten Blickes schilderte er ihr einmal ausführlich, wie es sich anfühlte, wenn er im Wägelchen den Berg hinan fuhr. ‚Wie furchterregend musste so eine ‚Himmelfahrt' in diesem Wägelchen sein', dachte sie dabei und sagte dies ihrem Ignaz, der aber nur schmunzelte und ihr versprach, sie einmal mitzunehmen. Für Anna kam dieses Versprechen einer Drohung gleich.

Das alles sollte ab morgen der Vergangenheit angehören. Es war getan. ‚Gottlob', und alles gut, kein Unglück ist geschehen. Eine bessere Zeit für ihre Familie würde nun kommen. Ihr Ignaz daheim. Und wenn sie erst im neuen Haus sind, kaum auszudenken, wieder ein Zuhause für sie drei allein. Vielleicht würde sich ein Werkraum darin einrichten lassen. Wie würde sich ihr Nazl freuen. Mit dem Vater eine Mühle machen. So eine wie der Streanfärber sie baut, das wünschte sich der Bub. Dann dachte sie an den schönen Holzofen, der in der Mitte von Johann Langreiters Küche stand. Er ist ihr gleich aufgefallen, als sie neulich dort war und ihm die geflickte Wäsche brachte. Mit einem großen Backrohr und einem noch größeren Wasserschiff an der Seite. Dieser schöne Ofen. Da könnte sie backen und kochen. „Und das Wasser ist heiß, kaum dass man angeheizt hat", erklärte Johann.

Wie leicht die Nadel durch den Loden glitt. Den Wollfaden noch einmal quer, unter den Schussfaden, wieder darüber, darunter, darüber – fertig. Das Loch war gestopft. Ist doch schön, wieder schön, das Sein, das Leben. Anna legte die Hose in den Weidenkorb und lächelte. ‚Zeit, das Abendbrot zu richten, noch ein wenig mit Nazl Karten spielen und dann schlafen.'

Doch der Schlaf ließ auf sich warten. Zu aufgeregt war sie, die letzte Nacht ohne Ignaz, sie konnte seine Heimkehr kaum erwarten und wälzte sich unruhig hin und her. ‚Er fühlte sich schwer an, sein Aufbruch heute morgen, nach dieser Nacht in Geborgenheit. Und das ‚Frühlingsgewitter' – mein verrückter Ignaz, hast du nicht gesehen, welch rote Backen du mir gemacht hast? Dem Herrgott dank ich für das Glück. Im Juni werde ich den Bittgang zur Einödkapelle gehen. Und das neue

Haus. Das neue Haus!' In diesen Gedanken schlief sie zu später Stunde selig ein, schlief tief und fest bis in die Morgenstunden, bis sie ein Läuten hörte. Von der Turmuhr klang das Angelusläuten. Anna bekreuzigte sich und sprach ein kurzes Gebet. Da merkte sie, dass Ignaz neben ihr lag. ‚Es ist ja schon sechs Uhr! Warum war er noch daheim, warum noch im Bett? Dabei wollte er schon um vier Uhr los. Der Bergwerksverwalter wollte ihn mit dem Pferdeschlitten mitnehmen, nach Kolm Saigurn, um dort die letzten Ausbesserungen an der Aufzugsbahn zu machen.' Laut klang das Geläute vom Kirchturm: bim, bam, bim, bam … „Ignaz, aufstehen!" Anna schubste ihn an der Schulter. „Ignaz, sechs Uhr, hörst du nicht die Glocken!" Anna blickte zu ihrem Mann, der, die Decke bis zum Kinn hochgezogen, auf dem Rücken liegend schlief. Nur schemenhaft konnte sie seine Konturen erkennen. Der Tag war noch nicht erwacht, schwach dämmerte das Morgenlicht durch das kleine Kammerfenster. Anna richtete sich ein wenig auf, beugte sich über ihren Mann und konnte sehen, dass er die Augen geschlossen hatte. ‚Was ist denn? Schlief er so tief, noch völlig ermattet? Gewiss!' Anna nahm seine Hand. Sie war schwer. Und nicht so warm wie sonst. „Ignaz! Ignaz! Ignaz, hörst du mich? Ignaaaz! Nein! Maria und Josef!" Anna richtete sich vom Bett auf und bückte sich über ihren Mann. Legte ihre Hände in die seinen. Ließ den Kopf auf seine Schulter sinken und vergrub ihr Gesicht in Ignaz' Halsbeuge. „Ignaz, tu mir das nicht an. Lass mich nicht allein, Ignaz, du darfst nicht tot sein." Heiß stieg es Anna auf. Schiere Panik machte sich in ihr breit. Sie zitterte und schluchzte. Beweinte eng umschlungen ihren geliebten Ignaz.

Vom Schluchzen der Mutter geweckt stand Nazl auf und legte sich an ihre Seite. „Mutter, Mutter, was ist? Du weinst ja, … nicht weinen, Mutter", flehte er, und zog ängstlich an ihrer Hand. Anna wachte auf. Benommen und noch gefangen im schrecklichen Traum, drückte sie ihr Kind fest an sich. „Es ist nichts, Nazl, ich habe nur geträumt, nur ein Traum, Nazl, nichts weiter als ein böser Traum!"

Beim Saghäusl

Am felsigen Hang oberhalb des kleinen Saghäusls rechte Anna das Heu in Reihen. Ignaz, ihr Mann, schob es mit der Holzgabel zu kleinen Haufen und trug es zum Stadel. Gut, dass es Sonntag war und er mehr Zeit hatte, um die Ernte einzubringen. Froh waren sie, dass es ein heißer Tag war und die Sonne das am Morgen gemähte Gras gut trocknete. Letztes und auch ein Jahr zuvor mussten sie es anhäufen und konnten erst tags darauf heuen, weil das Wetter schon mittags aufgezogen war. Wenn der Regen auf das bereits gewendete Heu fällt, werden die feinen Kräuter ausgewaschen. Und die Ziegen sind wählerisch, sie mögen feine Gräser. Für eine Kuh würde der Ertrag von diesem kleinen steilen Hain niemals reichen. Schon so musste der Saghäusler die Uferhaine des Gaisbaches mähen und das wilde Gesträuch auf Tristen lagern, um für den Winter genug Vorrat zu haben. Zwei Ziegen zur Nachzucht, zwei Zicklein, eines zum Verkauf, eines zum Verzehr, dazu ein Schwein, Annas Hühnervolk und ein Lamm, das war ihr bescheidener Viehstand.

Um Ostern bekam der kleine Ignaz ein Lamm zur Aufzucht. Eines, das das Mutterschaf verstößt, wenn sie Zwillinge und nicht genug Milch für beide hat. Letztes Jahr hatte der Glashäusler ein paar Bretter gebraucht und sie beim Saghäusler bestellt. Anstatt Geld gab er ein Lamm. Dieses Jahr hatte „Nazl", so nannten die Eltern ihren Ignaz liebevoll, das Lamm von der Brücklwirtin, seiner Taufpatin, bekommen. Nazl fütterte den „Petz", so nannte er das Lamm, mit gewässerter Ziegenmilch aus einer kleinen Flasche. Meist lief es blökend hinter dem Buben her.

Eines Tages musste Nazl im Stadel das Heu treten und das kleine Tier lief davor auf und ab. Der Vater schob Gabel um Gabel durch die Luke. Das Heu kratzte und zwickte – wenn sie nur endlich fertig wären. Bauer mochte er trotz der Freude an Petz keiner werden. Viel lieber war er in der Hütte hinter dem Haus, in Vaters Werkstatt, oder in der Säge. Da waren Hacke, Hobel, einige Sägen, Hammer, Nägel, Bohrer, Sappel und allerlei Holz. Eschenholz für Schlitten, Rechen und Werkzeug, ein Stück vom Lindenstamm, einige Fichtenbretter, ein kurzes Stück vom Ahornbaum, den der Gaisbach vor einigen Jahren angeschwemmt hatte, lange Stöcke aus Haselstauden, gespaltene Lärchenstempel und gehacktes Zaunholz sowie dicke Pfosten. Auch einige Schindeln neben dem Hoanzl, dem Holzbock, in den der Vater die kurzen Lärchenbretter einspannte und mit dem Reifmesser eben diese Schindeln zuschnitt. Oben, unterm Giebel der Werkhütte, hing der schmale Ziehschlitten zum Holzbringen im Winter und an der Wand Mutters Korb zum Kleinholztragen. Dann einige Holzbottiche, Siebe, und da und dort manches Gerümpel, zwischen dem Nazl immer wieder Mäuse huschen sah.

Letzten Winter hatte der Vater für ihn Tiere geschnitzt. Erst eine Kuh und einen Ochsen, dann eine Henne und einen Hahn, nachher kamen Hund und Pferd. Er, Nazl, durfte mit Vater schnitzen, meistens sonntags. Das gefiel ihm. Das Heutreten, davor würde er sich lieber verstecken. Noch bevor er diesen Gedanken umsetzen konnte, schob der Vater wieder einen Haufen Heu zu ihm. „Drück es auch in die Ecken, Bub!" Nichts war mit verstecken und werken in der Zimmererhütte, der kleinen Werkstatt, das würde wohl erst tags darauf möglich sein.

Ignaz sah kurz zu seinem Buben und da schlug, gleich einer mächtigen Woge, Scham und Pein über ihn. Es war die plötzliche Erkenntnis: ‚Der Bub ist ja noch viel zu klein für diese Arbeit, ich jage und schinde ihn!' Dass Kinder den Eltern bei der Arbeit helfen, war selbstverständlich, denn es gab in jedem Haus und Stall immer Aufgaben, die, je nach Aufwand und Umfang, den größeren oder kleineren Kindern abverlangt wurden. Zudem waren manche Bauern sowieso im Glauben, dass die Kinder sich ihren Erhalt verdienen müssten, und maßen ihre Daseinsberechtigung an deren Leistung. Allerdings galt das nicht für Ignaz. Er hatte Freude am gemeinsamen Tun. Und diese Freude wollte er mit seiner Familie teilen. Etwa bei der Heuernte, wenn sie trocken eingebracht und der Duft von Blumen und Kräutern aus dem Stadel stieg. Wenn er Nazl zu den Äpfeln des noch jungen Baumes hob und der Bub danach griff. Den Stolz, wenn bei der Erdäpfelernte die rosa und gelben Knollen aus der Erde purzelten. Das Staunen über den geschnitzten Stock von Nazl. Zusehen, wenn Anna den kleinen Käselaib anschnitt, den sie selbst gemacht hatte. Zusehen auch, wenn sie sorgfältig die Eier aus den Nestern der Hühner nahm. Oder im Frohsinn Freude schenken, wie letzte Woche, als er ein Kännchen Bier vom Neuwirt heimbrachte und Nazl mit dem Schaum einen weißen Bart auf die Lippen malte.

Aber den Buben in den Stadel schicken, ihn das Heu drücken und treten heißen, nein, das passte nicht, dafür war er viel zu klein, das hatte er nicht bedacht, das war in der Eile geschehen. Er schämte sich. Seinen Buben zum Arbeitstier degradieren ... da ging der alte Gaul in ihm durch. Die Last des Erbes war nicht so leicht abzuschütteln. Doch als er gleichzeitig sah, wie sehr sich der Kleine mühte und der Stolz aus seinen Augen blickte, weil es ihm gelungen war, das Hereingeworfene in die Ecke zu räumen, ließ ihn davon abhalten, ihn dieser Arbeit zu entlassen. Stattdessen sagte er: „Nazl, wie stark du bist, bist schon eine große Hilfe, bin stolz auf dich", und ging, um die nächste Gabel Heu zu bringen. „Heiß ist es, zu heiß, da wird sich was zusammenbrauen", so der Saghäusler zu seiner Frau. „Verschrei's nicht, es ist zunehmender Mond", mahnte Anna. Bei zunehmendem Mond treten die Wasser aus den Ufern, ein Umstand, den die Bauern gleichermaßen kannten wie fürchteten. Nur bei abnehmendem Mond gräbt das Wasser in die Tiefe und putzt die Gräben aus. Krähen flogen auf und sammelten sich unter lautem Gekrächze, zogen flatternd und kreischend Richtung Karalm. In den Blättern der Erlen am Gaisbach spielte der Wind, hob sie an, bog sie auf, drehte sie. Ignaz blickte die Felswand, die unweit hinter dem Haus senkrecht anstieg, hoch. Auch dort ein Säuseln im Gebüsch. Nicht dass der Hauch etwa gar Kühlung brachte, das nicht, es war vielmehr ein Vorbote des Unwetters. Ignaz kannte dies. Nur noch die letzte Reihe. Das Heu war schön trocken und es roch gut – ihr Vorrat für den Winter. Bevor das Wetter aufziehen würde, würden sie die Ernte eingebracht haben. Dieses Mal. Oftmals war es anders gewesen.

Sie rasteten ein wenig im Schatten und tranken vom Hollersaft, den Anna so vorzüglich zu machen verstand. „Wenn du die Ziegen melkst, richt' ich uns eine Jause", schlug Anna vor. Aber Ziegen melken war wirklich keine Männerarbeit, das konnte sein Nannerl, wie er sie gerne nannte, nicht ernst gemeint haben. Ignaz ging zur Zimmererhütte. ‚Endlich, endlich', Nazl hüpfte auf, und wie üblich das Lamm hinterher. Für den Hollerbrandner sollte er eine Heugabel machen. Als Gegenleistung bekäme er, Ignaz, einen Obstler. Und Schnaps im heißen Tee, das mochte auch Anna.

Kaum dass Ignaz das Holz und einiges Werkzeug ausgesucht hatte, noch bevor er dem Buben das Biegen der Zinken zeigen konnte, kam ein dumpfes Grollen von der Höhe.

Hinter dem Häusl, oberhalb der Felswand und den darüber liegenden Bergwiesen, setzte sich der steile Hang bis zum Grubereck fort.

11

Aber nicht nur von da, von Hirschkopf und Baukogel, den Hausbergen der Hundsdorfer, fielen grauschwarze Wolken, dicken Kugeln gleich, herab. Auch im Unterland war es bereits düster, und unter einer dicken Wolkendecke lag auch das Seidlwinkltal. Nur aus Bucheben fielen die letzten Sonnenstrahlen. Lang und breit beleuchteten sie den Talboden, ehe die Wolken von Nord und West auch dorthin ziehen würden. Ignaz hörte den Donner. ‚Eins, zwei, drei! Drei Sekunden, einen Kilometer liegt das Gewitter entfernt – nicht mehr weit!'

Inmitten schwerer Wolken ein heller Schein über dem Wolfbachtal. Darauf ein Knall gleich einer Explosion. Blitze zuckten bald hier, bald dort, nördlich, westlich, aus dem Gaisbach, von Hundsdorf und vom Unterland. Blitze in grellen Zacken, einmal lang, einmal kurz, einer um den anderen, mitunter auch gleichzeitig, leuchteten den finsteren Himmel aus. Fast ununterbrochen grollte der Donner und mit dem Donner fegte ein Sturm einher. Wilde Böen drückten Baumwipfel und Stauden gegen den Boden und aus dem hinteren Gaisbachtal fuhr der Wind so grob heraus, als ob er die Häuser mit sich reißen wollte.

Zwischen dem Tosen und Reißen waren vom nahen Kirchturm die Glocken zu hören: ‚Wetterläuten! Wenn's hilft, beten soll er, der Pfarrer, beten', dachte sich Ignaz und schaute nach den Tieren im Stall. Anna legte ein paar Späne geweihten Holzes in den Ofen, zündete es an und murmelte: „In Gottes Namen!"

So plötzlich der Sturm gekommen war, so plötzlich endete er wieder. Es war kaum zu glauben. Ehedem ein bedrohliches Rauschen von den Höhen, ein Pfeifen aus dem Gaisbachtal, das laute Heulen über Felsen und Wald, und nun nur noch ein leises Säuseln der Blätter, sogar das vom Sturm gebogene Gras stand schon wieder himmelwärts gerichtet. Aber Anna ließ sich nicht täuschen. Misstrauisch schaute sie zu den Baumwipfeln, ahnend zum Firmament, und war nicht überrascht, als ein anderes Rauschen einsetzte. Noch bevor die ersten Tropfen fielen, deutete Anna das nahende Geräusch. So hörte sich nur schwerer Regen an. Wie um dagegen anzukämpfen, schrie sie: „Ignaaaaz!" Doch ihr Schrei ging in der Wirrnis unter. Starkregen ergoss sich aus grauschwarzen Wolken, stieß auf Berge, Kämme, Felswände, fuhr hernieder auf Bäume, Sträucher, Häuser, Höfe und Stadel. Das Wasser prasselte, platschte, es schüttete und schüttete, dicke Tropfen vereinten sich zu endlosen Regenschnüren.

Sie hatten es geahnt: Erst brennend heiß, zornige Bremsen und stechende Hitze am Anger, das Flirren und Simmern in der Luft. Und nun Blitz und Donner zum Fürchten, Wasser über Wasser, der herbe Geruch nach Schlamm und Erde und dann das erste Rumpeln. Das harmlose Bächlein wurde zum reißenden Wildbach, dessen Bett ihn nicht mehr fassen konnte und der alles ausspie wie ein wilder Drache. Ein Teil des Ufers, dessen Gras Ignaz erst gestern gemäht und gewendet hatte, brach mitsamt den am Rande stehenden Erlen in die Fluten. Tonnenschwere Steine wälzten in der braunen Brühe, entwurzelte Bäume stoben empor und stürzten zurück in den reißenden Bach. Dieses Gemenge wuchs zu einem riesigen Geschiebe, das aus dem hintersten Gaisbachtal kommend auf die ihm anrainenden Wirtschaften und den Markt Rauris zutrieb.

Ignaz rannte zur Tür herein, den Weidenkorb am Buckel. „Nannerl schnell, das Wasser kommt!" Eilends tat er Brot, Käse und Butter, das Anna für die Jause gerichtet hatte, in den Korb, schmiss obenauf ein paar Decken und Mäntel und rannte mit seiner Frau zum Hang hinauf. „Duckts euch zur Imphüttn, ich hol' das Vieh!"

Während Ignaz zum Häusl rannte, suchte Anna mit dem Buben Schutz unter dem kleinen Vordach der Bienenhütte, die am oberen Ende des Angers, im Schutze eines Felsens, stand. Meckernd und ängstlich rannten die Ziegen mit ihren Jungen den Hang hinauf. Ignaz hinterher. Just als er bei der Bienenhütte angekommen war, jagte ihm ein lautes Krachen, gefolgt von einem Knarren und Ächzen, Schauder und Angst ein. Ihr Häusl, der Stall, die Säge, ihr Zuhause!

Im Schein einzelner Blitze sahen sie ihre kleine Sägehütte in den Fluten treiben. Und ein wuchtiger Felsen steckte im Haus, just da, wo zuvor Ofen, Tisch und Sessel gestanden hatten. Anna schluchzte fassungslos auf, Tränen rannen über ihre Wangen.

Nazl verstand nicht die Tragweite des Geschehenen, aber doch so viel, dass, wenn Mutter weinte, Fürchterliches geschehen sein musste. So wie letztes Jahr, als seine Tante plötzlich hustete und hustete und einige Wochen darauf starb.

Ignaz schob seine kleine Familie in den Vorraum der Bienenhütte. Es gab nichts mehr zu tun, sie mussten bis zum Morgen ausharren.

Der neue Tag brach an, als ob nichts geschehen wäre. Der Himmel zeigte sich, wie tags zuvor, wolkenlos. Schon bald würden die Sonnenstrahlen vom Grubereck fallen, erneut würde es ein heißer Tag werden.

Ignaz und Anna sahen schon im Morgengrauen die ganze Verheerung. Wo gestern noch ihr kleines Sägewerk stand, waren heute nur noch Schotter, Schlamm und Erde. Entwurzelte Bäume und Steine lagen, wie vom Himmel gefallen, auf Wegen, Steigen und Wiesen, fanden sich zuhauf zwischen allen Häusern und Ställen, die am Gaisbach anrainten. Die Brücke zum Hollerbrandner war ebenso weggerissen wie die beim Glasererhäusl. Wo einst die Gaßnermühle gestanden, rann trübes Wasser, und von der Grabenmühle fehlte das Wasserrad. Beim Fahrnberger kroch noch ein Rinnsal zum Stall hinein und am unteren Ende wieder hinaus. Überschwemmt auch Stall und Haus vom Meilinger und rund ums Bruderhaus lagen Geäst und Schlamm. Fort und fort hatte das Wasser getobt, hatte Hänge zum Rutschen gebracht, Wiesen, Sträucher und Bäume mitsamt

Wurzeln und Erdreich in das tiefe Bett des Gaisbaches geschwemmt. Tausende Rinnsale waren zu Bächlein und diese vereint zum unbändigen Wildbach geworden. Dieser hatte sich in den Gaisbach ergossen, sich mit ihm vereint und alles zerschlagen oder überschwemmt, was an seinen Ufern oder unweit davon lag. Hatte Gärten und Äcker versandet, Häuser und Höfe beschädigt oder, wie beim Rojacher, noch trostloser, zerstört und mitgerissen.

Ziegen hüten

„**I**n Bucheben gab es Schlangen. In Felsnischen, unter den Heustadeln, auf sonnigen Hainen, auch auf Wegen und Steigen krochen sie. Die Menschen hatten Angst vor ihren giftigen Bissen. Angst beim Heuen, beim Kühetreiben und bei der Feldarbeit. So versprachen sie demjenigen, der sie von dieser Plage befreien konnte, eine große Belohnung. Eines Tages kam ein junger Mann, der die Buchebner von der Schlangenplage zu erlösen versprach. Aber nur, wenn keine weiße Schlange darunter war. Und niemand hatte je eine weiße Schlange gesehen. Er suchte einen Felsen, worauf eine hohe Lärche stand. Zum Fuße des Felsens stapelte er Holz und wartete auf die nächste Vollmondnacht. Kaum schlug die Uhr Mitternacht, entzündete er den Holzstapel, kletterte auf den Baum und blies eine schöne Melodie. Von dieser verzaubert, kamen tausende Schlangen und verbrannten. Dann ein fürchterliches Zischen. Die weiße Schlange! Sie kroch durchs Feuer, weiter zum Baumwipfel, wollte den Burschen kriegen, berührte dabei die Zauberflöte und verendete. Der Bursche wurde mit Goldstückchen belohnt und die Buchebner waren von der Plage erlöst."

Nazl wollte auch ein Held sein. Er fragte seine Patin, ob es die weiße Schlange wirklich gegeben habe. „Gib Ruh' und schlaf." Er war ja müde. Den ganzen Tag auf die Ziegen aufpassen. Einmal hierhin rennen, einmal dorthin, den Hang hinauf und wieder hinunter. Die Ziegen blieben nie, wo er sie haben wollte. ‚Blöde Ziegen', aber noch mehr dachte er an die weiße Schlange. Es war nicht oft, dass ihm seine Patin eine Geschichte erzählte. Und Geschichten im eigentlichen Sinn waren es ja nicht. So hoffte er jedenfalls. Viel spannender war es zu glauben, dass wenigstens ein wenig davon wahr sein würde. Vielleicht sogar die Mär vom Goldschatz. ‚Zwischen Embach und dem Perchtenkreuz bei Landsteg würde ein unermesslicher Goldschatz vergraben liegen.' Auch das erzählte ihm seine Patin. Und einmal hatte er dies schon zuvor gehört, von einem Knappen, der immer am Stammtisch saß. Der wusste es auch. Einen Goldschatz finden, das wäre besser als die weiße Schlange sehen. Dann könnte er das Gold den Eltern schenken. Sie würden die Sägemühle, ihr Haus, den Stall und die Werkhütte wieder erbauen können. Und er wieder bei den Eltern sein. Über diesem Wunschtraum schlief er ein.

Am nächsten Tag schien zwar die Sonne, aber so richtig froh konnte Nazl nicht sein. Wieder Ziegen hüten, wieder allein sein. Und wieder waren seine Gedanken bei Vater und Mutter. Diese wohnten im Mesnerhaus. Ein kleines Zimmer hatte der Pfarrer freimachen können. Doch so klein, dass für den Buben kaum Platz war. Nur manchmal, an einem Wochenende, durfte er zwischen Mutter und Vater schlafen. Auch wenn es in diesem hölzernen, mit Stroh belegten Bett eng war, lieber dort am Fußende liegen und ihre Wärme fühlen als im eigenen Bett bei der Patin. Der Goldschatz wäre die Lösung, doch der schien so weit entfernt wie die Möglichkeit, bei den Eltern zu sein. Das Hochwasser hatte ihr Hab und Gut ruiniert. Einige Zeit müsse er beim Brücklwirt bleiben, bis sie wieder ein eigenes Haus haben würden, hatte ihm Vater erklärt. Aber wie lange dauerte ‚einige Zeit?' Nazl verstand das nicht. Nur, dass er bis dahin bei der Patin bleiben und Ziegen hüten müsse.

Die Brücklwirtin war manchmal ein wenig schroff, hatte sich „eine dicke Haut wachsen lassen", wie sie manchmal sagte. Die brauchte sie! In der Wirtsstube, da ging man nicht immer zimperlich miteinander um und sie musste sich durchsetzen. Es gelang ihr dies allein ihrer Erscheinung wegen. Lange, rotbraune Zöpfe wie zu einem Schwalbennest am Kopf drapiert und mit krummen Spangen angesteckt. Ein fleischiges Gesicht mit graublauen Augen, und fleischig war die ganze Gestalt, mit „ordentlich was auf den Rippen". Darauf war sie stolz, war es doch ein Zeichen, dass man beim Brücklwirt genug zu essen hatte. In den Taschen ihrer Kittelschürze und unter den Schürzenbändern hatte sie stets ein paar Tücher und Fetzen stecken. Die brauchte sie, um die heißen schweren Eisentöpfe am Herd zu schieben und zu heben, oder wenn etwas überkochte, um dies wegzuwischen. Nicht selten gab es sich, dass sie einen der feuchten Fetzen flugs zwirbelte und ihn wie eine Peitsche zielsicher ausfahren ließ. Darauf folgte ein kurzes hartes Schnalzen und ein Unflätiger griff sich ans rote Ohr.

Ihrem Patenkind Nazl gegenüber war sie ganz und gar nicht die resolute Wirtin. Der Bub war ihre Freude, besonders nach einem langen anstrengenden Arbeitstag. Da schlich sie leise in seine Kammer, legte sich vorsichtig an seine Seite und genoss die Nähe. In diesen stillen Momenten war er ihr Sohn. Er war ihr ans Herz gewachsen und schlau war er auch. Letzteres hatte der Lehrer Donat schon des Öfteren gesagt. Vielleicht aber sagte der Lehrer dies nur, weil sie es gerne hörte und ihm dafür einen Branntwein einschenkte.

Für Nazl bot die Schule eine Abwechslung. Er ging gerne in die Schule, es machte auch nichts, dass er kein Papier und Schreibzeug besaß. Die wenigsten Kinder hatten Schreibfedern und Hefte. Er besaß eine Schiefertafel und viele Kreiden. Ein Geschenk, eine unverhoffte Belohnung. Auch dass der Lehrer ihn mit dem Namen „Naz" rief, machte ihm das Schulgehen zu einer noch größeren Freude, fühlte er sich dadurch doch ungleich größer. Überhaupt: „Nazl", das passte, als er noch klein war, seit er zur Schule ging, fühlte er sich dem entwachsen. Nur von den Eltern oder der Patin ließ er sich nach wie vor noch gerne „Nazl" nennen.

Im Herbst hatte er eine Kuh und ein Kalb gerettet. Als er die Ziegen am Rand der Rauriser Ache entlang trieb, sah er, wie eine Kuh kalbte. Er sah, wie sich die kleinen Füße aus der Tasche der Kuh drängten, als die Glocken zu Mittag läuteten. Als er längst sein Mittagsbrot gegessen hatte und am Bachufer saß, staken immer noch nur die Beinchen heraus. Und als es von der Turmuhr zweimal schlug, ließ er die Ziegen Ziegen sein und rannte zum Örgbauer. Er dachte, dass diese Kuh dem Örgbauer gehörte, weil der Örgbauer bekannt für seine fetten Kühe war.

Naz hatte gut kombiniert. Kuh und Kälbchen hätten ohne ihn wohl nicht überlebt. Und er wurde belohnt. Dreizehn Kreiden und eine Schiefertafel brachte der Örgbauer am nächsten Tag zum Brücklwirt. Und neue, fast weiße Schafwollsocken. So schön! Er hatte sie unter seine Bettdecke gelegt, wenn die Nächte wieder kälter würden, würden sie ihn wärmen. Aber die Kreiden durfte er nur in der Schule verwenden. Immerhin, die dreizehn Kreiden gehörten ihm. Doch sie mussten lange reichen. Darum schrieb er die Buchstaben und Rechnungen, die der Lehrer an der Tafel erklärt hatte, im Sand des Bachrandes nach. Einen Satz wiederholte er unentwegt, schrieb ihn immer wieder hin: ‚Ein Jahr noch!' Das hatte sein Vater letzte Woche versprochen. In einem Jahr konnte er heimkommen, bis dahin hätten sie ein neues Zuhause. Ein Jahr noch Ziegen hüten, füttern, melken. Ein Jahr noch bei der Patin beim Brücklwirt.

Wieder daheim

„Ignaz, heute Nacht kam die Feenfrau. Sie hat mir gezeigt, wie schön es bei ihr ist. Immer warm. Laue Luft, die um die Füße streichelt. Flieder- und Rosenduft. Grüne Wiesen und honigsüße Blumen. Äpfel, tiefrot und weiß. Die Vögel zwitschern Frühlingslieder. Bächlein murmeln. Aus den Sträuchern wehen Feenschleier. Die Feen! Ignaz, unser Bub. Ignaz, der Bub!"

Ignaz nahm seinen lodenen Janker, zog leise die Kammertür zu und machte sich auf den Weg. Sorgen standen in sein Gesicht geschrieben. Seit vier Tagen lag Anna im Bett. Im Bett! Wo sie doch stets die erste war, die in der Früh aufstand und abends meistens nach ihm schlafen ging. Sie, die, seit er sie kannte, tagein, tagaus geschäftig ihrer Arbeit nachging. Anna, deren Natur, so schien es, allen Krankheiten stets trotzen konnte. Und nun wollte, oder vielmehr konnte sie nicht mehr aufstehen. Ihre sonst rosig-roten Wangen glühten, die Augen glänzten im Fieber und Schweißperlen standen auf ihrer Stirn. Ihre Hände lagen heiß und feucht auf der wollenen Decke. Je länger Ignaz grübelte, umso größer wurde seine Angst: ‚Heiland der Welt, es wird doch nichts Ernstes sein!' Doch schnell verbat er sich die düsteren Vorstellungen. Er entsann sich ihres robusten Naturells. Auch dass sie noch jung war und deshalb

Kraft zum Genesen hatte, beruhigte ihn wieder einigermaßen. ‚Vergiss nicht ihre Lebensfreude‘, flüsterte ihm seine wieder gewonnene Zuversicht zu. Voll des Stolzes und in Liebe dachte er nun an sie.

Wenn Anna über den Marktplatz ging, wenn sie aus dem Gaisbachtal heimkehrte, wenn sie am Friedhof inmitten anderer Frauen stand, Ignaz konnte sie schon von weitem erkennen. Sogar von hinten. Das lag an ihrem starken Schritt, an ihrem aufrechten Gang, an ihrer ganzen Körperhaltung. Dabei war sie nicht groß, sogar um Kopfeslänge kleiner als er, doch ihre ebenen Linien ließen sie größer erscheinen. Und ihr meist forschender, immer wacher Blick aus den großen dunklen Augen machte sie für Mitmenschen gewinnend, mitunter rätselhaft und geheimnisvoll. Ignaz glaubte, in Annas Augen lesen zu können, manchmal einen Blick in ihre Seele zu finden und ihre Gedanken zu erraten. Letzte Woche meinte er, sie ertappt zu haben. „Mein Nannerl, heute sinnierst du wieder einmal, mit welchem guten Gericht du den Pfarrer überraschen könntest“, sagte er, als sie voll Hingabe ein Huhn rupfte. Anna spottete ihn dafür. „Wenn du meinst, eine gute Seele zu sehen, glaub nur an die treue“, antwortete sie auf seine Weisheit.

An dies erinnerte sich Ignaz, als er durch die Kirchgasse dem Marktplatz zuschritt. Und an die Worte des Baders. Der Bader, wie klug er redete ... von unguten Zuständen, von warmer Stube statt feuchtem Zimmer, von Essigumschlägen und Lindenblüten. Darum wusste er auch. Erst am Tag zuvor war er im Wald gewesen, hatte feuchte Tücher auf große Ameisenhaufen gelegt, eingepackt und für Anna mitgenommen. ‚Ungute Zustände‘, dachte Ignaz. Und: ‚Was glaubt denn der Bader? Nur weil er den Leuten in ihrer Not die Butter vom Brot stiehlt. Weil er selber am warmen Ofen sitzt. Dieser Bader! Als ob er selbst nicht um die Annehmlichkeiten eines guten Lebens wüsste. Das hatten auch sie gehabt. Die warme Stube im Saghäusl.‘ Wie könnte er sie vergessen?

21

Just hielt er beim Weinschreiberhäusl inne. ‚Nein, das gibt keinen Sinn‘, dachte sich Ignaz, das Häusl ist viel zu klein und der Neuwirt muss nicht verkaufen. Außerdem ist es von dicken Mauern und wohl auch feucht. Aber lange würden sie nicht mehr im Mesnerhaus bleiben können. Immer öfter und auch mehr Kinder besuchten die Schule, die hier untergebracht war. Dann die Aussage vom Schulmeister: „Ab September brauche ich die Räume für den Hilfslehrer.“ Wenn es auch nur kleine Zimmer waren, ein vorübergehendes Zuhause boten sie dennoch. Hätte er eine Alternative gehabt, wäre der Verlust dieser Unterkunft nicht groß zu beklagen gewesen. Er, Ignaz, musste dafür Hilfsdienste beim Pfarrer erledigen. Nicht, dass er sich dagegen aufgelehnt hätte – wie könnte er, er hatte doch keine Wahl. Aber so viele Zaunstempel und Schindeln, das waren die zwei Kammern nicht wert. Der Pfarrer allerdings hatte ein anderes Maß. In seinem Kopf bohrte es: was tun, wohin? Und nun brauchte er noch Platz für den Buben. Der Schulmeister wollte Naz, wenn schon nicht alle Tage, wenigstens ein paarmal die Woche im Unterricht haben. Der Bub sei gescheit und geschickt, das meinte Schulleiter Donat. ‚Geschickt ja‘, das wusste er, ‚aber gescheit, sowas‘, dachte sich Ignaz. ‚Vielleicht sollte er doch beim Bruderhäusl fragen. Eher beim Bräuer! Im Bräuwirtshaus oder im Malz-Bäckerhaus, das den Kerschbaumerischen gehörte. Dort könnten ein paar Räume frei sein. Oder im Streanfärberhaus, das auch den Kerschbaumer Kindern gehört, aber nein, da wohnt schon der Tischler Lanser. Zudem, die Kerschbaumer kann ich nicht fragen, die haben selber genug Sorgen.‘

Die goldenen Jahrhunderte lagen weit zurück, so weit, dass nur mehr stumme Zeugen davon wussten. Damals, im fünfzehnten und sechzehnten Jahrhundert, waren wahrlich goldene Zeiten. Gold und Silber verwöhnten nicht nur die Gewerken und den Erzbischof als Landesherrn, auch die Bewohner des Tales kamen zu Besitz und

Wohlstand. Große, gemauerte Häuser, manche fast einem Schloss, andere einer Festung gleich, mit Eingängen mit aus Stein gehauenen Portalen, wetteiferten um Prunk und Schönheit. Stattliche Bauernhöfe mit fest gebauten Stallungen standen in Nachbarschaft zu stolzen Handwerksbetrieben. Dick gemauerte Gaststätten säumten die Straße, allesamt mit starken Holzbalken und Lärchenschindeln eingedeckt. All dies gründete auf den Erträgnissen aus dem Gold- und Silberabbau, Jahrzehnt um Jahrzehnt, von einer Generation zur nächsten ist der Bergsegen zur Selbstverständlichkeit geworden. Kaum jemand glaubte damals, dass dies einmal enden könnte, denn es herrschte ein reges Treiben. Von Rauris bis zum Talschluss nach Kolm Saigurn, auch aus dem Gaisbach-, Seidlwinkl- und Forsterbachtal sah man schwere Rösser, zwei- und vierspännig vor mit Eisen beschlagene Wagen gespannt, ziehen. Fuhren mit Holz und Holzkohle, Rädern, Werkzeug, Schnitt- und Bauholz. Und mit Lebensmitteln zur Versorgung der Knappen.

Zu dieser Zeit bevölkerten über dreitausend Menschen Berg und Tal – die Hälfte davon waren zugezogen, Knappen oder anderwärtig im Bergbau Beschäftigte. Doch allmählich versiegte der Bergsegen. Es gab keinen Berg in Kolm Saigurn, in dem man nicht einen Stollen getrieben, an dem man nicht sein Glück versucht hatte. Das Gebirge war durchlöchert worden, kreuz und quer verliefen die Stollen, überschnitten sich, verfielen in den Jahren, wuchsen quasi wieder zu. Nachkommende Generationen plagten sich erneut – ebenfalls mit wenig Erfolg. Im achtzehnten Jahrhundert sank der Ertrag weiter, die Zahl der im Bergbau Beschäftigten machte nur noch ein Zehntel, gemessen am einstigen „Goldzeitalter", aus. Der Handel mit den Bergherren kam beinahe zum Erliegen, der Bedarf an Erzeugnissen aus Handwerk und Gewerbe war spärlich, grad wie die Funde. Dementsprechend auch der Rückgang vom Bedarf an Lebensmitteln für die Versorgung der Knappen durch die Bauern. Ein zweispänniges Fuhrwerk die Woche, mehr war nicht mehr nötig. Von der einstigen Pracht und Herrlichkeit war nicht viel geblieben. Viele Bewohner verarmten, nur manche wenige konnten ihren Besitz über Jahrzehnte halten. Wie die Kerschbaumer, die vom Besitz ihrer Vorfahren lange Zeit zehren konnten. Doch dann starb der Kerschbaumer und die Kerschbaumerin mühte sich vergeblich. Der Kummer beraubte sie aller Kraft. Fünf Jahre, dann folgte sie ihrem Gatten nach. Die Kinder vom Bräuer brauten mehr, als getrunken wurde. Auch wenn die Knappen durstig waren, wenn sie an den Wochenenden vom Berg ins Tal kamen, es waren ihrer eben nicht mehr viele. Und alsbald kam der Tag, an dem das Geld zum Ankauf von Hopfen und Malz fehlte. Aber nicht nur die Kerschbaumers mit ihrer Brauerei, auch der Bäcker, der Tischler, der Wagner und der Schmied, wie so viele im Tal, die durch den Bergbau zu Einkünften gekommen waren, fanden kaum Abnehmer für ihre Erzeugnisse, denn mit dem stetigen Niedergang des Bergbaus schwand die Nachfrage. Und andere Einkommensquellen gab es kaum. Einzig die herrschaftlichen Häuser trotzten allen Widrigkeiten und säumten erhaben die Marktstraße.

Ignaz mochte Bier. Manchmal kehrte er beim Bräu oder beim Neuwirt ein. Noch bis vor kurzer Zeit hatte es der Bräuer selbst gemacht, jetzt lieferte es das Kaltenhauserische Hofbräuhaus in Hallein. Zu festlichen Anlässen und an Feiertagen brachte er welches für Anna heim. In der kleinen Kanne. Es schickte sich nicht, dass eine Frau Bier trank, schon gar nicht beim Wirt. Aber Anna mochte es. Heute würde er zwei Malzweckerl kaufen. Für sein Nannerl und den Buben. Er rieb die Kreuzer. Vielleicht doch drei, ihm würde es ebenfalls schmecken. Die Malzweckerl waren etwas Besonderes. Geröstetes Malz im Weizenbrotteig, das gab es nur beim Malzbäcker.

Ignaz legte das Papierstanitzl behutsam in seinen Rucksack. Die Weckerl waren noch warm und rochen köstlich. Sie würden an diesem Tag Rojachers besondere Jause werden. In Gedanken an die kleine Freude setzte er den Weg fort. Es war ja nur eine kurze Strecke bis zum Brücklwirt. Er stampfte kurz am Holzrost, hob die schwere, mit Eisen beschlagene Haustüre an, fünf Schritte bis zur Küchentür, klopfte und trat ein. „Guten Morgen, Liesl. Der Bub muss wieder heim. Dank dir schön. Er kann ja hie und da helfen. Aber jetzt ist es Zeit." Verdutzt schaute die Brücklwirtin zu Ignaz. Der aber kam jeglicher Frage zuvor: „Ein anderes Mal, jetzt pressiert's."

Zu so früher Stunde lag Naz noch in seinem Bett und schlief. Der Vater öffnete die Kammertür: „Steh auf, Nazl, wir gehen heim!" „Vater?" „Ja Bub, jetzt bleibst bei uns. Komm! Mutter wartet. Aber erst müssen wir zur Karalm nochmals frische Essigtücher holen!"

Am Waldrand nächst der Karalm, an der sonnigen Seite des Gaisbachtales, wusste Ignaz einige Ameisenvölker, die bereits emsig sammelten. Dahin wollte er wieder gehen und für Anna frische Essigtücher holen. Naz war glücklich und stolz. Dabei hatte er geglaubt, erst im Herbst, wenn das neue Schuljahr begann, würde er nach Hause können. Sollte er Vater sagen, dass dies sein schönstes Geschenk war, dass er nichts weiter wünschte? Schon in vier Tagen war sein Geburtstag. Stolz war er, dass sein Vater ihn zum Essigsammeln mitnahm. Umso mehr, weil es für Mutter war. „Ist Mutter arg krank?" „Es wird schon wieder. Jetzt kommt der Frühling. Die Tage sind länger. Die Sonne wärmt. Ja, es wird schon, Nazl."

Und es wurde. Mutter wurde gesund. In großen Schritten, wie der Tag an Licht zunahm und die Sonne Tal und Häuser wärmte, so hurtig war die Mutter genesen. „Mein Bub, mein Nazl", strahlte sie, als Ignaz mit dem Buben heimkam. Obwohl er einige Bedenken hatte, ob seine Entscheidung gut gewesen war. Überlegt war sie freilich nicht. Spontan, einer Eingebung folgend, war sein Aufbruch heute Früh. Nun, wo sie an ihrem kleinen Tischchen zusammensaßen und der Moment des großen kleinen Glücks ihnen gehörte, waren die letzten Zweifel dahin. Anna trank von der Milch und biss, erst noch zaghaft, vom Malzweckerl. Der Bub erzählte und erzählte und die Mutter streichelte ihm immer wieder über den Kopf. In der kurzen Zeit, als sich Naz fast das halbe Weckerl in den Mund stopfte, in der kurzen Zeit, wo er nicht reden konnte, schaute Anna zu ihrem Mann. Ignaz bückte sich zu ihr, vergrub seinen Kopf an ihrer Schulter und drückte sie an sich. Wie gut, dass sie seine nassen Augen nicht sehen konnte. Da riss sie der Bub aus ihrer freudig schwermütigen Stimmung: „Mutter, Vater, das ist mein schönstes Geburtstagsgeschenk!"

Bei den Rojachers war es Brauch, den Geburtstag zu feiern. Mit einem kleinen Ritual, das von Anna geleitet wurde. Am Abend nach dem ‚Vater Unser' wurde Gott für diesen Menschen gedankt und um Schutz, Gesundheit und Glück für das neue Lebensjahr gebeten. Dabei lag am Tisch, in einem Tuch eingeschlagen, ein kleines Geschenk. Immer waren Socken, die Mutter gestrickt hatte, dabei. Dazu als besondere Leckerei einige getrocknete Äpfel, Birnen und Zwetschken. Für den Buben meist auch ein geschnitztes Tier. Einmal bekam Anna ein schönes Kreuz. Ignaz hatte es geschnitzt. Aus einem kleinen Stück Lindenholz, verziert mit filigranem Muster, dazu ein winziges Loch für ein schmales Lederbändchen. Schon vor einigen Jahren hatte Ignaz es für Anna gemacht, und er konnte sich nicht erinnern, dass sie es einmal nicht getragen hätte.

Bei den Nachbarn allerdings ebenso wie bei den meisten Bewohnern des Tales war es üblich, den Namenstag zu feiern. Mitunter wurde dem Kind jener Name gegeben, dessen Namenspatronin oder Namenspatron an seinem Geburtstag im Kalender stand. So hielt es bereits Annas Mutter. Mit den Jahren wurde das Gelebte zum Brauch. Und Anna vergaß noch nie am 26. Juli, zu Ehren der Mutter Mariens ein Licht anzuzünden und in Stille zu ihr zu beten. Doch Geburtstag war eben Geburtstag und am Montag wurde Naz elf Jahre. ‚Dankbar‘, dachte Anna, ‚dankbar bin ich, dass es den Buben gibt, und meinen Ignaz, und dass ich noch leben und für sie da sein kann.‘

Leichtes Leben, gute Tage

„Nannerl, heute muss ich zum Schreiber!" Wenn Ignaz „zum Schreiber musste", wusste Anna Bescheid. Sie wickelte Brot und zwei gekochte Eier in ein Tuch, gab ein wenig getrocknetes Obst hinzu und legte das Päckchen auf den Tisch. Ignaz holte die kleine Hacke, den alten Jutebeutel, nahm die Jause und stopfte alles zusammen in den grünen Leinenrucksack. Anna merkte, wie er sich freute, wie er fast hektisch seine Schuhe band, den Janker überwarf, schräg den Rucksack schulterte, ihr kurz zuwinkte und um die Hausecke verschwand.

Ihr Ignaz, ihr großer, großartiger Mann. Er gab schon was her. Eine Freude war es, ihn auch nur zu sehen. Dickes braunes Haar, grünbraune Augen, die Nase ein wenig gebogen, aber nicht krumm und weiche Lippen. Auch Schultern zum Anlehnen und ein Herz zum Ausweinen. Wenn er nur nicht immer so wortkarg wäre, sich ein wenig mehr mitteilen würde. Ihr dies und das erzählen möchte. Einfach unterhaltsamer wäre. So wie der Glaserer. Der wusste immer ein nettes Wort, einen feinen Spruch, eine Erklärung – auch wenn es nur ums Wetter ging. Ihr Ignaz nahm sich dagegen fast schon wortkarg aus: „Ist schon gut." „Wird schon wieder." „Mach dir keine Sorgen." „Schlaf jetzt." Das war meist alles, was ihm über die

Lippen kam. Oft war er ob der schweren Zimmererarbeit nur müde und gar manchmal ward ihm darüber der Tag zu lang. Doch waren diese Umstände von jeher Teil seines Lebens. Insgesamt hatte sich der Ignaz aber verändert. Geschlagen und im Innersten getroffen von einem Ungeheuer namens Gaisbach, das ihm und seiner Familie ihr Zuhause geraubt hat.

Jetzt aber wollte Anna nicht länger darüber nachdenken, jetzt wollte sie sich freuen und in Erinnerung rufen, was dieser Tag verhieß: Ignaz würde in froher Stimmung seine Frösche fangen. Und nach diesem Ausflug leichteren Herzens heimkommen. Sie würde mit dem Nazl auf ihn warten, zuerst mit ihm zur Messe gehen und hernach, wenn der Bub mit seinen Freunden spielte, am Weihtuch nähen.

Sie hatte von der Lackenbäuerin einen Fleck Leinen bekommen. Davon hatte sie ein Stück abgetrennt, einige Reihen Schussfäden herausgezogen und diese mit schwarzem Tee gefärbt. Den Teil des Stoffes, den sie für das Weihtuch nahm, umsäumte sie mit den braunen Fäden. Inmitten des Tuches wollte Anna die Symbole für Lamm und Kreuz nähen. Vergangene Woche sollte das letzte Osterfest gewesen sein, bei dem sie Eier, Speck und Salz nur in ein graues Tuch wickelte. Nächstes Jahr würde auch sie, wie viele Bäuerinnen oder Markterinnen, ein besticktes Weihtuch haben. Den schönen Korb dazu, den hatte ihr Ignaz aus gespaltenen Weidenästen geflochten.

Meist sonntags nähte sie. An den Nachmittagen, wenn Ignaz mit dem Buben unterwegs war oder mit ihm in der Holzhütte schnitzte. Sonntags, wenn Anna und Leonora für gemeinsame Handarbeitsstunden Zeit hatten. Diesmal benötigten sie ein größeres Stück Leinen, das der Weber im Markt vorrätig hatte. Sogar ganze Ballen davon, die er, je nach Bedarf, in große oder kleine Flecken zuschnitt und verkaufte. Das graubraune, mit Schuss- und Kettfäden gewobene Tuch, eignete sich für Tisch- und Bettwäsche ebenso wie für Bekleidung. Nazl hatte zwar letztes Mal gejammert: „Mama, das

Hemd kratzt am Hals, am Rücken, es kratzt rundum", doch Anna versicherte ihm, dass dies bald, nachdem es ein paarmal gewaschen wurde, fast weich sein würde. Die Betonung lag auf „fast". Anna verstand ihren Nazl. Die Faser des Flachses war zwar robust, das daraus gewobene Tuch allerdings grober Art.

Dass Leonora zu Anna kam, hatte einen guten Grund: Sie kannte besondere Stiche. „Kreuz-, Halbkreuz-, Saum- und Hohlstich und …" Anna fielen weder alle Bezeichnungen ein, noch beherrschte sie die Umsetzung. Sie war froh, wenn ihr Leonora beim Muster für das Lamm half, wenn sie ihr zeigte, wie aus einem Stück Stoff ein schön besticktes Tuch werden konnte.

Leonora wusste auch, wie man die Fäden blau färben konnte. „Dass es das gibt", staunte Anna. „Blaue!" Vielleicht würde sie ihr sogar einige geben. „Ein braunes Kreuz und ein blaues Lamm", sagte Anna, „das wäre etwas Besonderes. Fäden blau färben, Leonora, das macht dir im ganzen Tal keine nach, das kannst nur du." Dies hatte Ignaz gehört und sich prompt eingemischt: „Ist doch ganz einfach, das Blau drückt man aus dem Johanniskraut." Und wenn schon. Wie man die blaue Farbe gewann, wusste er dennoch nicht, das war Leonoras Geheimnis. Überhaupt, was redete er in Frauensachen mit? Derart unsensibel konnte er manchmal sein. Anna war erleichtert, dass er an jenem Tag unterwegs war.

Ignaz indes hatte schon ein gutes Stück des Weges hinter sich. Weit war sie, die Strecke von Rauris ins Hüttwinkl. Nach dem Markt bis Wörth entlang der Ache, dann die Einöde hinauf, weiter die Straße bis zum Schmutzerbauern, mäßig steigend. In Bucheben folgte, getreu dem Ortsnamen, eine längere ebene Strecke, bis sie nach dem Erlehen erneut bergan führte. Da war das Ziel beinahe erreicht. Ignaz war ein schneller Geher, zweieinhalb Stunden dauerte es dennoch, bis er die sumpfige Lacke zwischen Erlen und wuchtigen Felsen oberhalb des Hüttwinklbaches erreicht hatte.

Alljährlich, zur Zeit der Schneeschmelze, wanderten die Frösche vom Bach in die Schreiberlacke zur Paarung und Brutablage. Am Rande des kleinen Teiches, unter vom langen, spitzen Gras bewachsenen Hügeln, steckten die Frösche in kleinen Gruppen tief drinnen in Löchern. Ignaz wusste Bescheid. Er krempelte seine Ärmel auf, kniete auf die Grasbüschel und langte mit der Hand weit in die darunter liegenden Verstecke. Mitunter zog er sie paarweise hervor und steckte sie in den Sack. Weibchen, die die Brut noch in sich trugen, warf er wieder in den Teich. An guten Tagen fing er bis zu hundert Frösche, vierzig, fünfzig fast immer. Nach dem Fangen zerhackte er sie auf einem alten Baumstumpf und trennte die Füße vom Körper. Die Haut an den Froschschenkeln wurde erst vor dem Braten abgezogen. Das war Annas Arbeit. Die Zeit der Frösche war kulinarisch eine gute. Die kleinen Hüpfer gaben ein feines Gericht, sein Nannerl mochte sie ebenso wie der Bub. Auch er selbst genoss das zarte Fleisch, das von den feinen Knöchelchen genagt werden musste.

Dieses Mal würde er heimwärts den Umweg über den Buchebner Kirchbichl nehmen. Der Niederberger, jener Bauer, der unweit der Kirche seinen schönen Hof hatte, war auch Metzger. Im rückwärtigen großen, von dicken Mauern umgebenen Raum war die Fleischerei. Per Handschlag hatten sie einen Tausch besiegelt: fünfzig Froschschenkel für eine Stange Wildwurst.

Bei dieser Gelegenheit könnte er den Friedhof mit den Kristallsteingräbern besuchen. Die Buchebner mauerten zwischen behauene Granitgneise und Quarze Bergkristalle. Neben gusseisernen Kreuzen standen diese Kleinode als Andenken an Verstorbene. Sie blinkten und funkelten in der Sonne ebenso wie im Schein des Mondes oder unterm Tau und bei Regen. Selbst im tiefen Winter blitzte unter der Schneehaube da und dort eine Spitze hervor.

Wie viele Kirchen stand auch die Buchebner Kirche auf einem Hügel. Für Ignaz war es der schönste Platz des Tales. Zu ihren Füßen

und am östlichen Berghang lagen verstreut die kleinen Höfe, einge-
bettet in Mulden oder geschützt von Hügeln. Die Untergeschoße der
Gebäude waren vielfach gemauert, das obere Stockwerk gezimmert.
Bei kleinen Anwesen waren Haus, Hof und Nebengebäude oft ganz
aus Holz gebaut.

Den steilen Feldern am Hang folgten Haine oder Niederalmen.
Diese waren durchwachsen mit einzelnen Lärchen, Berberitzen-
und Hagebuttensträuchern, da und dort auch Birken oder Ahorn.
In langen Reihen standen Zäune. Die Hausgärten, jedes Feld, selbst
Wege und Gassen waren von Zäunen umgeben. Mehr Stöcke denn
Bretter. Das Holz dafür kam von der Fichte und wurde von Hand ge-
hackt, von Hand gesägt und gespalten und mit der Axt zugespitzt.
Ihre Machart, die eine Generation der nächsten weitergab, war als
„Pinzgauer Zaun" im ganzen Bezirk gebräuchlich. Bezeichnend für
die Zaunart war der hohe Aufwand an Holz. Aber Holz gab es ge-
nug. Bis zum bergseitigen Ende von Hain und Alm reichte der Wald,
der als breiter Gürtel die Bewohner auch vor Lawinen, Plaiken und
Überschwemmungen schützte.

Auf gerodeten Flächen und oberhalb des Waldes lagen die Hoch-
almen. Frohn-, Karling-, Asten-, Mitterasten-, Stein- und Feldereralm, Ignaz blickte rundum. Unendlich weit müsste er gehen, um auf
einen der hoch darüber aufragenden Berggipfel zu gelangen. Der
Schulmeister Donat sprach von zehntausend Fuß. So hoch würden
viele dieser Gipfel sein. Donat erzählte ihm, dass der Historiker und
Reisende Michael Vierthaler vor nicht allzu langer Zeit dieses und
gar manch anderes Geheimnis gelüftet hätte.

Für Ignaz war dies nicht von Bedeutung, er sah keinen Grund,
sich da hinauf zu mühen. Dennoch faszinierten ihn die mächtigen
Riesen. Er war schon in Zell am See gewesen, auch im Oberpinzgau, kannte Gastein und Fusch aus der Höhe, aber in einer so großen Zahl, Gipfel an Gipfel, das gab es nur im Rauriser Tal. Oder war

er einfach in Rauris verliebt? ‚Wer das nicht versteht, sollte hier am Buchebner Kirchbichl stehen', dachte er und blickte zum Hohen Schareck, das gleichermaßen schön wie imposant den Talschluss bildete. Hinter ihm lag Wörth in der Senke, bevor sich das Tal weitete und die Sicht auf Rauris frei gab.

Ein wenig noch verweilen. Dem verliebten Gezwitscher der Vögel zuhören. Die warme Sonne ins Gesicht scheinen lassen. Sich auf der Bank ausstrecken. Nachdenken. Was für ein schöner Tag. Er freute sich auf Nannerl und seinen Buben. Zwei Stangen, eine Wild- und eine Saukopfwurst waren in seinem Rucksack. Der Niederberger hatte sie ihm gegeben. Eine, wie er gehofft hatte, für die Frösche und die andere für einen ‚Stackelstecken'. Den müsste er ihm dafür machen. Das war ein Leichtes! In Gedanken war er bei seinem Werkstück: ‚Ein zweimetriger Stock mit ein paar Schnitzereien und einer eisernen Spitze. Ein großer Haselstrauch steht oberhalb der Einödkapelle, die Stelle weiß ich, da habe ich schon einige Stangen herausgeschnitten. Der Platz liegt am Heimweg, nur ein kurzer Anstieg, ein passender Ast wird sich erneut finden. Diesem die Initialen und einige Muster einschnitzen und am dickeren Ende die eiserne Spitze montieren. Eisenspitzen, ja Eisenspitzen habe ich noch vorrätig. Gut, dass ich beim Schmied mehrere anfertigen lassen habe.' Und im Übermut: ‚Ja was denn …? Manche Tage bieten Überfluss. Noch mehr als fünfzig Froschschenkel und zwei Stangen Wurst. Genügend Gründe, um mich aufs Heimkommen zu freuen. Die Anna wird schauen.'

Sommerzeit

Naz hatte die von Schulmeister Donat am letzten Schultag gestellte Aufgabe zwischenzeitlich vergessen. Doch jetzt, als er die Schafe des Mühlwandners sah, erinnerte er sich an das Versprechen Donats, jenen Schülern eine dicke blaue Kreide zu schenken, die seine Rechenaufgabe zu lösen vermochten. Wie lautete die Aufgabe? Er dachte nach. ‚Zwei Bauern haben Schafe, keiner mehr als zehn! Sagt der eine zum anderen: Wenn du mir ein Schaf von den deinen schenkst, dann habe ich doppelt so viel wie du. Erwidert der andere: Gib du mir eines von den deinen, dann hat jeder von uns gleich viel! Wie viele Schafe hat der eine, wie viele der andere Bauer?' Ja, so lautete sie. Naz dachte an die blaue Kreide, er wollte sie. Kreiden waren begehrt. Nicht etwa zum Schreiben auf der Schiefertafel. Das taten die Mädchen. Er hingegen bräuchte sie zum Anmerken seiner Holzarbeiten. Er kraxelte die steile Böschung zum Gaisbach hinunter und holte sich etliche kleinere Steine. Noch nass, glitzerten sie besonders schön. An anderen Tagen holte er die Quarze und schlug sie aneinander, bis die Funken flogen. ‚Dürres Gras kann man damit anzünden', das war auch der Donat, der ihnen das erzählt hatte. Aber jetzt brauchte er sie für das Rätsel. Er teilte sie in zwei gleich große Mengen, legte einige auf die Seite, legte unterschiedliche

Mengen vor sich hin. Ganz eingenommen vom Teilen, Zählen und Rechnen merkte er nicht, dass der Karthäuser Josef ihn beobachtete. Plötzlich lachte Naz, rief zu sich: „Jetzt hab ich's!", hob die Steine auf und warf sie in den Graben. „Was hast?", fragte der um einige Jahre ältere Karthäuser. Naz blickte auf, sagte „Servus!" und erinnerte ihn an die Aufgabe vom Schulmeister. Nicht dass für Josef die Kreide von Bedeutung gewesen wäre, nur dass der kleine Rojacher anscheinend die Lösung wusste, dass passte ihm nicht so. „Wenn ich nächste Woche mit Vater in den Markt komme, dann bringe ich dir einen schönen Stein mit. Einen viel schöneren als diese Quarze." Das sagte er und ging lautlos, wie er gekommen war, davon.

Naz schaute nach den Ziegen. Wieder Ziegen hüten, an zwei Tagen der Woche, das nervte ihn. Immer liefen und fraßen sie, wo sie nicht durften. Am liebsten Blumen und Sträucher aus Gärten. Die Ziegen zwängten ihren Kopf zwischen die Zaunlatten hinein und knabberten an allem, was sie erreichten. Besonders mochten sie die Blätter von Johannisbeersträuchern, welche den Zaun überragten. Zudem musste er beim Fahrnberger am Feld und Acker helfen. Das war besser, wenngleich das Ährenklauben langweilig war. Am liebsten mochte er den Freitag, da war der Streanfärber sein Lehrmeister.

Der Tischler war von der raschen Auffassungsgabe und dem Geschick des Buben angetan. Ehedem wollte er Naz nur eines Gefallen wegen, den er dem alten Rojacher schuldete, anstellen. „Lass ihn in der Sommerszeit bei deiner Arbeit wenigstens zusehen", so die Bitte von Ignaz. Doch schnell war Naz ihm eine große Hilfe geworden. Und die konnte Michl Lanser gebrauchen. Seine Dreschkästen waren bei den Bauern in Rauris höchst gefragt. Dieses Jahr sollte er sogar einen in den entfernten Oberpinzgau liefern.

Das Ausdreschen der Körner von den Ähren war schweres Männerhandwerk. Mit hölzernen Dreschflegeln reihum im Takt: eins, zwei, drei, vier, fünf – und war der fünfte Schlag getan, hob der erste Drescher von neuem seinen Schlegel, um ihn wiederum auf die am Tennenboden liegenden Ähren niedersausen zu lassen. Stundenlang im Rhythmus, den die im Kreis aufgestellten Männer angaben. Der neue Dreschkasten, den der Streanfärber Michl, wie er in Rauris genannt wurde, baute, bestand aus mehr als hundert Einzelteilen. Jedes einzelne Brett, jeder Holznagel, alle Zahnräder waren von Belang. Eben die ganze Konstruktion. „Neuerdings hat er sie gar mit einem Muli angetrieben", wusste der Palfenhäusler beim Neuwirt zu berichten. Und es stimmte schon. Mittels einer Verlängerungsstange zum Umlenkrad spannte er ein Muli ein. Doch das funktionierte noch nicht so recht. Das Maultier sah wohl keinen Sinn darin, nur im Kreis zu gehen, und verweigerte die Arbeit. Es gab also ein Problem. Aber Probleme waren für den Streanfärber Michl zum Lösen da. So einfach war das. Vorerst jedoch musste das Handrad getrieben werden. Weitum war das Ächzen und Klopfen seiner Wundermaschine zu hören. Die Bauern waren skeptisch, ob diese Maschine tatsächlich die Arbeit von drei, vier oder gar fünf Männern zu ersetzen imstande war. Und ob auch alles Korn aus den Ähren gedroschen werden konnte. So manch einer lugte verstohlen zum Tor der Werkstatt hinein. „Himmlischer Vater, eine Zaubermühle!", rief die bigotte Zenz, als sie durchs Fenster spähte, es rütteln und schütteln und die Körner fliegen sah. „Sogar der Rojacher Bub ist bei dem Zauber mit dabei", erzählte sie dem Pfarrer.

Kaum dass eine Woche vergangen war, Naz wollte die Ziegen auf die sonnige Grabenseite treiben, kam der Karthäuser Josef des Weges und folgte ihm. „Einen Stein hab' ich für dich!", rief er ihm zu und öffnete seine Faust. Hervor kam ein Juwel aus Spitzen und Kronen, die in der Sonne funkelten und glitzerten. So etwas Schönes hatte Naz noch nie gesehen. Vom Vater wusste er, dass es besondere Steine in den Bergen des Tales gab und manche Männer danach suchten. Beim Fronwirt erzählte man, dass der alte Wegmacher einige Bergkristalle besitzen würde. Beim Ausbessern der Buchebenstraße habe er sie gefunden. Das wollten die Rauriser nicht glauben. Dass aber der Schäfer einen wahren Schatz an schönen Steinen versteckt haben soll, daran zweifelten sie nicht. War er doch all die Sommermonate oberhalb der Steinalm, im Mitterkar und Kogelkar unterwegs. Auch unterhalb der hohen Bergriesen Edlen- und Schafkarkopf, im fruchtbaren Roßkar weideten die Schafe. Beinahe vierhundert Tiere. Sie gehörten verschiedenen Rauriser Bauern und der „Schafler", so nannten ihn die Rauriser, war der Hüter.

Naz war fasziniert von dem schönen Stein. Und zu seiner Überraschung bot ihm Josef an: „Den schenk' ich dir, wenn du mir das Rätsel vom Donat verrätst", und gab ihm den Stein. Dass er so einfach in den Besitz eines Bergkristalls kommen würde? Ungläubig betrachtete er das glitzernde Wunder in seiner Hand. Das hätte er nie zu hoffen gewagt.

In der Grieswies habe er gestern Rutile gefunden, erzählte der Josef. Auch vom Zitrin, den er nach einem Frostaufbruch unter der Sonnblick-Nordwand gefunden hatte. Die Spitzen seien abgeschlagen gewesen – vom Sturz. Er habe auch Fluorite. Achteckig sei ihre Form und blassgrün schimmerten sie. Diese Art Fluorite liege nur in den Bergen der Gasteiner Seite. „Am Kolmkarspitz?", fragte Naz dazwischen. Josef schüttelte den Kopf: „Steine gibt es an vielen Stellen, doch wo die Steine zu finden sind, ist es meistens sehr steil. Kristalle liegen ja nicht am Berg. Und wie und wo man sie finden kann, das ist geheim."

Naz hörte ihm begeistert zu. Zwar hatte der Lehrer in der Schule von den unterirdischen Schätzen in den Rauriser Bergen erzählt, aber dass der Josef Kristalle suchte, das wusste er nicht. Allein der Altersunterschied von fünf Jahren war Grund, dass sie sich nur flüchtig kannten. Außerdem war der Josef in Wörth zuhause. Wortkarg und verschlossen war er noch dazu. Ja sogar scheu, und durch seine hagere Gestalt mit den langen dürren Beinen wirkte er ungelenk. Kaum vorstellbar, dass der den weiten Weg nach Kolm Saigurn ging, in die steilen Wände kraxelte, stundenlang suchte und klopfte. Und dass er zudem, wenn ihm, aus Mangel an Wissen und Erfahrung, das Glück half, schwere Steine nach Hause schleppte. So eine Plagerei! Dass Josef trotzdem Begeisterung und Leidenschaft dafür aufbrachte, das erstaunte Naz. Dass sie derart faszinierend schön waren, das hatte er sich nicht vorstellen können, davon bekam er erst mit diesem Geschenk eine Ahnung. „Nimmst mich einmal mit?", fragte er Josef. „Vielleicht!"

Schlittenrennen

Der Wind jagte die dicken Schneeflocken durch die Marktstraße, klebte sie an Hauswände und drückte den Rauch zurück in die Schlote. Der Lehrer hatte mit der Kraft des Sturmes nicht gerechnet und die Ofentür verriegelt. Nun fuhr ein Windstoß in den Kamin und hob die Herdplatte mit einem dumpfen Knall empor. Ruß und Rauch qualmten hervor. Den Kindern, die nahe beim Ofen saßen, brannten die Augen. Einige begannen zu husten. Auch die Stirnglatze des Lehrers war vom schwarzen Ruß bedeckt. Das sah besonders komisch aus, da der Lehrer dichtes welliges weißes Haar hatte. Aber mehr am Hinterkopf. Die Schüler lachten, einige deuteten in unhöflich einfältiger Weise mit dem Finger in Donats Richtung. Die älteren Mädchen in den linken Bankreihen nutzten die Gelegenheit für ein emsiges Geschwätz. „Ruhe!" Sofort stellte der Lehrer die Disziplin wieder her. „Eine Aufgabe, passend zur kommenden Woche: Über das Leben des heiligen Johannes und Andreas, zwei Seiten gestochen schön geschrieben, bis übermorgen!" Das war eine saftige Strafe. Zwei Seiten schreiben, Strafaufgabe für die ganze Klasse wegen ein paar Tölpeln. Und weil es schon bald Mittag und somit Ende des Unterrichtes war, erinnerte er sie an das Schlittenrennen am kommenden Samstag. Nur die Vorfreude auf dieses Ereignis hellte ihre Mienen wieder auf.

Das Schlittenrennen! Daran erinnern, das hätte es nicht gebraucht. Keines der Kinder würde am Samstag zuhause bleiben. Das Schlittenrennen aus dem Gaisbachtal war eine der großen Winterfreuden. Nikolaus, Weihnachten, Schlittenfahren und Eisstockschießen! Und am Samstag war das Schlitten-Wettrennen aller Schüler. Gestartet wurde beim Hollerbrand-Bauernhof. Holzknechte hatten Wochen zuvor mit ihren schweren Ziehschlitten einen festen Weg gemacht, der zwar hart und steil war, durch seine hohen Schneeränder jedoch Sicherheit bot. Diese Bahn wollten sie nutzen. Dass sie heuer beim Hollerbrandner starteten, hatte noch einen anderen Grund: Die Hollerbrand-Bäuerin und die Grabnerin von der Mauthmühl hatten die Schüler eingeladen. Sie buken für alle Kinder Krapfen. „Dazu wird es noch heiße Milch geben", verriet der Lehrer. Außerdem gab es Preise. Nicht nur für die Schnellsten. Jedes Kind erhielt ein Geschenk. In der Reihenfolge, wie sie im Ziel eintrafen, durften sie sich den Preis aussuchen. Hundertachtzehn Schüler aus drei Schulklassen. Hundertachtzehn Geschenke, davon vier Trostpreise. Die Marie vom Stauferhaus hatte Klumpfüße, der Säpplhaus-Georg einen gebrochenen Arm, der Trigler Toni vom Feichtinger wollte nicht und das Lieschen vom Mailing hatte Angst.

Seit Beginn des neuen Schuljahres, wenn nicht gar das ganze Jahr hindurch, bettelte und sammelte der Lehrer für die Schüler. Er fragte bei Bauern, die mehr als zehn Melkkühe besaßen, und bekam Wollsocken und Stutzen, Handschuhe, Speck und Käse. Georg Brandtner, der Brückl-Schmied, der Streanfärber Michl Lanser und Ignaz Rojacher, der Saghäusler, spendeten drei neue Eisstöcke als Gemeinschaftswerk: der Tischler schnitt, drehte und schliff die Eschenrundlinge, der Schmied hämmerte und bog das Eisen herum und der Rojacher schnitzte die Zapfen. Adam, der Fürstenmühlbäcker, machte fünf große Zibebenzöpfe und fünfzig Rauriser Laiberl. Flache zartgelbe Laibchen aus feinem Mehl mit Butter, Zucker, Ei und Anis. Diese süße Delikatesse war bei Groß und Klein begehrt, denn Weizen war schwerer zu ziehen als der Roggen und Gebackenes daraus entsprechend rar. Und Cilli, die Müllerin von der Häuslmühle, spendete gefüllte Mehlsackerl. Meistens zwanzig! Die Glashäuslerin buk für die Kinder einen Tag vor dem großen Ereignis daraus Krapfen.

Bei den Gastwirten bettelte Donat um einige Kreuzer. Die meisten gaben freizügig, nur die Grimmingwirtin zeigte sich sparsam. Sie holte die Kupferlinge aus der Büchse, die am Holzbalken oberhalb des Stammtisches hing und für die Gemeindearmen bestimmt war. Spitz war ihre Bemerkung dem Lehrer gegenüber gewesen: „Wird der Pfarrer, wenn er nächsten Sonntag zum Beuschlessen kommt, sich damit abfinden müssen, dass die Büchse leer ist." Und Donat hatte schmunzelnd entgegnet: „Mit einem Glaserl Welschwein wird er sich wohl trösten lassen."

Anna und Ignaz freuten sich an der kindlichen Aufregung ihres Buben. Seit Stunden werkte er an seinem Schlitten. Erst hatte er die Kufen glatt gefeilt und geschmirgelt. Darauf Bienenwachs aufgetragen und mit einer alten Wollsocke immer und immer wieder darüber gerieben. Dann, als die Kufen glänzten, noch eine Schicht Wachs darauf getropft und erneut poliert.

Dass nicht allein der Bub in Eifer war, dass auch seine Mutter aufgeregt, fast übermütig durch Küche und Kammer eilte, bemerkte Ignaz schon seit dem Morgen. Zudem hatte sie rote Wangen und ein geheimnisvolles Lächeln aufgesetzt. Für den Abend hatte sie ein Festmahl vorbereitet. Erdäpfelstampf mit Schafskopf. Und mit Zwetschkenmarmelade gefüllte Schmalznudeln.

Bei den größeren Wirtschaften fütterte man die Erdäpfel auch den Schweinen, besonders die kleinen. Die Mägde kochten sie in großen Dämpfern, zerdrückten und vermischten die Knollen mit geriebener Gerste. Dieses Futter wurde einmal die Woche, meist samstags, wenn der Dämpfer beheizt wurde, zubereitet. Bei den Rojachers, ebenso wie bei vielen ärmeren Familien, standen Erdäpfel mehrmals die Woche am Tisch. Anna, Ignaz und auch der Bub aßen sie gerne. Besonders den Erdäpfelstampf. Anna stampfte die gekochten Knollen, gab Läuterbutter hinzu und würzte mit Wildkümmel und Salz. Einen Schafskopf zu bekommen war nicht weiter schwer. Die Bauern gaben nach der Schlachtung die Köpfe an Kleinhäusler ab. In Gemüsesud gekocht, war das zarte Fleisch an Wangen und Hals nicht nur geschmackvoll, sondern auch eine leistbare Fleischkost.

Nach dem Essen erzählte Anna Ignaz von der großen Freude. „Wir werden bald ein neues Zuhause haben – das Bruckhäusl mit zwei Gärten. Das Erdgeschoß des Hauses ist gemauert, der obere Stock aus gehauenen Balken. Der Langreiter Johann will es uns schenken. Schenken! Ist das zu glauben? Nicht etwa eine Keusche, eine Hütte, eine kleine Bleibe, sondern ein richtiges Haus, geschenkt. Sobald er eine Fahrgelegenheit nach Taxenbach habe, werde er beim Notar, am neuen Bezirksgericht, die Schenkung eintragen lassen. Das hat er versprochen." Ignaz jedoch dämpfte sie in der Freude: „Iss die Eier erst, wenn sie gelegt sind." Aber Anna war sich ihres riesigen Glücks gewiss. Sein Einwand vermochte ihrer Freude nichts anzuhaben.

Johann hatte am letzten Sonntag nach der Kirche den Weg zu Anna gesucht. Sie hatte die Tür soeben geschlossen, als es klopfte. Anna kannte Johann schon seit Jahren, sie wusch seine Wäsche und brachte ihm mitunter Krapfen, Brotweckerl oder Dampfnudeln. Sie bat ihn Platz zu nehmen, macht sich am Ofen zu schaffen, und schon bald war ein zaghaftes Knistern zu hören. „Tee", sagte sie, „magst einen Tee?" „Gern, bittschön", und nach einem verlegenen Hüsteln suchte Johann nach den richtigen Worten. „Rojacherin, mein Haus gibt für mich allein keinen Sinn. Das Unglück soll nicht länger bei euch wohnen. Ich werde ins Letthaus nach Bucheben ziehen. Das Haus neben der Kirche steht leer. Der alte Mesner war vor einem Monat verstorben. Ich bin des Alleinseins müde. Die Buchebner können mich gut brauchen. Den Kirchhof mähen, rechen und im Winter den Schnee räumen. Dann die Dienste in der Kirche, die kennst du ja. Auch für das Schulhaus Holz richten und heizen. Und ich freue mich auf ein wenig Gesellschaft, auf die Kinder!" So sprach er, der Johann, und daher glaubte sie ihm, dass er sich das wohl überlegt hat. Dass ihr Ignaz skeptisch war, verstand sie. Zu unglaublich war das Verheißene, aber bald schon würde sie auch ihren Mann glücklich wissen.

Alltag

Ein Flügel des Schlafzimmerfensters war einen Spalt offen, der andere eingehakt. Wie schnell doch die Zeit vergeht. In einigen Tagen hatte Naz Geburtstag, wieder ein Jahr älter, wieder ein Jahr vorbei. Sie würde ihn mit einem großen Gugelhupf überraschen. Für die Grabnerin hatte Anna ein kleines Altartuch bestickt. Mit bläulichen Fäden. Es stimmte schon, wie Ignaz gesagt hatte, mit Johanniskraut würden die Schussfäden des Leinenstoffes eingerieben. Eine aufwändige Prozedur, die unzählige Blüten und langwieriges Reiben erforderte. Doch das Ergebnis war ebenso schön wie besonders: blaue kleine Kreuze, gekonnt angeordnet, bildeten das Muster. Nur Waschen, das würden derart bestickte Tücher nicht vertragen. Doch einerlei, weder ein Weihtuch noch ein Altartuch würden schmutzig und folglich gewaschen werden müssen.

Anna hatte sieben Eier und vier Pfund weißes Mehl für ihre schöne Arbeit bekommen. Und als sie extra nochmals vierzig Kreuzer für Butter brauchte, fragte Ignaz nicht wofür. Er wusste, dass sein Nannerl sparsam war und dass sie, wenn sie um mehr Geld bat, einen triftigen Grund dafür hatte. Damit der Zibeben-Gugelhupf einen besonders feinen Geschmack bekam. Und dafür brauchte sie noch Butter. Dass sie jetzt im April noch Zibeben hatte, das war ihrer

Vorausschau zu verdanken. ‚Beim Weihnachtswecken-Backen an Ignaz und den Buben denken und einen Teil der süßen, getrockneten Beeren verstecken.' Für Ignaz hatte sie Herdnudeln gebacken. Auch mit Zibeben. Das war ihr Geschenk zu seinem Geburtstag. Und nun, zwei Monate später, einen richtigen Gugelhupf! ‚Da wird der Bub schauen, und Ignaz erst. Stolz würde er wieder sein auf sie', dachte sie. ‚In ein paar Tagen ist der Bub schon zwölf Jahr. Und Ignaz wieder daheim.' Er hatte ihr fest versprochen, bis dahin mit den Ausbesserungsarbeiten fertig zu sein. Diesmal für immer. Nie mehr im Bergbau arbeiten. Nie wieder im Stollen zimmern, nicht mehr an der Aufzugsbahn richten, schon gar nicht bei den schweren Holzarbeiten helfen. All diese Arbeiten sollten Jüngere verrichten. Ignaz würde für immer heimkommen, nie mehr dorthin zurückkehren, und sie musste nicht mehr um ihn Angst haben. Vorbei die bangen Stunden, die nur in der Stille des Gebetes zu ertragen waren. Vorbei das Warten auf seine gute Heimkehr, wenn sie nach fünf, sechs oder sieben Tagen die Minuten zählte, bis sie ihn über den Marktplatz endlich heimkommen sah.

Sie schlug drei Eier auf, teilte Dotter und Klar, schlug mit dem Rührbesen das Eiklar zu steifer Masse, vermischte danach Butter und Dotter mit drei Löffel Zucker, nahm den großen Holzlöffel und füllte ihn fünfmal mit Mehl. ‚Die Zibeben, wo habe ich die restlichen Zibeben? Und Zucker, habe ich schon Zucker genommen? Etwas Natron und Milch dazu, das macht den Kuchen locker. Ich muss mich beeilen, mittags kommt Nazl von der Schule, und wenn er schon den Gugelhupf nicht sieht, riechen wird er ihn. Doch sollte es eine Überraschung sein. Mein Geschenk!' Anna probierte am Teig. Er war leicht süßlich. ‚Also doch gezuckert, freilich, die Zuckerdose ist ja fast leer. Wo hätte denn der Zucker sein sollen, wenn nicht im Teig?' Anna rührte den Teig fertig, gab die Masse in die Gugelhupf-Form und schob sie ins Backrohr.

45

Entgegen ihrer Gewohnheit, auch weil es die arbeitsreichen Tage kaum zuließen, legte sich Anna auf die Bank. In ihrer Augenhöhe der kleine viereckige Küchentisch mit der Bestecklade, die beiden Holzstühle und die Eckbank. Ignaz hatte diese Einrichtung gemacht. Darüber, im Winkel der Stube, ein Holzkreuz, darunter, links und rechts, ein Täfelchen mit der Abbildung der Muttergottes beziehungsweise eines Schutzengels. Dann noch ein winziges Eckregal mit getrockneten Strohblumen in einer mit Goldrand verzierten, geblümten Kaffeetasse. Anna ward plötzlich kalt und bang. Dabei war die Stube warm, weil sie ja den Ofen beheizt hatte. Wegen des Kuchens! Normalerweise würde sie, jetzt im April, erst gegen Abend anheizen. Sie sollte wieder aufstehen. Hosen und Hemden zum Ausbessern lagen am Tisch bereit. Auch in der Waschküche wartete Arbeit auf sie. Der Dämpfer musste mit Wasser gefüllt und beheizt, die Bettwäsche vom Bischofszimmer ausgekocht und am Waschtisch gebürstet werden. Einige Hemden des Pfarrers sowie drei Tischtücher lagen ebenfalls zur Reinigung bereit. Nach der Bettwäsche würde sie noch Hosen und Hemden von Ignaz und dem Buben und ihre Schürze in der Lauge einweichen.

Kurz mag sie wohl eingenickt sein. Denn plötzlich schoben sich Erinnerungen an den „Martinitag" 1842 in ihr Bewusstsein. Als ob es gestern gewesen wäre. Das Fest des Heiligen Martin hatte in Rauris eine besondere Bedeutung, denn er war der Patron der Rauriser Kirche. Ein „Bauernfeiertag" war es und somit ein arbeitsfreier Tag für die Dienstboten. Nach dem Gottesdienst war es üblich, in einer der Gastwirtschaften des Marktes einzukehren. Auch für die Frauen war es an diesem Tag nicht anstößig, ohne männliche Begleitung ins Gasthaus zu gehen. Sie und ihre Freundin Leonora wählten den Neuwirt aus. Und da saß er, am Stammtisch inmitten einer Männerrunde, Ignaz Rojacher!

Er gefiel ihr, der junge „Kána", wie ihn die Einheimischen auch nannten, weil sein Vater aus Kärnten zugewandert war. Schon im Sitzen überragte er die anderen, hob er sich mit seinem dichten braunen Haar, dem markanten, fast eckigen Gesicht und seinem breiten Oberkörper von den anderen Männern deutlich ab. Wenngleich er wenig zur Unterhaltung beitrug, eher wortkarg in der Runde saß, brachten ihm die Rundumsitzenden Respekt entgegen. Jedoch lag das mehr an seinem Können als Bergzimmermann als an seiner Größe. Der Rojacher war bekannt für sein Wissen und Geschick im Holzbau, das wusste nicht nur der Reissacher als Bergingenieur, das wussten die Zimmermeister des Tales, das erkannten auch die Knappen. Und wenn sie nach Schichtende bei Bier oder Branntwein beisammensaßen, berichteten sie stolz von dieser oder jener Lösung und Arbeitserleichterung, die sie dem Rojacher zu verdanken hatten.

Während sich Anna mit Leonora unterhielt, schielte sie immer wieder verstohlen zu ihm. Erst kurz bevor sie sich auf den Heimweg machten, fasste sie Mut und zwinkerte ihm zu. Aber es dauerte noch Wochen, bis er sie ansprach. Es war am dritten Adventsonntag nach dem Gottesdienst. Er folgte ihr am Friedhofsweg bis zur geschmiedeten alten Laterne, dem Seelenlicht der Bergknappen. Doch er sagte nur „Guten Morgen" und ging weiter. Eine Woche darauf, am vierten Adventsonntag, folgte er ihr erneut. Nicht, dass sie es erwartet hätte, aber darauf gehofft, dass er ihr wieder nachgehen würde, das hatte sie schon. „Ich habe ein Weihnachtsgeschenk für dich, bei der Christmette gebe ich es dir", sagte er diesmal. Daraufhin konnte Anna, wenn es auch nur ein paar Tage bis zum Vierundzwanzigsten waren, das Weihnachtsfest kaum erwarten. Noch vor der Mette steckte er ihr ein gemustertes Halstuch in die Manteltasche. „F... ff... für dich, schöne Weihnachten!" Noch während der Christmette steckte Anna bei jeder Möglichkeit ihre Hand in die Tasche und drückte am heimlichen Geschenk. ‚Welch' schöne Weihnachten', dachte sie verträumt.

Schon zu Lichtmess, kaum zwei Monate waren seither vergangen, ging Ignaz zu Annas Eltern und bat, in seiner einsilbigen Art, um das Einverständnis, ihre Tochter heiraten zu dürfen. Seither gab es keinen Tag in Annas Leben, an dem sie nicht wenigstens an ihn gedacht, viel lieber aber, an seiner Seite war. Das Halstuch glich einem Liebesversprechen, das Ignaz in all den Jahren ihrer Ehe hielt und das Annas heimlicher Schatz war.

Hätte sie Ignaz gefragt, ob er denn noch den Heiligen Abend wisse, als er ihr das Halstuch geschenkt hatte, hätte er ihr nicht nur die Uhrzeit sagen können, das wäre ein Leichtes gewesen, er hätte ihr von den vielen Stunden davor erzählen können. Stunden, in denen er überlegt hatte, ob sie sein Geschenk wohl annehmen würde. Und endlich, als der Anlass gekommen war, als er ihr, ohne sich zu blamieren, ein Geschenk geben konnte, quasi weil Weihnachten war, konnte er kaum sprechen, stotterte er regelrecht.

‚Dass es schon vierzehn Jahre und vier Monate her ist‘, dachte Anna und mochte es kaum glauben. Versunken in diesen Gedanken verrichtete sie mechanisch ihre Arbeit, nicht ahnend, dass sich wieder einmal die Tiefe ihres Fühlens auf Ignaz übertrug.

Am Schlitten des Bergwerksverwalters, auf dem langen Weg nach Kolm Saigurn, resümierte er über die Fülle an kleinem Glück und wilden Herausforderungen vergangener Jahre. ‚Ohne mein Nannerl wäre es wohl oft zum Verzweifeln gewesen!‘ Mit ihrem Bild und dem von Nazl vor seinen Augen blieb sein Sinnieren in der Gegenwart hängen. Er dachte über Annas Nachricht, über das Angebot vom Langreiter nach. ‚Dass der wirklich sein Haus der Anna geben will. Kaum zu glauben. Aber wenn die Anna das sagt. Dann hätten wir bald ein eigenes Haus.‘

Dabei gelang es Anna auch, in ihre jetzige kleine Kammer Wärme und Heimeligkeit zu bringen. So wie an diesem Tag beim Frühstück, als der Geruch von geröstetem Brot vom Herd strömte. Er hatte das Brot mit der warmen Milch gelöffelt. Er mochte Milchsuppe. Warme gesalzene Milch, mit ein wenig Butter verfeinert und alten Schwarzbrotstücken. „Nannerl, schon morgen komm ich wieder", hatte er ihr versprochen. Darauf hatte er sie, in Erinnerung an das ‚Frühlingsgewitter' der vergangenen Nacht, noch kurz an sich gedrückt, die genagelten Lederschuhe angezogen, Gamaschen um Fuß und Gelenke gewickelt und an das jeweilige Ende am Schuh eingehakt. Dann den Wolljanker, Rucksack, Fäustlinge und Filzhut genommen. In Anbetracht kommender, besserer Zeiten war er leichten Herzens aus der Tür geschritten. ‚Wenn es sich der Langreiter nicht anders überlegt ... ja, das Leben kann wahrlich auch geben.'

Ignaz drehte sich am Schlitten um und schob die Decke zurück. Er hörte ein hohles Rauschen, etwas hatte sich im Wald bewegt. Ein Tier, ein Reh, Hirsche vielleicht? Aber das komische, ihm unbekannte Rauschen? Da er keine Erklärung fand, drehte er sich wieder um. Plötzlich war ihm, als ob es noch mitten in der Nacht wäre, als ob Bloche auf ihm lägen. Er besann sich und hatte dafür auch eine Antwort: Sechs Wochen hindurch an sechs Tagen der Woche die Aufzugsmaschine reparieren! Am ersten Februar, an seinem achtundsechzigsten Geburtstag, hatte er diese Arbeit angenommen, sie verhieß ein gutes Einkommen. „Ein letztes Mal", hatte er zu Anna gesagt, „nächstes Jahr muss der Bergwerksverwalter einen jungen Meister suchen." Ignaz fühlte sich erschöpft. Diese Schinderei! Oder lag es am ‚Frühlingsgewitter'? Gestern Abend war er übermütig. „Ich bin der Südwind und der Blitz und der Donner. Ich mach' dir ein Frühlingsgewitter, liebes Nannerl", hatte er gesagt.

Dann dachte er an den Lohn und dass es sein letzter Arbeitstag im Bergbau sein würde. Dieses Wissen ließ die Schwere der vergangenen Wochen vergessen. ‚Heute die Träger fixieren, mit den Klampfen an den Querstreben befestigen und die Gulden nehmen! Das Verdiente würde lange reichen.'

Unglück am Schrägaufzug

Der Winter war kalt, windig und schneereich, aber ausnehmend kurz gewesen. Im Talboden von Kolm Saigurn waren zwei, an manchen Stellen bis zu drei Meter Schnee gelegen. Dieser war in Schichten, wie gestapelt, einmal pulvrig, dann wieder schwer und nass, je näher dem Untergrund, umso fester, und auf dem kargen Grasboden schier zu Eis gepresst. Bei Felsen und Bäumen waren Rinnen, gleich ausgefegten Gräben, entstanden, und der Wetterseite abgewandt hatte der Sturm die weiße Pracht zu mystischen Gebilden aufgetürmt. Dann wendete sich das Wetter. So früh dieser Winter sich eingestellt hatte, Anfang Oktober hatte es zu schneien begonnen, so jäh schien er sich zu verabschieden. Es regnete in einem fort. Schon seit Tagen. Im Tal von Kolm Saigurn lag tiefer Matsch aus nassem Schnee. Erste Lawinen grollten von den Hängen. „Wenn der Winter um dies früher aufhört, wie er sich eingestellt hat, und jetzt der Südwind den Schnee taut, können wir einiges ausgleichen", sagte der Bergwerksverwalter. Und so war es dann auch gewesen. Noch bevor der März vorbei war, nahm der Wind die große Schneemenge mit, ließ die Bäche anschwellen, die unter Lawinenkegeln und aus Gräben hervor tosend talauswärts schossen. Die Arbeiter sahen freudig die Schneeflecken in den Senken täglich kleiner und apere

Stellen größer werden. Es schien noch undenkbar, aber in einer Woche könnten sie wieder arbeiten, wenn die Förderbahn repariert und der Frühling den Winter besiegt haben würde. Damit würde vieles einfacher und leichter und das hatten sie der genialen Erfindung des Oberwerkmeisters zu verdanken. Auch wenn dieser immer wieder über die hohen Kosten der Instandhaltung klagte, doch dies war das Problem Gainschniggs. Für sie, die Knappen, brachte die Aufzugsbahn eine immense Arbeitserleichterung mit sich. Sie waren sogar stolz und redeten von „ihrer Bahn", einerlei, ob es sich um Fahrten darauf und damit, oder eben, wie in den letzten Wochen, um die Reparatur derselben ging. Vielleicht lag es daran, dass sich viele von ihnen noch an die Plagerei mit den schwer beladenen Kraxen, den Rückentragen und den Transport mit den Knappenrössern erinnerten. Sie lag ja nicht allzu lange zurück, die Zeit, in der die Bergmänner nicht nur die Strecke zu Fuß bewältigen mussten, sondern in der alle Arbeitsgeräte, das Brennmaterial und jeglicher Vorrat getragen wurden und das schwere erzhaltige Gestein in Säcken zu Tal gebracht werden musste. Das gelobte Hilfsmittel dieser Art gab es erst seit dem Jahr 1834.

Der Werkmeister Josef Gainschnigg von der Lendner Schmelzhütte wollte eine Standseilbahn von der Talsohle in der Kolm bis zum Neubau errichten. Er schlug seinen Plan dem Bergwerksverwalter vor. Diesem gefiel die waghalsige Idee des Bergbauingenieurs und reichte die Pläne im Kaiserlichen Ministerium ein. Freilich nicht darauf vergessend, das Vorhaben hoch zu preisen und wortreich auszuführen, damit künftig Kosten gespart werden könnten. Auch, wie außerordentlich es dem Bergbau dienlich und dem Kaiserreich zu Ehren gereichen würde, wenn sich ein derartiges technisches Meisterwerk am hohen Goldberg Seiner Majestät befinden würde.

Es mag ein glücklicher Zufall gewesen sein, dass der zuständige Sektionsrat an den Plänen Gefallen fand und sie der hochlöblichen

Finanzkammer, im Glauben an eine Zukunft des Rauriser Bergbaues, wärmstens empfahl. Schon bald nach dem Bittgesuch kam ein versiegelter Brief mit Doppeladler aus Wien. Der Bergwerksverwalter spendierte darauf Werkmeister und Knappen Branntwein und Jause.

Vielleicht hatte der wohlgesonnene Hofrat ob eines weiteren Gesuches wegen der explodierenden finanziellen Gestehungskosten ein wenig Kopfweh bekommen. Vielleicht hatte er seine letztmalige Empfehlung beim Ackerbauministerium rechtfertigen müssen, jedenfalls erwähnte der Bergwerksverwalter gegenüber dem Werkmeister Gainschnigg ein ‚besorgtes Schreiben‘ – nur da war es bereits zu spät! Fehlende Gulden hin oder her, es würde sich richten lassen, die Bahn war fertiggestellt, alles Holz verbaut, fast alle Schichten gemacht, das Maschinenhaus fertig, das Seil aufgezogen, das Rad wollte sich drehen, das Wägelchen stand zur Jungfernfahrt bereit.

Von der Konstruktion und Funktion der neuen Bahn verstanden die Knappen nicht viel, auch wenn sie zum Bau derselben eingeteilt gewesen waren, waren sie hierbei nur Hilfsarbeiter, ihr Revier war ‚Unter Tag‘. Die Bahn sollte neben der Erleichterung der Erz- und Versorgungstransporte auch den Knappen eine weniger zeit- und kraftaufwändige An- und Abreise zu und von ihrem Arbeitsplatz ermöglichen. Für manch einen verlangte die Auffahrt in dieser Aufzugsmaschine Schneid und die Abfahrt sogar Mut. Daran mangelte es den Knappen gemeinhin nicht, aber die neue Maschine war ihnen doch nicht ganz geheuer. Der alte Knappe Hans wollte lieber zu Fuß gehen, als sich diesem „Teufelszeug“ auszuliefern. Erst das Interesse der Talbewohner, die mit der Fertigstellung des „Wunderwerkes“ nach und nach und mehr und mehr zum Schauen und Staunen nach Kolm pilgerten, ließ die Knappen ob der neugierigen Einheimischen wagemutig werden und stolz erhoben in das kleine Holzwägelchen auf den hölzernen Schienen steigen.

Für die einen war sie also „Wunderwerk" zum Staunen, für die anderen „Teufelszeug", die Aufzugsmaschine von Josef Gainschnigg. Im Tal von Kolm Saigurn, hinter dem Werkhaus, stand die Seilbahnhütte. Gainschnigg erklärte den Besuchern die Funktion der Aufzugsmaschine. „Diese teilweise baumhohen, massiven hölzernen Steher sind zu Stützenkonstruktionen verstrebt, allesamt durch Querträger verbunden und im Boden verankert. Und darauf, auf einem Gebälk mit hölzernen Dübeln befestigt, liegen die Geleise. In kurzen Abständen, pyramidenförmig einer um den anderen, reihen sich diese tragenden Lärchenstützen zum ansteigenden, sogenannten Kälberriedel. Ab da mehr dem Hang angeschmiegt, sind die Stützen am steiler werdenden Gelände entsprechend niedriger und die Trasse führt, kaum dass eine kurze Strecke ihres Weges den flachen ‚Durchgangboden' passiert hat, kühn, beinah fast senkrecht, die ‚Hohe Wand' hinan. Als ob dem nicht genug, kommt bei der folgenden Geländekante die nächste Herausforderung. Nicht nur, dass die beträchtliche Steigung von gut fünfzig Grad plötzlich in eine recht mäßige übergeht, gilt es hier eine Geländekrümmung zu umgehen. Die Bahn muss folgend eine Richtungsänderung gegen Westen, zu den ‚Melcherböden' einschlagen und führt über welliges Terrain vorbei an knorrigen Zirben und alsbald in tief in Felswand eingesprengtes Geschröff. Gelangt ferner auf eine Terrainwelle, ‚auf den Stein' genannt, dann auf den ‚Sackzieherkampl' und schließlich auf den Holzplatz vor dem ‚Maschinhaus'. Namensgebend für das Maschinhaus ist das mächtige Wasserrad, daher die landläufige Bezeichnung ‚Radhaus'. Das in Stein ausgeführte Gebäude verfügt über eine sogenannte ‚Radstube', wobei man beim Wort ‚Stube' Behaglichkeit und Wärme assoziiert, bei dieser Stube allerdings handelt es sich um einen Bau, der das große Wasserrad, mit einem Durchmesser von beinah zwölf Meter, abdeckt und allerlei Gerätschaften beherbergt. Das Rad ist ein in den Bergwerken häufig eingesetztes, oberschlächtiges Wasserrad mit zwei gegenläufig angeordneten Wassertaschen. Je nachdem welche Taschen mit Wasser gefüllt werden, dreht sich das Rad vorwärts oder rückwärts – und das Wägelchen fährt bergwärts oder zu Tal. Damit aber das Wägelchen nicht unkontrolliert zu Tal saust, wird Wasser auf die gegenläufige Wassertasche gelassen und derart gebremst. Um das Wägelchen zu ziehen beziehungsweise zu halten, braucht es ein Seil – ein dementsprechend langes Seil. Das funktioniert folgendermaßen: Die große Welle des Rades trägt eine breite Seiltrommel, und auf der wird das 1.422 Meter lange und vier Zentimeter dicke Hanfseil in mehreren Lagen aufgewickelt. In Gang gesetzt wird das Rad mit Wasser, das vom Maschingraben abgezweigt und hinter dem Maschinhaus stehenden Bruchhof zum Dach des Maschinhauses über ein Gerinne geleitet wird. So, das ist das Wichtigste über die Aufzugsbahn", beschloss der Werkmeister seine Erläuterung.

Staunend hatten ihm die Leute zugehört, die Einheimischen, die, seit die Aufzugsbahn in Betrieb war, ein gewohntes Bild am Sonntagnachmittag hier im Talschluss von Rauris gaben. Aus der kleinen Gruppe wagte sich eine dickliche, schon etwas ergraute Frau mit abstehenden Ohren, hinter denen zwei dünne gedrehte Zöpfe festgesteckt waren, hervor. Sie reckte den Kopf und fragte, als ob sie nichts gehört oder er nichts erklärt hätte: „Herr Oberwerkmeister, wie geht das mit dem Aufzug?" „Ist ganz einfach", meinte der scherzend, „eine Holzeisenbahn, ein langes Seil, ein kleines Wägelchen, darin ein zottiger Zwerg, der dir zuflüstert: ,Steig ein, fahr mit! Hinan, hinauf!'."

Gainschnigg erinnerte sich an die Frau, die, unsicher, ob die Zaubermaschine nicht auch des Sprechens mächtig wäre, oder nur erbost über seinen Scherz, davongestoben war. War überrascht ob der Eile, mit der die Zeit verronnen war, lag dies doch schon wieder zweiundzwanzig Jahre zurück. Mittlerweile war es auch an den

Sonntagen ruhig um das Wunder „Aufzugsmaschine" geworden. Der Schrägaufzug bot ein gewohntes Bild, nichts Neues, nichts Geheimnisvolles lag mehr darin. Nur viel Arbeit an der Instandhaltung, verbunden mit entsprechend hohen Kosten. Zu den hohen Aufwänden kam ein beachtliches Gefahrenrisiko. Eisabbrüche im steilen Gelände, Plaiken, Schneerutsche, Stein- und Geröllschlag während der Reparaturarbeiten, wenn der Boden taute, der Frost aber die schattigen Lagen noch im Griff hielt.

Er hatte nicht vergessen: Die Konstruktion des Schrägaufzuges war gewagt! Um sie zu verstehen, war ein solides Maß an technischem Wissen, für die Reparatur die Genauigkeit eines Fachmannes erforderlich. Für Gainschnigg kam nur einer in Frage: Ignaz Rojacher! In Ignaz hatte er seine Hoffnung gesetzt. Der war als Zimmerer im Bergbau ein Meister seines Faches, schon seit vielen Jahren kannte er die Fähigkeiten des bescheidenen Mannes. Und Ignaz? Ignaz sah es als glücklichen Zufall, dass der Werkmeister ihm die Leitung dieser wichtigen Arbeiten übertrug. Und wenn er auch nicht darüber redete, bedeuteten sie ihm Ehre und Herausforderung gleichermaßen.

In stummem Einverständnis planten und erledigten Werkmeister und Werkzimmerer die heiklen Aufgaben. Schade, dass es dieses Mal das letzte Mal sein würde. Gainschnigg bedauerte es und konnte es doch nicht ändern. Aber er verstand den Rojacher, der hatte genug arbeitsreiche Jahre „am Buckel". Wenigstens heuer hatte er ihn noch an seiner Seite gehabt. Sturm, Frost, Wasser und Schnee setzten der hölzernen Bahn zu. In diesem Winter mehr als in manch anderem zuvor. Streben mussten verstärkt, neue Stangen aufgestellt und Querhölzer ersetzt werden. Auch geborstenes Gestänge am Geleise musste gewechselt, locker Gewordenes wieder befestigt und das Hanfseil neu aufgezogen werden. Ein heikles Unternehmen, zumal der Boden an schattigen Stellen noch gefroren war und die Streben nur notdürftig befestigt werden konnten. Erst zur Zeit der Sommersonnenwende würde der Boden hier im hintersten Rauriser Tal überall und tiefgründig aufgetaut sein, erst dann würden die schadhaften tragenden Hölzer ersetzt werden.

Dieses Jahr hingegen war ein besonderes. Wie man aus den Erzählungen der Alten wusste, konnte man noch nie zuvor schon im Februar mit den Reparaturen an der Aufzugsbahn beginnen und diese, zur Freude des Bergingenieurs Gainschnigg, mit dem heutigen Tag beenden. Er wollte die Gunst des zeitigen Frühjahrs nutzen und die Bahn baldigst in Betrieb wissen. Freilich, allein die frühe Schneeschmelze aufgrund der warmen Südströmung hätte dies nicht ermöglicht, der alte Rojacher trug mit seinem Wissen maßgeblich dazu bei. A-förmig hatte er neue Balken mit Klampfen an den tragenden Lärchenstehern befestigt. Indem er sie einmal bergwärts und andererseits talwärts ausspreizte, konnten selbst locker gewordene Träger sicher gehalten werden, gegen einen Bruch seitwärts war die Bahn durch den verstrebten Gleisunterbau gesichert. „Das hält", hatte Rojacher versprochen, „bis zur Sonnenwende, dann tauschen wir die schadhaften Hölzer aus!"

Ignaz hatte bereits die Stützen am steilen Kälberriedel kontrolliert, wie auch die hohen, auf der Talsohle stehenden. Vor allem der über den Talboden führenden Konstruktion galt seine besondere Aufmerksamkeit. Nach abermaliger Inspektion war auch diese Arbeit getan. Er stand nun am Fuße des steilsten Teils des Aufzuges und blickte die Felswand hinauf. Wo waren sie? Zwei Knappen hatte er auf die Melcherböden geschickt. Nur eine Kleinigkeit, die Geleise am Übergang zum Flachstück, wollte er nochmals inspiziert wissen. Ignaz schaute angestrengt, ‚zwei schwarze Gestalten würden sich im Weiß der Umgebung abheben', er konnte allerdings nichts erkennen. Nun, es war keine Eile geboten, es war ja erst gegen Mittag, schneller als erhofft waren die letzten Ausbesserungen erledigt, sie würden bald erscheinen. Der Werkmeister und die anderen Helfer waren bereits im Werkhaus. „Fleischkrapfen" hatte Gainschnigg geheißen, zur Feier des Tages gab's Fleischkrapfen. Reste vom Geselchten, etwas gekochtes Rindfleisch, gebratener Schweinebauch und geschälte gekochte Erdäpfel. Alles feinwürfelig geschnitten, gewürzt mit Salz, Pfeffer und Kümmel. Roggenmehl mit einem Gemisch aus heißer Milch und Wasser zu einem Teig geknetet, zu Rollen geformt, kreisrunde Blätter gewalkt, mit dem Bratengemisch halbseitig gefüllt, zusammengeklappt und in heißem Schweineschmalz gebacken, eine Pinzgauer Spezialität, die nach schwerer Arbeit nicht nur nahrhaft, die auch wohlschmeckend war, und auf die sie sich freuten, als die Köchin es in der Früh ankündigte.

Ignaz klopfte mit dem schweren Hammer an die Lärchenbalken. Am Klang des Holzes erkannte er, ob sie noch fest verankert oder locker waren. Er tat es mehr aus Langeweile des Wartens auf die Knappen denn der Kontrolle wegen, denn die Prüfung war in den Tagen zuvor und auch heute Morgen ausreichend geschehen. ,Pflmp, pflmp, pflmp', dumpf hörte sich das Klopfen seines Hammers an. Noch bevor das letzte ,pflmp' verklang und er den Hammer wieder in den Gurt stecken konnte, gesellte sich ein anderes Geräusch hinzu. Ein kurzes ,pflitsch'! Ignaz hob den Kopf in die Richtung, aus der das knappe Geräusch kam, und sah etwas Dunkles. Plötzlich, links hinten, schemenhaft eine Bewegung. Fast gleichzeitig ein Schatten von oben. Noch bevor er danach sehen konnte oder gar einen Schritt zur Seite zu tun imstande gewesen wäre, sauste es auf ihn nieder. Erst zu schnell und dann zu nah, als dass er es hätte erkennen können. Nur ein Etwas in grauschwarz. Es folgte ein mächtiger Schlag auf seinen Schädel. Ignaz fiel lautlos in den umliegenden Matsch. Sank einer Hülle gleich in sich zusammen, kippte langsam seitwärts und fand auf dem Gemisch aus Eis, Schnee und Steinen einen tiefen Schlaf.

Ignaz kommt heim

Der Bergbauingenieur selbst saß am Kutschenbock und lenkte den zweiachsigen Wagen über den Marktplatz zum Mesnerhaus. Ihm schien, als ob der Weg endlos gewesen, als ob er nie ans Ziel zu gelangen vermochte. Endlich, nach traumatischen Stunden, war es erreicht. Gleichzeitig stand ihm nun die schwerste Aufgabe bevor. Dabei hätte es anders sein können. Hätte! Wenn es anders gekommen wäre, wäre dies ein Festtag für ihn, für Ignaz, für alle, die an der Aufzugsbahn gewerkt hatten und sich auf deren erste Fahrt in diesem Jahr freuten. Und sich freuten auf den Extra-Gulden, den er, Josef Gainschnigg, als Bergbauingenieur ausgesetzt hatte. Und nicht zu vergessen den Branntwein und die Fleischkrapfen! Ob die Knappen nach dem Geschehenen eine rechte Lust darauf gehabt hatten, wusste er nicht, glaubte es auch nicht, er selbst dachte nicht mehr an Essen. Dabei saß er bereits hungrig am wuchtigen Ecktisch in der Küche, an den sich sonst nur die Knappen setzten. Er zog stets den kleineren in der Stube vor. Doch heute wollte er seinen Respekt kundtun, indem er sich zu ihnen setzte, die Freude mit ihnen teilte. Just bevor die Köchin die Speisen auftrug, kamen, außer Atem und in ihrer Aufregung kaum einen Satz zu sprechen imstande, die beiden Knappen, die Rojacher zu den Melcherböden geschickt hatte.

Sie stammelten abwechselnd, einmal der eine, dann der andere, die ungeheure Nachricht. Er nahm den Gürtel, an dem noch das Handwerkzeug war, und schnallte ihn um. Dies geschah wie benommen, erst in Zeitlupe, dann besann er sich und begann zu laufen, lief zur Tür, die laut hinter ihm ins Schloss krachte, rannte den Talboden entlang Richtung Kälberriedel, rannte, so schnell es ihm möglich war, zum Eisbühel. Dort angekommen, sah er auf dem nassen Schneeboden ein zusammengekrümmtes Häufchen liegen. Es bestätigte sich, was die beiden behauptet hatten: „Da oben, unterm Kälberriedel, da liegt er. Sein Gesicht ist in den Schneematsch gedrückt. Der Ignaz ist es!" Entsetzt starrte er auf den Liegenden im rot gefärbten Schnee. Es war das Blut vom Rojacher, von Ignaz, dem besten Bergzimmermann, den er gekannt, dem Getreuen, der ihn, war die Arbeit noch so schwierig, nie im Stich gelassen hatte. Gainschnigg sah rundum, sah talwärts und lange Zeit aufwärts, zum Hang und zu den über ihn führenden Geleisen. Dann bückte er sich und hob den leblosen Rojacher auf, hievte ihn auf seinen Rücken und trug ihn zur Barbarakapelle, die dem Werkhaus angebaut war. Dort angekommen legte er ihn kurzerhand auf den Altar. Obwohl der Werksingenieur ebenso stark wie groß gebaut war, gaben ihm seine Knie plötzlich nach und er sank gebeugt in die Bank davor. Dabei war es nicht die mangelnde Kraft seiner Muskeln, die ihn nicht mehr tragen wollten, es lag vielmehr an der Tragik des Geschehenen, die ihn, alle Kraft und Sinne lähmend, in diesen Zustand versetzte.

Nach einer geraumen Weile kam die Köchin und mahnte ihn zur Abfahrt. Der Verstorbene musste nach Hause gebracht werden! Die Pferde waren bereits vor die Kutsche gespannt und schritten unruhig an der Stelle. Gainschnigg erhob sich, trat zur Tür hinaus und gab den umstehenden Männern die Anweisung, noch Fichten-, Lärchen- und Latschenäste zu bringen. Sogleich eilten die Männer in den nahe liegenden Wald, dankbar, sich hilfreich erweisen und

Ignaz einen letzten Dienst tun zu können. Indessen ging Gainschnigg ins Haus und kam nach einiger Zeit in festlichem Bergkittel und frisch aufgebügelter Hose, die knieabwärts in Schaftstiefeln steckte, gewandet zurück. Mittlerweile hatten die Knappen die Äste auf den Kutschenboden und an die Seiten gelegt. Ohne Worte schritten sie folgend, einer nach dem anderen, zu ihrem Kameraden, nahmen Hut oder Kappe vom Kopf und verabschiedeten sich mit einem Kreuzzeichen und einer Verbeugung. Als letzter betrat Gainschnigg die kleine Kapelle, hob Ignaz auf und trug ihn zum Gespann. Dort legte er ihn behutsam auf die große Wolldecke, die jemand ausgebreitet hatte, und schlug ihn darin ein. Die gute, die schöne Ausfahrtskutsche hatte er ihm zu Ehren gewählt. Bevor er aufstieg, drehte er sich zu den Männern und sagte: „In Gottes Namen!"

Die Kutsche auf dem Weg ins Tal führend fiel ihm ein, dass ihm zwar in der Kapelle eine Weile allein mit dem Toten gegönnt war, dies bewusst wahrzunehmen war er allerdings nicht imstande gewesen. Geschah es diesem Umstand zufolge, dass er deshalb die Begleitung eines Knappen ablehnte? Er wusste es nicht. Doch nun lenkte er das Gespann Kehre um Kehre, Kurve um Kurve, die erste Wegstrecke noch steil und durch den Wald führend, nach einer knappen Fahrstunde schließlich der langen Ebene des Hüttwinkel Tales entlang, weiter zur kleinen Ortschaft Wörth und von dort dem Markt Rauris zu.

Die gut zwei Stunden währende Fahrt ließ ihn so manch gemeinsam Gemeistertes in Erinnerung rufen. An diese oder jene kniffelige Arbeit an der Aufzugsbahn dachte er ebenso wie an andere gefahrvolle Tätigkeiten im Bergesinneren. Erinnerte sich an den Wassereinbruch im Töberlinger Stollen. Rojacher hatte die Gefahr an dem glänzend werdenden Gestein und dem Tropfen aus einer seitlichen Kluft erkannt. Hatte beobachtet, wie aus den Tropfen ein Rinnsal wurde und daraufhin gewarnt: „Wir werden recht bald zu Sumpf gehen!" Nur einen Tag später, er, Bergbauingenieur Josef Gainschnigg, hatte auf das Wissen Rojachers gesetzt und die Knappen vorübergehend in einem anderen Stollen bauen lassen, quoll aus der Kluft ein regelrechter Bach und setzte den „Töberlinger" unter Wasser. Oder als es an der Zeit war, die Dächer vom Werk- und Knappenhaus neu zu decken. Er scheute, dies dem Bergwerksverwalter zu sagen, wusste er doch um die Antwort, die aus Jammern und Klagen der zusätzlichen Kosten wegen bestehen würde. Auch hier bot ihm Ignaz die Lösung: „Man braucht die Schindeln nur um die eigene Achse drehen, die abgewitterte Seite wird somit verdeckt, die andere Hälfte hält noch Jahre!" Und heute ist sein letzter Arbeitstag zum letzten Lebenstag geworden.

Gainschnigg drehte sich um und blickte zu dem toten, in Decken gehüllten Ignaz mit dem Kreuz auf der Brust. Die Köchin hatte es vom Herrgottswinkel genommen, Ignaz die Hände wie zum Gebet gefaltet und ihm das hölzerne Kreuz als Zeichen Gottes mitgegeben. Mit Schaudern dachte er an Anna. ‚Die Anna, als ob sie vom Schicksal nicht schon genug gepeinigt worden war. Musste dies geschehen? Habe ich doch das Meinige beigetragen!‘ Als ob ein Stein auf seine Brust drückte, dessen Last über den langen Weg nicht gewichen, hingegen, je länger er darüber nachdachte, an Schwere zugenommen hatte, so war ihm zumute. Denn er war es ja, der ihn überredet und gutes Geld versprochen hatte, würde er ein letztes Mal helfen. „Ein letztes Mal", Gainschnigg mochte diese Worte künftig nicht mehr verwenden.

Gleichsam fürchtend wie froh, den schweren Weg hinter sich zu bringen, lenkte er die Kutsche zum Mesnerhaus, hielt an, befestigte die Bremsklötze, stieg herab und schritt zur Haustür. Als Anna öffnete und den Bergingenieur in seinem Sonntagsstaat, die zwei Pferde und die Kutsche sah, wusste sie, was geschehen war. Sie sank in Josef Gainschniggs Arme. Der trug die ohnmächtige Frau in die

Kammer und legte sie auf die Bank. Da sah er den Buben am Tisch sitzen. Unvermittelt schossen ihm Tränen in die Augen, eine um die andere rann seine von Wind und Sonne gezeichneten Wangen hinab. Dass der Bub hier sitzen würde, an das Selbstverständliche hatte er nicht gedacht. Auch fand er keine tröstenden Worte, nur: „Naz, der Vater!" Augenblicklich schoss der Bub in die Höhe und lief an ihm und Mutter vorbei zur Tür hinaus.

Wie lange er bei Anna gestanden, wann der Pfarrer gekommen, wo Naz gewesen war, er wusste es nicht. Er zog seinen Hut, ließ den Pfarrer bei Anna zurück, drückte sich zur Tür hinaus und wartete, bis der Pfarrer die letzte Ölung gespendet hatte. Darauf führte er den Leichnam zur Michaelskapelle, wo ein ihm Unbekannter half, den Verstorbenen im Seitenschiff aufzubahren. Alsbald war im Markt das bekannte hohe Bimmeln der Sterbeglocke zu hören.

Erst, als es siebenmal von der Turmuhr schlug, stand Anna auf. Das Läuten erinnerte sie. ‚Ach ja die Uhr', dachte sie, ‚die Uhr!' Sie ging in die Küche und hielt das Pendel an. Anschließend verhängte sie den kleinen Spiegel mit ihrem dunklen Schal. Dann nahm sie aus der untersten Lade der Holztruhe ein schwarzes Kopftuch, setzte es auf, nahm den wollenen Umhang vom Haken an der Kammertür und wand ihn um ihre schmalen Schultern. Sie schlüpfte nur in die hölzernen Pantoffeln, bekreuzigte sich mit dem Nass aus dem Weihbrunnschälchen, das neben der Tür hing, und verließ das Haus. Ihr Weg war nicht weit. Sie eilte zum Pfarrhof und zog am Strick neben der Haustür. Die kleine Glocke schellte. Sogleich hörte sie schlurfende Schritte. „Wawi, dank dir fürs Zügenläuten", sagte sie zur Pfarrersköchin. „In Gottes Namen, Anna, die Totenglocke läuten für deinen Ignaz, das ist doch das Mindeste, was ich tun konnte!" Die alte Frau begleitete, noch in Hausschuhen und ohne Jacke, Anna zur Michaelskapelle.

Naz geht zum Bergwerksverwalter

Liesl, die Brücklwirtin, gab ihm Brot, Speck und Käse. Manchmal auch etwas Butter und Mehl. „Bring es deiner Mutter", hatte sie ihm aufgetragen. Vom Streanfärber erhielt er zwanzig Kreuzer am Tag. An sechs Tagen im Monat Dreschmaschinen bauen ergab zwei Gulden. Er hätte dankbar sein sollen. Wenigstens zufrieden. Doch Naz wollte lernen. Sechs Jahre hatte er die Volksschule besucht. Donat war ein guter Lehrer, er hatte sie in Rechnen, Schreiben, Lesen, Heimatkunde und Geschichte unterrichtet. ‚Die Schule, meine Freunde, die Freude am Lösen der kniffeligen Rechenaufgaben, ist das nicht mehr das Meine?', fragte sich Naz. Er wusste die Antwort: ‚Ich muss der Mutter helfen!'

Seit einigen Wochen wohnten sie im Pfarrhof. „Ein nettes Zimmer, Rojacherin, könnte ich euch überlassen, wenn du künftig als Köchin im Pfarrhof arbeitest", bot ihr der Pfarrer nach Ignaz' Beerdigung an. Wie hätte sie das Geld für die Herberge im Mesnerhaus aufbringen sollen? Zudem war der Schulmeister über die beiden Räume froh. Die Zahl der Schüler wuchs beständig. Ein neuer Hilfslehrer würde im Herbst kommen und für ihn brauchte Donat ein Quartier. Des Pfarrers Vorschlag bot die Lösung. Ignaz hatte ihm wohl Unrecht getan, als er einmal gemeint hatte: „Um einen

Kreuzer lässt sich der Pfarrer zwicken", denn wieder einmal kam vom Pfarrer Hilfe.

Die alte Pfarrersköchin war über diese Regelung froh. Sie kochte nicht mit Freude. In jungen Jahren nicht und jetzt im Alter erst recht nicht. „Essen muss man, um satt zu werden", war ihr Spruch – und Genuss empfand sie anmaßend. Der Pfarrer hingegen schätzte die Kochkünste der Rojacherin. Des Öfteren schon hatte sie ihm und seiner alten Köchin, der Wawi, ein Stück Kuchen gebracht. Einmal waren sie zu Dämpferdäpfel mit Fiselbohnen, ein anderes Mal zu Schweinskopfsulze mit Roggenlaibchen eingeladen. Wie sehr dies geschmeckt hatte! Und jetzt, wo der Ignaz heimgegangen ist. „Dir und den Buben in der Not zu helfen ist meine Christenpflicht", so der Pfarrer, und dachte an Brot und Knödel, an die süßen Nudeln und das Beerenmus, an die geschmackvolle Kräutersuppe ebenso wie an die Mehlsuppe mit den gerösteten Linsen als Einlage.

Froh und dankbar über die Hilfe des Pfarrers war auch Anna. Und er, der Pfarrer, indes stolz auf seine christliche Eingebung. Mit dem Zeigefinger sudelte er die Essensreste aus den Zwischenräumen seiner gelblichen Zähne, strich sich darauf die weißen Haare aus der Stirn und nahm ein zerknülltes Sacktuch aus der Hosentasche. Während er durchs vergitterte Küchenfenster blickte, schnäuzte er sich kräftig, schüttelte sich ein wenig und erfreute sich erneut seiner beinah göttlichen Eingebung: ‚Ist schon gut, dass ich der Frau mit ihrem Buben ein Zuhause gegeben habe!' Und: ‚Essen und Trinken hält Leib und Seele zusammen!' Noch ein wenig in diesen Gedanken verweilend, strich er sich gütlich über den Bauch, und da fiel ihm ein: ‚Die Hose gehört gewaschen und gebügelt. Gut, dass die Rojacherin nun hier wohnt; und zu eng ist sie auch.' Er plumpste behäbig in seinen Lehnstuhl, der neben der großen Uhr mit den schweren Silberpendeln stand. Dass er sich nur langsam bewegen konnte, lag an seinen kurzen Beinen und Armen und dem drallen Bauch.

Der wog schwer und nahm ihm die Luft beim Treppensteigen. Freilich wäre er lieber muskulös und schlank gewesen, so wie der Rojacher war, aber seine Statur, die lag nicht in seiner Macht, die war sein Erbe. Dem Bedauern folgte ein kurzer Seufzer, dann legte er den Kopf an die Stuhllehne, machte noch einen Blick zum Ofen und schloss müde die Augen. Ein kurzes Nickerchen, bevor er die Kollekte vom vergangenen Sonntag zählen würde, wollte er sich gönnen, und fiel, dies kaum zu Ende gedacht, in genüsslichen Schlummer.

Für Naz verhielt sich die Sache ganz anders. Er war nicht froh und dankbar wie seine Mutter. Seit der Vater gestorben war, musste er arbeiten. Jeden Tag arbeiten, die Schule, der Lehrer Donat, das Lernen, das war Vergangenheit. Arbeiten beim Streanfärber, mitunter auch noch beim Brücklwirt, so wie eben. Naz horchte auf. Es war doch gut, wenn er Gläser waschen musste. Am Stammtisch wurde vom Bergingenieur gesprochen. In hohen Tönen lobten sie den Reissacher: „Dem sind wir wichtig. Der schaut auf uns. Der weiß, dass der Bergbau unser Brot ist. Der mag Rauris!" ‚Bergingenieur Reissacher, zu ihm würde er, Naz, gehen. Oder?' Naz überlegte. ‚Ja, ich geh' zum Bergingenieur Carl Reissacher!'

Als Naz mit dem Gläserwaschen fertig war, machte er sich auf den Heimweg. ‚Heimweg! Wo bin ich daheim? Das Saghäusl, da war ich daheim', dachte er. Ein wenig fühlte er sich auch im Mesnerhaus daheim. Aber nun, beim Pfarrer, das war etwas anderes. ‚Daheim bist du, wo ich bin', hatte Mutter gesagt. Vater ist ‚heimgegangen', das hatte der Pfarrer gesagt. Wenn er könnte, würde er zu Vater gehen. Ihn holen. Er brauchte ihn. Mutter brauchte ihn. Nachts hörte er Mutter weinen. Leise ins Kopfkissen, aber er hörte sie. Und er, er würde auch gerne weinen. Aber er konnte nicht. Zudem dachte er, ‚was wird denn das, wenn schon Mutter weint, dass ich auch noch weine'. Ihm half der Zorn. Warum verließ sie Vater? Einfach so. Isst, lacht, scherzt, geht ins Bett, fährt nach Kolm Saigurn und kehrt tot am Wagen heim.

Naz wollte an der Brücklschmiede vorbeigehen, als der Meister ihm zurief: „Komm her, Naz, magst mir nicht just helfen, dauert nicht lange. Hab' meinen Burschen zum Bäcker geschickt. Er kommt gleich zurück. Da, die Zange halte." Naz hielt und der Brandtner ließ den Hammer aufs glühende Eisen sausen. Funken sprühten auf. „Pling, pling, pling, pling!" Die Stange bog sich, das eben noch runde Eisen wurde flach und der glühende Teil schwarzblau. Der Schmied nahm ihm die Zange ab, legte das Eisen ins Feuer und hieß ihn den Blasbalg drücken. Mit einem Pfauchen zischte die Luft aus dem Lederbalg. „Pfuuh", und „pfuuh", und „pfuuh!" Hitze strömte von der Feuerstelle, rot leuchtete ihm die Glut ins Gesicht. „Passt schon", meinte der Rußverschmierte und reichte ihm erneut die Zange. Und bald darauf: „Dich würde ich als Helfer nehmen, wenn du größer bist, Bürscherl", und „Pfiat di Gott, richte der Mutter einen lieben Gruß von mir aus." „Pfiat Gott Brandtner", erwiderte er und ging davon.

‚Nein', dachte Naz, ‚Schmied will ich nicht werden. Und Bäcker auch nicht.' Das fiel ihm ein, als er an der Fürstenmühle vorbeiging. „Du darfst Weckerl essen so viel du magst und noch zwei dazu", hatte ihm der Bäckersbursch verraten. Aber Bäcker sein, in der Backstube Teig wuzeln, nein, sosehr vermochten die Weckerl nicht zu locken.

Dass Naz den Weg über die Fürstenmühle und nicht den kürzeren durch die Marktstraße nahm, war beabsichtigt. Er wollte den Bergingenieur suchen. „Mit dem Glashäusler versteht sich der Bergingenieur gut, einmal wurde er beim Baderhäusl gesehen, und manchmal kehrt er beim Grimminger ein." Auch davon hatte er am Stammtisch reden gehört. Damit ihn Mutter nicht sah, war es sicherer, den Umweg zu nehmen. Wenn er großes Glück hatte, würde er ihn heute treffen.

Doch das wär' vom Glück zu viel verlangt gewesen. Nach einer Stunde suchen, spähen und warten ging Nazl zum Pfarrhof. Er musste einen neuen Plan schmieden. Sich etwas Besseres ausdenken. Noch bevor er die Haustür öffnete, rief der Pfarrer: „Hol der Mutter Holz! Hier hast den Korb." Naz tat, wie ihm geheißen. Als er den beladenen Korb anhob, fühlte sich dieser ungemein schwer an. Die Riemen schnitten ihm in die Schultern. Hatte er ihn zu sehr angefüllt? Nein, er war nur müde.

Es sollten noch zwei Wochen des Wartens, Spähens und Suchens vergehen, bis Naz den Bergingenieur endlich sah. Dabei fiel ihm ein: ‚Wie hätte er ihn denn ehedem erkennen sollen?' Das hatte er zu bedenken vergessen. Er wusste ja nicht, wie der Mann aussah. Vielleicht hätte er ihn am Bergkittel erkannt. Ja, ein Bergingenieur trug gewiss einen Bergkittel mit goldenen Knöpfen.

Aber nun musste er ihn nicht mehr suchen. Er saß vor ihm. Am Stammtisch vom Brücklwirt. Inmitten der Stammgäste, mit dem Schmied Georg, dem Binder Emerenz, dem Brunnführer Josef, dem Glaserer Michael und dem Weber Anton. Und am kleinen Tisch der Wegmacher Rup mit Hans Ferch, dem Kleinhäusler. Genau so hatte er sich ihn vorgestellt: groß, dunkle Augen, dunkle Haare, schwarzer Bergkittel mit goldenen Berghämmern am Revers. Ein respekteinflößender Mann, der Bergingenieur Carl Reissacher!

Naz war beim Erdäpfelschälen. Das war ihm peinlich. Wenn er wenigstens, wie so oft, Gläser waschen müsste, oder gar Bier zapfen dürfte. Auch das hatte er schon gelernt. Aber akkurat Erdäpfel schälen. Plötzlich legte der Reissacher einen Gulden auf den Tisch, sagte mit seiner sonoren Stimme: „Das geht auf mich, G'sundheit, dankschön Brücklwirtin, gute Zeit alle miteinander", stand auf und ging zur Tür hinaus. Naz legte Messer und Erdäpfel hin, band die Schürze ab, lief zur Tür, drehte sich noch einmal um und rief: „Ich komm' gleich wieder!" Und weg war er. Überrascht schaute Liesl auf, doch bevor sie etwas sagen oder ihn gar aufhalten konnte, war der Bub bereits entwischt.

Wagerl schieben

Vater hatte es ihm versprochen. Er würde ihn mitnehmen auf den hohen Goldberg. Ihm einen Stollen zeigen, den er, in seiner Zeit als Bergzimmermann, mit hölzernen Bohlen ausgebaut hatte. Und wenn sie schon nicht ins Berginnere könnten, würde er ihm zumindest den Eingang zeigen. Ein eckiges ‚A‘ hatte Vater aufgezeichnet und ihm erklärt: „Die seitlichen Rundhölzer sind massive Stempel, darauf als Kappe ist ebenfalls ein Rundling. Auf dem wiederum sind drei dicke Hölzer, mittig und an den Seiten längs geführt. Am Boden ist das Tragwerk, worauf die Schienenstränge für die Erzwagerl laufen. Und damit die Bergwasser abfließen können, muss nicht nur die Führung des Baues eine entsprechende Neigung haben, unter dem Tragwerk braucht es eine Wasserrinne." Naz war immer neugierig. „Wie schaut es im Inneren des Berges aus? Hast du glänzendes Gold gesehen? Sucht der Josef dort Kristalle?" Dies und vieles mehr hatte er von Vater wissen wollen. Und Ignaz hatte ihm vom Leben und der Arbeit der Knappen viel erzählt und manches erklärt. Sein Wissen hatte Naz, erst zögerlich, dann abenteuerlich, als ob er aus Erfahrung spräche, dem Bergingenieur präsentiert. Und der Reissacher hatte ihn aufgenommen. Als Truhenläufer am hohen Goldberg! Doch aus dem Abenteuer Bergbau war schnell raue Wirklichkeit geworden. Stempel, Kappe, Verzug, Fahrung, Tragwerk, Schienen – was einst Namen und Zeichnung waren, wurde zum Alltag. Und nicht allein der Eingang des Stollens war ihm mittlerweile ein Begriff, das Berginnere wurde Tag um Tag mehr quälender Feind denn abenteuerlicher Freund. Zweitausenddreihundert Meter über dem Meere, im Bodner Stollen, schob und zog er den Wagen hunderte Meter durch den finsteren Stollen aus Gneis, Quarz und Schwarzschiefer, der spärlich mit Karbidlampen beleuchtet, immer feuchtkalt und abweisend war. War sein Wagen schwer mit Erz beladen, hieß es ihn zu Tage schieben und mit dem leeren Wagen in die Tiefe des Loches zurückkehren. Wieder und wieder wurde der Wagen gefüllt! Naz kannte längst jeden Meter dieses quälenden Loches. Merkte sich Bohlen an Decke und Wänden. Kannte die Verzweigungen und Quergänge zu anderen, teilweise aufgelassenen Stollen, zählte sie. Verstand die Bauweise der Auszimmerungen. Wusste, das meiste war aus Fichtenholz, weniges aus Buche, auch um die Gefahr, wenn die Karbidlampe erlosch, wusste er Bescheid. Er sah die Knappen ihre schwere Arbeit verrichten und litt unter der Schufterei eines Truhenläufers. Die Schultern schmerzten und die Augen tränten vom Staub des Gesteins. Ein kratzender Husten wurde sein treuer Begleiter. Anders hatte er sich das Bergmannsleben vorgestellt. Er wusste zwar nicht wie anders, halt irgendwie anders. ‚Den Stollen nur ansehen, mit Vater, das wär' es gewesen', dachte er. Aber der Vater war ‚heimgegangen' und er, der Sohn, musste Geld verdienen.

Auf müden Füßen schleppte er sich abends in die Unterkunft der Knappen zum Berghaus. Mutter hatte ihm bei der letzten Heimkehr auch einen Beutel mit Haselnüssen eingepackt. Ein wenig davon konnte er für sich abzweigen, das andere hatte er Simon gegeben. Und Simon ihm dafür eine Geschichte versprochen. Simon, immerhin zehn Jahre älter und ein erfahrener Knappe, war für ihn mehr als nur Geschichtenerzähler. Er war ihm Freund, beschützte ihn vor rauen Späßen älterer Knappen und zeigte ihm den einen und anderen Kniff, so etwa das Anhebeln des beladenen Erzwagens mit einem Stock – seitdem sparte sich Naz den kräftezehrenden Start des schweren Wagens. Simon lehrte ihn auch, wie er mit dem Knappenrössl am geschicktesten fahren konnte. Einmal wollte er so werden wie Simon: flink wie ein Fuchs, zäh wie ein Kater und mit Muskeln, wie der Reissacher sie hat. Dann würde der Augsburger ihn fürchten und müsste mit seinen Hänseleien aufhören.

Spätabends auf ihrem Strohlager, in grobe Decken gehüllt, löste Simon sein Versprechen ein. „Vor vielen Jahren, da hatte es im Sommer geschneit und geschneit und so lange geschneit, bis die Knappen im Knappenhaus gänzlich eingeschneit waren. Und nicht mehr ins Freie konnten. Das Brennholz ging zu Ende. Die Lebensmittel waren alle aufgezehrt. Die Knappen litten Hunger und Kälte. In ihrer Verzweiflung wollten sie den dicken Bergschmied töten und aufessen. Dieser aber hörte von ihrem grausigen Vorhaben. In seiner Angst zwängte er sich durch den Schornstein. Grub und schlug die Schneehaube am Kamin hindurch. Dann bahnte er sich einen Weg durch die Schneelandschaft. Riesige Schneestangen zeigten ihm die Richtung. Er konnte fliehen und rettete zugleich seine Kameraden, die ihm heimlich folgten."

„Danke dir, das ist eine schaurig gute Geschichte." Und: „Simon, wie lange dauert hier heroben der Winter?" „Der Winter", antwortete Simon, „der Winter kommt noch. Es ist ja erst Oktober!" „Aber der Schnee", meinte Naz, und bevor er weitere Fragen stellen konnte, gab ihm Simon zu bedenken: „Eis und Schnee liegen hier beinah' das ganze Jahr. Noch ist es im Haus warm und die Wege gehen sich leicht. Aber wenn der Winter einfällt, ja dann ..." Simon schlief, kaum dass er seine Erklärung beendet hatte. Und auch Naz war müde, sehr sogar.

Als ob er es herbeigeredet hätte. Tags darauf lag eine dicke Schneedecke am Dach der Unterkunft. Im Schlafraum war es finster. Das Licht der Morgendämmerung, das gestern noch spärlich den Raum erhellte, war abgeschirmt durch Schneekristalle, die an den kleinen Fenstern klebten. „Binde deine Gamaschen um", sagte Simon, „jeden Tag brauchst du sie jetzt. Und ein wenig Tee zweige für die Flasche ab. Im Berg bist du froh darüber!" Wie gut, dass es den Simon gab. Dass er ihm half, dass sie Freunde waren.

Ein eisiger Sturm riss Naz die Holztür beinah aus der Hand. Darauf war er nicht gefasst. Auch nicht auf den tief verschneiten Weg, den sie ohnehin nur wegen der Markierungen auf den Felsen und der aus vielen kleinen Steinen errichteten Türmchen fanden. Die Knappen stapften voran. Naz durfte hinterhergehen. Auch nahm er heute Vaters geschnitzten Haselstock zu Hilfe und drückte sich damit im Tiefschnee ab. Und dennoch war es anstrengend. Schon nach einer kurzen Wegstrecke, obwohl sie bergwärts führte, war ihm kalt. So fühlte sich Sturm in dieser Höhe an. Und er meinte, Sturm ist, wenn der Wind ums Pfarrhaus und durch die Straßen des Marktes fegte. Rauris! Wenn jetzt der Winter beginnt, wenn es mehr und mehr schneit, wie konnte er den Heimweg schaffen? Und darauf zurück nach Kolm? Erst gar den Anstieg zum Knappenhaus? Naz fühlte ausweglose Verzweiflung. Vielleicht wusste Simon Rat. Ihn würde er abends fragen. Oder Peter. Peter, der Knappe, war vor drei Tagen ins Tal gegangen. Auf seinem Rückweg würde er vom Bäcker frisches Brot mitnehmen. Zehn Laibe waren bestellt. Vierzig Pfund an zusätzlichem Gewicht. Dieses Mal würde er alle Laibe mitbringen, einen neuerlichen Tadel nicht riskieren. Wenngleich ihn der Reissacher verstand, doch durchgehen lassen konnte er ihm sein Verhalten nicht. Peter hatte beim letzten Mal auf dem langen Weg dem Duft des frischen Brotes nicht widerstehen können. „Wie kann man nur einen ganzen Wecken aufessen", hatte Reissacher kopfschüttelnd gefragt. Vielleicht hatte er deshalb wieder ihm, Peter, diese Arbeit auferlegt.

Vom Markt nach Kolm waren es zwanzig Kilometer. Auch wenn sich im äußeren Tal ein Fuhrwerker, der die Knappen aufsitzen ließ, fand, meist ab dem Bodenhaus mussten die letzten Kilometer zu Fuß bewältigt werden. Um anschließend, wenn die Aufzugsbahn wegen Sturm eingestellt oder das Antriebsrad vereist war, von Kolm Saigurn zum oberen Werkhaus, dem Knappenhaus, siebenhundert Höhenmeter bergan im Tiefschnee zu stapfen. Dann spätabends ankommen, im kalten Lager des gemauerten Hauses sich mehr wälzen als schlafen. Tags darauf eine weitere Arbeitswoche beginnen. „Tag für Tag, Müh' und Plag', ohne Freude, welcher Sinn, so geht das Leben hin", das war Peters Spruch. Und letzte Woche zu ihm gewandt: „Naz, du weißt noch wenig um die Mühsale eines Knappendaseins."

Allerheiligen bei Mutter

In der letzten Oktoberwoche änderte sich das Wetter. Ein schöner Tag folgte dem nächsten. Kein Wind, nicht von der Niederen Scharte, auch nicht von der südlich gelegenen Brettscharte. Mild und warm waren die Tage und die Nächte gar ohne Frost. War es dennoch einmal stürmisch oder flockte es aus kleinen Wolken, folgte darauf erneut tiefblauer Himmel mit Sonnenschein von morgens bis abends. Grad so wie anlässlich von Naz' letzter Talfahrt. Auf seinem Weg nach Rauris, als er am Leiterwagen des Erlehenbauerns mitfahren durfte. Der Altbauer war auf der Alm gewesen, um den Zaun abzulegen. Diese Tätigkeit war zwar aufwändig, aber wichtig, denn übern Winter würden ihn Schnee und Lawinen ruinieren. Für Naz war es eine große Erleichterung, dass er sich den weiten Fußweg sparen konnte. Und ein Glück, dass der Bauer oftmals Arbeit auf der Alm verrichten musste, denn schon ein paarmal konnte er diese Fahrgelegenheit nutzen.

Der Erlehenbauer hatte in der Kolm Weiderecht für dreißig Stück Großvieh. Während die Unterkunft für Senner und Hüter unweit des Talbodens stand, grasten auch seine Kühe erst rund um die Hütte, dann in Talnähe und folgend hinauf bis zu den Melcherböden. Nächst der Almhütte war ein kleiner Wiesenfleck eingezäunt. Das

Dungmahd! Der wenige Dung, den sie aus dem Unterstand zu einem Haufen schoben, wurde im Frühjahr auf diese Wiese gestreut. Sie mähten das feine Gras im August, richteten daraus eine große Triste, die entweder bei frühzeitigem Wintereinbruch noch auf der Alm verfüttert oder für das Folgejahr im Stadl vorrätig gehalten wurde.

„Naz, träumst? Steig ab. Kannst mit dem Neuwirt weiterfahren." Naz war mit seinen Gedanken woanders gewesen und hatte darüber nicht bemerkt, dass sie schon in Bucheben angekommen waren. Schnell nahm er seinen Rucksack und wechselte das Gefährt. Er verabschiedete sich mit „Dank' dir fürs Mitnehmen" und hüpfte auf den Kutschenbock vom Gerstgrasser. Der grinste und sagte: „Glück hat er, der junge Rojacher, reist wie ein feiner Herr." Und mit „Hüüa, Bräundl" trieb er sein Pferd an. Kaum dass sie abgefahren, hing Naz wieder seinem Traum vom Fund eines großen Bergkristalls nach. ‚Warum weiß der Josef, wo die Kristalle zu finden sind?' Der Neuwirt unterbrach die Stille. „Erzähl mir vom Berg. Was tut sich im Stollen? Findet ihr viel Gold?" Zögernd und einsilbig kamen die Antworten. Der Neuwirt schaute den Buben von der Seite an und kam zum Ergebnis: ‚Gar so gescheit ist das Bürscherl nicht.' Naz blickte verlegen zu seinen Schuhen. Wie hätte er dem Gerstgrasser erklären sollen, dass Gold nicht sichtbar war und die Arbeit im Stollen nur der versteht, der sie einmal getan hat. Umso erleichterter war er, als sie den Markt Rauris erreicht hatten.

Die Mutter hatte Bohneneintopf gekocht. Schon im Vorraum, nachdem Naz das Haustor geöffnet hatte, nahm er den beinah vergessenen Duft nach frischer Speise war. Und noch bevor er die Schuhe ausziehen und seinen Janker an den Haken hängen konnte, trat Mutter durch die Küchentür. Mit ausgestreckten Armen kam sie auf ihn zu und nahm seinen Kopf in ihre Hände. Wieder und wieder streichelte sie ihm übers Haar. „Mein Bub, mein Bub, Nazl, dass du nur da bist!" Sie drückte ihn fest an die Brust, schob ihn wieder weg und betrachtete ihn erneut. „Komm herein, Bub, komm!" Der große Ofen strahlte behagliche Wärme aus. Würzig roch es nach Majoran und Kümmel. „Setz dich, Nazl, setz dich, du musst Hunger haben." Sie stellte den Dreifuß auf den Tisch und sogleich die Pfanne darauf. „Iss Bub, der Pfarrer kommt später, er ist bei einem Versehgang."

Immer und immer wieder hatte er in die Pfanne gelangt. Und Mutter hatte gefragt und gefragt. Dabei gab es wenig zu sagen. Oder hätte er ihr erzählen sollen, wie sie war, die Arbeit im Berg? Wie sehr ihn die Füße allabendlich schmerzten? Und erst der Rücken. Dass jeder neue Tag zu früh hereinbrach. Dass er immerzu den schwer beladenen Erzwagen schieben und ziehen musste. Abends, erschöpft vom Tagwerk, die Bahnen und Gestänge von Steinen, Schotter und Erde reinigen musste. Wie oft hatte er sich den Kopf dabei angeschlagen. Erst Simons Rat, die Mütze mit Fäustlingen auszupolstern, hatte ihm weitere Beulen erspart. Und überdies die Häme vom Augsburger ertragen. Nein, davon konnte er Mutter nicht erzählen. Das würde sie nur grämen und für ihn doch nichts ändern. Naz bemerkte nicht, dass er bei diesen Gedanken einen heißen Kopf bekam. Anna sah es wohl. Auch sein Schweigen sagte viel. Und zuvor, als sie ihn umarmt hatte, war ihr, als ob sie bloß Haut und Knochen hielte.

Die Mutter setzte sich zu ihm. Er genoss es, allein mit ihr zu sein. Vom Leben im Berg fragte sie nicht weiter. Vielmehr erzählte sie ihm, was sich im Markt Neues zugetragen hatte. Es war nicht viel, das sie zu erzählen wusste. „Am Samstag sind Zigeuner gekommen. Mit einem Wagen, der mit einer Plane abgedeckt war. Eine schwarzhaarige Frau wollte mir aus der Hand lesen. Ihr Mann hat Scheren und Messer geschliffen. Als sie zwei Tage darauf wieder abfuhren, suchte unsere Köchin vergeblich nach dem siebten Huhn. „Die Henne, unsere gute Henne, sie ist weg, ich hätte es mir gleich denken können, das war die Zigeunerin, die Zigeunerin hat sie gestohlen", zeterte sie. Der Pfarrer schüttelte den Kopf und fragte sie: „Und die

Hühnersuppe mit Mohrrüben und Fleisch, die es am Sonntag gegeben hat? Wawi, Wawi, was du alles vergisst, selbst was du isst!" Anna lachte bei dieser Erinnerung und auch Nazl schmunzelte. Ansonsten gab es keine Neuigkeiten, zumindest keine, die ihren Buben interessieren würden. Außer, dass der Streanfärber ihm ausrichten ließ, dass er im Frühling einen Helfer nehmen werde. Naz horchte auf: Einen Helfer suchte der Streanfärber und an ihn hatte er gedacht!

Das Beisammensein mit Mutter und das Angebot des Tischlers ließen Naz für eine Weile vergessen, warum er dieses Mal einen Tag länger im Tal bleiben durfte. Es war das Fest Allerheiligen. Er würde mit Mutter erst in die Kirche und hernach zu Vaters Grab gehen. Vielleicht gelang es ihm, zu beten.

Die Wochen und Monate nach Vaters Begräbnis mied Naz tagsüber den Friedhof. Zumindest dämmrig musste es ein, lieber noch ging er im Dunkel des frühen Abends zum Grab. Er hatte ein Ritual. Am Rande des Grabsteins, unter den spitzen Blättern des Enzianstockes, den Mutter gesetzt hatte, versteckte er ein Wasserrad. Es war so klein, dass es in einer Hosentasche Platz hatte. Naz hatte es geschnitzt. Immer, wenn er das Grab aufsuchte, zog er das Rad hervor, umschloss es mit der Hand und verweilte stumm am schiefrigen Grabstein sitzend. Mutter wusste von seinen Friedhofsgängen, womöglich auch von seinem Wasserrad, gewiss aber von der Last stummer Trauer.

Erst eine Woche war seit dem Feiertag vergangen und Naz war wieder am Berg. Sonnig und warm war es nach dem kurzen Wintereinbruch wieder gewesen, als er mit dem Aufzug zum Radhaus gefahren war. Den Rucksack bepackt mit Hemd und Socken, dazu noch ein Paar gewalkte Gamaschen und Fäustlinge, etwas Speck und Dörrobst. Die Mutter! Als der Rucksack vollgestopft war, war sie zufrieden gewesen. Das musste bis zum nächsten Abgang reichen. Naz wusste, dass sie ihm gegeben hatte, soviel sie erübrigen konnte. Dass sie mehr nicht besaß.

Im warmen Licht der Abendsonne glänzte das Kees des Vogelmair Ochsenkars, als Naz schweren Schrittes zum Knappenhaus gegangen war. Nicht dass es weit gewesen wäre, das nicht. Bis spät in den Herbst konnten die Knappen und andere Bergwerksarbeiter den Aufzug benutzen. Von Kolm Saigurn fast bis zum Neubau, eine beinah gemütliche Bergfahrt. Folgend eine halbe Stunde Gehzeit bis zur Unterkunft. Der Weg war es nicht, der ihm schwergefallen war, vielmehr das, was vor ihm lag. Zur eintönigen und zähen Arbeit kamen in Bälde Kälte, Schnee und Eis hinzu. Einiges darüber hatten ihm Simon und Peter bereits geschildert.

Winter

Sonnige Tage wechselten mit Schneeschauer und Graupel. Graue Wolken schoben sich bald über die Fraganter Scharte, bald von der Großzirknitzscharte, dann wieder vom Fleißtal her. Meist gegen Mittag kam warmer Wind auf und trug die Wolken wieder davon. Hervor kam erneut die Sonne, mild und noch einigermaßen warm. Gegen Abend zog Nebel auf und senkte sich über den Gletscherboden und das Knappenhaus. Naz war mit Peter und Simon dorthin unterwegs.

Der Weg zum Neubau Stollen war ein festgestapfter Pfad, den die Knappen auf ihrem täglichen Arbeitsweg getreten hatten. Dabei nahmen sie sogar einen Umweg in Kauf. Für die abenteuerliche Fahrt mit dem Knappenrössl. Deshalb der Anstieg Richtung Töberlinger Stollen. Auf Höhe der alten Schmiede rutschten sie mit ihrem Knappenrössl, ein an der Vorderseite aufgebogenes, breites Holzbrett, zum Neubau. War der Schnee fest oder mit Gletschereis durchsetzt, ging es rasant, mitunter abenteuerlich über Wechten und Kuppen, über gefrorene Gräben und verschneite Dolinen den Hang hinunter. Das ersparte nicht nur Kraft und Zeit, es war eine der wenigen Freuden der jungen Knappen. Und nicht nur die jungen, auch der eine oder andere ältere Knappe sauste mit seinem

Knappenrössl vom Berghaus zum Stollen, und wenn erst die Arbeitswoche vorbei war, vom Haus ins Tal.

Naz blieb stehen, stellte sein Knappenrössl hin, drehte sich um und schaute zum Hocharn. „Der Hohe Narr", wie er einst bezeichnet wurde, war der höchste Berg des Tales. Der langgezogene Gletscher, vom davorliegenden Grieswies Schwarzkopf bis zum Gipfel, fesselte seinen Blick. ‚Komisch‘, dachte Naz, vom Hocharn wie auch dem Grieswies Schwarzkopf steigen kleine Nebelwolken. Oder sind es Schneefähnchen?‘

Aus der Ferne wie kleine weiße Wölkchen aussehend, waren dies oftmals Boten eines Wetterumbruchs. ‚Jedoch es ist schön und warm, hmmm.‘ Naz ging die letzte Strecke zum Knappenhaus. Nicht weit von ihm, am Hang gegenüber, wohl vom Grieswiestauern kommend, waren Gämsen. Auf einer Felsspitze stand ein Tier und spähte zu Naz. Die anderen Tiere setzten in mäßiger Eile ihren Weg fort, einige neben-, andere hintereinander dem Langen Grund zu. Kaum dass das letzte Tier über die Kuppe lief und den Felsen passierte, setzte auch die neugierige Gämse nach. Naz war fasziniert. Wohin die Gämsen wohl zogen? Suchten sie einen anderen Einstellplatz?

Beinahe hätte Naz vergessen, dass er heute wieder kochen musste. Nicht für den Bergschmied, den Bergzimmerer oder den Hutmann. Auch nicht für die sieben Knappen, die noch im Stollen waren und erst später kommen würden. Für sich selbst musste er kochen, für Simon, Peter und den Augsburger. Er ging zum rückwärtigen Raum des Berghauses, hob die Holztür an und nahm einige kleine und mehrere große Scheiter Brennholz auf. Als erstes galt es Feuer zu machen. Dann den Dreifuß mit der großen Eisenpfanne aufstellen. Wasser erhitzen. Mehl mit heißem Wasser aufgießen. Anrühren. Salzen. Schmalz in die Pfanne. Das Mehlwassergemisch dazugeben, rösten, zerteilen, umrühren, rösten, zerteilen, umrühren. Doch zuvor noch den Staub von Gesicht und Händen putzen. Er ging nochmals zur Tür hinaus, bückte sich, hob ein wenig Schnee auf und rieb sich ab. „Jetzt kommen schwarze Wolken. Darauf sitzt der Geist vom Weitmoser. Dann reiten sie über den Herzog Ernst und werfen tausend Truhen Eisgraupel herunter." Eine bekannte Stimme hinter Naz, der darüber erschrak. Der Augsburger konnte es nicht lassen.

In der Nacht wendete sich das Wetter. Die Schneefahnen auf den Gipfeln, der Wechsel der Gämsen ... der Wetterumschwung hatte sich angekündigt. Und doch kam der Winter zu schnell. Sie hatten sich gewöhnt, an diesen schönen Spätherbst. Und länger noch hätte das gute Bergwetter halten können. Ginge es nach den Wünschen der Männer, käme ein später Winter mit wenig Schnee und noch weniger Kälte und Sturm. Nun aber war er da. Mit Getöse und heulendem Pfeifen riss der Wind an der hölzernen Eingangstür, klapperte an den Fensterläden und zog durch Küche und Kammer dem Kamin zu. Eisige Schneefahnen wirbelten ohne Unterlass über Gipfel und Kämme, der Wind jagte den Schnee in weißen Böen dahin, klebte sie an Bergspitzen und aufragende Felsen, kaum dass die pulvrige Pracht zum Liegen kam, wirbelte er sie im wilden Spiel erneut auf.

„Das Knappenrössl könnt ihr dalassen. Nehmt den Stock!", rief ihnen der Hutmann zu. Naz band seine Gamaschen, zog den wollenen Schal fest und die dicken Handschuhe an. Er schauderte, das Heulen und Pfeifen des Windes flößte ihm Angst ein. Wieder einmal wünschte er sich bei Donat in der Schule sein zu können. Der Hutmann öffnete die stabile, aus dicken Fichtenpfosten gezimmerte Tür und im gleichen Moment wirbelte ein Schwall Schneestaub ins Innere. Mit ihm schlug frostige Luft den Knappen entgegen und ließ Naz die Luft anhalten. Den Kopf gesenkt, sein Gesicht beinah im Schal versteckt, trat er ins Freie und stapfte hinter Simon her. Peter folgte ihnen. Der Augsburger ging zu Naz' Freude mit den anderen Knappen einige Schritte voraus. ,Vielleicht ist es im Stollen besser.

Nicht so kalt. Auch vom Sturm bleiben wir im Berg verschont. Von Schnee und Graupel ebenso. Sturm hin oder her, die Fuhre wiegt nicht mehr. Weniger allerdings auch nicht. Aber was ist mit den Lawinen? Wenn es schneien, gar drei, vier Wochen immer schneien würde?' Dies gab Naz zu denken.

Er hatte im Sommer eine Schneehöhle im Krumltal gesehen. Drei Meter schätzte er den Durchmesser der dunklen Höhle, aus der ein reißender Bach rauschte. „Vom Ritterkopf bis zur Karhütte donnerte diese Lawine!" Das hatte der Senner erzählt. Naz wusste, dass Lawinen ebenso gefährlich wie Gewitter und Hochwasser sein konnten. Gesehen und gehört hatte er sie bisher nur aus der Ferne. Im Frühjahr, wenn sie im Gaisbachtal von den steilen Wänden krachten.

Im Grau der Wolken, im Schneetreiben und unablässigen Toben der Winde, kämpften sie sich voran. Eine kleine Truppe von schwarzen Punkten im schier unendlichen Weiß. Gingen in einer Reihe dicht gedrängt, auf vereistem, steinigem Weg mühsam bergwärts. Mit dem langen Haselstock stützten sie sich ab. Ihr Ziel war wieder der Neubau Stollen, dessen Eingang durch einen höhlenartigen Felsvorsprung geschützt lag. In einigen Wochen, wenn drei, vier Meter Schnee, und in manchem Winter noch mehr liegen würden, dann würden sie in dem Bodner Stollen schürfen. Der dem Knappenhaus naheliegende Stollen war durch einen Schneekragen geschützt, sodass sie durch den überdachten Zugang gefahrlos vom und zum Stollen gehen konnten. Doch noch war es möglich, den weiter entfernt liegenden Neubau Stollen zu erreichen. „Das bisschen Wind, die paar Flocken, das ist gar nichts", sagte Peter zu Naz. Naz antwortete nicht. Er stapfte in Gedanken versunken wortlos dahin. ‚Die Summe des Flächeninhaltes der Katheten-Quadrate ist in einem rechtwinkeligen Dreieck gleich groß dem Flächeninhalt des Hypotenusen-Quadrates.' Er rechnete: ‚Wenn die Seite a sechs misst, und b acht, dann ist c zehn.' Er erinnerte sich an den Schulmeister Donat. An die Rechenstunden. An den warmen Kachelofen und das Bücherregal, das daneben stand. Wer die Rechenaufgaben gemacht hatte, durfte sich ein Buch nehmen und lesen, bis alle Schüler ihre Aufgaben gelöst hatten. Vierundzwanzig Bücher waren im Regal. Naz kannte alle bis auf eines. Das dicke große mit dem roten Einband, das durften sie nicht nehmen. „Rojacher, schläfst, wir sind da, deinen Wagen zieh!" Es war der Augsburger, der ihn anrempelte und in die raue Wirklichkeit zurückholte.

Als die Schicht beendet war und sie sich auf den Weg zur Unterkunft machten, waren Gletscher, Fels und Steine von einer dicken, pudrig weißen Decke eingehüllt. Am Nachmittag hatte der Sturm nachgelassen, seither fielen schwere Flocken zuhauf, wie aus den Wolken gebeutelt, danieder. Schon nach wenigen Minuten, Schneemännern gleich, stapften sie dahin und waren im bereits dämmrigen Abendlicht kaum von der Umgebung zu unterscheiden.

Eis, Schnee und Lawinen

Was der Herbst an Niederschlag zu verteilen vergessen hatte, holte der Winter um ein Vielfaches nach. Im Oktober waren viele Tage mild gewesen und die Sonne hatte im warmen Abendlicht die Berge leuchten und die Gletscher glänzen lassen. Der November kam in Begleitung stürmischer Nordwinde und bissigen Frosts; zwanzig Grad minus zeigte das Thermometer schon tagsüber. Nachts war es eine Kälte, die durch die Steine des Knappenhauses durchdrang, sich in den Ritzen und Ecken des Gemäuers festsetzte, durch die Wolldecken auf die Schlafmatten kroch und sich anfühlte, als ob sie den Knappen das Blut gefrieren lassen wollte.

Auf Hängen und Kuppen, Graten, Steinen und Felsen klebten lange, eisige Zotten vom gefrorenen Nass vergangener Nächte. Naz, Simon und Peter hatten den Auftrag, altes Holz zu sammeln. Reste von hölzernen Abdeckungen des Schneekragens vom ehemaligen Bartholomä-Stollen.

Bereits vor vierhundert Jahren hatten die Gewerken vom Knappenhaus zum Hauptstollen einen Schneekragen angelegt. Der überdeckte Zugang war aus Steinen gebaut, da und dort mit Pfosten verstrebt und mit Holzbohlen abgedeckt. Nur so konnten sie auch im Winter, ohne von Lawinen gefährdet zu werden, ins Berginnere. Zudem wären die großen Schneemengen ein unüberwindbares Hindernis gewesen. Der hundert Meter lange Weg vom Knappenhaus zum Bartholomä-Stollen hätte freigeschaufelt werden müssen. Morgens, tagsüber, abends. Dabei war allein den Stolleneingang von den Schneeverwehungen freizuhalten zeit- und arbeitsaufwändig. Vor allem, wenn es – was regelmäßig zutraf – tagelang ohne Unterbrechung stürmte und schneite. Diese Gegebenheiten hatten die damaligen Bergherren in Bergbüchern niedergeschrieben. Reissacher las oft darin und strebte danach, dieses Wissen mit seinen Erfahrungen zu kombinieren.

Dass das wärmende Feuer im Berghaus nicht erlöschen sollte, war ihnen auch ohne Bergbuch und ohne Reissachers Kombinationsgabe klar. Also fütterten sie die Flammen mit abgerissenen Pfosten und Stücken von dicken Bohlen. Doch das alte Holz wollte nicht brennen. Wie versteinert sahen sie aus, die Balken und Pfosten aus Jahrhunderte zurückliegenden Zeiten. Simon hatte die Lösung: „Wenn wir es mit Holzkohle und Scheitern aus dem Vorratsraum mischen, dann brennt es." Es stimmte! Erst noch zögerlich, dann mehr und mehr breiteten sich die rotgelben Feuerzungen aus. Bald leckten sie an den alten Scheitern, wurden zu blauen Flammen, legten sich um das harte Holz und entzündeten es langsam. Schon bald knisterte und prasselte es. Wenigstens an der Feuerstelle war es warm. Naz wurde es wohlig um Gesicht, Körper und Hände, während sein Rücken und die Füße noch klamm vor Kälte schlotterten. Er stampfte mit den Füßen und drehte den Rücken der Herdplatte zu. Kälte innen, Kälte draußen, Kälte fast überall. Woche um Woche froren sie am Weg zum Stollen und litten unter dem ständigen Zug aus den Nebenstollen. Sie froren auch am Rückweg, in Gedanken ‚wieder ein Tag geschafft', um sich darauf zermürbt und ermattet in unruhigen Schlaf zu zittern. Nie zuvor hätte Naz geglaubt, dass er einmal die Arbeit im Stollen der

Nachtruhe vorziehen würde. Die Kälte machte es möglich. Im Stollen sank die Temperatur nie unter null Grad. Das war vergleichsweise milde. Nur dem beständigen und kalten Luftzug aus den aufgelassenen Nebenstollen, dem konnten sie nicht entkommen. ‚Wenn nur der nicht wäre‘, wünschte er. Dass aber die Luft aus den Nebenstollen ihre sichere Versorgung mit Sauerstoff war, das wusste er noch nicht.

Nach den eisigen Temperaturen des Novembers, zeitgleich mit dem Monatswechsel, änderte sich das Wetter. Die polare Kaltluft musste dem geballten Wolkengebilde über der Fleißscharte weichen. In großen Wellen, einem mächtigen Wasserfall gleich, schwappten die Wolken über das Goldkees. Dann ließen sie ihre weiße Fracht los. Waren am frühen Morgen der Gipfel des 3.106 Meter hohen Sonnblicks und auch jener der Goldbergspitze mit ihren 3.073 Metern noch aper gewesen, einige Stunden später lagen auch sie unter einer dicken Schneehaube.

Befreit von der beißenden Kälte, erfreuten sich die Knappen an den tanzenden Flocken im Wind. Die ließen sich hochwirbeln, forttreiben, um sanft auf Stein und Wiesen Platz zu nehmen. Nach zwei Tagen waren statt der Schneeflöckchen dicke schwere Batzen vom düsteren Himmel gefallen. Einer pickte sich auf den anderen, sie klebten aneinander, um groß wie Taler zu werden. Die wuchsen zu handflächengroßen Geflechten und diese zu einer geschlossenen Schneedecke. Das Weiß verwandelte Hügel, Felsen, Kämme und Grate in eine Märchenwelt aus Eis und Schnee. Auch ihre Unterkunft, das Berghaus, schien wohlig eingehüllt von der Schneemenge. Nur die Schlafräume im oberen Stockwerk, Giebel und Kamin waren frei und hoben sich als kleiner grauer Fleck von der glitzernden Winterlandschaft ab. Doch was so zauberhaft schien, wurde mit zunehmendem Niederschlag zur großen Gefahr. Tag und Nacht, meist ununterbrochen, fiel der Schnee. Dort, wo sonst Felsen und

Kuppen zu sehen waren, hatten Schnee und Wind eine wellige Landschaft entstehen lassen.

Draußen im Tal, im Pfarrhaus von Rauris, saß die Rojacherin. Vor ihr am Tisch eine Kerze, ein Rosenkranz und eine Socke. In der Hand hielt sie das Strickzeug. Die zweite Socke war in Arbeit. Der Schaft, zwei Maschen glatt, zwei verkehrt. Die Schafwolle würde Nazls Füße warmhalten. Sie sah nicht auf ihr Strickzeug, Socken ohne Muster konnte sie blind stricken. Sie sah zum Rosenkranz. „Gegrüßet seist du Maria, du bist gebenedeit unter den Weibern und gebenedeit ... Was bete ich denn ..." Sie begann noch einmal: „Gegrüßet seist du Maria, du bist voll der Gnade ..." Sie fand keine Muße und gab das Beten auf, schloss die Andacht mit den Worten: „Mutter Gottes, bring meinen Buben heim!" Sie stand auf, schob den Vorhang zur Seite und sah im Licht der Friedhofslaterne die Schneeflocken – und dass der Schnee auf der Friedhofsmauer bereits meterhoch lag.

Zu gleicher Zeit sah im Werkhaus von Kolm Saigurn auch der Werkleiter Reissacher zwischen den Ritzen der Läden zum Fenster hinaus. Nicht dass er etwas hätte sehen können. Es war spätabends und stockfinster. Er hätte auch bei Tageslicht nicht zum Knappenhaus gesehen, dafür lag es zu hoch und zu weit hinten am „Langen Boden". Nur ahnen konnte er, ahnen, wie es dort oben sein würde. Angst und bang war ihm zumute. Er hätte sie abberufen sollen, er hätte aufsteigen und seine Knappen ins Tal begleiten sollen. Jetzt war es zu spät, jetzt war er zum Warten, zum Nichtstun verurteilt. Draußen pfiff der Wind, jagte die Schneeflocken ums Haus und rüttelte an den Fensterbalken. Das Heulen und Tosen, das Klappern der Balken ließen seine Sorgen wachsen. Er legte sich zur Ruhe, ohne Ruhe zu finden. Kurz vor Mitternacht dann ein Grollen, ein Brausen, ein Brodeln und Zischen. Ein schweres Rumpeln, eine riesige

weiße Mauer, die eine Luftwelle vor sich hertrieb, ließ die Grund-
mauern des Hauses erbeben. Carl Reissacher rief in verzweifelter
Not: „Herr im Himmel, die Lawine!" Donnernd in eisigen Wellen
stürzte sie über den verschneiten Wasserfall, zerschellte an den
Felsen, teilte sich, vermehrte sich mit den liegenden Schneemassen
und raste mit unheilvoller Wut dem Talboden zu, riss, was sich ihr
in den Weg stellte, nieder, schob Steine und Felsen hinweg, knickte
Baumriesen und malmte die zersplitterten Stämme in ihrer Masse
mit. Am Werkhaus krachten die hölzernen Läden und die Fenster
barsten. Mit brachialer Wucht drang der Schnee ins Innere des Hauses. Dann war es still.

Rückzug

Die Schneefinken hatten das Unheil gespürt, am Tag bevor der Hutmann den Befehl zum Aufbruch gegeben hatte. Als Schwarm waren sie vom Grupeten Kees zum Langen Tal, vorbei am Knappenhaus dem Radhaus zu und folgend im Sturzflug über die Kuppe talwärts geflogen.

„Die Vögel, seltsam", dachte der Hutmann, und beobachtete ihren Flug. Er machte sich auf den Weg zur Arbeit, ging durch den überdeckten Schneekragen, betrat das Mundloch und schritt ins Berginnere. Dabei dachte er an die Schneefinken. Auch während der Arbeit kehrten seine Gedanken immer wieder an das Verhalten der Vögel zurück. Konnte sich aber nicht erklären, warum ihn das Schauspiel des Vogelzugs nicht losließ. Am späten Abend schlief er, noch immer oder schon wieder daran denkend, ein. Als er frühmorgens erwachte, noch schläfrig benommen, kam das Verdrängte ins Bewusstsein. Im nächsten Augenblick war er hellwach. Jetzt hieß es zu reagieren. Einige der Knappen standen vor dem Herd und wärmten sich Tee. „Hansl, brauchst den Eingang nicht freischaufeln", sagte der Hutmann. „Holt alle her, trinkt aus, packt eure Sachen, wir ziehen ab." Naz wusste sofort, was dies zu bedeuten hatte: Dass sie nicht mehr in den Stollen mussten, dass sie ins Tal zurückkehren, dass er wieder zur Mutter heimkommen würde. Naz freute sich. Übermütig hüpfte er in eine große Schneewechte und war sogleich von ihr verschluckt. „Zieh den Stöpsel raus, das fehlte mir noch ...", sagte der Hutmann zu Peter. Naz hatte die Gefahr unterschätzt. Tief im frischen Schnee zappelte er, schlug um sich und sank tiefer in die Schneemasse ein. Peter ließ sich mit dem Helfen Zeit. Eine Lehre sollte es ihm sein, das nächste Mal würde er aufpassen. Zitternd und pustend, vom Schnee auf und auf bedeckt stand er kleinlaut da. Peter brauchte nichts zu sagen, er hatte auch so verstanden.

„Bindet eure Schneereifen fest, macht einen doppelten Knoten auf die Schlaufe. Wir gehen in einer V-Formation. Ich werde der erste sein. Hinter mir Naz und Peter nebeneinander. Die anderen in Dreierreihen hintereinander. Und dass mir einer auf den anderen aufpasst. Immer in Sichtweite zueinander und eng hintereinander bleiben." Der Hutmann verriegelte die Tür des Berghauses, kontrollierte, ob die jungen Knappen die Schneereifen gut befestigt hatten, und setzte den ersten Schritt. Auch er hatte die Schneereifen geschnürt. Die waren aus gespaltenen Weidenruten, die über Feuer gebäht und darauf zu einem Oval gebogen wurden. In diesem Reif waren reihum Löcher gebohrt und darin einmal kreuz, einmal quer dicke Hanfschnüre gespannt. Das lange Ende der Schnüre wurde um die Schuhe gebunden. Erst über den Rist, folgend um das Gelenk, um den Schaft und letztlich am Rist verknotet. Damit verhinderten sie das Einsinken in den hüfthohen Neuschnee. Trotzdem war das Vorwärtskommen mühsam.

Sie kämpften gegen die Natur, wateten stumm dahin. Kleine wandelnde Gestalten in einer unendlich scheinenden, weißen Landschaft ohne Horizont und Grenze. Weiß in Weiß. In Erwartung freier Tage hielten sie Gefahr und Unwirtlichkeit aus. „Ei du liebe liebe Zeit, ei wie hat's geschneit, geschneit, ringsherum wenn ich mich dreh, nichts als Schnee und lauter Schnee." Der Hutmann schüttelte den Kopf: „Diese Art von Witz kann nur von Einem kommen." Hielt an und setzte hinzu: „Halt's Maul, Augsburger, dies ist kein Spaß!"

Nach der Geländekuppe beim Radhaus war der Abstieg zwar einfacher, die Gefahr allerdings größer. Lawinen lauerten in den steilen Hängen. Er betete, dass es beim Lauern blieb: „Heilige Barbara, sei auf der Hut! Wenn das nur gut ausgeht, ich werd' dich nicht vergessen", schwor der Hutmann.

Hatten die Anrufe zur Heiligen Barbara geholfen oder hatten sie unsagbares Glück gehabt, dass sie heil ins Tal kamen? Das Ziel vor Augen und alsbald von der Last der Verantwortung befreit, beschleunigte der Hutmann seine Schritte auf dem letzten und steilsten Stück ihres Weges. Und fand eine böse Überraschung! Just bevor sie durch die Baumreihen hindurch das untere Werkhaus hätten sehen können, dort wo das steile Wegstück in die Ebene des Talgrundes überging, war eine Halde aus Schneeklumpen. Kein Haus, nur schmutziges Weiß. Sie hielten an. Erneut entfuhr dem Hutmann ein Stoßgebet: „Jesus – Maria!" Kein Haus? Oder lag der Schnee so hochgetürmt, dass es dahinter lag? Oder gar darunter? Dem Hutmann war das Entsetzen ins Gesicht geschrieben. Stumm blickten die Männer einander an, darauf da hin, wo einst das Werkhaus gestanden hatte. Erst zögernd, dann schneller werdend, liefen sie allesamt auf die Lawine zu. Da musste ja noch der Reissacher drin sein. Als sie den Kegel erreicht hatten, sahen sie das Glück im Unglück: „Das Haus steht, es steht!", schrien Peter und Simon. Sie sahen, dass die Fensterläden und Gläser zerbrochen waren, sahen, dass Zimmer, Vorraum und Stube voll von Schnee waren, sahen endlich und unendlich erleichtert: den Reissacher! Und unverletzt noch dazu. Sie sahen ihn dastehen mit einer Schaufel in der Hand. Da hat es den Hutmann übermannt. War es ihm erst noch gelungen, die Tränen zurückzuhalten, nun, als er das Wunder begriff, rannen sie, eine um die andere, seine Wangen hinunter. Alle Mühen und Sorgen vergessend, sprangen die Knappen auf das Haus zu, liefen zu Reissacher, klopften ihm auf die Schulter und umarmten ihn. Naz, der Jüngste unter den Knappen, lächelte Carl Reissacher an, drückte seine Hand und sagte: „Jetzt ist Weihnachten!"

Heimkehr in der Thomasnacht

Die Nacht vom 20. auf den 21. Dezember ist die erste der vier Raunächte der Weihnachtszeit. Ihr wurde eine besondere mystische Bedeutung zugesprochen. So konnte diejenige, die daran glaubte, im Traume ihren künftigen Mann sehen. Für diese Weissagung hieß es zuvor das Orakel zu beschwören. Dafür musste die junge Frau vor dem Einschlafen auf das Bett steigen und den Heiligen anrufen: „Bettstatt ich tritt dich – heiliger Thomas ich bitt dich – zeig mir im Traum – meinen künftigen Mann!"

Der Brauch im Pfarrhaus, wie auch in den meisten Bauernstuben, war der des Räucherns und des Rosenkranzbetens. In die eigens dafür bestimmte Pfanne hatte Anna einige Glutstücke aus dem Ofen gegeben, der Pfarrer Weihrauch darüber gestreut, und betend sind sie durch alle Räume des Hauses gegangen. Voraus, den Segen sprechend, der Pfarrer, dann Anna mit der Rauchpfanne, gefolgt von Wawi, die ein Schälchen mit Weihwasser trug und mit einem kleinen Fichtenzweiglein jedes Zimmer besprenkelte.

Wieder in der Stube sitzend beteten sie die zehn Sätzchen des Freudenreichen Rosenkranzes zu Ende und schlossen mit: „Im Namen des Vaters und des Sohnes und des Heiligen Geistes, in Ewigkeit, Amen."

Anna schob die Rauchpfanne an den Rand des Herdes und wischte sich die Hand an der Schürze ab. Längst waren ihre Gedanken abgeschweift. Die waren beim Naz. „Wenn du, heiliger Thomas, den Mädchen ihren künftigen Ehemann zeigst, dann zeig mir doch den Buben." Schon beim gemeinsamen Beten hatte sie nur ihren Naz im Sinn. Dass die alte Köchin Wawi dabei laut den Naz erwähnte, dass sie extra ein Ave Maria für ihn eingeschoben hatte, das tat Anna besonders wohl. „Möge die Mutter Gottes mich erhören und der heilige Thomas das Seinige dazutun." Auch der Pfarrer tröstete: „In vier Tagen ist Weihnachten, da kommt er heim, dann hast ihn ja wieder, Rojacherin."

In vier Tagen ... wenn die nur schon um wären. Wie lange die Zeit sich anfühlt, wenn man wartet. Nun gut, Sommer und Herbst sind vergangen, die meisten Tage ohne Naz. Und alle Tage ohne Ignaz. Lange war sie gewesen, die von Einsamkeit und Traurigkeit bestimmte Zeit, und geprägt vom Müssen in ausweisloser Ergebenheit.

Aufgewühlt löschte Anna die beiden Kerzen und ging in ihr Zimmer. Doch noch ehe sie Kittel und Strümpfe ausgezogen hatte, wurde ihr Sinnieren von einem heftigen Klopfen unterbrochen. Schnell eilte sie, die Kerze in der Hand, ins Vorhaus. Wenngleich von verriegelter, aus massiven Balken bestehender Haustür geschützt und dicken Hausmauern umgeben, blickte sie ängstlich zur Tür. Auch der Pfarrer hatte das Pumpern gehört und war aus seiner Kammer getreten. „Werd ich doch nicht noch zu einer Versehung müssen", war seine Sorge. Im nächsten Moment hörte er, erleichtert der schweren Pflicht enthoben, eine bekannte Stimme: „Mutter, Mutter, ich bin's. Mutter, Mutter, hörst du nicht!"

Anna entriegelte das Schloss, Naz schob an der Tür so eilend wie sie zog und lag im nächsten Moment in ihren Armen. Der Pfarrer machte sich leise davon – sie mussten nicht sehen, dass auch er glänzende Augen hatte. Noch im Vorraum herzte und halste sie ihren

Buben, dankte der Mutter Gottes und lenkte ihn in die Küche, drückte ihn in den Sessel, legte einige Scheite Holz auf die Glut, füllte einen Topf mit Milch und schob diesen auf die Herdplatte. Sie holte den Wecken Brot aus der Lade und legte ihn mitsamt Schneidbrett, Butter, Honig und Messer auf den Tisch. Endlich setzte sie sich in den Sessel gegenüber: „Erzähl!" Und er erzählte. Von den überbordenden Schneemassen am Berg. Von der Erleichterung, als der Hutmann zur Heimkehr aufrief. Vom gefahrvollen Marsch ins Tal. Von der Lawine. Vom glücklichen Ende.

Kapitel II

Gespräche im Ministerium

„Es geht um die Zukunft des Bergwerksbetriebes am Goldberg. Dafür brauche ich einen anerkannten Lagerstättenspezialisten", so Julius Schröckinger von Neudenburg, der Chef vom Berg- und Hüttenwesen im Ackerbauministerium, zu Franz Pošepný. Kaum dass Pošepný sich gesetzt hatte, kam ein Mann, ein samtenes Gilet umspannte seinen Bauch, dick waren auch Hals und Nacken. In der rechten Hand hielt er einen schwarzgoldenen Schreibstift mit Grafitmine, einen von Hardtmuth. Es war Herr Leopold, der Maître. Er notierte die Bestellung. „Eine

95

Melange und, gibt's Apfelstrudel?", fragte Schröckinger. „Aber geh freilich, Herr Sektionsrat, auch Topfenstrudel ofenwarm, wenn'S belieben. „Für mich bittschön Melange und Apfelstrudel", bestellte Pošepný. „Bitte die Herren, ganz zu Diensten, kommt sofort", darauf verbeugte er sich, trat umständlich zwei Schritte rückwärts, ging zum Tresen und reichte seine Notiz weiter: „Fräulein Mirli, zwei Melange und zwei Apfelstrudel mit Schlag." Die Angesprochene, mit weißem Spitzenschürzchen und ebenfalls weißem Spitzenhäubchen, nickte, was so viel wie „sofort" bedeutete.

„Na, ganz fertig ist es nicht, das Central. Dort mauern sie, da liegen Steine, Papierfetzen treiben im Wind. Windig ist es, in Wien ist es immer windig. Wenigstens weht's den Gestank von den Rossknödeln fort", raunzte der Sektionsrat, bevor er zur Sache kam. „Schon jahrelang macht uns der Bergbaubetrieb am Goldberg in Rauris Sorgen. Jetzt aber verlangt der Minister einen Lösungsvorschlag für das bestehende Problem. Zumal vor kurzem eine Expertise von einem gewissen Ignaz Rojacher, Hutmann im Rauriser Bergbau, bei ihm eingelangt ist. Wie fundiert dessen Vorschläge sind, gilt es zu prüfen. Franz, mir fällt niemand anderer ein als du, der mit einem umfassenden Gutachten über die Gesamtsituation des Unternehmens und dessen möglicher Weiterführung Vertrauen bei der Politik erwecken könnte."

Pošepný, bisher nur aufmerksamer Zuhörer, räusperte sich und nahm einen Schluck aus seiner Kaffeetasse. „Eine schwierige Aufgabe", so Pošepný, mehr laut gedacht als Antwort geben wollend. Ihm war ja die Situation des Bergbaus in der Goldberggruppe – so wie in vielen anderen, alten Bergbaubetrieben auch – nicht ganz unbekannt. „Gib mir zwei, drei Tage Zeit. Die Aufgabe würde mich reizen und deiner Anfrage wegen fühle ich mich auch geehrt. Aber ich muss mir Gedanken über deren zeitliche Abwicklung machen." Der Sektionsrat war schon froh, dass die befürchtete Absage ausblieb. Sie vereinbarten ein weiteres Treffen.

Nicht erst in zwei oder drei Tagen, schon am Heimweg wusste Pošepný: ‚Der Rauriser Goldbergbau ist eine Herausforderung, wie ich sie mag. Muss aber damit nicht hausieren. Freundschaft ist etwas Privates, Bruderschaft etwas Nützliches und Expertisen sind Geschäftliches.‘ Doch eines war ihm klar, ohne dass er dies gegenüber dem Sektionsrat zu erkennen geben wollte: Eine Empfehlung – und somit die wahrscheinliche Entscheidung über Sein oder Nichtsein des Jahrtausende alten Bergbaues – wollte er nicht in anderen Händen wissen. Und so machte er sich am vereinbarten Tag wieder auf den Weg ins Café Central. ‚Wird nicht so tragisch sein‘, überlegte Pošepný, ‚wenn der Schröckinger ein wenig warten muss.‘ So billig rechtfertigte er seine Neugier, wenn er zu spät zum Treffen kommen würde. Er hatte am Abend zuvor den Plan für die Stadterweiterung Wiens gesehen und sich vorgenommen, einige in Bau befindliche oder vollendete Palais und Prachtbauten der neuen Ringstraße zu besichtigen. Nachdem er die Votivkirche und das Hofoperntheater bereits kannte, nutzte er den vorläufig letzten Tag seines Wien-Aufenthaltes, um noch das Parlament und den Heinrichhof anzusehen. Wieder am Weg zum Central, in der Fürstengasse, traf er unverhofft auf das Palais Liechtenstein. ‚In Wien wetteifert Reich um Schön‘, dachte er, und als er das Gartenpalais sah, kam das verschüttete Wissen an die Oberfläche: ‚Der Baubaron der Ringstraße, Heinrich Ferstel, hat es für die Fürstenwitwe geplant.‘

Kurz darauf betrat er das Central und begab sich, vorbei an Ludwig Anzengruber, Hans Makart und dem blutjungen Peter Altenberg, zu einem in einer der hinteren Ecken des Cafés stehenden, kleinen Tisch, an dem der Sektionsrat bereits ungeduldig wartete.

„Grüß dich. Die Ringstraße hat mich gefangen.“ Schröckinger schaute fragend zu Pošepný. „Nur so dahergesagt. Es gibt viel Schönes in Wien.“ „Und Wichtiges“, ergänzte der Sektionsrat, um schnellstmöglich zu seinem Anliegen zu kommen.

Innerlich angespannt fixierte Schröckinger sein Gegenüber. „Und,

Franz, wie hast du dich entschieden?" Und Pošepný: „Lass es mich kurz machen: Ich nehme den Auftrag an, knüpfe diese Zusage aber an die Unterstützung aus deinem Ministerium." Erleichtert nickte Schröckinger. Darauf schüttelten sie gegenseitig die Hände zum Zeichen der getroffenen Vereinbarung. „Dank' dir schön, Franz." Und an Leopold gerichtet: „Bitte ein zweites Glas vom Veltliner."

Mit fachlichen, aber auch privaten Gesprächen und vor allem mit ein paar weiteren Gläsern ließen die Freunde den Abend ausklingen. Zufrieden über ihre Abmachung verabschiedeten sie sich vor dem Café. Bevor sie sich endgültig trennten, musste Schröckinger noch eine Order anbringen. Ein wenig zögerlich, er wusste nicht so recht, wie er die Aufforderung möglichst unbefangen und höflich überbringen konnte: „Franz, bevor du dich auf die Reise machst, solltest du beim Minister vorsprechen." „In vier Tagen ist der April um, dann fahr' ich, wenn er es einrichten kann ... sag mir Bescheid", darauf Pošepný.

Am Heimweg kreisten seine Gedanken an die bevorstehende Aufgabe. ‚Ich kenne das Tal und den Goldberg nicht. Bin schon gespannt auf diesen Bergbau. Und auf den Mann, auf den der Minister seine Hoffnungen setzt. Ah ja, Rojacher heißt er.' Dies und noch andere Vorstellungen schwirrten durch sein Gehirn und je länger und intensiver er sich mit dem Rauriser Goldbergbau beschäftigte, desto mehr wuchs seine Neugier, und desto größer wurde auch seine Anspannung. Just vor dem Zu-Bett-gehen wurde seine Freude gedämpft. Weil er an die Vorbereitung der Abreise dachte. Ans Kofferpacken. ‚Koffer packen! Das mag ich wie nasse Handtücher. Was nehme ich mit? Werkzeuge und Messinstrumente. Geologenhammer, Geologenkompass, Papier und Schreibzeug. Ein paar Standardwerke mit statistischen Auswertungen über Bergbau und Verhüttung. Karbidlampen werden sie ja haben. Bergschuhe und vor allem warme Kleidung für die Arbeiten im Hochgebirge. In Rauris werde ich merken, was ich brauche und nicht mithabe und was ich mithabe und nicht brauche.'

Anna

‚Zehn gute Jahre im Saghäusl waren unser, zehn Jahre im Mesnerhaus müssen sein, danach mit meinem Nannerl und dem Buben Sonne im Bruckhäusl, dem zukünftigen Daheim.' So hatte Ignaz es geplant, das Schicksal hatte es anders bestimmt. ‚Beschauliche, gemeinsame Tage im Alter waren uns nicht mehr gegönnt', dachte Anna, und: ‚Das „Warum" steht in den Sternen.' Sie überlegte: ‚Wie schnell die Jahre vergangen waren. Alle, bis auf das Trauerjahr nach dem Unfall.' Die Gedanken daran trieben ihr die Tränen in die Augen. Augenblicklich waren Kummer und Leid, die sie schon längst überwunden zu haben glaubte, gegenwärtig: die Einsamkeit langer Nächte, die stummen Gespräche in die Dunkelheit hinein, die Verantwortung und Sorgen um Naz, der Mangel an Zärtlichkeit wie die traurige Gewissheit, dass Ignaz nie wieder zur Tür hereinkommen würde. ‚Diese Schwere kann ein Mensch nur tragen, wenn er muss', dessen war Anna gewiss. Allein ihr unerschütterlicher Glaube, wenngleich sie mitunter gehadert und der Mutter Gottes ihr Unverständnis ob des Geschehenen geklagt hatte, half ihr über diese Zeit hinweg. Auch die Jahre, als Naz beim Streanfärber die Zimmererlehre machte und sie ihn in Sicherheit wusste, hatten ihr Trost gegeben. Überdies war die Arbeit im Pfarrhaushalt Ablenkung und

Aufgabe. Sie merkte, dass sie gebraucht, dass ihre Kochkünste ebenso wie ihre besonnene Art geschätzt wurden.

Der Pfarrer, Wawi, die alte Köchin, Naz und sie, so unterschiedlich in Alter, Beruf und Charakter sie auch waren, verstanden sich zu ergänzen und anstehende Aufgaben zu teilen. Mit den Jahren hatte sich die Hausgemeinschaft zu einer innigen Freundschaft entwickelt. Längst vorbei waren auch die Tage, an denen sie sich als „Einlegerin" im Pfarrhof betrachtete: armselig, einer Bettlerin gleich. Doch weil alles dem Vergehen untergeordnet, weil nichts Irdisches von Bestand ist, kam auch für Anna und Naz wieder eine Wendung in ihr Leben. Die alte Wawi war verstorben und im selben Jahr hatte der Pfarrer seinen Seelsorgedienst beendet. „Schlägt das Schicksal eine Tür zu, öffnet es eine andere", mit dieser Weisheit und dem Segen verabschiedete sich der Pfarrer und war ins Priesterhaus gezogen. Die Köchin verstorben, der Pfarrer in Salzburg, wieder hatte sie sich allein gefühlt, wieder musste sie umziehen. Im Nachhinein betrachtet, schämte sich Anna ihres Kleinmuts wegen. Weil sie den Lauf des Lebens beklagte. Weil sie die Konstante des gewohnten Alltags nicht missen wollte. Weil sie sich auf die trügerische Sicherheit des Lebens im Pfarrhof verlassen hatte. Und nun hieß es umziehen, ins Bruckhäusl, das sie von Johann Langreiter bekommen hatte. ‚Was lasse ich zu? Anstatt froh zu sein über das was ich habe, bedaure ich, was ich nicht habe. Eine Unzufriedene, das darf ich nicht aus mir werden lassen!'

Für Naz bedeutete der Umzug nicht Sorge oder Kummer, vielmehr verhieß er Aufbruch in eine neue Zeit, der er im Optimismus eines Jugendlichen neugierig entgegensah.

Im Anschluss an seine Lehrzeit blieb Naz einige Jahre beim Streanfärber im Dienst, bevor es ihn erneut zum Goldberg zog. Sorge und Stolz hielten sich bei Anna die Waage. „Trübselig sein bringt nichts, Mutter, was immer kommt, denk daran, ich hab's gewollt", mit diesen Worten war Naz wieder zum Bergbau zurückgekehrt. Und Anna im Bruckhäusl geblieben. Sie zählte die Tage, bis Naz am Samstag nach Hause kam, dort einen Tag ausruhte, um darauf erneut zum Bergwerk zurückzukehren. Seine Freude und Begeisterung an seiner Tätigkeit machten es ihr leichter und drängten jegliche Bedenken in den Hintergrund. Ablenkung war ihr auch die Arbeit in ihrem Haus. Sie widmete sich Tag um Tag, Woche um Woche den täglichen Aufgaben. Grub den großen Garten um, der vom Tischler verwildert und ungepflegt hinterlassen worden war. Baute Kartoffeln, Bohnen, Rüben, Salat und Kräuter an. Gerne erinnerte sie sich an die Stunden bei Liesl, der Brücklwirtin, der sie bei den Wasch- und Bügelarbeiten half. Schön waren die Stunden mit Leonora. Sie war ihr nach Iganz' Tod eine große Stütze gewesen. Sie stand an ihrer Seite. Hörte ihr zu. Lenkte sie mit manch lustigen, mitunter auch sonderbaren Geschichten aus ihrer Jugendzeit, als Näherin im Schloss Grubhof, ab. Besondere Freude hatten sie am gemeinsamen Handarbeiten. Wie etwa am Sticken des Altartuches, das sie für den Pfarrer zum 40-jährigen Priesterjubiläum gefertigt hatten.

Auf ein Neues verflog die Zeit und ehe ein Dezennium vorbei war, man schrieb das Jahr 1870, brachte Naz die Neuigkeit: „Mutter, ich bin zum Waschhutmann befördert worden. Ich zieh' nach Kolm und du kommst mit. Wir brauchen eine Wirtschafterin. Eine, die gut kochen kann. Und wenn es dir gefällt, verkaufen wir das Bruckhäusl und mit dem Geld werden wir ... nein, das erzähl' ich dir, wenn es soweit ist."

Sturz mit dem Knappenrössl

Er rutschte am nass-klumpigen, dreckigen Schneehang inmitten von Schneekugeln und abgebrochenen Eiszapfen die lange Rinne hinunter, bevor er über die Felswand mehr flog denn purzelte. Nach einiger Zeit, wenngleich er nicht wusste, wie lange er schon hier lag, blickte er zur Felswand hoch. Er versuchte, sich zu erinnern. ‚Was war geschehen?‘ Benommen blickte er um sich. ‚Herrschaftszeiten, lieg' ich im Graben? Wo ist mein Knappenrössl? Ich muss auf, aufstehen! Oh, mein Kopf, mein Kreuz!‘

Naz klemmte die Augen zu und griff sich mit der Hand an den Kopf. Er konnte den Schnitt, der sich von der Schläfe bis zum Ohr hinzog, nicht sehen, fühlte nur ein Brennen. Das kam von den Abschürfungen an Schläfe, Wange und Kinn. ‚Ein Stein oder Eisklotz hat mich wahrscheinlich getroffen‘, dachte er. Doch der kalte Schnee hatte die Wunde bereits geschlossen, sodass sie nicht weiter blutete. Nur der Schädel brummte und vor den Augen flirrte und blitzte es. Dazu stechende Schmerzen von einem Ohr zum anderen, von der Stirn bis in den Nacken – mit jedem Herzschlag poch-poch-poch. ‚Verflixt, tut das weh!‘ Er wollte um Hilfe rufen, doch aus seinem Mund kam nur ein stummer Schrei. Röchelnd sank er zurück in eine finstere Welt.

Eine geraume Weile lag er benommen am Fuße der Wand. Lag am Rand des mächtigen Schneebogens, der sich über den Maschingraben spannte. Unter ihm eine Höhle aus Eis und Schnee, die stellenweise dick von Lawinenresten, mitunter auch löchrig war. Besonders an Stellen, an denen die Sonne bereits länger hinschien, hörte man verdächtig laut das Rauschen und Brausen des Baches. Von den steil abfallenden Uferwänden bröckelte Schnee, tropften Eiszapfen und rieselte feuchte Erde. Der Schnee klebte in Kügelchen an seinem wollenen Janker, an der lodenen Hose und den festen Gamaschen. Über ihm kreiste eine Dohle, hielt ihren Kopf gesenkt und lugte schief zu der einsamen Gestalt im Schnee. Der Vogel setzte erneut schnelle kurze Flügelschläge, gewann an Höhe, kreiste wieder und blickte hinunter. Einmal rechts, sodann nach links, wieder rechts, noch einige Schwünge, das Tier fing ein nervöses Gezeter an, streckte seine spitzen Krallen aus und landete auf einem verkrüppelten Ast. Kaum dass er sich niedergelassen, segelte der pechschwarze Geselle mit seinem kräftigen Schnabel wieder davon. Dazu ein langgezogenes schrilles Schreien und wieder Pirouetten über der Schlucht. Er setzte sich auf den Wandstock, hob ab, schnell und rasch flatternd gegen den stahlblauen Himmel, darauf senkrecht nach unten, wie über die Eiswand des Wasserfalles stürzend, machte just vor dem Boden eine Wende, nur um darauf das Spiel von Neuem zu beginnen.

Naz indes trug ein weher Schlummer in längst vergangene Zeit zurück. ,Warum wohl jetzt die alten Jahre auferstehen?' Dieses Denken war ihm möglich, wenngleich in seinem Kopf tausend Hummeln brummten. ,Oder war es nur ein Traum? Auf der krüppeligen Lärche ... sitzt da eine Krähe?' Er wollte den Kopf drehen, wand alle Mühe und Kraft auf, um sich der Anwesenheit des Vogels zu vergewissern. Doch mehr als ein klägliches Drücken gegen den kalten Schnee war ihm nicht möglich. Mit dem vagen Druck durchfuhr ihn zugleich ein Stich, dazu ein fürchterliches Brennen im Kreuz mit einer Vehemenz, die ihn erschaudern und zusammenzucken ließ. Gekrümmt lag er seitwärts im nassen Schnee. Da vernahm er plötzlich eine Stimme. ‚Ist es die des Vaters? Der Mutter? Etwa gar *ihre*? Oder hör ich ein Kind weinen?‘

Er schaute ins matte Graublau des düsteren Himmels. Sah die Äste der Lärche! Soeben verwandelten sich diese und wurden zu Händen. Wurden länger und länger, folgend wieder dünner. Sogleich schlossen sie sich um den Stamm und strebten in Sekundenschnelle wieder auseinander. Dann flogen die handgewordenen Äste fort, bis sie im Nichts verschwanden. Aus diesem Nichts traten Bilder, zusammengefügt aus dem Film des Lebens, und stahlen sich Platz in seinem wunden Kopf. Ein Ereignis heftete sich an das nächste. Die Jahre wetteiferten mit ihren Begebenheiten und Geschehnissen um den besten Platz in seinem Gedächtnis. Einmal undeutlich und blass, fast wirr, dann wieder klar, als ob es eben geschähe, schaurig und schön, mancher Sache überdrüssig und anderes vermissend, zeitweise arm und oft nötig, doch erfüllt von Abenteuern und immer in Begegnung mit den Herausforderungen des Lebens.

August findet Naz

August trat hinter das Kolmhaus und ging zu den Schutthalden beim Maschingraben. Die Suppe war gut gewesen. Fettaugen schwammen zwischen Selchfleischstücken und gedämpften Gerstenkörnern. Dazu hatte es Schwarzbrot mit geröstetem Speck gegeben. Es schmeckte hervorragend, wie immer, wenn sie im Tal arbeiteten und Rojachers Mutter für sie kochte. Sogar Brot hatte sie heute gebacken, die Anna. Aber just war der letzte Bissen geschluckt, fingen sie wieder an. August konnte es nicht mehr hören, das Gezeter, das ewig gleiche Gesudere der Rauriser „Leerhauer". Leerhauer, ja, das waren die Knappen wohl für ihn. Sie mit ihren leeren Hoffnungen auf Gold, viel Gold. „Irgendwo da drinnen muss ja eins sein", so zum x-ten Mal. Dazu das Gerede von alten Zeiten, wo das Gold von den Wänden blitzte, kaum dass ein Bau neu angeschlagen war. Und ein Bier und noch ein Bier und einen Branntwein obendrauf. Diesbezüglich hatte der Rojacher recht. Indem er sie zur Mäßigung anhielt, verblieb eine gewisse Chance, dass sie einen Teil ihres Lohnes für Frau, Kinder oder sonst Wichtiges ausgeben können. Und beim Kartenspiel war es ähnlich. Sie wussten nicht, wann es genug war. Waren die Karten erst ausgegeben, spielten sie eine Runde und noch eine, und eh sie sich versahen, war es Mitternacht. Auf wackeligen

Füßen, den Geldbeutel leer, den Mund voll, stierten sie aus glasigen Augen. August wich den Stänkereien aus. Schade, dass er sich mit Rojacher nicht vertrug. Sie kannten sich nun schon zwanzig Jahre. Hatten gemeinsam gearbeitet, geschlafen und gegessen. Hatten im schrecklichen Winter im 1856er Jahr mitsammen gelitten, gefroren und gegen die überbordenden Schneemassen angekämpft. Und dennoch fanden sie keine gemeinsamen Worte. Dabei war Rojacher der einzige in diesem Talwinkel, mit dem er sich einen sinnvollen Diskurs hätte vorstellen können.

Wie schon so oft und auch jetzt, musste er an seine Studienzeit in Freiberg denken. An die Lehren des großen Abraham G. Werner, dessen Konterfei, unvergessen mit weißer Perücke, von der Wand des Auditoriums strahlte. Der große Gelehrte, der die Grundlagen, auf denen sich Mineralogie und Lagerstättenlehre als eigenständige Wissenschaften entwickeln konnten, erforscht hatte. Er dachte an das chemisch-metallurgische Laboratorium, von dem die Freiberger für sich proklamierten, dass es das erste dieser Art der Welt war. Eingerichtet von Professor Wilhelm August Lampadius zu Beginn des 19. Jahrhunderts. Unvergessen, und einem jeden Studenten gleich mit der ersten Vorlesung bekannt, die Geschichte des Lichtes. Lampadius montierte als erster auf dem europäischen Kontinent eine Gaslaterne an seinem Wohnhaus in der Freiberger Fischergasse.

Die Geschichte von der Laterne und vom Licht hatte er Rojacher vor langer Zeit aus einer Laune heraus erzählt. Und damit eine Neugierde geweckt. Rojacher wollte, dass er ihm Machart und Funktion der Gaslaterne aufzeichnete und erklärte. Doch er, Cyrill, konnte dieser Bitte nicht nachkommen. Es hätte für Aufsehen gesorgt, wenn er sein Wissen hier einsetzen würde. Das eine hätte das andere nach sich gezogen, wieder hätte er weiterziehen müssen. Es war der Ungerechtigkeit genug, wie es war.

Dass er – nicht August war sein Name, sondern Cyrill Bertrand Amaury, aus der Familie Challant – nach Salzburg geflohen war, hatte mit Alexander von Humboldt zu tun, über dessen Studien in Freiberg und dessen Schwärmen für Salzburg ihm sein Vater erzählte. Dass er trotz Studium eine derartig niedere Plackerei annehmen musste, das war wegen der Sache mit dem verwöhnten *zkazil malého syna*, so nannte er diesen hohlköpfigen Angeber aus Böhmen: Papa-Söhnchen! Ein Emporkömmling, der sich für mehr ausgab, als er war. Einer, dem es galt, die Schranken zu weisen. Das war er seiner Herkunft schuldig. Und der Ehre der traditionsreichen Burschenschaft. Sie durfte nicht von einem böhmischen Kretin beschmutzt werden. Von einem ohne Ehr und Kraft. Von einem wackeligen Mitläufer. Von Tag zu Tag wuchs seine Meinung zur Überzeugung und weiter zum Fanatismus. Als sich eines Abends die Gelegenheit bot, nahm er sie umgehend wahr. „Es ist ein Gebot der Stunde, dem Böhmen zur Persönlichkeitsbildung zu verhelfen. Ihm zur Lehre, der Burschenschaft zur Ehre. Wenn er die Mensur ohne zurückzuweichen und den Kampf trotz möglicher Verwundung diszipliniert durchsteht, die Furcht überwindet und sich in Tapferkeit übt, möge er einer von uns werden. Wenn er die Contenance hält, möge er in unserer Couleur gehen. Ich werde ihn lehren, an Größe zu wachsen – und in Reife wird er sich dankbar zeigen. So denn, ich werde die Aufgabe annehmen und ihn mit unvergänglichem Identitätssymbol zeichnen!" Sein schwulstiger Monolog stieß bei manchen Bundesbrüdern auf Skepsis, bei vielen auf Ablehnung. Letztlich distanzierten sie sich einheitlich von seinem Vorhaben. Zu unberechenbar schien ihnen der Ausgang. Was ihn, Cyrill, jedoch nicht beeinflussen konnte. Insgeheim fand er sie sogar als kleinmütig, bubenhaft, feig.

Dass der ungleiche Kampf ein Ohr forderte, dass er eine Schulter zertrümmerte, lag nicht in seinem Vorhaben. Sein dünkelhafter Hass entlud sich im Moment der sich bietenden Möglichkeit. Gleich einem Ausbruch eines Vulkans drang die Gewalt aus dem Abgrund seiner Seele. Der Wahrnehmung seines verrannten Ichs unfähig, betrachtete er den Ausgang des einseitigen Kampfes als ungeplanten Zwischenfall. Als eine Art Unfall, wie er auch in einem Physik- oder Chemielabor geschehen könnte. Dass sein Verständnis von Ehre die Gendarmerie nicht teilen würde, dass ahnte er, darum verließ er – um eine Herabwürdigung seiner Person zu entgehen – Kommilitonen, Universität und Heimat. Und fand es bedauerlich, dies tun zu müssen. ‚War der Aufwand für mein Studium vergebens gewesen? Der Böhme wird leben. Ein Ohr oder eine lange Gesichtsnarbe ... Grenzen heben sich mitunter auf. Ehre und Mensur fordern Opfer.‘ In diesen Gedanken packte er seine Sachen und schlich im Dunkel der Nacht davon.

Unter dem Joch dieser Erinnerungen schritt er, die Hände in den Taschen, den Kopf gesenkt, dahin. Wandelte bergwärts, nahm den Weg zum Radhaus auf. Unbestimmt war sein Ziel. ‚Das Gehen wird mich von der Vergangenheit entfernen‘, so hoffte er. Nur noch da und dort waren Schneeflecken, heuer war der Winter vom früh und heftig drängenden Frühling schnell besiegt. Lau war die Luft, für diese Zeit in dieser Höhe. Das untere Haus der Knappen, das am Talboden auf 1.550 Meter stand, lag bereits im Schatten der mächtigen, fast senkrecht aufragenden Felswand. Er schaute den Kunstflügen der Dohle zu. Wunderte sich ob ihres auffallend lauten Gezeters und der immer wieder ansetzenden schrillen Pfiffe.

‚Hör ich ein Pfeifen?‘, dumpf und wie aus weiter Ferne nahm Naz die Geräusche wahr. Eiskalt war es ihm, darum war er wohl aufgewacht. Die Kälte raubte ihm den Schlaf. Er wollte sich aufrichten – ‚was ist, wo bin ich?‘ – und merkte nicht, dass er die Fäustlinge verloren hatte. Dass die Finger krumm und steif waren. Mit einer Hand hielt er sich am Kopf und mit der anderen versuchte er sich vom Boden abzudrücken. Da entfuhr ihm ein gellender Schrei.

Hilflos sank er zurück auf den nasskalten Schnee und dämmerte in Weh und Pein dahin. Ungehört und nicht vermisst, denn seine Mutter wähnte ihn in Kärnten und August war von seiner kurzen Wanderung wieder umgekehrt. Er saß bereits am kleinen Tisch in der Nische und erzählte vom komischen Verhalten der Dohle. Überhaupt, er meinte, einen Schrei gehört zu haben. War aber unsicher, da waren auch noch das Rauschen der Wasser und Heulen des Windes. Vielleicht hatte er sich den Schrei eingebildet … Doch es ließ ihn nicht zur Ruhe kommen. Wieder stand er auf, „nachschauen schadet nicht", meinte er und ging. Sein Aufbruch ließ die anderen Knappen schmunzeln. „Tzz, tzz, der Augsburger, ein komischer Vogel ist er selber", meinte einer. Lachend stimmten ihm die anderen zu.

„Augsburger" nannten ihn die Knappen. „August" hatten ihn seine Kommilitonen genannt. August, in Anlehnung an Wilhelm August Lampadius. Weil er, wie sie ihm vorhielten, dem Professor stets unterwürfig zu Diensten war. Weil er ihm in Gesten und Äußerungen nacheiferte. August, diesen Namen hatte er nach seinem Weggang aus Freiberg behalten. Aber nicht August oder, wie es im Tal gebräuchlich war, einfach nur Gust nannten sie ihn, sondern, weil er einen Akzent hatte, von dem die Knappen meinten, es wäre ein deutscher, den Spottnamen „der Augsburger" bekam er.

Er stapfte wieder der Felswand zu, ging ein Stück bergan, schaute bald zum einen oder anderen Baum hinauf gegen die Wand. Darauf den Weg absuchend nach vor und zu den Seiten. Ein unbestimmtes Gefühl beschlich ihn. Unruhe, von der er nicht wusste, woher sie rührte. Alsbald ging er zum steilen Grabenrand und da entfuhr es ihm: „Oh, mon Dieu!"

Es dauerte eine Stunde, bis er Rojacher aus der misslichen Lage bergen, und eine weitere, bis er ihn endlich zum Knappenhaus tragen und in sein Bett verfrachten konnte. Anna schob eilends den Wärmstein in die Glut, setzte frisches Wasser auf und schickte den jüngsten und flottesten Knappen ins Tal. „Nimm das Pferd, und da, die Lampe. Hol geschwind den Bader. Sag ihm, der Rojacher liegt halbtot danieder." Darauf zu August gewandt: „Und du, das mag eine göttliche Fügung sein. Dass du rausgegangen bist. Dass du ihn gefunden, dass du mir den Naz gebracht hast. Sag, magst einen heißen Tee? Oder hast du Hunger? Ja, und vergelt's dir Gott!" Sosehr heißer Tee an anderen Tagen gut tat, jetzt war ihm nicht danach. Und an Essen dachte er erst recht nicht. „Dankschön Rojacherin, aber ich geh' hinauf", womit er die Kammer der Knappen im oberen Stock meinte.

Eine Talgkerze brannte am Tisch und vom Petroleumlicht an der Wand flackerte schwacher Schein. Anna setzte sich auf die Bank. Sie war allein. Sie dachte nach. ‚Daran ist das Knappenrössl schuld. Das Knappenrössl!' Nie würde sie darauf reiten. Dass sie zu alt dafür war, das war ein Grund, der andere: Sie hatte ihren Buben einmal damit gesehen. Auf dem breiten Brett sitzend, die Ziehschnur an der Hand, die Füße seitwärts ausgestreckt. Zwischen den steilen Wänden, über Hügel und durch Gräben war er gesaust! Voll von Schnee waren Hose und Janker. Sogar Bart und Hut waren vom Schneestaub bedeckt gewesen. Geritten war er wie der Leibhaftige. Sie würde nur ihren Füßen trauen. Auch wenn diese oft müde und recht schwer waren, für die Wege hier im Haus und rundum taten sie ihre Dienste. Und wenn sie nach Rauris musste, konnte sie in der Kutsche fahren. Mit der schönen vom Platzwirt, dafür sorgte Naz. Sich derart Mut zusprechend und sinnierend zog sie einen Stuhl ans Bett. Sie setzte sich darauf, deckte sich mit einer Decke zu und versuchte zu ruhen. „Gute Nacht, Naz!" Rojacher lag, wie auch zuvor, gekrümmt in seinem Bett. Im Stockwerk darüber, vom Lager der Knappen, hörte sie nur ein Murmeln. Ums Haus heulte der Föhn. Immer noch lau, aber heftiger als vormittags.

Einfach Föhn, aber auch Tauernwind nannten Knappen und Einheimische die stürmischen oder lauen, von Süden her ziehenden

Winde. Hier im Talschluss kam der Frühling mit dem Südwind.
Erst noch grob und kalt, mit jedem Tag milder und im Mai dann
warm und sanft. Da blies es von Kärnten kommend über Kämme
und Scharten. Diese Winde setzten dem Schnee mehr zu als Regen
und Sonne, die erst im Februar, um Lichtmess, den Weg ins Tal
von Kolm Saigurn fand. Und das anfangs, die ersten Wochen, nur
kurz, fast zögerlich. Nur, es war schon April, der Zwanzigste. Der
Frühling hatte sich zeitig durchgesetzt, Schnee lag nur noch in den
Schluchten und Höhen. Reste von großen Grundschneelawinen
hingegen würden bis zum Sommer vorhanden sein. Grad wie beim
Wasserfall in Altkolm.

In Altkolm, am Fuße der Felswand zum Grieswiestauern hin, bei
der aus Steinen gemauerten Hütte, dort setzte sich Anna manchmal
vor die Eingangstür. Auf die Holzbank unter dem ebenfalls hölzernen Schindeldach. Die Gegend nordwestlich des Werkhauses ist
sonniger als die beim Gewerkenhaus. Hierhin kam die Sonne früher
und schien länger. Zur Herbst- und zur Spätwinterszeit, wenn das
Kolmhaus (wie das Gewerkenhaus auch genannt wurde) gänzlich im
Bergschatten war, nutzte Anna die wohltuenden Strahlen. Die Mit-
tagsstunde in der Stille dieser Einsamkeit tat ihr gut. Erst wieder zur
Sommerszeit bezog der Viehhüter von Grieswies das Haus. Früher,
so hatte Anna es von einem Gewerken gehört, soll hier das ältes-
te Refugium des Bergbaus gestanden haben. Um die Hütte lag ein
sanfter kleinhügeliger Boden, von einem Bächlein durchschnitten,
da und dort sumpfig, auf den trockenen Hügeln sprossen struppi-
ges Gras und allerlei Wildblumen. Ein Almboden also, wo Kühe und
Kälber auf diesem grasigen, mit Kräutern und Blumen vermischten
Boden weideten. Dieser Hüttengrund verlor sich in einem weiten
Talboden, der östlich, südlich und westlich von den umliegenden,
dreitausend Meter hohen Bergen eingegrenzt war. Südwestlich der
gemauerten Hütte erhob sich eine Felswand und teilte den Gries-

wiestauern vom Talboden. An diesem Abhang wuchsen Latschen, verkrüppelte Fichten und Lärchen. Tummelten sich Hummeln und Wildbienen, Käfer und Mücken. Bauten Bachstelze und Wasseramsel ihre Nester, suchten Kohl- und Tannenmeise nach Samen. Fanden sich Aurikel, Fingerhut, Glockenblume und Kuhschelle wie auch Alpenrose und Enzian. Sogar die dunkle Akelei fühlte sich im Schatten der Erlen, die auch die Feuchte liebten, wohl. Von der Geländekante talwärts grub seit abertausenden Jahren ein aus unzähligen versammelten Rinnsalen entstandener Bach seinen Weg. Spülte Sand und Schotter mit, riss loses Gestein und Erdreich vom trichterförmigen Ufer. Dabei schmirgelte er, in unendlicher Geduld, die Felsen zu glatten Klötzen und rutschigen Bahnen. Und stürzte schließlich sein Wasser über eine Felswand gegen Altkolm zu. In ein gespenstig dunkles Loch. In eine Höhle, überdeckt mit Steinen, Schotter, Wurzeln, Holz, Erde und gepresstem Schnee als Zeuge der hier alljährlich eintreffenden Lawine. Durch die sich die Wasser ein Loch gefressen hatten. Bei lang anhaltendem Winterwetter mit großen Schneemengen war das Höhlendach derart wuchtig, dass sich das „schreckliche Loch", wie es Anna nannte, übers Jahr hielt. Und an Tagen, so wie heute, wo der Wind durch die Höhle pfiff, gab dies eine schaurige Melodie.

Wenn dieser Wind nicht wäre, würde sie noch in die Kapelle gehen, um bei der Schutzheiligen der Knappen zu beten. Aber so, nein, es war auch so schon gespenstig genug. Diese plötzliche Ruhe, diese ungewöhnliche Stille im Haus zu dieser noch frühen Stunde, das lange Warten und der ungewisse Ausgang von Naz' Unfall. Annas Stimme zitterte: „Heilige Barbara hilf, Mutter Gottes hilf, Ignaz hilf, Vater unser im Himmel ...", über diesen Bitten schlief sie ein.

Der Bader kommt

Am nächsten Tag um die Mittagszeit traf endlich der Wundarzt mit dem Knappen, der seine runde lederne Tasche trug, ein. Noch außer Atem, zu schnell hatte er die Stufen ins Obergeschoß genommen, polterte er zur Tür herein. Griff mit der einen nach den silbernen Bügeln seiner Ledertasche und riss sie dem Knappen weg. Darauf wischte er mit der anderen Hand den Schweiß von der Stirn, schüttelte sich aus dem gewalkten grauen Überwurf und warf ihn achtlos von sich. „Da bin ich gekommen, schnell wie der Wind", sagte er. An Leibesfülle kaum zu überbieten, mehr breit denn hoch und mit drei Warzen an der linken Schläfe, sah er Anna, die bei seinem Eintreten vom Stuhl aufgestanden war, aus tiefliegenden Augen an. „Grüß Gott Rojacherin, wie geht's dem Unglücklichen, lass mich sehen." Schon wandte er sich um, schaute zu Naz, trat ans Bett, musterte den Liegenden und nahm sein Monokel aus der Weste. Ganz nah bückte er sich zu Rojachers Kopf und linste durch das Glas. Drehte seinen Kopf nach links, darauf nach rechts und erneut links. Hob ihn ein wenig und bückte sich. Endlich richtete er sich auf. Sagte aber nichts, nur sein Blick blieb starr im Raume hängen. Anna sah den Bader an und stellte fest: „Ihr seid sehr nachdenklich, Bader!" „Nachdenklich? Rojacherin, ein Wundarzt muss ein Denker sein." Und darauf sprudelten, wie erleuchtend, die Anweisungen aus seinem Mund: „Schnell saubere Tücher und heiße Tücher, äh, nein ... und heißes Wasser. Dazu Lampen! Kerzen! Licht, ich brauche mehr Licht!" Er schaute sich im Zimmer um, reckte sich, streckte die Arme, atmete hörbar ein und aus, schaute wieder zum Bett. Der Verletzte lag halb schlafend, halb wach unter einem Gewühl von Decken und Polstern. Versorgt von Anna. Sie hatte ein Salbengemisch aus Schweinefett, Bienenwachs und geläuterter Butter, versetzt mit Arnikablüten, auf die Wunde gestrichen. Hatte ihm warmen Tee mit ein wenig Wurzelschnaps eingeflößt und das Bett mit heißen Steinen warm gehalten. Naz litt stumm. Nicht nur der Verletzungen wegen. Alles war zu viel. Ihm zuwider. Und jetzt noch der Bader. Mit dem hatte er nicht gerechnet. ‚Der hat mir noch gefehlt', dachte er. Und als er in dessen Gesicht blickte, war ihm ängstlich zumute. Fragend schaute er die Mutter an. Für Anna aber war es das Selbstverständlichste, und so fühlte sie sich von seinem Blick nicht betroffen und eilte zur Kammertür hinaus.

Während er den Verletzten untersuchte und dabei drehen und wenden musste, stöhnte der Hausherr unter dieser Fürsorge gequält auf. Der Bader indes nickte wissend mit dem Kopf. Er räusperte sich und rieb mit den Fingern an seiner warzigen Schläfe. Dabei fiel das Monokel herab und blieb an der silbernen Kette hängen. Mehr zu sich selbst als an den Patienten gewandt murmelte er: „Unguentum album, Unguentum album." Darauf verordnete er, seines Standes gemäß, heiße Bäder. Empfahl viel Ruhe und gab ein wenig, wie er sagte, „die Kostbare, die Weiße, die Salbe zur Wundschließung am Kopf." ‚Unguentum album', wie der weise Alchemist sie nennt. „Und meine Diagnostika das Kreuz betreffend: Das Kreuzweh, Herr Bergbaubetreiber, das kommt von den Nieren. Die Nieren hat's erwischt!" Der Bader riet zu Ziegen- oder Schafmilch für deren Genesung und verhieß Rojacher, notfalls nochmals zu kommen.

Anna hatte währenddessen heißen Tee sowie frisches, selbstgebackenes Brot mit kaltem Schweinsbraten und Bockwurst für den Bader hergerichtet. Der ließ es sich schmecken, lobte den Braten und verlangte zwei Gulden für die Behandlung und zusätzlich einen für die Arzneien. Gleich müsse er sein Honorar bekommen, vor der Rückfahrt ins Tal, so seine Forderung. „Gleich", … plötzlich hatte sie große Angst um Naz.

Naz liegt danieder

„Mir sind deine Salben mehr wert als dem Bader seine ‚Unguentum album'. Es wird schon wieder werden. Und halt mir diesen Zauberer vom Leib. Dass du nicht auf die Idee kommst, ihn nochmals zu holen", so sprach Naz zur Mutter. Anna schaute skeptisch und fragte sich: ‚Entspringt das Vertrauen aus meinen Heilkünsten? Oder dem Misstrauen dem Bader gegenüber? Andererseits, meine Kräuter haben schon öfter Heilendes bewirkt. Ja wenn er mir vertraut ...' Und voll Zuversicht, auch im Unglück gute Stunden zu finden und es zum Wenden zu bringen, begab sie sich in die Rolle der Pflegenden. Sie setzte auf ihr Bewährtes: Kräutertee und Kräutersalben. Warme Steine. Nicht zu vergessen die Hühnersuppe. Sie saß an seinem Bett. Manchmal unterhielten sie sich, manchmal dösten beide vor sich hin.

Maria schaute immer wieder zur Tür hinein und bot ihre Dienste an. Anna aber schickte das Hausmädchen mit kurzen Anweisungen stets wieder in die Küche zurück. Dabei wollte sie nicht ungut zu ihr sein. Maria war ein fleißiges Mädchen und sie, Anna, war der Meinung, dass es die „Richtige" für ihren Bub wäre. Hatte geglaubt, zwischen dem Naz und der Maria, da bahnte sich etwas an. Etwas, das mehr würde als nur eine nette Bekanntschaft. ‚Komisch, was ich zu sehen geglaubt habe?' und ‚Vielleicht hängt es mit Naz' Reisen ins Kärntnerische zusammen ...', kam es Anna immer wieder in den Sinn.

Sowenig sie sich in seine Unternehmungen im und um den Berg einmischte, sosehr interessierte sie sich für Entwicklungen eine künftige Schwiegertochter betreffend. Und wollte Bescheid wissen. Was bei Naz schwer, wenn nicht gar unmöglich war, denn in dieser Hinsicht kam er ganz nach seinem Vater – wortkarg war er. Doch jetzt hoffte sie, einiges zu erfahren. Jetzt, wo er wieder ein wenig ihr „Nazl" sein würde. So wie früher, als er noch ein Kind und sie im Saghäusl daheim waren. Im Saghäusl, mit Ignaz. Und darauf die Zeit im Pfarrhaus und im Bruckhäusl. Dort verbrachten sie die Jahre, bevor sie nach Kolm Saigurn zogen. Sie verliefen in Harmonie, wenn auch von größeren oder kleineren Sorgen begleitet.

Eine große Last fiel von Anna, als Naz im schrecklichen Winter 1856/57 die schwere Arbeit des Truhenläufers beendete. Was zwar nicht ganz stimmte, denn Naz wäre aus Stolz und Pflichtbewusstsein wieder auf den Berg zurück. Doch der Reissacher war zu Anna gekommen, hatte ausgeführt, dass der Bub zu schmächtig für diese Arbeit sei. Dass er friere und oft huste. Dass ihm die Bergluft schade. Überhaupt, dass er zu jung gewesen wäre, er ihn daher nicht hätte anstellen dürfen. Dass die Verantwortung bei ihm lag, dass dies aber nun Vergangenheit und alles gottlob gut ausgegangen war.

Carl Reissacher hatte es gut gemeint, als er Naz Arbeit gab und damit ihr Auskommen sicherte. Das wusste Anna. Hätte er sich Zeit genommen für den Tee, den sie ihm angeboten hatte, hätte sie ihm gesagt, dass nur zähle, dass ihr Bub wieder heil zurück ist. Auch davon, dass der Lanser Michl sich nach Naz erkundigt und ihm einen Lehrplatz angeboten hatte.

Mit einem Klopfen an der Tür wurde Anna von ihrem Ausflug in die Vergangenheit gerissen. Sie sammelte sich, blickte zum Bett, in dem Naz schlief, und sagte „gleich". Sie erhob sich vom Lehnstuhl, band ihr Tuch um und öffnete. Draußen wartete ein Herr. Um Kopfes Länge größer als Anna. ,Groß wie mein Ignaz', fiel ihr bei seinem Anblick ein. ,Und einen Bart fast so lang, wie der Naz ihn trägt.' „Wilhelm von Arlt mein Name. Grüße Sie. Bittschön meine Aufdringlichkeit zu entschuldigen. Eure Magd hat mir geraten, gleich in den oberen Stock zu gehen." „Grüß Gott. Der Naz schläft tief und fest. Könnt ihr derweil einen Tee trinken? Längstens in einer Stunde ist er wieder wach."

Anna ging voraus, stieg die Treppe hinab und ging in Richtung Küche. Maria linste aus der breiten Nische des Stubeneingangs hervor. Sie hatte den noblen Herrn schon ein paarmal gesehen. Einmal im Markt, ein anderes Mal beim Lackenbauer und letzte Woche, als er sich, unter der Aufzugsbahn stehend, lange mit Naz unterhielt. Sie kannte an dessen Benehmen, dass es sich um einen „feinen Herrn" handelte. Kannte es an seinem Äußeren: an den geputzten Fingernägeln und an den mit Haaröl nach hinten gekämmten Haaren – sogar der Bart war gekämmt. Kannte es am Geruch – er roch nach feiner Seife. Dazu passend zeugte sein ganzer Habitus von der Noblesse eines Wohlhabenden: Mantel, Jacke und Hose waren aus feiner Wolle. Aus der kleinen Tasche des Samtgilets hing eine goldene Uhrkette. Das Hemd darunter war blitzend weiß mit einer blau-weißgeflochtenen Kordel am Kragen. Er trug polierte schwarze Schnürschuhe und einen Hut. Nur der Hut, der passte nicht so recht, nicht zum Herrn, nicht zum Gewand. Ein gewöhnlicher Dreispitz. Zwar mit einer breiten blauen Borte rundum, die ihn wertvoll erscheinen ließ, jedoch steckte oberhalb der linken Krempe eine Habichtsfeder. Und diese verlieh dem Hut Jägerliches. ,Nicht der Hut allein', meinte Maria, ,auch der Träger verrät damit seine Freude zur Jagd.' Jäger mochte Maria nicht, Blumensammler noch weniger. Sie verstand nicht, was an gepressten trockenen Blumen schön sein sollte. Die waren doch allesamt verwelkt. Ohne Duft. Für immer tot. Und die Jäger logen. Alle, und jeder auf seine Weise.

Maria trat aus der Nische und ging durch den breiten Vorraum des gemauerten Hauses der Küche zu. Die Küche, ein großer Raum mit vier Fenstern, bildete das Zentrum aller Zusammenkünfte des Hauses. Ihr inmitten stand ein großer Ofen mit Backrohr, Wasserschiff und einer eisernen Platte darauf. In diese, oberhalb des Heizraumes, waren fünf Ringe eingelassen. Der kleinste hatte eine Kuhle mit einem Bügel darüber, die folgenden passten in Umfang und Größe zum Loch, so dass sie entsprechend gelegt, dieses zudeckten. Links des Herdes stand eine große weiße Kredenz für Gläser, Besteck und Essgeschirr. Ihr anschließend war ein niedriger, breiter Schrank, teils mit Schubladen, teils nur mit Regalen. Darin lagen durcheinander Töpfe, Holzbretter, Messer mit Griffen aus Horn, Nudelwalker, Schöpfer und allerlei andere Küchenutensilien. An der Wand hingen Eisen- und Kupferpfannen, auch ein Bord mit goldverzierten gemusterten Tassen und weißen Tellern mit goldener Borte. Auch zwölf Gläser aus geschliffenem Bleikristall. Entlang zweier Seiten verlief eine hölzerne Bank mit zwei großen Tischen und mehreren Sesseln an den Seiten. In der Ecke oberhalb der Bank hing ein hölzernes Kruzifix. Anna und Ignaz hatten es zur Hochzeit bekommen.

Links vor dem Kücheneingang befand sich Rojachers Platz. Hier empfing er seine Gäste, hier führte er oftmals lange Diskurse. Die Gäste saßen immer auf der Bank, die ums Eck gebaut war. Er am gepolsterten Stuhl mit Armlehnen. Und inmitten stand ein quadratischer Tisch mit Bestecklade. Links an der Wand hing ein kleiner Kasten, hinter dessen Tür einige Flaschen Schnaps aufbewahrt waren, darunter ein Brett mit fünf Haken, an denen drei Pfeifen hingen. Zum Greifen nah, vis à vis des Ensembles, gab es ein vom Boden bis zur Decke reichendes, aber schmales Regal, auf dem Bücher und Zeitschriften abgelegt waren. Abgelegt mit System, von oben nach unten, je nach Alter und Bedeutung derselben.

Aufzuräumen oder Bücher und Hefte stoßweise zusammenzulegen, wie Maria es aus Unkenntnis einmal gewagt hatte, führten zu häuslichem Unfrieden. Dass der Platz ausschließlich ihm, Rojacher, vorbehalten war, darauf bestand er, dies glich mittlerweile einem Recht, gegen das zu verstoßen längst niemand mehr dachte.

Und nun saß der Herr im Armlehnstuhl von Rojacher. Er nippte an seinem Tee, blätterte im Buch, das der Hausherr ehedem aufgeschlagen zur Seite gelegt hatte. „De re metallica libri XII" 1577 von Georg Bauer. Einen „Agricola" in Kolm Saigurn zu finden, damit hatte er nicht gerechnet. Einmal mehr war Arlt ob der Person Ignaz Rojacher überrascht.

Zu diesem Zeitpunkt konnte Arlt nicht ahnen, wie viel an Überraschungen ihm der kleine Bergmann noch bieten würde. Und das nicht allein den Bergbau betreffend. Das Wohl der Talbewohner lag Naz besonders am Herzen. Doch davon sollte Arlt schon bald erfahren. Schon heute – ganz unverhofft. Es sollte ja nur ein kurzer Krankenbesuch sein. Bei einem Glas Wein, beim Platzwirt, hatte er von Rojachers Unfall gehört.

Soeben kam Anna die Stiege herunter, schritt auf den Gast zu und bat ihn mitzukommen: „Der Naz ist nun wach. Er freut sich!" Arlt erhob sich und ging hinter ihr die Treppe hinan.

Der Krankenbesuch

Als Arlt ins Zimmer trat, lag Rojacher im Bett, zwar ein wenig aufgerichtet, mit Polstern im Rücken und zu den Seiten hin, dennoch mehr liegend als sitzend. Sein Antlitz war blass und zwei tiefe Falten zogen von der Stirn zur Nasenwurzel. Ein anderes Gesicht hatte Arlt in Erinnerung. Das eines jungen Mannes mit einem schelmischen Funkeln in den Augen. Doch vom Funkeln war nur ein schwacher Abglanz übrig. Naz glaubte zu wissen, was sein Besucher dachte, und erwiderte den Gruß mit: „Ja, ich bin es, noch unter den Lebenden. Wenn auch nicht mehr unter den Schaffenden." „So also sieht es sich an, wenn einer Glück im Unglück hat", gab Arlt zurück und nahm am angebotenen Stuhl Platz. Er sah die lange Schnittwunde, die sich Rojacher beim Sturz zugezogen, und dass Salben und Schorf darüber eine dicke Kruste gebildet hatten. „Die Wunde sieht schlimmer aus als sie ist, aber das Kreuz ist eine Pein", sagte Rojacher, als er den Blick von Arlt auf sich spürte. Und: „Der Bader verschrieb mir Unguentum album ..." „Die Kostbare, die Weiße", setzte Arlt fort, „die Wundersalbe für zwei und einen extra Gulden, bei Verwundungen und jeglichen Krankheiten." Darüber mussten beide lachen und die anfängliche Befangenheit war verflogen.

„Ich habe von deiner Glockner-Besteigung gehört. Das Salzburger Volksblatt hat darüber berichtet. So viele sind es ja nicht, die sich da hinauf trauen", begann Naz die Unterhaltung. „Österreichs Höchsten zu besteigen war mir eine Herausforderung. Aber das würde ich euch auch zutrauen", erwiderte Arlt. „Euch". Dem Naz war die förmliche Anrede ein wenig zu sperrig. „Wenn es nicht unpassend ist, ich bin der Naz, so redet es sich leichter. Mit „ihr" und „euch" reden wir nur den Pfarrer und Lehrer, die Alten und Fremden an!" „Und in Wien siezen sich die Menschen. Nur die Adeligen werden, bei untertäniger Verneigung, in dritter Person angesprochen", erklärte Arlt. Erneut war eine Barriere durchbrochen. Schmunzelnd wechselte Arlt zum Du. „Ich bin nicht gekommen, um über meine Bergbegeisterung zu reden. Ich bin gekommen, um zu sehen, wie es dir geht. Um ein wenig mit dir zu reden. Habe von deinen Studien in Příbram gehört. Das Bergbauzentrum liegt nicht weit von meiner ehemaligen Heimatstadt Prag entfernt und die dortige Bergbauakademie erfreut sich eines guten Rufes." „Ja, die sind uns voraus", erwiderte Naz und gab sein Wissen preis, „der hohe Turm, einem Planetarium ähnlich, ist ein sichtbares Merkmal ihrer Technik und des Fortschrittes. Und das Wissen über die Lagerstättenkunde, allein damit beschäftigt sich ein Stab von Gelehrten. Wenn die Taler rollen, rollen sie auch in die Forschung. Die können aus dem Vollen schöpfen. Während unsere ‚Goldene Ära' Jahrhunderte zurückliegt, hat ihre erst begonnen. Auch wenn sie in Birkenberg nur Silber schöpfen (dies sagte Naz merklich leiser). Und wo es zu finden ist, sagen ihnen die Sterne." Arlt blickte ihn verständnislos an. Naz grinste ein wenig und erklärte sein flapsig Gesagtes: „Zur Einmessung erzhaltiger Adern verwenden die Markscheider Präzisionsgeräte und orientieren sich dabei nach den Sternen. Die dafür benötigte Warte, eine Art Turm, hat die Grubendirektion extra errichten lassen. Auch finden sich, anders als bei uns, nicht kilometerlange Kreuz- und Quergänge im Berg, nein, sie bauen lotrechte Schächte, über die sie die mittlerweile über hundert Meter tief liegenden Erzadern auffahren. Im Schacht wird das Erz dann mit von Pferden angetriebenen Göppeln zu Tage gefördert. Das gesamte Habsburgerreich decken sie mit ihren Fördermengen ein. Und wir? Je tiefer man bei uns gräbt, umso weniger Gold ist zu finden. Während man in Böhmen in Silber badet, müssen unsere Bauern den Kühen Stroh füttern." Nach diesem kurzen Monolog über den Bergbau in Příbram sank Naz erschöpft in die Polster. Nicht die Erinnerung an Příbram und was er im Birkenberger Bergbau lernen konnte – davon würde er profitieren – hatten den Naz müde gemacht, die Not in seiner Heimat war ihm wieder einmal bewusst geworden. Sich darüber Gedanken zu machen, hatte er jetzt ja viel Zeit. Die Armut der Familien quälte ihn. Vielleicht weil er sie nicht dauerhaft zum Besseren zu wenden imstande war. Noch nicht. Aber darüber wollte er seinem Besucher nicht vorjammern. Da würde es Lösungen geben. Nicht heute oder morgen, doch mit etwas Glück schon bald.

„Wenn die Rauriser Kühe Stroh fressen müssen, zeugt dies zugleich von einer genügsamen Rasse. Das ist ein zusätzlicher Faktor, warum ich mich für das Pinzgauer Rind interessiere. Zudem sind diese Kühe gesund und widerstandsfähig, und das ist mit ein Grund, warum ich nach Rauris gekommen bin – eure Kühe", sagte darauf Arlt. Plötzlich war wieder ein Funkeln in Rojachers Augen zu sehen. Gespannt horchte er zu. „Wie du sicherlich weißt, ich interessiere mich für den Bergbau, aber studiert habe ich Landwirtschaft. Ich möchte ein Gut im Prager Umland suchen und das Pinzgauer Rind als Zuchtvieh einführen." ‚Das Glück ist ein schnelles Vogerl', dachte Naz ‚bevor es weiterfliegt, muss man es füttern.' Hoffnung schöpfend gab er ihm das Versprechen: „Wenn ich wieder auf den Beinen bin, werde ich bei den Bauern vorsprechen." Arlt befürchtete, dass dieses Vorhaben wahrscheinlich weit in der Zukunft lag. Schmerzen standen Rojacher ins Gesicht geschrieben und auch seine körperliche Schwäche konnte er nicht verbergen. Mit einer Schwindelei erklärte Arlt seinen voreiligen Abschied: „Ich habe noch einen Weg. Aber ich werde wieder kommen. Für heute lebe wohl."

Sosehr ihn der Besuch gefreut hatte, nun war Naz doch ermattet und schlief ein.

Der ungeduldige Patient

„Maria! Maria! Maria! Kruzitürken, wo ist denn das Weiberleut'?", schimpfte Naz. „Mutter! Mutter! Wenn du jemand brauchst, ist niemand da, Herrschaftszeiten!" Kaum dass sein Zornausbruch verebbte, hörte er schlurfende Schritte. Schon tat es ihm leid, die Beherrschung verloren zu haben. Anna trat ein, und bevor Naz etwas sagen konnte, wies sie ihn zurecht: „Die Maria ist nicht deine Dienerin. Und morgen schicke ich sie ohnedies nach Rauris. Drei Wochen waschen, putzen, kochen. Dich hat sie auch umsorgt. Und du bist undankbar, Naz!" Er drehte sich um, langte nach seinen Krücken und: „Mutter, ich muss zum Bruchhof, hilf mir bittschön über die Stiege!" Anna widersprach nicht, sie wusste, wenn er „musste", war jedes Einlenken zwecklos. Mit den Krücken unter den Armen humpelte er zur Zimmertür hinaus. Es war das erste Mal seit seinem Unfall, dass er den Gang über die Stiege wagen wollte. Linker Fuß, nein, rechter Fuß zuerst, eine Krücke vor, links am Handlauf haltend … wie er es auch anstellte, es gelang nicht. Seine Hände waren zu schwach, die Füße wollten ihn nicht tragen, sein Kreuz rebellierte. Voller Grimm wies er seine Mutter an: „Sag dem Bergschmied, er soll einen zweiten Handlauf machen. Möglichst bald, besser: heute noch", und zog sich resigniert in sein Zimmer zurück.

Naz fühlte sich in auswegloser Lage. Ähnlich wie vor zwanzig Jahren, als sein Vater verunglückte. ,Zwanzig Jahre, vor so langer Zeit ... und doch ist mir Vaters Tod oft gegenwärtig. Besonders das Bild, wie er aufgebahrt auf der Kutsche liegt.'

Naz war damals, nachdem Gainschnigg die schlimme Botschaft überbracht hatte und die Mutter tröstete, zur Kutsche gerannt und sah dort den Leichnam auf Ästen in einer Wolldecke eingewickelt liegen. Als er die Decke vom Kopf gezogen hatte, war ihm, als ob ein Gespenst dieses Antlitz überdecken würde. Als ob ein milchig-eisiger Geist von seinem Vater Besitz ergriffen hätte. Dass er nun diesem Düsteren gehörte. Dennoch hatte er es gewagt, ihn zu berühren. Erst noch zaghaft, dann wieder und wieder hatte er über die Wangen des Vaters gestreichelt und seine Finger, einen nach dem anderen, abgetastet. War erstaunt gewesen, wie knochig sich das Gesicht anfühlte, wie kalt seine sonst meist warmen Hände waren. Und das hölzerne Kreuz, das zwischen den Fingern steckte – das war wie bei allen Toten. Er kannte dies von anderen Aufbahrungen, man konnte es durch den schwarzen Tüll sehen, ebenso wie die Silhouette des Verstorbenen. Erst am Tag der Beerdigung wurde der Sarg geschlossen.

,Wenn schon tief, dann gleich ganz unten, meine Gedanken passen zum Tag – zu gestern, zu heute und morgen. Da draußen wartet Arbeit, da sind Männer, die mich brauchen, da ruft der Berg. Wie soll das wieder werden? Wie wird es künftig sein? Vermaledeit! Kaum dass ich den Bergbau in Pacht genommen habe. Und die Seebichler, die warten auch auf mich.' Seebichl! Sogleich hellte sich sein verzagter Blick auf. Freudig wanderten seine Gedanken auf die andere Seite des Berges. Nicht weil er dort als Sachverständiger bei der Errichtung der Goldwäsche eingesetzt wurde. Diese Aufgabe verlangte mehr an Einsatz als notwendig gewesen wäre. ,*Wäre*, wenn die Dummheiten, die „Die" dort drüben verzapfen, nicht wären.'

Dass er neben den Sorgen auch in freudiger Erinnerung schwelgte, das hatte schöne Augen, wunderbares Haar und einen Namen: Elisabeth. Lächelnd erinnerte er sich der Fahrt mit dem Kranaufzug, der rückwärtig des Kastengebäudes angebaut war. Er hatte sich im Materiallager versteckt. Der Hausherr war zwar unterwegs, aber die Haushälterin lugte aus allen Ecken. „Dem Koban sein Spitzel. Hat auf jedem Haar ein Auge sitzen", so Elisabeth.

Der Anton Koban hatte das stattliche Haus, mehrere Realitäten und einen schwarzen Rappen geerbt. Mit Pferden wusste der vormalige Lehrer nicht umzugehen. Stocksteif trabte er durchs Dorf. Lupfte den Hut, Grüß Gott hier, Grüß Gott dort, Gruß jedem und Kreuzer für die Armen. Elisabeths Vater, ein Kleinbauer und Bewunderer des neuen Realitätenbesitzers, hatte ihm seine Tochter als Haushaltshilfe empfohlen. Und Koban? Er bemerkte die Anmut des Mädchens. Mochte schöne Haare und fand Gefallen an blauen Augen. So willigte er ein: „Pfarrmeyer, eine große Bürde hängst mir um. Eine mit einem ledigen Kind. Aber ich will nicht kleinlich sein. Bei meiner Ehr, will nicht kleinlich sein. Nehm' sie in Dienst. Aber eine große Aufgab' ist es schon."

Und die alte Haushälterin wurde ihre Lehrmeisterin. Und Aufpasserin. Wie Herr Koban es anordnete: „Keine Befleckung in diesem Haus. Das schulde ich dem Erbe des Großonkels."

Und Elisabeth? Sie wartete in Geduld. Naz hatte ihr Hoffnung gemacht. Nicht mehr lange würde sie hier Dienst tun müssen. Wenngleich die Arbeit im Haus leicht und der Koban ausgesprochen nett zu ihr und ihrem kleinen Richard war. Allerdings hatten sie und Naz mit dem Unfall und dessen Folgen nicht gerechnet.

Letzte Woche schickte Naz einen Knappen mit einer Botschaft nach Seebichl. Darin bat er die Bergherren, noch ein wenig zu warten, „bis ich wieder auf und munter bin". Wann dies sein würde, wusste er nicht. Wenigstens würden *alle* wissen, warum er letzte

Woche nicht gekommen war. Dass sie, Elisabeth, von seinem Unfall erfahren würde, das minderte seine Sorge. Dass er sie und den Buben – weiß Gott wie lang – nicht sehen konnte, grämte ihn. ‚Wie wenn sich alles gegen mich verschworen hätte' – noch ein düsterer Gedanke.

Vom geistigen Ausflug wieder in die Gegenwart zurückkehrend und sich dabei seiner misslichen Lage erneut bewusst, verfinsterte sich sein Gesicht. Frostig rief er erneut nach Maria: „Einen Tee, Tee, Maria, bring mir einen heißen Tee." Vorausschauend hatte die Mutter zuvor die Zimmertür nur angelehnt, auch die Küchentür durfte, um sein Rufen hören zu können, nicht geschlossen werden. Und so dauerte es nur eine Weile, bis Maria zur Tür hereinlugte. „Tee hätt' ich gern. Und, ihr Weiberleut', könntet doch einen Milchzopf backen", keifte er. Wortlos ging sie, um den Tee aufzubrühen.

Da fiel ihm ein, dass der Karthäuser am Tag davor einen Milchzopf gebracht hatte. Maria hatte es ihm erzählt. Auch, dass er ihn habe sprechen wollen. ‚Wird er einen schönen Kristall gefunden haben und ihn verkaufen wollen. Oder um Schwarzpulver betteln. Dieser Steinklauber wird noch zum Schießbaron.' Marias Eintreten unterbrach seine Überlegung. In ihren Händen trug sie eine Kanne, aus der Dampf aufstieg, seine geblümte Tasse, den silbernen Löffel, Zuckerwürfel in einem Schälchen, zwei Stücke vom Milchzopf und Schnaps im Glas. Noch ehe sie die Last am Tisch abstellen konnte, fauchte Naz sie an: „Anklopfen! Hat dir das niemand gelernt?" Anna war unweit hinter Maria und hörte das. „Maria, er meint es nicht so." Damit wollte sie den Frieden wiederherstellen, doch ihre Worte erzürnten Naz noch mehr: „Mutter, schütze sie nicht. Anstand, Takt und Höflichkeit, das verlang ich in diesem Haus." Beleidigt erwiderte Maria: „Anstand hab' ich, aber nicht drei Hände."

Doch Naz war derart in Rage, dass er die Blamage nicht merkte und fortfuhr: „Und als Nächstes lass' ich ein Klohaus bauen." Was es mit dem „Klohaus" auf sich hatte, das verstand Anna zwar nicht, es war aber auch nicht der richtige Zeitpunkt, danach zu fragen. Stattdessen meldete sie einen Besucher an. „Naz, Herr Oberbergrat Franz Pošepný lässt fragen, ob er dich besuchen darf." „Der Oberbergrat Pošepný lässt fragen ... nix da, ich will niemand sehen", murrte er verdrossen. Anna entfernte sich wortlos, schloss aus Protest die Tür zur Gänze und überließ den grantigen Patienten sich selbst.

Naz fiel beim Namen Franz Pošepný das Gutachten ein. Nachdem das Ackerbauministerium ihn als Sachverständigen gesandt, nachdem sie wochenlang Berg und Stollen penibel inspiziert, nachdem sie den Schrägaufzug und Pläne für eine Bremsbahn begutachtet hatten, sagte er: „Meiner Einschätzung nach wärst du, Ignaz Rojacher, der richtige Mann, um den Rauriser Bergbau zu übernehmen. Du bist mit der Gegend vertraut, du bist tatkräftig, du kennst alle Leute hier, mit Geschick kannst einigen Gewinn aus dem Bergbau ziehen." Diese und noch viele schöne Worte hatte er gefunden. Und eine Empfehlung nach Wien gesandt. Der Pošepný. „Ein Diener zweier Herren. Mir schmeichelte er den Verlustbetrieb ein und den Staat befreite er von seinem ungeliebten Anhängsel. Ich brauch' heute keinen Pošepný!"

Der Augsburger verrät sich

Kaum dass Naz sich hingelegt hatte, klopfte es an der Tür. Und noch ehe er mit „Herein" antworten konnte, stand August im Zimmer. „Ich weiß, dass du nach mir geschickt hast. Ich hatte keine Zeit. Der Schmelzproben wegen. Das Resümee: Die Menge der für nassmechanische Aufbereitung und Schmelzen geeigneten Erze verringert sich dramatisch in zweierlei Hinsicht. Zum einen sind die aufgeschlossenen Stollen und Schächte verhaut. Zum anderen kommen in geringeren Mengen Erze aus den tiefsten Schächten zu Tage, die aber weniger Gold und Silber enthalten als die Erze aus den Stollen in den höher gelegenen Zonen. In höher gelegenen Zonen ist sekundär noch auf mit Edelmetall angereicherte Erze zu hoffen. Beispielsweise etwa in der Goldbergerin. Auch in der Haberländerin. Die Stollen und Klüfte betreffend ist die große Grubenkarte aus 1768 aufschlussreich. Der erste Hauptstollen quert die Goldbergerin, Bodnerin und Sonnsternkluft ab. Der zweite Hauptsollen die Kriechgängerin. Der dritte Hauptstollen die Goldbergerin und Kriechgängerin. Beim vierten Hauptstollen wurde die Haberländerin niederwärts mit erstem Zulauf aufgeschlossen. Weiters ein zweiter gegen Nordosten aufgeschlossen und der dritte Zulauf macht Durchschlag mit der Treberlingerin. Der Mittel Neuner quert die

Kriechgängerin ab. Der Goldberger Schacht ist zum vierten Hauptstollen durchgeschlagen. Als letzte wesentliche der hundertjährigen Bautätigkeit wurde 1799 der Mittel Neuner im Horizont der vierten Goldberger Feldstrecke gegen die Kriechgängerin getrieben. Soviel aus Bergmeister Seers Karte und desgleichen bestätigt sich vor Ort. Doch primär ist meines Erachtens die Aufarbeitung. Etwa der Versatz, der ostseitig oberhalb des Langen Grundes, und jener restliche, der am Bruchhof beim Knappenhaus liegt. Die obere Lage hat eine feinere Körnung als die darunter liegende. Und wieder darunter liegt ein Gestein, auffallend groß, beinah quaderförmig. Viel Erz wurde zwar im Pochwerk ein wenig zerkleinert, aber nicht zu Schlich gepocht. Das Erz, das wir in den letzten Jahrzehnten abgebaut haben, das ist taub im Vergleich mit manch brachliegendem Versatz. Die Schmelzproben haben ergeben, dass ..."

Bis dahin war der Rojacher dem fast atemlosen, hochgestochenen Monolog seines Knappen gefolgt. Nun fiel er ihm ins Wort: „Danke, genug! August, kein Knappe, und ich ebenso wenig, können sich derart ausdrücken. Weil ihnen, weil uns die fachliche Ausbildung fehlt. Ein Studium in Freiberg etwa." Nun war es August, der unterbrach. „Wenn es Zweifel an meiner Arbeit und sie nicht zufriedenstellend ..." Abermals ließ ihn Naz nicht aussprechen. „Erst magst du es geahnt, später gewusst, dass ich es erfahren habe. Lass es gut sein. Cyrill Bertrand Amaury, aus der Familie Challant. Du hast mir das Leben gerettet. Ich will dir nicht an deines. Die Welt ist klein. Der Weg von Freiberg nach Kolm Saigurn weit. Aber nicht für „Brieftauben". Verdrängtes kann Geschehenes nicht tilgen. Unrecht gedeiht nicht, willst du deinen Seelenfrieden, rechtfertige dein Tun. Dann findest deine Ehre in einer Arbeit, die deinem Können gerecht wird und vielleicht auch ..." Unvermittelt setzte August ein: „Der Bergmann sucht durch Fleiß, was seinen Fürsten ehrt, nicht nur was dient zur Speis, sondern das Land vermehrt. Wir rufen nun zusammen den ganzen Bergmanns Hauf' und dass nur der Wunsch floriert: Glück Auf, Glück Auf, Naz, Glück Auf." Sprach's, ging zu Rojacher, nahm sich dessen Hand, drehte sich und ging davon. Naz wusste, er würde ihn nie wiedersehen.

Wilhelm Ritter von Arlt

Dass das Reiseziel von Wilhelm Ritter von Arlt Rauris war, das war seiner Bergleidenschaft wegen. Leidenschaft war es wahrlich, denn die Aufwände, vom fernen Wien bis ins Salzburger Gebirge zu kommen, hießen lange Fahrten mit der Eisenbahn und allerlei Unannehmlichkeiten in der Pferdekutsche. Die anderen, für ihn maßgeblicheren Gründe seiner neuerlichen Fahrt nach Rauris waren der Betrieb des Goldbergbaus sowie das Pinzgauer Rind.

Arlt dachte an seine Studienzeit, an den Vortrag des Assistenten Babitzka. Nach einem enthusiastischen Plädoyer über die Vorzüge des Pinzgauer Rindes verlor sich dieser in Eifer und Überzeugung derart, dass er schwärmerisch von der Schaustellung in München berichtete, wo ein Ochsenpaar die fünffache Last ihres Körpergewichtes in kürzester Zeit über viele Kilometer zog und wegen dieser Leistung in die Lehrbücher einging. Ungefragt unterbrach ihn Wilhelm: „Ein Geschöpf Gottes zum Leistungsbeweis führen, es der Unterhaltung einer Sonntagsgesellschaft dienen lassen, das ist wider mein ethisches Empfinden." Babitzka verstummte für einen Moment, schluckte einmal, räusperte sich, und setzte die Lehrstunde fort: „Die Rasse ist unempfindlich gegenüber heißer Sonne wie auch kalter Witterung, ist stark und zäh und hat ein feinfaseriges

Fleisch." Prompt kam aus der hinteren Reihe: „Im Mariahilferbräu wird es gebraten!"

Ein schrilles Signal riss ihn aus diesen Gedanken und urplötzlich verdunkelte sich alles um ihn und die anderen Mitreisenden herum. ‚Schon im Pass-Luegg-Tunnel', stellte er fest. Und war völlig baff, als sie, kaum den Pass durchquert, in ein Grau von Wolkenmeer tauchten und Regen an die Fenster klatschte. Er hob seinen Blick, östlich das Tennengebirge, westlich das Hagengebirge. Doch links wie rechts dasselbe Bild: düstere Wolken an steil aufragenden Bergen, Nebelfetzen um Sträucher und Bäume, sich biegende Wipfel im Wind, Wege und Wiesen von Nässe getränkt. Fragend schaute er zum Rucksack. Als ob von diesem eine Antwort käme. Der Schaffner bot sie: „Das Wetter hat gedreht. In Kärnten ist es schon gestern regnerisch gewesen, und jetzt wird das Schlechtwetter bleiben", sagte er und setzte seinen Gang fort.

Leider hatte der Schaffner Recht behalten. Arlt reiste nur bis Rauris und quartierte sich beim Brücklwirt ein. Wie es in Kolm Saigurn sein würde, war nicht schwer sich vorzustellen. Vom Wind und Regen bekam er auch im Markt genug zu spüren. Wenigstens ins Gaisbachtal wollte er. Auf die Almen um Retteneben. Vielleicht zum Gramkogel. Oder auf die beiden hohen Grasberge Grubereck und Bärnkogel als Ersatz zu Ritterkopf und Schwarzkopf. Doch er musste sich mit kleinen Wanderungen begnügen. Einmal zur Karalm, anderntags zu den Hütten auf der Retteneben. Als er zum dritten Mal ins Gaisbachtal ging, den Weg über die Poser und den Steig zurück zum Markt nahm, kam er durchnässt und frierend zurück. Stunden saß er am Herd der Wirtin und rieb seine steifen Finger und Zehen. „Die Schuh' häng ich da rauf", sagte die Wirtin und tat sie auf einen Haken oberhalb des Ofens. „Das muss ja vorne rein- und hinten rausgeronnen sein. Wer geht freiwillig bei so einem Sauwetter in die Berg?" Sie schüttelte verständnislos den Kopf. Arlt wusste, dass dies nicht als Frage gemeint war. Die Wirtin war in ihrer Einfachheit klug. Es war genug. Er hieß den Kutscher für den nächsten Tag, gleich um sechs Uhr morgens, abfahrtbereit zu sein. Er wollte den nächstmöglichen Zug nach Wien nehmen. Der Weg bis Schwarzach würde den halben Tag in Anspruch nehmen, das wusste er. Zwar hätte er von dort aus an seinen Vater telegrafieren, ihm seine vorzeitige Ankunft mitteilen können, entschied sich aber spontan dagegen. Weil sie ohnehin daheim waren – zumindest die Mutter. Vom Vater wusste er es nicht. Es war des Öfteren, dass ihn eine Studienreise ins Ausland führte.

Sein Vater, Carl Ferdinand von Arlt, Ritter von Bergschmidt, betrieb eine Privatpraxis für interne Medizin und Chirurgie in Wien. Sein bevorzugtes Fach galt jedoch der Augenheilkunde. Aufgrund seiner außerordentlichen Verdienste in Prag, seines in der Monarchie exzellenten Rufes als Mediziner, wurde er 1856 zum Nachfolger des scheidenden Direktors der Wiener Universitäts-Augenklinik bestellt.

Wilhelm erinnerte sich nicht mehr an den Umzug von Prag nach Wien, er war zu dieser Zeit erst drei Jahre alt, wohl aber an seine Kinder- und Jugendzeit in Wien. Der Vater, der in ärmlichen Verhältnissen aufgewachsen war und dessen Erfolg auf seiner Begabung und Intelligenz fußte, legte allergrößten Wert auf eine gute Bildung seiner Kinder. ‚Eine Welt liegt zwischen Naz und mir‘, überlegte Arlt. ‚Ich schau‘ zurück auf eine Kinder- und Jugendzeit in einer Großstadt. Auf ein Elternhaus, das jegliche Unbill von mir fernhielt. Auf ein Leben mit Dienstboten und Zugang zu Schulen meiner Wünsche. Naz hingegen wuchs in der kleinen Welt des abgeschiedenen Bergtales auf, hatte eine dürftige Schulausbildung, lebte eine Kindheit belastet mit Arbeit und Sorgen. Ein Mensch, der trotz aller Herausforderungen, die ihm das Schicksal auferlegt hat, nicht verbittert ist.‘

Das Schleifen der Bremsen ließ ihn aufschauen. Der Zug stand. ‚Wir sind schon in Linz', das überraschte ihn. ‚Nicht einmal den Dom habe ich gesehen. Den Dom mit seinem stolzen Geheimnis.' Er stand auf, verließ das Abteil und schritt ins Freie. Da traf er auf einen Mann, der einen Korb Äpfel trug und rief: „Frische Äpfel für die Reisenden, frische Äpfel für die Reisenden!" Arlt nutzte die Gelegenheit, holte einen Gulden aus der Tasche und drückte ihn dem Mann in die Hand. „Das ist zu viel, viel zu viel für einen Apfel", entgegnete dieser, steckte jedoch die Münze ein, übergab Arlt kurzerhand den Korb, und bevor dieser etwas erwidern konnte, bog er schnellen Schrittes um die Ecke und war verschwunden.

Gleich darauf mahnten Pfiffe zur Abfahrt. Es war der Fahrdienstleiter. In seiner linken Hand baumelte an einer Kordel eine Trillerpfeife, in der rechten hielt er ein rundes Täfelchen, vorne grün, hinten rot bemalt. Dieser vergewisserte sich, ob alle Reisenden eingestiegen waren, und gab mit der Kelle das Zeichen zur Abfahrt. Zischend und pfauchend setzte sich die Lok in Bewegung. Schwarzer Rauch quoll aus dem Schlot und zog über die sechs angehängten Waggons. Zwei Heizer standen auf einer kleinen Plattform am Ende der Lok. Sie schöpften abwechselnd Koks aus dem Kohlenwaggon, der an die Lok angedockt war, in den Kessel. Hände und Gewand waren schwarz vom Ruß und die Gesichter glänzten im Schweiß, den ihnen das anstrengende Schöpfen und die Hitze, die aus der offenen Heizungstür strömte, abverlangten. Arlt saß wieder in seinem Abteil. Er las und blätterte in einem Handbuch für Bergbau- und Hüttenkunde. Schmunzelnd musste er sich eingestehen, dass er um die zahlreichen Abbildungen, die das Verstehen der Bergtechnik erleichterten, froh war. ‚Ich lerne Bergbau- und Hüttenkunde im schwarzen Stahlross, das in eine neue Zeit rattert. Vielleicht gibt es schon bald einen Dampfantrieb für eine Kutsche? Dann wäre das Reisen in entlegene Täler ein Leichtes.' Wieder wanderten Arlts Gedanken nach Rauris und verknüpften sich mit seinem neuen Vorhaben. Er überlegte: ‚Ich werde es mit Rojacher ausführen. Er wird der Schlüssel dafür sein, mit seiner Hilfe werde ich den Betrieb aufbauen. Hoffentlich wird er bald gesund.‘

Es geht aufwärts

Pfeiffenberger, der junge Karthäuser, hielt Anna drei kleine, in Zeitungspapier gewickelte Pakete hin. „Die sind für Naz, ich will ihm diese Steine schenken", sagte er und wollte wieder gehen, doch Anna nahm ihn am Arm. „Setz dich, Josef, gleich gibt es eine heiße Suppe, und sag, magst mir nicht deinen Fund zeigen?" Geschmeichelt setzte sich der Karthäuser hin und wickelte die Zeitung auf. „Ist der schön, glänzt wie Honig, hat eine Farbe wie Honig, ist eckig wie die Waben, ich möchte am liebsten reinbeißen." Das kam von Maria, die aus der Küche kommend zugesehen hatte. „Und was sagst zu diesem?", fragte er sie. „Milchig-grün, wie das Gletscherwasser im August." „Und der da?", gleichzeitig deutete er auf das dritte, ausgewickelte Paket. „Hm ... glasklar wie die Urquelle." Maria nahm den Stein in die Hand und hielt ihn gegen das Sonnenlicht, welches sich im Fenster brach. „Das Funkeln des Steines spiegelt sich in deinen Augen. Vielleicht schenkt Naz ihn dir, Maria. Sie sind für ihn, er weiß wofür." Anna brachte einen tiefen Teller, gefüllt mit Knödelsuppe. „Geh' nachher zu ihm, Josef, er wird sich freuen." Verunsichert blickte Josef sie an. Er hatte noch den letzten Besuch in Erinnerung. „Es ist nun ein Anderes", klärte ihn Anna auf. „Der Naz kann wieder gehen. Es wird nicht mehr lange dauern und er wird auch die Stiege bewältigen." Maria spottete: „Und dann wieder am Bruchhof sein. In einer Woche darauf zum Radhaus fahren. Ein Monat später den Seebichlern seine Aufwartung machen und ..." Anna mahnte sie: „Ja, Maria, das ist sein Plan, davon redet er. Nimm ihm nicht die Hoffnung." Maria schwieg, hatte aber nicht vergessen (was Anna anscheinend überhört hatte), dass Naz abschließend einen wichtigen Besuch erwähnt hatte. Und darüber in Vorfreude strahlte. Eifersucht hatte sich darauf in ihr ausgebreitet. Weil sie wusste, dass er Elisabeth und Richard meinte, weil sie spürte dass ihnen sein Herz gehörte.

Naz indes saß in seinem Lehnstuhl und grübelte: ,Wie soll ich mich in Geduld üben, wenn mich die Ungeduld überwältigt? Auf nichts ist zu hoffen, wenn ich nicht eine Änderung herbeiführe – nicht auf die Bewältigung der Treppe, auch nicht den Weg zum Bruchhof und erst recht nicht wieder auf Seebichl. Mein Wollen hinkt dem Können nach, denn was nützen die Ziele im Kopf, wenn der Körper nicht mitmacht? Wochenlang liege, sitze, lehne ich im Zimmer, während die Rufe nach dem Alltag immer lauter in mir schreien.' In Gedanken an die Aufgaben, die auf ihn warteten, fiel ihm Pošepný ein. ,Ein Gespräch mit Pošepný liegt mir am Herzen. Ich will schnellstens meinen Unmut vom letzten Mal ausgleichen. Hoffentlich ist er mir nicht gram.'

Vieles verband ihn mit dem Geologen, den die Wiener Behörden nach Kolm Saigurn geschickt hatten. Das war, nachdem er eine Expertise mit Vorschlägen, wie man den Bergbau zeitgemäß betreiben könne, eingereicht hatte. Die Antwort kam in Form eines Fachmannes namens Pošepný. Er sollte Rojachers Ideen vor Ort ansehen. Daraufhin studierten sie gemeinsam die Möglichkeiten, den Bergbau weiter zu betreiben. Überlegten, ob ein profitabler Abbau mittels neuer Methoden möglich wäre. Tagelang waren sie unterwegs gewesen. Waren den Goldberg vom Neuner Kogel bis zum Herzog

Ernst, vom Herzog Ernst über die Fraganter- zur Zirknitzscharte gewandert. Sind die Wintergasse entlang mit dem Knappenrössl gesaust – der Pošepný zwar mehr gerutscht und gepurzelt – und über das Neuner Polfach zum oberen Grupeten Kees gestiegen. Ein anderes Mal gingen sie vom Neubau zur Riffelscharte, über die Riffel zum Kolmkarspitz, stiegen ab zum Seekopf und gingen weiter bis zur Bockhartscharte. Hier zeigte er ihm die hölzernen Überbleibsl eines Ochsenstalles. Naz erinnerte sich des ungläubigen Kopfschüttelns Pošepnýs. „Bis auf 2.200 Meter sind die Ochsen als Zugtiere eingesetzt worden. Vielleicht noch höher. Früher, so sagt man, haben die Ochsen an den Westhängen gegenüber dem Knappenhaus geweidet", das hatte er ihm erzählt. Und Pošepný darauf: „Sosehr mich interessiert, was du mir zeigst, und wie ich auch erstaunt bin ob deines Wissens, doch ein Ochsenstall auf der Bockhartscharte? Dass Esel und Maultiere zum Transport eingesetzt werden, ist bekannt, nicht nur hier im Goldberggebiet, in vielen Bergbaugebieten erweisen sie sich als nützliche Tragtiere. Aber ein Ochsengespann, das eine Last auf einem schmalen holprigen Karrenweg bis zur Bockhartscharte zieht? Das starke, aber behäbige Vieh kenn' ich als Zugtier im Ackerbau. In Bucheben habe ich welche vor dem Pflug gespannt gesehen. Doch einerlei, mögen die Ochsen hier geweidet und gezogen haben, unsere Studien betreffen die Überarbeitung alter Abräumhalden und Bruchhöfe, den Bodner Erbstollen mit seinen Nebenstollen und Klüften und die Einschätzung der Wahrscheinlichkeit eines erneuten Bergsegens."

Mit einem Mal war es Naz eilig. Er wollte nicht mehr warten. „Ich kann es genauso gut heute wie morgen oder übermorgen versuchen", sagte Naz, in Ermangelung eines Zuhörers an sich selbst gerichtet, stand vom Lehnstuhl auf und ging zur Zimmertür hinaus. Einen Schritt nach dem anderen setzte er auf die Treppe. Leise, langsam und vorsichtig, im Bangen, was geschehen würde, ob sein lädierter Körper auch beim Stufensteigen halten könnte, bewegte er sich nach unten. Und da waren sie und staunten: die Mutter, Maria und Pepp am kleinen Tisch im Vorraum. Josch, der Schmied, der gestern den zweiten Handlauf montiert hatte, und fünf Knappen blickten aus der Stube.

„Naz", entfuhr es Anna, Maria blickte sprachlos, Josch ebenso, und die Knappen brachen mit „oh" und „uh" ihr Erstaunen zum Ausdruck. Rojacher wäre nicht Rojacher, wenn er nicht sogleich sein Anliegen zum Umsetzen gefordert hätte. „Grüß euch miteinander! Weil der Tag noch lang genug und ihr noch im Dienst steht: Ich habe eine Zeichnung für euch. Das sollte sich heute noch fertigen lassen. Drüben beim Bach soll es stehen. Werde euch den Platz zeigen", so sprach er zu den überraschten Knappen. Diese kamen sogleich aus der Stube, wohlwissend, dass sie gemeint waren, und gingen auf Naz zu. Der faltete das Papier auseinander, reichte es Hansl und übertrug ausgerechnet ihm, dem Kleinsten unter den Knappen, die Verantwortung für die Umsetzung.

Die Zeichnung bestand nur aus wenigen Strichen, ebenso simpel wie nützlich sollte das Endprodukt sein. „Holz findet ihr genug, ihr wisst wo, ebenso das nötige Werkzeug und die Nägel. Folgt mir!"

Seit er, Ignaz Rojacher, das Knappenhaus führte, hatte sich einiges getan. So durften die Knappen ihren Tabak nicht mehr auf den Boden spucken. ‚Gut so', dachte Hansl. Er mochte ihn so nicht leiden, diesen braunen Sud, diese Brühe, die sie einfach ausspuckten, einerlei ob die Maria den Boden soeben geschrubbt hatte oder nicht. Er kaute zwar auch, aber Lärchenpech. Fichten- oder Lärchenpech färbte die Zähne weiß, die Zähne der Tabakkauer standen in braunen Reihen – die der jüngeren Tabakkauer, den älteren Knappen fehlten meist einige Zähne. Am Pech musste man lange kauen, bis es sich von den Zähnen löste und der starkbittere Geschmack schwand. Hansl hätte gerne Pfeife geraucht, schon öfter hatte er sich im Geiste gesehen, wie er nach Feierabend auf der Bank sitzt, eine Pfeife stopft, sie anzündet und genüsslich pafft. ‚Zumindest beim Rojacher sieht es so aus und sein Tabak riecht nach Zwetschken. Aber Tabak und Pfeife sind teuer, zudem, Pfeife raucht der Rojacher.'

Rojacher ließ sich nicht die Zeit, um an seinem Tisch auszuruhen, voll Tatendrang ging er, einem Schritt den anderen nachsetzend, zur Haustür. Erst noch unsicher und vom einfallenden Tageslicht geblendet, bewegte er sich nach draußen und ging über die von kleinen Felsen durchsetzte Ebene am Bachlauf dem Taleinschnitt zu. Bei einem Schopf Erlen, die zu beiden Seiten des Ufers wuchsen, an einer schmalen Stelle, wo sich das Wasser ein tiefes Bett gegraben hatte, blieb er stehen. „Hier zwei Stämme darüber, darauf das quadratische Häusl, einen Meter Seitenlänge, etwa zwei Meter in der Höhe, auf einer Seite eine kleine Ausnehmung als Lichtquelle und freilich eine Tür. Anstatt Schindeln nehmt ihr die Abschnitte der Lärchenpfosten zur Abdeckung. Innen, mittig quer, kommt ein Sitzbrett mit einem Loch. Das neue Klohaus, es wird noch heute fertiggestellt, ist ab sofort zu benützen und eure Hände sind stets nachher im Bach zu waschen." Darauf wandte er sich Friedrich zu: „Und du, du gehst mit mir, das Häusl werden sie zu viert auch aufstellen können."

Mit dieser Anleitung überließ Rojacher den Knappen ihren Auftrag und kehrte zum Haus zurück. ‚Der erste Schritt war getan, jetzt zu längst Fälligem.' Noch vor dem Eingang hieß er den Friedrich, sich auf die Hausbank zu setzten. „Die Schicht beginnt um acht Uhr, für dich um zehn oder elf. Was macht deinen Weg so lang?" „Was macht meinen Weg so lang? Ach so. Ah ja. Es ist wegen ihr. Die Kathi, die will mich nicht loslassen. Sie keppelt, dass ich länger bei ihr und dem Kind bleiben soll." Naz' Rat war gut gemeint: „Musst beim Abgang statt ins Wirtshaus zu deiner Familie geh'n", stieß aber nicht auf fruchtbaren Boden. „Pah, hab' sie doch nicht geheiratet. Eine vom Wegmacher nehm' ich nicht." „Versteh', nur nachts kennst sie." Doch Naz hätte wissen müssen, dass die Schwester der Dummheit die Frechheit ist: „Da kennst du dich ja aus ...! Überhaupt, was macht es für einen Unterschied, ein paar Stunden auf oder ab ..., ist so und so nichts zu holen aus dem tauben Gestein. Außerdem, früher oder später such ich mir einen erträglichen Bau, einen, wo genug drin ist." Jetzt reichte es ihm: „Darfst ihn früher suchen und das Geld, das ich dir noch schulde, geb' ich der jungen Wegmacherin, wenigstens einmal musst zu ihr stehen. Pack dein Pinkerl!" Damit entließ Naz den Knappen und kehrte nachdenklich ins Haus zurück. ‚Jetzt hör' ich mir an, was der Josef sagt, mit etwas Glück erreich' ich später noch den Pošepný und morgen bin ich beim Pochwerk.‘ Diese Zuversicht hellte seine Miene wieder auf.

Holz von der Filzen

Schon seit Jahrhunderten sind viele Wälder des Rauriser Tales von Fuhrwegen durchkreuzt. Einer dieser Wege, ein Höhenweg, führt vom Lerchegg zum Lachkendl, weiter zur Stanz, folgend über Mitterasten und See zur Filzen. Die Almbauern hatten ihn angelegt, brauchten ihn. Bevor der Weg seine südliche Richtung nach Kolm Saigurn fortsetzte, zweigte ein anderer bei der Durchgangsalm zum Lenzanger ab. Schräg gegenüberliegend des Lenzangers führte ein weiterer Weg in die Wälder der Grieswiesalm und endete bei der Almhütte. Dass sie nicht verwilderten, dass sie instand gehalten wurden, war den Bauern zuzuschreiben. Sie hegten sie, besserten sie aus, trieben ihr Vieh darauf, fuhren mit Ochs, Pferd und Wagen. Nur das Holz aus den Wäldern mussten sie mit den Bergherren teilen. Sie hatten zwar ein Recht auf Holz für den Eigenbedarf, aber nur weniges stand ihnen zum Verkauf zu. Zudem waren sie froh, wenn die Aufforstung nach Holzschlägerungen für den Bergbau nicht an ihnen hängenblieb. „In der Filzen und bei der Asten wird heuer Holz geschlagen. Und auf unser'm Fuhrweg gezogen. Wie das wohl der Rojacher handhabt, das Nachher?" Diese Frage stellte Granegger, der Astenschmieder, nach der Sonntagsmesse beim Fronwirt. Die Bauern wussten, was er meinte. Auch sie waren neugierig, ob Rojacher wieder junge Bäume setzen und den Weg nach den Schlägerungsarbeiten richten würde.

Auf einem dieser Wege ging der Förster. Von Lenzanger durch den Urwald der Filzenalm zu verliefen seine Spuren im Schnee, zogen sie talauswärts gegen das kleine Jagdhaus und verloren sich dahinter. Dass der Förster schlagreife Bäume aussuchte, hatte sich längst herumgesprochen. Für den Rojacher, der für das Bergwerk Holz brauchte.

Schon seit Menschengedenken wurde im ganzen Tal Holz fürs Bergwerk geschlagen. Ein Teil davon vor Ort in Meilern zu Holzkohle verarbeitet, einiges als Grubenholz verwendet und die großen Bloche verkauft. Seit 1876, seit das Bergwerk in Rojachers Händen war, hofften die Menschen des Rauriser Tales auf das eine oder andere Geschäft oder auch, dortselbst Arbeit zu bekommen. So wie die Holzknechttruppe.

Seit sechs Wochen an sechs Tagen die Woche, vom frühen Morgen bis zum Abend, waren weitum die dumpfen Schläge der Äxte und das Kreischen der Säge zu hören. Dazu die Rufe der Männer: „Ho-ruck, ho-ruck, höööh, Holz geht ab, ..." Sie schlugen dem Baum am Stumpf eine Kerbe, setzten die Zugsäge darein – immer zu zweien – der eine zog hin, der andere her, und schepsten die gefällten Bäume. „Schepsen", so bezeichneten die Holzknechte die mühsame Arbeit, wenn sie mit dem speziell dafür gefertigten Messer, das an einer langen Stange befestigt war, die Rinde entfernten. Die abgelängten und entrindeten Stämme wurden mit dem Ziehschlitten zum Lagerplatz am Lenzanger geliefert. Für die Fuhre klammerten sie zwei dünnere Stämme als Rollunterlage an den Schlitten. Über diese wurden mit Geschick und Körperkraft die Bloche auf den Schlitten gezogen und gerollt. Dabei galt es, den Sappel ins Holz zu picken, mehr oder weniger fest, je nach Lage des Stammes. Wieder mindestens zu zweit, je nach Umfang des Stammes manchmal auch zu viert, rissen, zerrten und zogen sie, bis fünf oder sechs Bloch eine Fuhre bildeten. Diese wurden mit Stricken am Schlitten festgezurrt und die stärksten Holzknechte hängten sich mit einem Brustgurt vor die Fuhre. Sie packten den Schlitten an den aufstrebenden Schienen, den ‚Hörnern‘, ruckten an und abwärts ging die schwere Fracht. Die Holzknechte achteten darauf, dass sie den Schlitten in der Kehre halten konnten, passten auf, dass sie an flacheren Stellen nicht zu stark bremsten oder die Sperrkette zu viel einsetzten oder gar unter den Kufen verklemmten und der Schlitten zum Stillstand kam. Überdies verblieb die Gefahr, dass sie trotz aller Vorsicht die Herrschaft über die Fuhre verloren. Ein abruptes Lenkmanöver, eine eisige Stelle, eine Mulde in der Fahrbahn oder ein Fehler des Schlittenführers genügte und das Gefährt preschte unkontrolliert gegen das nächste Hindernis, mit oft tödlichen Folgen für den Holzknecht.

Von alldem wusste der Meier Josef, von allen Seppl genannt, noch wenig. Zwar waren ihm die Holzschläger- und Bringungsarbeiten nicht fremd, doch fehlte es ihm an Erfahrung. Erfahrung hatte er in seinem Handwerk, in der Köhlerei. Doch bot sich ihm eine Gelegenheit. Nach der heiligen Messe zu Dreikönig kehrte er beim Fronwirt ein und hörte den Hinterbichlbauer grad zufällig sagen: „Der Rojacher nimmt noch Holzarbeiter für die Schlägerung in der Filzen. Für acht Wochen oder gar drei Monate. Es ist ein großer Auftrag. Er braucht Holz für die Gruben und für den Bruchhof. Er will ihn anscheinend vergrößern. Und für die Pocher selbst. Die reiben das Gestein auf und das Gestein reibt die Pocher auf.“

Schon am nächsten Tag machte sich Seppl auf den Weg nach Kolm Saigurn. Einen Zuverdienst konnte er gut gebrauchen. Seine Frau war schwanger. Im Frühjahr würde ihr viertes Kind geboren werden. Einerseits freute ihn der Kindersegen, andererseits bedeutete es auch „wieder ein Esser mehr“. Und das hieß mehr Geld nach Haus bringen. ‚Im Winter Holz schlagen, vielleicht hat der Rojacher danach noch weitere Arbeit für mich, vielleicht, aber erst muss er mich nehmen.' In banger Hoffnung brachte er dem Bergherrn sein Anliegen vor. Rojacher verstand den Köhler, der seine Nöte anführte, und stellte ihn ein. Erleichtert, von dieser Sorge entledigt, trat er seinen Dienst an und bewies Tag um Tag, dass er seinen Aufgaben gerecht wurde. Acht Wochen plagte er sich unermüdlich, wollte zu den Besten gehören. Und um den Beweis endgültig den anderen vor Augen zu führen, drängte er, eine Fuhre zur Filzen zu steuern. Vom jahrelangen Köhlern gezeichnet – ausgezerrt und blass mit Furunkeln im Gesicht – war Seppl nicht der Stärkste. Der Zäheste und Tüchtigste vielleicht, aber an Kraft und vor allem an Erfahrung fehlte es ihm. Allein, er gab nicht auf, zwängte dem Pürschführer regelrecht seinen Willen auf. Und so kam es, wie es vorherzusehen war. Der Anforderung nicht mächtig, schob ihn der Schlitten, gleich bei der ersten Kehre, geradewegs auf die nächststehenden Bäume zu. Nur weil er geistesgegenwärtig vom Schlitten sprang, konnte er sich retten. Der Schlitten aber zerbarst und die Stämme rollten und schossen in wildem Durcheinander krachend den Hang hinunter. „Die Stämme kannst allein zum Lenzanger pürschen. Heut' ist unser letzter Arbeitstag. Wir gehen in die Kolm, ins Werkhaus feiern", so der Pürschführer zum „Tollpatsch", wie er Seppl nannte.

Als sie am Nachmittag unter lautem Geschwätz im Werkhaus eintrafen, aus der Küche strömte ihnen der leckere Duft vom Schweinebraten entgegen, aus der Speis der süßliche Geruch von Dampfnudeln, wuchs die Vorfreude. Unter noch lauterem Getratsche bestellten sie Bier und unterhielten sich über das Vollbrachte. Lachten über den Köhler, darüber, wie dieser verängstigt und von Schneeklumpen eingehüllt neben dem kaputten Schlitten kniete. Grinsten ob des Umstandes, dass er sich, um die Stämme zu bergen, wohl bis in die Nacht hinein plagen musste. Plötzlich war es ruhig, das Gelächter endete, Rojacher stand am Tisch und fragte: „Schämt ihr euch nicht? Nicht den Braten und nicht die Nudeln kriegt ihr und den Lohn soll euch mein Verwalter, der Rainer auszahlen." Sprach's und wandte sich zu Georg, seinen Zimmerer: „Und du geh und hilf dem Seppl!" „Ich helf' ihm auch", darauf Josch, der Schmied, und beide verschwanden durch die Tür.

Auf geht's

Das Holz war geschlagen und zum Lenzanger gefahren. Der Förster musste es nur noch aufschreiben – mit der Hilfe vom Zimmerer Zlöbl sollte das geschehen. Dieser hatte Rojachers Vertrauen und er hieß ihn: „Georg, bei der Vermessung führst mir du die Messzange und die Bloche markierst mit unserem Zeichen. Solange bist von der Arbeit in der Kolm abgestellt. Und vergiss nicht nachzuschauen, ob das Schleifholz separat gestapelt ist. Zeichne die Reißbäume extra aus. Hernach fährst du zum Säger ins Bodenhaus und sagst ihm, ich möchte wissen, wann er zum Schneiden Zeit hat. Frag nach dem Preis und die Sägespäne bedingst mit aus. Kehr beim Fronwirt ein und horch dich um, was die Bauern für den Lohnschnitt zahlen. Wenn du den Seppl, den Köhler, triffst, sag ihm, es gibt wieder Arbeit für ihn. Ansonsten lass es ihm ausrichten. So, jetzt nimm den guten Schlitten und spann den Rappen ein. Auf geht's!"

Nach diesen Anweisungen ging Naz wieder in sein Zimmer im ersten Stock des Hauses. Das Stiegensteigen war ihm eine gute Übung. Er glaubte, wenn er die Muskeln durch viel Bewegung aufbaue, würde sein Kreuz sich erholen. Jedoch von ‚viel bewegen' war er trotz häufigem Stiegensteigen weit entfernt, zu sehr schmerzte ihn der Rücken. „Das Kreuz plagt mich beim Gehen, beim Liegen, selbst noch im Schlaf, mit dem Übel muss ich wohl leben. Wenn ich nur wieder auf den Berg rauf könnt. An das denk ich, hm ..., dabei kann ich mich nicht einmal bücken", klagte Rojacher. Maria merkte, warum er diese Worte verlor. Weil er nach einem Zettel am Boden greifen wollte und ein jäher Schmerz dies verhinderte. Weil sie ihn aufgehoben und ihm diesen wortlos gereicht hatte, fühlte er sich zu dieser Erklärung bemüßigt. Kurz trafen sich ihre Blicke, bevor sie sich eilends aus seiner Kammer entfernte. ‚Hab ich ihr Unrecht getan, als ich mich über ihren Mangel an Takt beschwerte‘, viel ihm ein. Naz wurde vom Eintreten seines Verwalters Markus Rainer aus diesem Gedanken gerissen. „Ich habe die Kostenschätzung für den Ausbau der Anlagen im Tal, mit den Summen, die du mir gegeben hast, dazu die Saldenliste im Verhältnis Aufwand zum Ertrag, unter Berücksichtigung möglicher Ausfälle, die Kontokorrentrechnung vom Kredit und deren Ergebnis als Summe für die monatliche Bedienung und ..." „Was redest du, das versteht kein Mensch. Ich will eine Auflistung aller geplanten Investitionen und deren veranschlagte Kosten, für heuer und für die nächsten fünf Jahre. Lohnkosten beim derzeitigen Stand der Arbeiter eingeschlossen, laufende Betriebskosten des Werkes am Beispiel der letzten fünf Jahre, Hausführung mit Essen und Getränken in einem Extrablatt. Die Höhe der Kreditraten bei vorzeitiger Rückzahlung. Das brauch ich." „Das habe ich gemeint, hier ist die Liste!" „Ahaa, versteh', ihr Buchführer habt eine eigene Sprache ..."

‚Wenngleich Buchführen nur für einen kleinen Teil von Rainers Aufgaben zutrifft‘, dachte Naz. Wieder einmal wunderte er sich, wie schnell dieser sich in die ihm fremde Materie eingearbeitet hatte. Der Schletternbauer war zuvor Knappe gewesen, doch Naz war aufgefallen, wie blitzartig der junge Knappe umfangreiche Berechnungen löste und wie gut er kombinieren konnte. So war es nicht verwunderlich, dass sich die Entscheidung, den Rainer als Knappen abzuziehen und ihm stattdessen Verwaltungsaufgaben anzuvertrauen, als richtig erwies. Nunmehr in ruhigerem und zugleich stolzem Ton bat er: „Weiters hätt' ich gerne eine Auflistung aller um das Werkhaus liegenden Gebäude. Der Zlöbl wird mir ihren Zustand prüfen und, wo es nötig ist, die Reparaturkosten anführen. Das wirst du zu den Aufwänden zählen. Den Köhler Meier will ich weiterhin in Dienst nehmen. Berechne den üblichen Holzarbeiterlohn für sechsundvierzig Wochenstunden. Und, nicht vergessen: Ein Schreiben an die Brixlegger bereite vor. Bei tausendfünfhundert Kilo sehr rein gewaschener Schlich werden am Ersten des Folgemonats per Bahn verschickt. Werde zuvor einen Besuch bei ihnen machen. Kündige mich für Mittwoch, den Zehnten, an. Abschließend summiere alle diesjährigen Ein- und Ausgaben, den ausstehenden Ertrag für die vorbereitete Lieferung eingerechnet." Mit diesen Anweisungen war der Verwalter entlassen.

Er selbst nahm Janker, Stock und Hut und machte sich auf zum Pochwerk. Noch im Stiegenhaus hörte er eine bekannte Stimme sowie ein aufgebrachtes Gemurmel im Hintergrund. ‚Hör ich recht? Das ist doch der Arlt, der hier redet.' Die letzte Stufe nehmend, den Stock in der Hand, wandte er sich zum Gang und sah das Vernommene bestätigt. Freude kam in ihm auf. „Wilhelm, du wieder bei uns! Das ist eine schöne Überraschung. Komm, setzen wir uns. Maria, bring Herrn Arlt eine Jause. Und vorher einen Saft, diesen guten, den ihr aus den schwarzen Ribiseln gepresst habt."

Ebenso freudig war die Begrüßung seitens des Besuchers. Selten hatte Maria Rojacher derart viel reden gehört. Er, von dem sie gewohnt war, dass er knapp und präzise seine Anweisungen gab, unterhielt sich ausgiebig und beinahe überschwänglich. Arlt trug das seine zur Unterhaltung bei. Leider konnte sie nicht hören, von und über was sie sprachen, denn sie musste in der Küche das Abendessen für die Knappen vorbereiten – zudem saßen die Herren am Tisch im Vorraum, an Rojachers Platz. Gerne hätte sie über das eine oder andere Bescheid gewusst. Es war ihr freilich nicht verborgen geblieben, dass, seit Rojacher das Bergwerk in Pacht hatte, quasi ein „frischer Wind durchs Haus und rundum wehte". Die Knappen kamen nun pünktlich zur Schicht, möglicherweise trug die frühe, von Rojacher bestimmte Nachtruhe dazu bei. Bestimmt aber, auch das war seine Anweisung, die Einschränkung ihrer Konsumation von Bier und Schnaps. Längst fällige Arbeiten wurden getätigt – allen voran Wege ausgebessert und Maschinen erneuert. Das Wichtigste allerdings war Rojachers beständige Anwesenheit, und so er anderwärtig zu tun hatte, war sein Werksleiter ein würdiger Vertreter. „Ein Bergmann soll sich im Takt zu den Pochstempeln bewegen", damit gab er den Arbeitern zu verstehen: „Emsig und beständig ständig!"

Nachdem Arlt eine kleine Jause zu sich genommen und vom schwarzen Saft, den er hoch pries, getrunken hatte, gingen die beiden Männer zum Pochwerk. Noch im Hinausgehen rief Naz nach Maria. Als sie aus der Küche kam und ihn fragend anblickte, sah sie, wie er, seine Hand ausgestreckt, den Zeigefinger einige Male streckte und wieder abbog, ihr schelmisch zuzwinkerte und anwies: „Bittschön mit Knoblauch und Pfefferstupp, in drei Stunden."

Im Pochwerk

Rojacher ging Arlt in einem Tempo voraus, welches diesen in Staunen versetzte. Den kunstvoll geschnitzten Stock, für den er ein Faible hatte und der ihm Sicherheit verlieh, setzte er im Takt zum linken Fuß – und nur am ungleichmäßigen Schritt waren Mühe und Schmerzen zu erahnen. Noch bevor sie am Pochwerk angekommen waren, trat ein junger Bursch auf sie zu und gab Rojacher einen Brief: „Ich soll auf die Antwort warten. Bittschön. Ich muss gleich zurück." Rojacher verstand. Der Bursch wollte vor Einbruch der Dunkelheit wieder in Seebichl sein. Also mussten sich beide sputen. Er bat seinen Begleiter um ein wenig Geduld und kehrte umgehend ins Haus zurück. Arlt indes schaute sich die Anlage hinter dem Werkhaus an. Nur eine halbe Stunde darauf kam Rojacher mit einem Päckchen zurück. Er überreichte es dem Jungen mit den Worten „Dank dir schön. Bring ihr das.", womit er das Päckchen meinte. Und abschließend, als er ihm zwei Käsebrote und einen Gulden in die Hand drückte: „Das ist für dich."

Arlt sah, dass Rojacher wieder zurück war, und wandt sich dem Pochwerk zu. Gemeinsam gingen sie die wenigen Meter zum stampfenden ‚Monstrum', wie es Arlt empfand. Sogleich setzte Rojacher zur Erklärung an: „Das Wasserrad dreht diesen dicken Wellbaum um seine eigene Längsachse. Der waagrecht liegende Wellbaum, der einer verlängerten Radachse gleicht, ist zylinderförmig, einen Meter dick und gut vier Meter lang. An seiner Oberfläche siehst du in genau festgesetzten Abständen und in annähernd diagonaler Anordnung die Noppen, bei uns als ‚Tatzln' bezeichnet, angebracht. Eines neben dem anderen, ein jedes ein bisschen höher als das vorherige. Jedem Tatzl ist ein senkrecht stehender ‚Pochstempel', wir sagen ‚Schießer', zugeordnet. Diese Pochstempel sind aus Lärchenholz und am unteren Ende mit einem eisernen Beschlag, einem ‚Pochschuh', versehen. Dreht sich der Wellenbaum, so greifen die nach oben drehenden Tatzln und heben auf die Weise die Pochstempel, einen nach dem anderen, knapp einen Meter in die Höhe. Ist ein Tatzl oben angekommen, rutscht der Pochstempel ab und fällt nieder. Ist eine simple, aber geniale Erfindung. Kurz gesagt: Das Wasserrad dreht den Wellbaum, dieser die Tatzln, die Tatzln heben die Pochstempel und die herabfallenden Pochstempel zerkleinern die unten im wasserführenden Pochtrog unterlegten Gesteins- und Erzbrocken. Je länger gepocht wird, umso kleiner werden die Brocken. Wir pochen bis auf Sandkorngröße – das auf diese Weise entstehende Produkt heißt Schlich."

„Und die ganze Menge", fragte Arlt, „die hier zuhauf liegt, woher kommt die?" „Diese Menge", Rojacher deutete zu einer am Bergfuß liegenden riesigen Halde, „stammt noch aus dem späten siebzehnten Jahrhundert. Damals zerstörte eine Lawine das große Pochwerk, die Waschherde, Schmiede, Stall, also die ganze Anlage. Mit der Wiedererrichtung ließ man sich Zeit und bis die Erzaufbereitung erneut ihren Anfang nahm, vergingen Jahrzehnte, verging gar ein Jahrhundert. Wahrscheinlich erhofften sie sich nicht viel von dem Gestein, zweifelten an ihrer Erzhältigkeit. Einiges deutet sogar darauf hin, dass sie, wie Generationen zuvor, wieder mit wasserbetriebenen Erzmühlen arbeiteten. Schau hier, gebrochene Mahlsteine." „Wenn die Ausbeute zu gering war, ist anzunehmen, dass die Bergwerksverwaltung kein Geld für den Bau neuer Anlagen lukrieren konnte", folgerte Arlt und fragte: „Und ist es rentabel, dass du das ausgekuttete Gestein aufarbeiten lässt?" „Wir pochen mit fünf Stempeln. Aus einer Tonne Pocherz gewinnen wir im Schnitt acht Gramm Gold und zwanzig Gramm Silber", so die Antwort Rojachers, und: „In diesem Jahr haben wir bisher sieben Kilo Gold und neunzehn Kilo Silber gewonnen. Wenn der Schnitt so bleibt, rechne ich bis Dezember mit noch einem Kilo Gold und bei drei Kilo Silber." Arlt sah Rojachers verschmitztes Lächeln und brauchte nicht weiter zu fragen, ob er zufrieden war.

„Ich rede und rede, genug für heute. Komm, lass uns ins Haus gehen. Magst dich ein wenig ausruhen? Um sechs gibt es ..., nein, ich sag's nicht, lass dich überraschen. Die Maria mausert sich zur Delikatessen-Köchin."

Kühe suchen

D̲ie Sonne stand über der Stanzscharte und schien zum gegen-
überliegenden Hang. In diesem hellen Licht glänzten der mächtige Bergstock des Ritterkopfes und die schroffen Felswände, die
sich vom Krumltal bis zur Ortschaft Bucheben zogen. Diese Wände
waren nur teilweise von Bäumen bewachsen. Erlen standen in ge-
furchten Gräben, gedrückt und gebogen von alljährlichen Schnee-
brettern und Lawinen, Fichten klammerten sich an Felsvorsprünge
und an kleinere Hangmatten. Wasser rann da und dort über Felsen
und Stein und ließ sie in der Sonne glitzern, verschwand unter Wurzeln von Gestrüpp, kargem Graswuchs und Moos, suchte erneut einen Weg daraus, wohl unterirdisch mit weiterem Nass vereint, und
plätscherte als Bächlein zu Tal. Die Höfe des Talgrundes sowie die
der Ostseite lagen noch im Grau des Morgens. Am Rande der Hüttwinklache trippelte eine Bachstelze, wippte mit der Schwanzfeder,
schaute zum herannahenden Gefährt und versteckte sich unterm
Erlengebüsch. So flugs der Vogel weg war, kam ein anderer anstelle
seiner. Eine Wasseramsel! Sie landete auf einem großen Stein, der inmitten des Baches lag, im Schnabel hielt sie einen Wurm oder Käfer,
reckte den Kopf in die Höh', schluckte ihre Beute, flog dem Wasser
zu, tauchte unter und entschwand den Blicken der Herannahenden.

Fasziniert hatte Arlt dies beobachtet. Und Rojacher den Vogel und Arlt. „Ornithologie wäre auch ein interessantes Studium gewesen", so dieser. „Dann müssten wir jetzt Vögel fangen statt Kühe kaufen", darauf Rojacher. Und just als das Gespann die Brücke der Hüttwinkl-ache passiert hatte, schaute Arlt unverwandt auf die dem Bach an-rainende Wiese. Still und verschlafen lag das gemauerte Haus vor ih-nen. Doch der Schein trog. So zeitig die Kutsche auch unterwegs war, die Stallarbeit in den Höfen war längst getan, einige Kühe bereits auf die Felder getrieben und das Jungvieh auf die Hutweide.

Auch die Kühe des Tannbauern befanden sich auf der teilweise noch mit Reif bedeckten Wiese. Ihnen galt die Aufmerksamkeit von Arlt. „Die meine ich nicht. Mit dem Moosreit- und dem Schmutzerbauern habe ich gesprochen. Noch ein wenig talauswärts müssen wir."

Erst nach dem kleinen Tannbauerngut wich der Berg und bot Platz: an seinem Fuße für eine Niederalm, auf seinem Rücken für eine Hochalm und inmitten für die Steinalm. „Erhaben majestä-tisch", meinte Arlt. Und Rojacher erwiderte: „Schaurig schön. Hier im Gebiet der Steinalm findet der Wegmacher die Schnecken, die wir gestern gespeist haben."

Die Erinnerung an das köstliche Essen – gebratene Weinberg-schnecken in Knoblauchbutter mit Salz, Pfeffer und Petersilie ver-feinert – ließ Arlt großspurig werden: „Diese Alm kauf ich samt den Schnecken. Und den Kühen, freilich." Wohlwissend, wie es gemeint war, freute sich Naz. Der gestrige Abend war ebenso lang wie be-reichernd gewesen. Arlt hatte ihm ausführlich von seinen Plänen in Liebnitz und er von seinen Vorhaben in Kolm Saigurn berichtet. Überdies war die Zeit im Nu vergangen. Zwölf Uhr war es gewesen, als sie – beide müde – zu Bett gegangen waren.

„Kennst du dich auf den Bergen dort oben auch aus?", fragte Arlt, schaute dabei in Richtung Mitterkar und holte Rojacher aus seinen Gedanken. „Nein, aber es ist eine weite Gegend, hunderte Schafe weiden dort zur Sommerzeit. Und viele Kohlröschen muss es geben. Der Jäger, der dort sein Revier hat, kränzt seinen Hut damit. Manche Frauen lässt er daran riechen, und davon wird ihnen ganz schummrig", erzählte Naz. Wilhelm griff den Scherz auf: „Vom Kohlröschen oder vom Jäger?"

Das Interesse seines Freundes motivierte Naz zu weiteren Erklärungen. „Vom Kalchkendl, noch besser von der Lercheggalm am Fröstlberg, von der gegenüber liegenden Seite also", erklärte er, „siehst du das Gebiet am besten." „Aber Wasser", stellte Arlt fest, „rinnt spärlich über Wände und wenig in den Gräben." „Weil dort oben die Feldereralm ist und sich auf der Hochebene die Wasser der Berge sammeln. Die fließen durchs zerklüftete Gebirge in eine unterirdische Höhle, in der sich das Wasser sammelt, bis es im Frühjahr als mächtiger Wasserfall herabstürzt." Naz deutete zur Felswand neben der Steinalm und ergänzte: „Gleich daneben, das ist der Etzgraben, der von den Quellen des Kogel- und Mitterkars gespeist wird, der jahraus, jahrein ein harmloser Graben ist, aber bei Sommergewitter zum gefürchteten Bach anwächst. Gefürchtet sind alle Bäche, besonders die aus unseren Seitentälern. Etwa aus der Kruml. Der Krumlbach fließt einmal klar und rein, dann bei Schneeschmelze milchig trüb als ansehnliches Gewässer in die Hüttwinklache. Kann aber bei Gewitter zum Schlamm und Steine speienden Ungetüm werden. Ebenso die Seidlwinklache und der ..." Naz sprach das Gedachte nicht zu Ende. Arlt, überrascht ob des jähen Unterbrechens, sah zu ihm und gewahrte den bitteren Zug in seinem Gesicht, der den gerade noch klaren Blick verfinsterte. Naz war es, der den Moment der Stille auflöste: „Am linksseitigen Bachufer treffen wir jetzt auf das Grundgütl und gleich hinter dem Felsvorsprung auf das Schmutzergütl.

Vor dem hölzernen Haus und dem ebenfalls hölzernen kleinen Stall des Grundgütls hielt Naz die Kutsche an. Aus Höflichkeit, zum Gruße, weil die Familie vor dem Haus war.

Arlt war irritiert vom Anblick, der sich ihm bot. Ein Mann mit einem Schädel wie ein Kürbis, dazu glatzköpfig aber mit rotblonden gekringelten Haaren an den Seiten, offensichtlich der Bauer, saß auf der Hausbank. Mit einer Hand kratzte er seinen eitrigen Schorf hinterm Ohr und gab abwechselnd einmal schmatzende, einmal schniefende Laute von sich. Völlig ungerührt davon die zwei Buben neben ihm. Der Ältere, an die zwölf Jahre, blickte stumm aus seinem bleichen Gesicht, verzog keine Miene und erwiderte auch nicht den Gruß. Der Jüngere lehnte an der Schulter des Vaters, bohrte mit dem Finger in der Nase und hielt seinen Kopf gesenkt. Neben der Hausbank, in einer kleinen Kiste, die zur Hälfte mit Sand, Zweigen und Fichtenzapfen gefüllt war, saßen ein Mädchen und ein kleiner dicker Bub. Das Mädchen hatte, wohl vom Vater, struppig rotblond-lockige Haare, der Bub hingegen die dunkle Haarfarbe der Mutter geerbt. In der Hand hielt er eine Speckschwarte und saugte daran – ein glänzender Faden lief von seinem Kinn. Das Mädchen hingegen blickte sie an, hielt ihnen einen Fichtenzapfen entgegen und rief: „Kuli-muh, Kuli-muh!" Im Rahmen der Haustüre stand eine Frau mit schwarzen Haaren, die sie, einem runden Geflecht gleich, mehrmals um den Kopf gewunden trug. Sie schielte neugierig zur Kutsche und wartete einen Moment – vielleicht auf unverhofftes Geschehen –, blickte darauf zur Bank, drehte sich um und verschwand wortlos. Alsdann erwiderte der Hausherr den Gruß:„Griiiaß Gooot die Herren, ckm-ckm, wo aus bei dem scheeen Wetter." „Kühe suchen, schönen Tag noch", so Rojachers knappe Antwort. Gleichzeitig lockerte er die Zügel, worauf sich das Pferd wieder in Bewegung setzte. Dem ungläubigen Blick seines Freundes zufolge, fühlte er sich einer Erklärung bemüßigt: „So blöd, wie sie sich geben, sind sie nicht. Nur ein wenig verschlagen. Vor nicht allzu langer Zeit besaß das Grundgütl der ehemalige Knecht vom Moosreitbauern. Er hat sich das Geld für dieses Lehen ‚vom Mund abgespart' – wie man bei uns sagt. Gemeinsam mit seiner fleißigen Frau, den halbwüchsigen Kindern und seinem Vater bewirtschaftete er es etliche Jahre, bis ein Hochwasser sie heimsuchte. Die Grund-Felder liegen alle an der Hüttwinklache und werden von zwei Gräben durchquert. Bergseitig sind Wald und Hutweiden und östlich, nur einen Katzensprung vom Bauernhaus entfernt, grenzt das Schmutzerlehen, wo wir nun hinfahren, an. Damals hatten die Hüttwinklache und der Etzgraben Äcker und Felder verwüstet, Erdreich und Wiesenstücke mitgerissen, dafür Geröll und Steine in ungeheurem Ausmaß hinterlassen. Einige Monate nach dem Geschehen traf ein Mann, der Vater dieses Bauern, hier in Bucheben ein. Und wieder nur kurze Zeit darauf waren sie die neuen Besitzer des Grundgütls."

Inzwischen war das kurze Wegstück, das entlang der Ache führte, passiert und sie stießen auf ein Tor, an dem links wie rechts ein Zaun anschloss: die Grundgrenze zum Schmutzergütl. Arlt wollte von der Kutsche steigen, doch zwei Buben kamen ihm zuvor und öffneten das Tor. Plötzlich liefen ihnen lachend und jauchzend noch mehrere Kinder entgegen. Naz hatte vergessen, sie zu erwähnen, nun aber schien ihm eine Erklärung angebracht. „Die Schmutzerleute, ihr ,Schock' Kinder, zwölf sind es, wie überhaupt die gesamte Familie, den alten Vater eingeschlossen, strotzen von Frohsinn. Du wirst es erleben. ,Bei denen singt sogar das Rindvieh', hat der Schranbachbauer einmal boshaft bemerkt."

Die Kinder riefen „Grüß euch!". Die zwei größeren Buben, die soeben das Tor geöffnet hatten, sprangen auf eine Querstrebe am hinteren Teil der Kutsche, ein Mädchen versuchte ebenfalls aufzuspringen und drei kleinere liefen seitwärts der Kutsche zu. Nach wenigen Metern lag das kleine Gütl, bestehend aus Haus und Hof, einem Getreidekasten und einer Scheune, vor ihnen. Mit einem „Brrr, brrr, häh" und gleichzeitigem Ziehen am Zügel brachte Rojacher das Gespann zum Stehen, griff nach einem Sackerl Nüsse, gab es dem

Größten unter den Kleinen und fragte nach dessen Vater. „Dank schön. Der Vater und der Christoph sind beim Zäunen, schau da", sagte ein etwa zehnjähriger Bub und deutete mit dem Finger zum Hang. Sogleich umringten ihn seine Geschwister und drängten, die Nüsse zu teilen.

Wie auch der Angesprochene trugen alle Kinder geflickte Gewänder und trotz Spätherbst liefen sie barfuß. Noch bevor Rojacher von der Kutsche gestiegen war, kam die Bäuerin zur Tür heraus. Sie trug einen Strohhut am Kopf, ein geblümtes Kleid, das an den Ellbogen geflickt war, und alte Holzpantoffeln. Doch mehr als dieser Umstand hoben sich ihr freundlicher Blick und ihre herzliche Begrüßung hervor. „Der schöne Tag beschert uns den Rojacher Naz und seinen Gast. Willkommen! Zur Hausbank scheint die Sonne warm und ich kann den Herren frische Rührmilch bringen. Da, Leni, halt' deinen Bruder", sagte sie und gab das Kleinkind, das sie am Arm hielt, an die Schwester weiter, während sie wieder ins Haus eilte. Leni setzte ihren Bruder seitlich auf die Hüfte. Der Kleine lächelte, zwei Zähnchen blitzten hervor und sein mit Milch und Marmelade verschmierter Mund zeigte, dass er erst gegessen hatte. Arlt und Rojacher nahmen die Einladung an. Ein wenig würde es dauern, bis der Bauer von der Arbeit kam. Sie unterhielten sich mit der Bäuerin und schauten dem Spiel der Kinder zu. Die frische Rührmilch noch nicht ausgetrunken, bog der Bauer mit seinem ältesten Sohn um die Ecke des Hauses. Nun wusste Arlt, woher die Kinder das flachsblonde Haar und die blauen Augen hatten. „Grüß dich Naz, Grüß Gott der Herr", und nach der Begrüßung: „Was führt euch zu mir?" „Gutes Zuchtvieh sucht mein Gast. Wilhelm Ritter von Arlt sein Name", mit diesen Worten nahm der erste Einkauf seinen Anfang.

Ein Malheur

Naz lenkte die Kutsche taleinwärts. Ein schöner Tag ist es gewesen, schön für ihn, schön für seinen Freund Wilhelm. Zudem erfolgreich. Auch der Schmutzer- und der Moosreitbauer waren überrascht und froh über das Geschäft. Arlt hatte den geforderten Preis gezahlt. „Geld entsprechend dem Wert, mein Grundsatz für gelingendes Handeln. Und mein Zuchtbetrieb soll gelingen. Zudem: ich will ja noch bei anderen Höfen vorstellig werden", antwortete Arlt, als ihn Rojacher fragte, warum er um den Preis nicht gefeilscht habe. Zwei Stiere, acht Kühe und zehn bis zwölf Stück Jungvieh wollte er kaufen. Für den Anfang. Schon nächste Woche würden die Tiere nach Taxenbach zum Bahnhof getrieben und nach Prag geliefert werden.

‚Schön ist es in Bucheben‘, dachte Naz und schaute zum „Steinernen Mann", hob seinen Blick zur Niederalm des Fronbauern, die, gleich einem honiggelb schimmernden Plateau, in Nachbarschaft der Karlinghütte still im Schein des letzten Sonnenlichts lag. Er sah den Hüttegghof im schwindenden Licht und sagte: „Hüttegg, Hüttwinkl, Hüttwinklache, die Verhüttung war namensgebend für ..." Jäh wurde er vom Getrappel eines herangaloppierenden Reiters unterbrochen. Dieser zurrte am Zügel, das Pferd riss den Kopf in die

Höhe, lief einige Schritte an der Kutsche vorbei, kehrte auf Befehl des geschickten Reiters um, und kam neben der Kutsche zum Stehen. Rojacher, der gleichfalls sein Gefährt angehalten hatte, schaute bange zu seinem Rossknecht. Er wusste, wenn dieser sein Pferd derart antrieb, lag nichts Gutes darin. „Ein Malheur, Naz, der Pepp, der Müller Pepp ist mit dem Fuß unter den Pochstempel gekommen. Ich hol' Hilfe." Naz wies ihn an: „Reit' zum Doktor, nicht zum Bader. Wechsel beim Platzwirt das Pferd, nimm auch ein gutes für den Doktor, ich fahr voraus." Nachdem sie eine Weile schweigend nebeneinander, diesmal lenkte Arlt die Kutsche, heimwärts unterwegs waren, platzte es aus Naz: „Mit dem Fuß unter einen Pochstempel zu kommen, das gelingt nur dem Pepp. Vom Pochen versteht er wenig, wie ihm das Arbeiten überhaupt fremd ist. Ich bot ihm Kost und Logie und er solle sich im Haus nützlich machen, Botengänge erledigen, auf mehr war bei ihm nicht zu hoffen. Früher, da soll er einmal ein fescher Bursch gewesen sein. Es ranken sich allerlei Geschichten um ihn. Ich glaube, es war im Jahr 1835, damals hat er das Ölbrenner Häusl gekauft. Zu dieser Zeit war er just zwanzig Jahr alt und zudem ein lediger Sohn einer Magd des Schütterbauers. Niemand im Tal konnte sich daher einen Reim darauf machen, woher er das Geld für den Hauskauf nahm. Einige wussten, die Aychlreitherin habe es ihm zu einem hohen Zinssatz geliehen. Andere erzählten, sie hätte es ihm geschenkt, weil er sie nachts öfter besuchte. Alle redeten, viele wussten, dass die alte Aychlreitherin nicht nur das Simmerlhaus, sondern zudem einen Sack voller Gulden geerbt hätte. Doch schon ein Jahr darauf veräußerte Pepp das Haus und lebte frei unter Sonne und Wolken. Schlief einmal in diesem, einmal in jenem Heustadl, half gelegentlich bei der Ernte, einmal dort, einmal da. In den letzten Jahren hat er sich als Senner auf der Erlehenalm verdingt. Als die Kühe abgetrieben und die Alm verlassen lag, war er vorigen Herbst zu mir gekommen: „Naz, kannst du nicht einen Helfer brauchen? Ich würde zupacken, dort und da", meinte er. Eher hatte er das Alter gespürt und eine Heimstatt gesucht. In diesem Sinne habe ich ihn aufgenommen. Aber für ihn nicht in die Bruderlade gezahlt." Darauf schwiegen beide – beide wussten was dies bedeutete – und trafen in gedrückter Stimmung in Kolm Saigurn ein.

Als sie ins Haus eilten, lag der Verletzte auf Decken gebreitet und in weiteren Decken eingehüllt im Hausflur. Anna hatte ihn, soweit es ihren Möglichkeiten entsprach, versorgt. Pepp wurde von Schüttelfrost gebeutelt. Leise wimmernd drehte er sein Gesicht zu Rojacher. „Pepp, bald kommt der Doktor. Musst noch aushalten." Naz zog die Decke ein wenig zurück und sah einen zerquetschten Fuß, der platt und gekrümmt seitwärts lag. Ein spitzer Teil, wahrscheinlich ein Knochen, spannte die zerschlissene Hose und am Schaft des Schuhs hatte sich eine dunkelrote Kruste gebildet. Dann hieß er Maria zwei Tische in der Stube zusammenrücken, schickte seine Mutter um ein Leintuch, das sie darauf ausbreiten sollte, und bat Arlt sowie drei umstehende Knappen, den Verletzten darauf zu betten. Die Männer zogen vorsichtig an der Decke, der Verletzte stöhnte, sie hoben an, trugen ihn in die Stube und legten ihn auf das frische Tuch. Wieder versank Pepp in ein Wimmern und Klagen. „Mehr können wir nicht tun", sagte er zum Schmied, „du bleibst bei ihm. Hol mich, wenn der Doktor da ist. Ich will mich umziehen. Das wird eine lange Nacht."

Als der Doktor eintraf, war es bereits spätabends. Rojacher, Arlt, Anna und Maria waren im Vorraum versammelt, die Knappen in der Stube. Pelzler trat auf Rojacher zu, reichte ihm die Hand, „Grüß dich Naz", und zu den anderen gewandt: „Grüß euch miteinander. Das Mondlicht hat uns gefehlt. Nur spärlich hob sich der Weg vom Dunkel des Waldes ab. Einzig der kieselige Quarz und die kupfrig glänzenden Schlacken am Weg wiesen uns die Richtung. Und dein tüchtiger Rossknecht, der weiß nicht nur mit Pferden umzugehen." Rojacher nahm dies wohlwollend zur Kenntnis, nahm seinen Stock und ging mit dem Doktor zum Verunglückten. Pelzler begrüßte ihn, hob die Decke an und legte sie beiseite. „Habt ihr ein gutes Messer und eine scharfe Blechschere?" Als der Doktor danach fragte, begann Pepp erneut zu wimmern. „Muss nur den Schuh aufschneiden", beruhigte er ihn. Mit dem Messer schnitt er die Lederbänder durch, wählte einen Knappen aus und wies ihn an, den Schuh mit der Blechschere vom Latz bis zur Spitze aufzuschneiden, während er das Bein fixierte. Daraufhin zog er vorsichtig den Schuh ab, nahm erneut die Schere und schnitt sachte die Socke auseinander. „Es ist keine Schlagader verletzt und es blutet nicht mehr. An der Haut sind Schürf- und Quetschwunden, einige davon oberflächlich, manche tief bis zum Knochen. Heute werde ich die Wunden mit Arnika säubern, das Bein schienen und einen Verband anlegen."

Rojacher sah sich um und merkte, dass Arlt nicht mehr unter ihnen war, doch bevor er sich nach ihm erkundigen konnte, sagte der Doktor: „Es ist besser, wenn zwei Männer mir den Tapferen halten. Jetzt wird es gleich brennen." Zwei Knappen kamen hinzu, der eine fasste Pepp an Schultern und Oberarmen, der andere drückte seinen Leib auf den Tisch. Mit einer schnellen Bewegung goss der Doktor Arnika auf die Wunden. Gleichzeitig gellte ein langgezogener Schrei durch Stube, Vorhaus und Küche. Selbst Arlt konnte den Schmerzensschrei – dem gleich weitere folgten – in seinem Zimmer hören. Daraufhin nahm der Doktor kleinere weiße Tücher, eines ums andere tränkte er in der Tinktur aus Schnaps mit Arnikablüten und tupfte die blut- und schmutzverkrusteten Wunden ab. Als der Fuß derart gesäubert war, nahm er zwei Holzstäbe und eine Stoffbinde aus seiner Tasche, blickte die Knappen an, sagte „halten" und zog mit einem blitzartigen Ruck an der Ferse des Verletzten. Der schrie auf, als ob ihm der Teufel die Hörner in den Leib stieße, spannte gepeinigt die Muskeln, hakte seine Finger krampfhaft in die Hände des Knappen und sank bald darauf benommen in die Decke. Der

Knochen stak nun nicht mehr durch die Hose. Der Doktor wickelte noch die Stoffbinde um die Hölzer und legte das geschiente Bein auf einen Polster. Endlich war die Prozedur zu Ende. „Hebt ihn vorsichtig auf den Diwan und stellt ein paar Stühle davor. Morgen wird es schon besser sein." Mit diesem Versprechen verließ er den Kranken, schritt aus der Stube und nahm auf Einladung Rojachers am Tisch des Vorraumes Platz. Anna brachte ihnen zu trinken, etwas Käse und Butter mit schwarzem Brot zu essen und sagte: „Die Maria hat ein Bett gerichtet, aber erst nehmt die kleine Jause zu euch." Dankbar nahm der Doktor an, denn an eine Rückfahrt nach Rauris war nicht zu denken, der Dunkelheit wegen. Die Folgen der Verletzungen würden sich erst nach einigen Tagen zeigen, bis morgen gegen Mittag wollte er bleiben, um nochmals nach dem Verunglückten zu schauen.

Das große Geheimnis

Da er für den armen Pepp nichts weiter tun, nur die Entwicklung der Heilung beobachten konnte, entschied der Doktor, wie er geplant hatte, am Nachmittag wieder nach Rauris zu fahren. Diesmal wollte er die Kutsche nehmen, seine Reitkünste hielten sich in Grenzen, er fühlte sich noch immer wie durchgeschüttelt. Bevor er sich auf den Weg machte, hatte er noch Zeit für eine Besichtigung. Nicht dem Pochwerk galt seine Neugier, die Dampfbadstube, von der Naz am Vorabend erzählt hatte, wollte er sich ansehen. Naz hatte sie bauen lassen und seither ist sie des Zimmerers Georg Zlöbl stolzes Werk. Besonders, weil die Knappen sie nach seinem Namen tauften. Und weil sie die Erholung dieses Dampfbades genossen. Nach einem anstrengenden Arbeitstag, meist aber vor ihrem freien Tag, sagten sie: „Geh'n wir dämpfen in die Zlöblhütte."

Rojacher führte den Doktor zur Hütte und sagte bescheiden: „Ist nur ein Quadrat aus viermetrigen Schleifhölzern, nicht mehr als mannshoch. Ein Zeltdach mit Rauchabzug am Giebel, mittig die Feuerstelle und darüber der Dreifuß mit dem Wasserkessel. Zwei Reihen Bänke rundum, die hintere erhöht", Rojacher wies mit dem Stock, „dort dämpft's dir die Haare vom Kopf. Ein Fenster braucht es nicht, das Feuer gibt ausreichend Licht. Der Eingang ist bewusst schmal gehalten und im unteren Teil der Tür sind Löcher für den Luftzug. Spätestens nach einer halben Stunde ist den Burschen so heiß, dass sie freiwillig in den Bach hüpfen." Darauf musste der Doktor lachen. „Vom Klohäusl überm Bach, auch vom nachherigen Händewaschen, wird sogar in den Gaststuben im Markt geredet. Diese Einrichtung bräuchte es in mehreren Häusern. Mit der Reinlichkeit plagen sich nicht viel' Leute im Tal", klagte Pelzler. Rojacher schaute ihn an und sprach: „Mathias, das Wasser scheuen die Leute, meine wie alle im Tal. Ein halbes Jahr ist Winter, den Menschen ist kalt, das Wasser ist kalt, und die Möglichkeiten, es zu wärmen, sind begrenzt. Wasserleitungen ins Haus sind selten und wo welche sind, rinnt daraus erst wieder nur kaltes Wasser. Immer muss es kübelweise zum Bottich geschleppt, dieser erhitzt und das heiße Wasser in die Holzwanne geschöpft werden. Eine Mühsal! Was red' ich, du kennst es ja." „Seit die Bergwerke nicht mehr alles Holz verschlingen, bleibt den Bauern und Häuslern welches für ihre Badstuben", gab ihm der Doktor, angerührt von Rojachers Ausführung, zurück. Und Rojacher fuhr fort: „Über hundert Brechelbäder soll es im Tal geben. Dass sie auch für andere Vergnügen genützt werden, stinkt dem Pfarrer, ja sogar dem Erzbischof wurde von den Vergnügungen in den Badstuben berichtet. Diese kleinen Freuden machen das Leben leichter, die Geistlichkeit soll sie ihren Schäflein gönnen. Und wenn nicht, gut tun sie dennoch." „Naz, ich muss mich auf den Weg machen. Wird sonst zu spät. Wollte noch wissen, wer ..." Rojacher entkräftete seine Sorge – sie stand dem Doktor ins Gesicht geschrieben. „Die Kosten für die Behandlung, Mathias, das geht auf mich. Mein Verwalter wird dir das Honorar auszahlen. Auch die Spesen. Geh bittschön zum Rainer, sein Büro ist im ersten Stock. Meinen Kutscher kennst du ja. Er ist in der Remise. Er wird dich fahren und morgen wieder abholen. Er weiß Bescheid. Ich darf mich verabschieden, hab' hier noch zu tun. Gute Fahrt, bis morgen." Überrascht und überrumpelt machte sich der Doktor davon. Seine Kniebundhose schlotterte an den Waden, sein langer Rock, der im unteren Rückenteil geschlitzt war, wippte am Gesäß. Nachdenklich zwirbelte er an seinem buschigen Schnauzbart, bog um die Ecke des Hauses und war den Blicken Rojachers entschwunden.

Ein anderer Besuch kam auf Rojacher zu. Sogleich erkannte er das Gesicht, das der Bursche dem Boden zugewandt hatte, dann kurz aufblickte, langsam einige Schritte auf ihn zuging, dann stehenblieb, wieder zurück zu der Stelle ging, wo etwas am Wegrand seinen Blick gefesselt hatte. Naz sah, wie er sich bückte, nach etwas griff, sich aufrichtete, nun schnellen Schrittes auf ihn zuging und einen Kristall präsentierte. „Hast du gesehen, hier ist er gelegen, am Wegrand inmitten von moosbewachsenen Findlingen, zwischen Farnen und Huflattich blitzte er heraus", sagte der Bursch, den Stein in der Handfläche haltend. „Den behalte. Hast ihn gefunden, also gehört er dir. Ich gebe dir eine alte Zeitung. Darin wickle ihn ein, damit keine Spitze abbricht. Und nun komm mit mir. Du hast bestimmt wieder Post für mich. Und ich für dich."

Rojacher eilte auf das Haus zu, der Bursche hinterher. „Mutter", bat Naz, als er sah, dass Anna, just als er zur Tür reinkam, aus der Küche eilte, „bittschön bewirte ihn, ich komm' gleich wieder." Naz wollte schon die erste Stufe nehmen, als er es sich anders überlegte. Er ging in die Stube und schaute nach Pepp. Der lag stumm und blass am Diwan, rührte sich nicht und versuchte auch nicht zu sprechen. Darauf schloss Naz wieder leise die Tür, unter dem Arm das kleine Paket, das er zuvor bekommen hatte, ging zur Treppe und stieg geschickt hinan. Darauf folgte ein kurzes „Klick", Naz' Zimmertür ging auf und gleich auch wieder zu.

Endlich bot sich für Anna die Gelegenheit. Diese Heimlichtuerei, die Päckchen, der junge Bursche, auch die Aufregung bei Naz, wenn er kam, waren ihr nicht entgangen. Dass Elias der Name des Burschen und er sechzehn Jahre alt war, aus Döbriach stammte und als Laufbursche beim Seebichler Bergbau, dessen Gutachter ihr Sohn Naz war, arbeitete, das hatte sie schon vor einiger Zeit in Erfahrung gebracht. Doch wer der Absender der Päckchen, die er regelmäßig brachte, war, musste sie wissen. Naz danach zu fragen hatte sie unterlassen, weil sie akzeptierte, dass ihm jegliche Einmischungen in seine Privatangelegenheiten zuwider waren. Jedoch die Neugierde ließ sie nicht ruhen. Sie bewirtete den Burschen mit Ei, Speck und Tee, fragte geschickt dies und das, lobte Elias ob seiner Größe und Geschicklichkeit, bohrte weiter und horchte, erstaunte, aber tat, als ob sie nichts Neues, nichts Besonders erfahren, als ob sie bereits alles gewusst hätte. Als süßen Abschluss kredenzte sie noch Pofesen mit Honigmilch. Hätte der Befragte Lebenserfahrung gehabt, an ihrer Miene hätte er erkannt, dass es in ihrem Inneren tobte. Welch' großes Geheimnis hatte sich ihr offenbart. Unglaublich und unfassbar! Sie gab sich Mühe, beherrschte sich, war zu dem Burschen freundlich und nett, konnte seinen Aufbruch aber kaum erwarten.

Als sie Naz endlich kommen hörte, wollte sie ihn sogleich zur Rede stellen, besann sich, zu wichtig waren ihre Fragen, verschob ihr Vorhaben, bis sie einerseits etwas zur Ruhe gekommen war, andererseits mehr Zeit hatte, um die heikle Sache zu bereden.

Naz hielt, wie stets, wenn der Bote aus Kärnten eintraf, seinerseits ein Päckchen bereit, gab es ihm und verabschiedete sich mit den „allerliebsten Grüßen".

Im freien Fall

Keine Stunde war vergangen, seit der Bursche sich verabschiedet und auf den Rückweg nach Kärnten gemacht hatte. Naz war wieder zum Pochwerk geeilt, als einer schreiend durch die Bäume am Durchgangboden gelaufen kam. Es war der Elias. Trotz des Lärmes der Pochstempel konnte Naz ihn hören, und weil er wild gestikulierte, auch gleich sehen, dass etwas passiert sein musste. Das blanke Entsetzen war ihm ins Gesicht geschrieben, als er panisch stammelte: „Iiim freien Fall, oooben bbbeim Wasserfall. Der ist gegespru…, gesprungen aus der Höh'." Der Bursche schaute kleinverzagt zu Naz, zitterte am ganzen Leibe und fing an zu weinen. Naz hob seinen Stock an, ging einen Schritt auf ihn zu, legte den Arm um seine Schultern und zog ihn an sich. ‚So ein mageres Bürscherl, jede Rippe kann man fühlen', das erinnerte ihn an seine eigene Jugendzeit. Ein Schwall versteckter Gefühle drang aus seinem Herzen, mühsam kämpfte er gegen die Tränen, mühsam blieb er in aufrechter Haltung. „Wird alles wieder gut, wird schon wieder." Ob die Worte halfen, ob sie ihm selber oder Elias galten, Naz wusste es nicht, sie waren in Ohnmacht gesprochen.

Nachdem er ihn eine Weile getröstet hatte, winkte er Josch, der ebenfalls die Rufe von Elias gehört hatte und aus der Schmiede getreten war, zu sich. „Josch, steig auf und schau nach. Elias meint bestimmt den Barbarafall." Und zum Burschen gewandt: „Komm mit mir, setzen wir uns auf die Bank beim Haus", und führte ihn an der Hand.

Als der Schmied nach einer Stunde wieder zurück war, saßen Rojacher und Elias noch immer vor dem Haus. Rußverschmiert vom Rauch der Esse, doch wachsbleich im Gesicht, schickte er den Burschen unwirsch weg. Rojacher verstand und hieß ihn, sich hinzusetzen, was der Schmied jedoch ablehnte. „Naz, derart Grausliches ist mir noch nie untergekommen. Wenn der Bursche das gesehen hat ... Heiland der Welt! Ich brauch' einen Schnaps", sprach's und ging ins Haus.

Naz hatte von Elias das Wesentliche erfahren. Er wusste nicht, wen er mehr bedauerte, den Burschen, weil er dies mit ansehen musste, oder den unseligen Toten.

Als Josch gleich darauf zurückkam, trug er eine Flasche und zwei Gläser in der Hand. „Naz, den brauchen wir jetzt", schenkte randvoll ein, setzte sich und sagte: „Der Augsburger! Der Himmel hab' Erbarmen mit seiner Seele. Was weiß der Bursch?" Noch immer entsetzt von dem, was geschehen, starrte er ungläubig zum Schmied, der auf eine Antwort wartete. Da besann er sich und berichtete in Kürze: „Elias hat ihn gesehen, meinte ein Rufen zu hören. Meinte, eine ganze Weile hat der gewerkt, die Hände erhoben, gerudert. Der Bewegungen wegen ist er auf ihn aufmerksam geworden. Und dann konnte er seine Rufe hören, sagte, ganz bestimmt sogar hat der geschrien, konnte aber nicht verstehen, was – zu laut war das Rauschen des Wasserfalls –, und dann hat er sich mit ausgestreckten Armen, einem Vogel gleich, über die Wand gestürzt." Der Schmied kommentierte das Gehörte: „Wenn er nur das gesehen hat, dann hat er noch Glück gehabt. Ich hoffe für ihn. Naz, der Augsburger ist aufgespießt. Der ist am Rand des Wasserfalles auf eine Erle geflogen, deren Krone ist wohl vom Aufprall geknickt und der Stamm hat seinen Körper durchbohrt. Und nun steckt er fest. Verrenkt, verdreht und kopfüber, die Gedärme seitaus, die Füße schlackern. Im Bergkittel hängt er dort."

Anna staunte nicht schlecht, als Elias plötzlich wieder zur Tür herein kam. Sie brauchte nicht erst zu fragen, „was" und „warum", die Worte sprudelten aus ihm heraus.

‚Gestern der Unfall, dann die Nachricht vom Kind und jetzt ein Toter', dachte sie, und ‚Wenn der Teufel Junge kriegt, kriegt er sie zuhauf', sprach's aber nicht aus, denn sie war einfühlsam genug, um Elias nicht weiter zu belasten. Ihren Kummer vorübergehend vergessend – Vernunft und Logik siegten – eilte sie vors Haus: „Naz, du musst einen Boten ins Kärntnerische schicken, der Bursch ist heute nicht mehr fähig. Sonst suchen sie ihn." Naz dachte kurz nach und meinte: „Soll der Verwalter gehen. Dem Rainer tut die frische Luft gut." Mehr war von ihm nicht zu hören. ‚Ja, so unrecht hat der Naz nicht. Der Markus kennt den Weg übers Gebirge, als ehemaliger Knappe ist es ein Leichtes für ihn', dachte Anna bei sich und ging, um den Auftrag mitzuteilen.

Naz konnte es nicht fassen, weder das Geschehene noch, dass der August so ein Ende wählte. Er murmelte unverständlich: „Cyrill Bertrand Amaury, aus der Familie Challant."

Noch eine Weile saßen sie schweigend, tranken erneut vom Selbstgebrannten, schauten zum Bach, ein jeder seinen Gedanken nachhängend, bis schließlich Naz das Wort ergriff: „Josch, bittschön erledige du das. Wähl' einen Helfer aus. Nehmt Säge, Hacke und einen Leinensack mit. Ich lass' Reisig und Kerzen in die Kapelle bringen und warte auf euch."

Brandig

Naz war noch in der Kapelle, kniete in der Bank und vor dem Altar lag der Tote im Leinensack auf Fichtenästen aufgebahrt. Links und rechts des Verstorbenen brannten Talgkerzen, die Maria gebracht und entzündet hatte. Da trat der Doktor ein. Naz drehte sich um und sagte: „Für den ist jede Hilfe zu spät. Dem hat keiner zu keiner Zeit helfen können. Er ist ein Opfer falschen Stolzes", stand auf und reichte Pelzler die Hand. Dieser erwiderte seinen Gruß, tauchte darauf ein Zweiglein in die Schale mit dem Weihwasser, besprenkelte den Verstorbenen, bekreuzigte sich und nahm neben Rojacher Platz.

Währenddessen war Maria in der Stube des Verletzten und flößte ihm heiße Brühe ein. Pepp hatte weder die Kraft zu klagen, noch war er fähig, den Löffel in die Hand zu nehmen oder die Schüssel zu halten. Fiebrig glänzten seine Augen und auf der Stirne standen, Perlen gleich, unzählige Schweißtropfen. Als ob er schon Wochen in Schmerzen liege, so blass und eingefallen waren seine Wangen, und immer wieder klapperte er mit den Zähnen. In diesem Zustand traf ihn Doktor Pelzler an. Eine böse Ahnung ließ ihn überlegen. Noch bevor er sich den Fuß besah, versprach er ihm Besserung und ein Wundermittel: „Pepp, ich schau mir deinen Fuß an. Es wird nicht schmerzvoll sein. Was immer zu tun ist, ich habe ein Wundermittel, Äther heißt es, das berauscht dich und du spürst kein Weh." Maria, die, noch mit der Suppenschüssel in der Hand, hinter dem Arzt stand, hatte das Gefühl, dass dieser nicht nur dem Patienten die Angst nehmen wollte, sondern dass der Doktor womöglich auch sich zu beruhigen versuchte. Pepp hingegen zeigte keine Regung, gab keine Antwort, außer, dass er erneut mit den Zähnen zu klappern anfing. Pelzler, der die Wunden nur kurz inspiziert und den Verband erneuert hatte, verließ wortlos die Stube.

„Naz, ich muss in einer ernsten Sache mit dir reden." Mehr hatte es nicht gebraucht. Naz ahnte, dass sich zum großen Malheur am Barbarafall ein weiteres gesellte. „Ich muss den Fuß amputieren. Die Wunden sind ‚brandig'. Dem Wundbrand ist nur beizukommen, wenn man den infektiösen Teil schnellstens entfernt. Wenn es keine Umstände macht, bleibe ich diese Nacht hier. Morgen, wenn die Sonne scheint, wenn genug Licht ist, werde ich die Sache angehen." ‚Umstände ...', dachte Naz, antwortete aber nur: „Selbstverständlich Mathias, du kennst unsere Möglichkeiten, Essen, Trinken, Schlafen und ein Dampfbad – wenn dir danach ist –, das gibt es immer bei uns."

Als sie wieder am Tisch saßen, Rojacher am angestammten Platz und der Doktor daneben, fragte dieser: „Was wird nun aus deinem Knappen?" Naz wusste, dass der Doktor August meinte und antwortete: „Wir werden ihn im Knappenfriedhof begraben. Beim Kastner. Einen Selbstmörder lässt der Buchebner Pfarrer nicht in seinen Friedhof. Und morgen eine Depesche an seinen Bruder schicken – seine Eltern sind schon verstorben –, mehr kann ich nicht tun. Aber der Pepp, sag, wie steht's um ihn? Wird er die Amputation überstehen?" Als ob diese Frage beleidigend gewesen war, blickte ihn der Doktor entgeistert an: „Ich bin kein Bader, ich bin ein studierter Medicus. Amputieren haben wir schon auf der Universität geübt. Ich setze Äther ein. Ein Mittel, das den Patienten in eine Traumwelt versetzt. Und das Wunder dabei: Er verspürt keinerlei Schmerzen. Vorausschauend habe ich beides, die Knochensäge und Äther, mitgenommen." Jetzt war es Naz, dem das Gehörte zu viel war. Froh, dass er nur humpelte, in banger Sorge, dass ihm ein ähnliches Schicksal widerfahren könnte, entschuldigte er sich und eilte, Müdigkeit vortäuschend, in seine Kammer.

Am nächsten Morgen, als das Licht der Sonne durch das Fenster auf den Tisch fiel, machte sich der Doktor an die Arbeit. Er ließ wieder zwei Tische zusammenstellen und den Patienten darauf heben, schickte folgend die Helfer zur Tür hinaus, verlangte abgekochtes heißes Wasser und schuf Maria an, als sie mit dem dampfenden Topf kam, zu assistieren. Maria war verdattert. Damit hatte sie nicht gerechnet. Wasser bringen, Tücher holen, ja, aber assistieren? Und was hieß: assistieren? Noch bevor sie fragen konnte, reichte ihr der Arzt eine weiße Schürze und befahl: „Umbinden." Darauf schlüpfte auch er in einen Kittel, öffnete seinen großen braunen Lederkoffer und nahm allerlei ihr unbekanntes Eisengerät heraus. Sie staunte. Eine Zange – die kannte sie, die sah so ähnlich aus wie Vaters Zange, die im unteren Raum des Getreidekastens hing. Dann eine Schere – dass der Doktor eine Schere brauchte, war verständlich. – Sogar einen Hammer packte er aus. Und Messer, Skalpelle verschiedener Größen. Auch einige Nadeln, und ... schaute aus wie Zwirn und Bindfäden? Es war das entsprechende chirurgische Nahtmaterial. Dazu jede Menge eingewickeltes Leinen, in Streifen geschnitten oder als kleine Flecken. Auch vier dünne Gummischläuche fanden sich da. Und mit Schafwolle eingewickelte Glasfläschchen mit bräunlicher Flüssigkeit. Dann das Betäubungs-Wundermittel, Äther genannt, wie ihr der Doktor später erklärte. Aber wozu in aller Welt war die Eisensäge gut? Eine Eisensäge, wie sie der Reiter Josch, der Schmied, in der Werkstatt hängen hatte – so eine ähnliche jedenfalls –, stellte

Maria fest. Und weil sie ebenso überrascht wie ahnungslos war, stand sie nur staunend neben dem Doktor und wartete.

Der legte seine Instrumente, in einer bestimmten Reihenfolge ordnend, auf den beigestellten Tisch, hob den heißen Topf an, goss einiges Wasser in eine Schüssel, legte Handtücher daneben, folgend die weißen Binden und Flecken wohlgeordnet neben die Instrumente. Als letztes und größtes Instrument der Aufstellung präsentierte sich Maria, der darauf doch banger zumute geworden war, die Eisensäge. Pepp selbst schien von dem allen keine Notiz zu nehmen. Regungslos lag er da. Schon befeuchtete der Doktor ein Tuch mit dem Äther, drückte es dem Patienten auf Nase und Mund, forderte „tief einatmen", ließ ihn einen weiteren Atemzug machen, hob ein Lid, linste zur Pupille und konstatierte: „Der schläft! Maria, halte das Tuch und träufle bei der Anweisung ‚Äther' einige Tropfen nach." Daraufhin riss der Doktor die Hose entzwei, entfernte die Binden und Holzschienen, griff nach Tuch und Flasche, desinfizierte die Wunden, nahm das Skalpell und setzte einen zirkulären Schnitt im oberen Drittel des Unterschenkels. Wischte das Blut fort, setzte erneut zum Schnitt an, diesmal in Wadenhöhe beginnend, erst von links nach rechts hinten, dann in entgegengesetzter Richtung, bis die Haut rundum durchtrennt war. „Die Tücher sind in deiner Reichweite, tupfe das Blut." Maria tat wie geheißen. Darauf wechselte er das Messer und schabte von der Wade bis unter das Kniegelenk restliches Gewebe von der Haut ab und klappte die Lappen nach oben. Jetzt war es Maria, der Schweiß auf der Stirne stand. Doch flink und geschickt wechselte sie zwischen Äther tropfen und Blut wischen. Schon lagen Muskeln und zersplitterte Knochen blank neben eitrigen und schwarzroten Hautstücken, die Fuß und Knöchel umgaben. „Ich muss die Arterien, die sich zwischen der Wadenmuskulatur befinden, freilegen und abklemmen. Das wird ziemlich bluten, darum muss es schnell geschehen." Der Doktor tat wie angekündigt. Griff zum Skalpell mit der kurzen schmalen Klinge, setzte ein paar gezielte Schnitte – es war, als ob er den Muskel filetierte –, nahm Klemmen, um die großen und kleineren Gefäße zu blockieren. Maria reinigte die stark blutende Wunde, der Doktor nahm Nadel und Zwirn und setzte Ligaturen auf die einzelnen Gefäße. „Wo noch Muskeln mit Sehnen zum Kniegelenk hängen, werde ich sie jetzt abtrennen. Maria, schläft der Patient noch?" Derart dezent wollte er sie an die Äthergabe erinnern, auch ein wenig vom blutigen Eingriff ablenken, während er in höchster Konzentration erneut das Skalpell ansetzte. Zwischendurch langte er in das immer noch heiße Wasser, spülte sich das Blut von den Händen und setzte darauf die Operation fort. Maria war so in ihrem Tun vertieft, dass es die Ablenkung nicht gebraucht hätte. Beständig wechselte sie die Tücher, ersetzte die blutgetränkten mit frischen, schaute immer wieder zu Pepp und tropfte, auf Anweisung, Äther auf das Tuch. „Bitte Wasser wechseln", so der nächste Auftrag. Sie blickte um sich, nahm kurzerhand die Schüssel, öffnete das Fenster, schüttete die rosa Flüssigkeit hinaus und goss anschließend aus dem Topf frisches hinein. Nickend nahm dies der Doktor zur Kenntnis, fügte aber hinzu: „Hände waschen, Äther geben und dem Wasser nachschauen!" Womit er gemeint hatte, sie solle zum Fenster schauen, denn nun kam die grobe Aufgabe mit der Säge, die freilich keine Eisensäge, sondern eine Knochensäge war. Dies war eine Tätigkeit, die selbst den Doktor gruseln ließ. Die Haut zurückgeklappt – ein wenig Fett haftete noch daran –, die Arterien abgeklemmt und die Muskeln versorgt, lagen Schien- und Wadenbein weißrosig bloß. Er setzte die Säge an und schnitt. Maria blickte nun tatsächlich zum Fenster hinaus, zählte bis hundert, begann von vorn, wieder und wieder, und als sie erneut bei vierzig angekommen war, kam die Erlösung: „Fertig! Jetzt nur noch die Hautlappen zuschneiden und zusammenflicken." Gekonnt klappte der Doktor die Haut an den Rändern aneinander, fixierte sie mit einer Klemme und stach mit der Nadel ein Loch ums andere, zog den Faden bei jedem Stich straff an und verschloss die übriggebliebene Haut End zu End. „Wie bei Mutter, wenn sie eine Ledersohle auf die gewalkten Patschen flickt", äußerte sich Maria. „Entfernt ähnlich", bestätigte der Doktor, „nur dass die Wunde am verbliebenen Beinstumpf sich nicht entzünden darf. Darum werde ich die Naht und die Ränder nochmals desinfizieren. Tropf ein letztes Mal Äther und einige Stunden müssen wir achten, dass er sich nicht erbricht und daran erstickt. Das könnte passieren." Vorsichtig versorgte Doktor Pelzler den Stumpf mit einem ausgepolsterten Druckverband.

Während er seine Instrumente reinigte, trug Maria, in ein Tuch gewickelt, die Reste des amputierten Fußes hinaus und wollte einen geeigneten Platz suchen, um sie einzugraben. Mit der makabren Fracht unterm Arm schritt sie zur Tür hinaus und traf auf Naz. Jedoch, ... was sah sie? Was geschah hier? Der Naz war vor ihr, stand links, stand rechts, eins, zwei, drei, dreimal wackeliger Naz. Plötzlich knickten ihre Knie ein und sie sank zusammen. Rojacher fing sie geistesgegenwärtig auf, hielt sie in seinen Armen, spürte ihr Herz wild klopfen, ihr Kopf war an seine Schulter gelehnt, warm und sanft fühlte sich ihr Körper an, als er sich, sie noch immer in den Armen haltend, behutsam auf einen umstehenden Stuhl niederließ. „Das Mädel hat gute Dienste geleistet, kannst stolz auf sie sein", so Pelzler, der aus dem Raum tretend, nachdem er den Schwächeanfall mitgekriegt hatte, das Eingewickelte zu sich nahm und damit zur Tür hinaus verschwand.

Pošepný verabschiedet sich

„**K**omme soeben von der Fraganter Scharte. Vor eineinhalb Stunden bin ich von der Habersbergerin raus. Der Aufzug ist das neue Seil wert. Grüß dich." Franz Pošepný gab Naz die Hand. Beide ließen sich die Überraschung nicht anmerken. Naz gab den Knappen genaue Anweisungen und verließ den Bruchhof mit den Worten: „In zwei Stunden bin ich wieder zurück, da muss es erledigt sein", bevor er Pošepný einlud, mit ihm ins Haus zu kommen. Als sie unter der Aufzugsbahn gingen, sagte Rojacher: „Das neue Seil für die Aufzugsbahn haben wir in Příbram gekauft", und lächelte dabei. „Deine Freude hängt wohl mehr an Příbram als am Seil", darauf Pošepný. „Příbram hätte mir schon gefallen, wenn ich länger Zeit gehabt hätte. Kannst dir denken, wenn andere zehn Semester studieren, dass ich nur das Notwendigste an Berg- und Hüttentechnik habe lernen können." „Naz, alles was du hier wissen musst, weißt du. Und sollte es dir an theoretischem Wissen hierfür mangeln", Pošepný deute auf das ausgekutterte Gestein, das hinter ihnen lag, „machst du es mit deinem Hausverstand wett." Naz drückte sich am Gehstock ab, blieb stehen, richtete sich auf und sah Pošepný ins Gesicht: „Zum Pochen und Schlemmen gehört nicht viel, wenn wir es so betreiben wie bisher. Aber das wird zu nichts führen. Wir müssen eine Lösung finden, wie wir den Steinen alles Gold entlocken – und die Habersbergerin versteckt auch noch einiges." Inzwischen waren sie bei Rojachers Tisch angekommen und der lud zum Hinsetzen. Allem voran wollte er loswerden, was ihn seit Tagen bedrückte. „Franz, bei deinem letzten Besuch, da war ich …" Naz brauchte nicht erklären, Pošepný unterbrach ihn: „Lass gut sein, ich habe es verstanden. Bin auch froh, dass es dir jetzt besser geht. Jetzt, wo du der Pächter bist und der Fortbestand des Rauriser Bergbaues von dir abhängt. Doch das weißt du selbst. Ich will es nur erwähnen, weil ich diesbezüglich gute Nachricht bringe. Ich war zwischenzeitlich in Wien. Der Kredit für die Investitionen ist genehmigt, das Geld liegt bereit." Jetzt war es Pošepný, der seinen Oberkörper aufrichtete und Naz in gespannter Erwartung ins Gesicht blickte. Doch Naz war sprachlos, er blickte starr zu seinem Gegenüber. Keine Regung seiner Gesichtsmuskeln oder Mimik verriet, was in seinem Kopf vorging. „Jetzt wär' ein Gambrinus angebracht", war sein kurzer Kommentar. „Der Minister ist froh, dass für Rauris eine Lösung gefunden worden ist. Dass die Weiterführung des Betriebes ohne finanzielle Zuwendung nicht möglich ist, hat er verstanden." Rojacher war noch immer perplex. Wochenlang hatte er gehofft und wieder gezweifelt, ob die benötigte Zuwendung genehmigt werden würde. Und nun diese Nachricht. „Dank dir Franz! Und jetzt lass uns essen, lass uns trinken." Und zu Maria gewandt, die soeben an den Tisch getreten war: „Maria, bring uns was Gutes, wir haben zu feiern."

Doch von Feiern im üblichen Sinn war keine Rede, ruhig verlief das Essen, von feierlichem Trinken ganz zu schweigen. Zuviel geisterte in Naz' Kopf herum. Er sorgte sich, ob Pepp überleben würde, dachte an seinen Hoffnungsstollen, die „Habersbergerin", an die Bremsbahn, die Rollbahn, was ihn noch an Kommendem fordern, vielleicht auch freudig überraschen wird. Auch Pošepný redete wenig. Er wusste, nun war es soweit, sein Auftrag in Kolm Saigurn war erledigt. „Sag mir, was du gemeint hast, als du anlässlich der ersten Begehung des Radhauses von der Wassermenge im Verhältnis zum Antrieb des Rades sprachst", wollte er von Naz wissen. „Ist anständig von dir, ich weiß mit dieser Art von Stille auch nicht umzugehen, aber das Hebelprinzip muss ich dir nicht erklären." „Das habe ich so nicht gemeint, mir hat dein Umkehrschluss gefallen", erwiderte Pošepný. „Vom Hebel hat schon der Lehrer Donat gewusst und dass man das Prinzip umkehren kann, wusste Gainschnigg, der Konstrukteur der Bahn, und das zu verstehen ist einfach." „Ich war dennoch überrascht gewesen von deiner Antwort, „wir haben ein großes Rad", als ich dich damals unüberlegt fragte, ob ihr genug Wasser für den Antrieb der Bahn habt. Sie wird mir im Gedächtnis bleiben."

Sie nippten an ihrem Getränk, kauten lange an den letzten Bissen, redeten Belangloses. Ihre Gedanken hingegen verharrten in der gemeinsamen Vergangenheit, dem Erlebten und den neuen Erkenntnissen, von denen beide auf ihre Art profitierten. „In Anbetracht der neuen Herausforderungen, die auf jeden von uns warten, wird der Abschied leichter fallen", mit diesen Worten erhob sich Pošepný. Maria brachte ein kleines Paket und übergab es. Rojacher, der ebenfalls aufgestanden war, reichte ihm die Hand: „Und dass aus der gemeinsamen Arbeit Freundschaft gewachsen ist. Der Stein mag dich an Kolm Saigurn erinnern. Meine Tür steht immer für dich offen, Glück Auf!"

Stille Nacht

In wilden Böen jagte der Wind Schneefahnen ums Haus, wirbelte pulvrigen Staub von Bäumen und Sträuchern und blies ihn gegen Hauswand und Fenster. Daran blieb die frostige Schicht haften, türmte sich auf den Fensterbänken und nur durch die oberen Ecken des Glases konnte Anna ins Freie schauen. Ein Wintertag, wie er zu dieser Jahreszeit üblich war.

Die lichtarmen Monate war sie gewohnt, wenngleich sie von Jahr zu Jahr länger dauerten. So schien es ihr. Leonora kam ihr in den Sinn. Sie vermisste Leonora. Arbeit fand sich genug im Kolmhaus, Langeweile kam nie auf, doch die vertrauten Gespräche mit ihrer guten Freundin fehlten ihr. Wieder wurden die gemeinsamen Handarbeitsstunden gegenwärtig. ‚Schön war die gemeinsame Zeit. Aber immer kommt es anders als man denkt‘, sinnierte Anna. Seit sie mit Naz nach Kolm gezogen war, waren die Besuche bei ihrer Freundin selten geworden. Einkäufe erledigte Maria, Naz oder ein Arbeiter, wenn er seinen freien Tag im Markt verbrachte, oder, so es größere Aufträge waren, er extra darum geschickt wurde. Die meiste Zeit aber ließ es sich vereinbaren, Benötigtes am Rückweg eines Erztransportes mitzunehmen. Die schwer mit Schlich beladenen Fuhrwerke rumpelten schier täglich von Kolm Saigurn zum

Lender Bahnhof und boten den Einheimischen mittlerweile ein gewohntes Bild. Naz hatte sie öfter aufgefordert mitzufahren, nicht am schwer beladenen Wagen, das nicht, aber in einer Kutsche an der Seite des Schmiedes. Oder mit ihm. Auch Naz fuhr allwöchentlich nach Rauris. Gelegenheiten wären zuhauf gewesen, sie aber hatte meistens abgelehnt. Weil sie gerne in Kolm, in diesem wildschönen Talschluss mit seinen mannigfaltigen Herausforderungen war. Weil sie die Einzigartigkeit der Natur und die vertrauten, wenn auch wilden Tiere immer wieder erstaunten. Weil sie hier zu Ruhe gekommen war und mitunter ihr kleines Glück fand. Und sie fühlte, dass sie hier zuhause war. Hinzu kam, dass ihr, wenn sie sich die Kutschenfahrt nach Rauris und wieder zurück vergegenwärtigte, stets Aufgaben einfielen, die sie in diesen Stunden erledigen konnte. Ähnlich erging es auch Leonora. Auch ihr Leben war von den Anforderungen des Alltags bestimmt. Ein Besuch bei Anna bedeutete Außergewöhnliches und geschah nur zur Sommerszeit und nur an jenen Feiertagen, an denen der Pfarrer in der Barbarakapelle, die dem Werkhaus, oder Kolmhaus, wie sie es nannte, angebaut war, eine heilige Messe las.

Pepp lehnte auf der Bank im Stüberl und summte eine Melodie. Seit seinem Unfall war ein anderer aus ihm geworden. Ein Zufriedener! Hatte man den Eindruck. Maria hatte neulich bemerkt: „Der Pepp regt sich nicht mehr auf, nicht darüber, dass das Essen zu salzig oder zu fad schmeckt, und auch nicht über zu viel oder zu wenig am Teller. Vormals, da war das Zuverlässigste am Pepp sein Nörgeln."

Durch Marias Bemerkung ist Anna erst bewusst geworden, dass Pepp nicht mehr nörgelte. „Hast recht, Maria, jetzt weil du es sagst", hatte sie ihr erwidert und ihr war eingefallen: ‚Als ich ihn vertröstete, dass sein Strohsack erst nächste Woche gewechselt werden würde, meinte er: „Ist recht, das passt schon, danke dir, danke dir."' Verdutzt hatte sie ihn darauf angesehen und war schweigend in die

Küche gegangen. Maria hingegen konnte ihren skeptischen Kommentar nicht zurückhalten: „Wer weiß, wie lange das währt." Auch Anna, als sie überlegte, schüttelte ungläubig den Kopf: seltsam!

Doch all das schien der Vergangenheit anzugehören. Vorbei war jeglicher Missmut. Obwohl er oftmals unter schrecklichen Phantomschmerzen litt, nahm er sein Schicksal tapfer hin. Dabei konnte er die Krücken nicht benützen, denn noch war sein Stumpf geschwollen – weshalb auch die Fäden an der Naht spannten und zusätzliche Schmerzen verursachten – und sobald er sich aufrichtete, mit den Krücken zu gehen versuchte, sank er, sein Gesicht in Schmerz und Pein verzerrt, auf die Bank zurück. Er musste sich noch gedulden. Erst knapp zwei Monate lag sein Unfall zurück, die Heilung eines derart schweren Eingriffes brauchte Zeit. Dass Pepp ihn überlebte, verdankte er dem Geschick und Können vom Doktor Pelzler. Dass er eine Herberge und zu essen hatte, verdankte er der Großmut Ignaz Rojachers.

Naz wollte ihn nicht zum Bittsteller im Armenhaus machen. „Dann bist mein ‚Einlieger' ", war Naz' Antwort auf seine Frage, was er denn jetzt tun und wo er bleiben könne, gewesen. Seither sah Pepp das Werkhaus zu Kolm als sein Zuhause und was Anna zu ihm sagte, wog gleich einem Gebet. Vielleicht trug auch die weihnachtliche Zeit dazu bei. Fast andächtig hatte er zugesehen, wie sie Strohhalme ablängte, in Wasser einweichte und anschließend bügelte. Halm für Halm bekam eine braune Färbung oder wurde schlichtweg nur geplättet. In kindischer Freude bot er ihr an, zu helfen. Erst noch tollpatschig, aber mit jedem Stern geschickter, wand er den Zwirn um das filigrane Stroh, schnitt schräge oder gezackte Spitzen, mischte braungebranntes Stroh mit hellem und ergötzte sich an seinen kleinen Kunstwerken, die Anna an den Fenstern aufhängte. Gemeinsam schmückten sie den Herrgottswinkl mit Tannenzweigen, ein paar Zapfen und den von ihm gebastelten Strohsternen. Unter das Kreuz, auf das Eckregal, stellte Anna die kleine Holzkrippe, die einst Ignaz geschnitzt hatte: Maria und Josef mit dem Kind, Ochs und Esel, zwei Hirten und ein paar Lämmer. Zuunterst in der Kredenz, in einem großen Topf, lagen zwei Päckchen für den Heiligen Abend versteckt. Sie hatte Socken und Handschuhe für Naz und Pepp gestrickt. Als kleine Überraschung lagen in Backpapier gewickelt Bockshörner, so nannte der Händler das Johannisbrot. „In Lend ist eine Gemischtwarenhandlung, die sogar Spezereien aus fernen Ländern anbietet. Im Fenster der Auslage ist ein Schild mit der Aufschrift: ,Kolonialwaren'! Piment, Nelken, Muskatnuss, Zimt, Lorbeer, Kakao, sogar echten Kaffee, nicht aus Gerste, Feigen oder Malz, Kaffeebohnen aus ...?", Anna war entfallen, wie das Land hieß, aus dem diese Bohnen kamen. Einerlei, Pepp, dem sie davon erzählte, kannte weder Afrika noch Südamerika, hatte bisher nicht davon gehört, noch wusste er um ihre Existenz. Nach Taxenbach und Lend, weiter hatten ihn seine Wege nie geführt. Und die Vorstellung, dass in Afrika die Menschen eine schwarze Hautfarbe haben sollten – ebenfalls von Anna erfuhr er dies –, weckte erneut seine Abenteuerlust. Doch allein seines Fußes wegen nur mehr in Gedanken.

Das Päckchen für Maria bewahrte sie gesondert auf. Maria war zu ihrer Familie gefahren und würde erst zu Dreikönig wieder kommen. Ebenso lange würden die Knappen fortbleiben. In der von Bergen und Wald umkränzten Stille des Talkessels war sie allein mit Naz und Pepp. Im Backrohr brieten Äpfel und am Herd blubberte das „Bachlkoch", ein Brei aus Milch und Mehl, mit Honig und Butter verfeinert. Der süßliche Duft vermengte sich mit dem würzig herben vom Weihrauch. Naz ging mit der Räucherpfanne zur Kapelle, zum Pochwerk, zur Schmiede und zur Werkstatt und abschließend in jedes Zimmer des Werkhauses. Anna mit einem Schälchen Weihwasser hinterher. Anna war auch die Vorbeterin: „Den du oh Jungfrau zu Bethlehem geboren hast ..." Naz schaute zum Fenster, Pepp zum Herd. „Naz, Pepp! Nicht zehn, nach fünf ‚Ave Maria‘ wechsle ich die Perle, eure Andacht ist die von Schulbuben, aber der ‚Freudenreiche Rosenkranz‘ gehört zu Weihnachten wie das Bachlkoch." Naz hätte beides in kleineren Mengen genügt, behielt dies aber für sich, heute war nicht der Tag, die Mutter zu verärgern. Wenngleich Anna das Beten am Heiligen Abend mehr Bedürfnis denn Brauch war, wichen ihre Gedanken dennoch mitunter ab.

Wieder und wieder hatte sie eine passende Gelegenheit gesucht – immer wieder verschob sie es auf eine noch passendere und hatte dabei Tag für Tag ihr drängendes Anliegen hinausgezögert. Weil sie in unbestimmter Ahnung Betrübnis fühlte. Weil ihr hierbei eher mulmig zumute war, als dass Freude aufkommen konnte. Und sie, davon ausgehend, im Bangen keine ihr entsprechende Erklärung zu erhalten, ängstlich des Kommenden harrte. Heute jedoch, hernach, wenn sie erst ihr bescheidenes Mal gegessen, wenn der Pepp wieder in seiner Stube ist, musste sie Naz auf sein Kärntner Geheimnis ansprechen.

Als Pepp im Bett und sie allein waren, brachte Anna Speck, Käse und Brot, schob es Naz hin und bemerkte: „Meinst ich weiß nicht, dass dir das Süße zu wenig bekommt. Iss ein Stück vom Karree, die Erlehenbäuerin hat uns den Weihnachtsgruß geschickt. Schneide auch für mich ein wenig ab."

Nur kurze Zeit saßen sie schweigend und genossen das Geräucherte, bis Anna ihre Geduld nicht mehr zähmen konnte. „Naz, warum hast du es mir nicht gesagt? Dass du so wenig Vertrauen zu mir hast, das kann ich nicht verstehen. Ich habe geglaubt, dass ich dir näher bin." Er wusste umgehend, was sie meinte, und erwiderte nur: „Mutter, du bist mir nahe wie eine Mutter einem Sohn nahe sein kann." Diese Aussage verärgerte Anna, da er sie noch immer im Unklaren ließ. „Rede nicht in Rätseln mit mir", gab sie ihm zurück. Und er: „Was es zu wissen gibt, weißt du." Bitter fügte sie hinzu:

„Traurig genug, dass mir ein Fremder erzählen muss, dass ich ein Enkelkind habe." Beschlagen kam von ihm: „Traurig genug, dass du einen Fremden aushorchst."

Nein, so kam sie Naz nicht an, das merkte Anna, sie hätte es schon vorher wissen müssen. Allein sie war überfordert, wusste nicht, wie sie fragen sollte, um zu erfahren, was sie erfahren wollte. Mit „verflixt und zugenäht" erhob sie sich enttäuscht und verärgert und ging in ihr Zimmer. ‚Dann soll doch der verstockte Kerl eine wahrhaft Stille Nacht haben.'

Der erste Gast

„Als ob Weihnachten vorgestern und Ostern gestern gewesen wäre, mir läuft die Zeit davon", meinte Naz zur Mutter gewandt. Und Anna darauf: „Bei dir läuft und bei mir fliegt sie." Sie stellte Naz eine Tasse Tee hin und verschwand, als ob in Eile, durch die Haustür.

Anna war noch immer verstimmt auf Naz, und ihr Verhältnis war seit dem letzten Weihnachtsfest getrübt, obwohl schon fünf Monde seither vergangen waren. Wenn er eine Unterhaltung mit ihr suchte, waren ihre Antworten kurz, mitunter sogar patzig, sodass er Gesprächen mit ihr allein lieber auswich. Zwar konnte er ihren Ärger verstehen, aber eine Lösung ihres Problems konnte er nicht bieten. Weil er merkte, oder vielmehr seit einigen Tagen wusste, dass es für eine gemeinsame Zukunft mit Elisabeth zu spät war. Doch wie hätte er es Mutter sagen sollen? Dass in ihren kurzen Aussagen das Wesentliche lag, daraus logische Schlüsse zu ziehen und entsprechend zu handeln, hatte er längst gelernt und war ihm meist von Vorteil gewesen. Doch das eine betraf nicht das andere. Er achtete ihr Wissen, konnte noch immer von ihr lernen, wie grad zuvor aus ihrer Ansicht zur Vergänglichkeit. Sie entsprach der Erfahrung des Alters. ‚Dann wird auch meine Zeit in Bälde fliegen', dachte er, ‚nur wenn man auf etwas sehnlich wartet, kriecht sie.' Überhaupt, waren sie nicht alle Gefangene der Zeit? Hier im Tal von Zeit und Raum. Denn nicht nur er passte die Arbeit den Jahreszeiten an, auch die Mutter und alle im Rauriser Tal wohnenden Menschen ordneten Arbeit und Leben dem Kreislauf des Jahres unter. Anna richtete sich zudem nach Sonne und Mond. Beim Putzen, beim Kräutersammeln, beim Blumen-, Beeren- und Pilzesuchen. Manche Tätigkeiten bestimmten Heilige: „Wer dicke Erbsen und Möhren will essen, darf St. Gertraud nicht vergessen." Andere Bauernweisheiten waren schlichtweg Zeugnis wiederkehrender Ereignisse: „Zu Maria Geburt fliegen Schwalben fort, zu Maria Verkündigung kommen sie wiederum!"

Naz wollte sich auf seinen gewohnten Weg zum Pochwerk begeben, als er ein Klopfen an der Haustür vernahm. Dem anschließend trat ein ihm Unbekannter ein. Ein ernst blickender Mann mit hoher Stirn, Hängelidern, dunkelbraunen, bis in den Nacken reichenden Haaren und einen gezwirbelten Oberlippenbart. Sein Habitus glich dem eines Festbesuchers: schwarzer Gehrock, weißes Oberhemd, pludernde Kniebundhose, graue Stutzen und halbhohe Schnürschuhe. In seiner Hand hielt er einen Stock mit gläsernem Knauf. Mit aufrechtem Schritt trat er auf Rojacher zu und präsentierte sich aufs Vornehmste: „Einen guten Tag! Josef Weinlechner, ich bin gekommen, um dem Bergherrn meine Aufwartung zu machen, ihn um Herberge zu bitten. So es Ihren Möglichkeiten entspricht, eine Woche Kost und Logie wären mein Bedarf!" Naz war derart überrascht, dass er nur den Gruß zu erwidern, ansonsten nichts zu sagen imstande war. Starr blickte er den Gast an. Dieser fuhr fort: „Wenn der Herr Zweifel hegt, ich bin Primarius von St. Anna und Vorstand der Chirurgischen Abteilung des Allgemeinen Wiener Krankenhauses." Und wohl der Miene des Rojacher wegen: „Ich führe nichts Böses im Schilde. Ihre Berge möchte ich erkunden. Einige Wanderungen und abschließend zum Hohen Sonnblick, das sind meine Vorhaben."

In Windeseile sammelten sich die Bilder der Räumlichkeiten des Kolmhauses in Naz' Kopf. Zwei Kammern mit Betten, Kästen, Tisch und Sessel standen frei. Warum nicht? „Herr Doktor Weinlechner, wenn Ihnen ein einfaches Zimmer genügt, werde ich das Nötige veranlassen." Sagte es und eilte in die Küche. „Maria, wir haben einen Gast. Führ ihn bitte in das obere Gangzimmer und, so es entspricht, versehe es mit Wäsche." Und zu Weinlechner gewandt: „Bittschön, gehn'S mit Maria, sie zeigt Ihnen die Unterkunft und erklärt, wo und wann die Mahlzeiten einzunehmen sind. Und unser Dampfbad können'S nachher inspizieren."

Maria verstand. Lächelnd ging sie auf den Gast zu, tat, als ob sie ständig Gäste bewirtete, nahm seine Tasche und eilte ihm voraus die Treppe hinauf.

Naz indes griff nach dem Stock, ging einige Male im Vorraum auf und ab, setzte sich erneut, beugte sich über den Tisch, griff beidhändig an die Schläfen, verharrte eine Weile nachdenkend in dieser Position, stand wieder auf, ,das gäbe Sinn, möge es gelingen', dachte er, und entschwand durch die Tür ins Freie.

Eine Idee war geboren und nahm ihren Fortgang. Und der Wettergott war dem wohlgesonnen. Ein schöner Tag folgte dem anderen. Frühmorgens lockte das Zwitschern der Vögel den Gast aus dem Bett, und noch nass vom Tau waren Haine und Wege, wenn er seine Wanderung antrat. Wenn die ersten Strahlen der Sonne zum Kolmhaus fielen, war Weinlechner bereits auf den Melcherböden, im Märchenkar oder gar auf den Filzenkämmen. Im warmen Sonnenschein genoss er die Mittagsrast am Herzog Ernst und Neuner Kogel, auf dem Kolmkarspitz oder am Silberpfennig. ,Die Goldberggruppe lockt mit hehren Zielen. Wie viele der Spitzen mögen wohl an die zehntausend Fuß messen? Der Hohe Sonnblick war mir krönender Abschluss, möge mir zu anderer Zeit Ähnliches gelingen', resümierte er. Hätte er vom Dialog über die Zeit zwischen Anna und

Naz gewusst, er hätte dem beigepflichtet. Auch ihm waren die Tage zu kurz, der Abschied nahte, das Ende seiner Bergwoche stand bevor. ‚Heute noch den letzten Abend in dieser angenehmen Gesellschaft im Kolmhaus genießen', darauf freute er sich.

Und nicht nur er, auch Naz genoss die Luft der fernen Welt, die sein erster Gast ins Tal brachte. Denn, wie nicht anders zu erwarten gewesen war, er erwies sich als gebildeter Gesprächspartner. Staunend lauschte Naz den Neuigkeiten. Wenn Weinlechner von der großen Bautätigkeit an der Wiener Ringstraße, etwa über die beeindruckenden Bauvorgänge am künftigen Rathaus, das gemäß Entwürfen des Architekten Friedrich von Schmidt im Stil der Neugotik eben in diesen Jahren errichtet wurde, erzählte, entstanden in Naz' Phantasie große, schöne Bilder. Auch Maria hörte Weinlechner, wann immer es ihr möglich war, wenn es ihre Arbeit zuließ, interessiert zu. Besonders, wenn er vom ungeheuren Fortschritt in der Medizin berichtete, ließ sie sich diese Ausführungen nicht entgehen. Bilder der Amputation von Pepps Pein wurden in ihr wach. Doch diesmal berichtete ihr Gast von den Errungenschaften in der Augenheilkunde: „Über die Ursachen und die Entstehung der Kurzsichtigkeit hat ein international anerkannter Kollege in diesem Jahr publiziert. Primarius Carl Ferdinand von Arlt. Es kommen Patienten aus der ganzen Welt, um sich von ihm operieren zu lassen."

Bei der Erwähnung des Namens „Arlt" schaute Maria zu Naz. Und er zu ihr. Sie dachten wohl beide dasselbe. Naz war es, der das Wort ergriff: „Wir kennen jenen berühmten Mann vom Hörensagen. Sein Sohn Wilhelm weilt des Öfteren hier. Ihm haben's nicht nur die Berge, auch das Pinzgauer Rindvieh hat es ihm angetan." Darauf erklärte sich Weinlechner. Er erzählte ihnen, dass er Wilhelm kannte, dass dieser vom Rauriser Tal geschwärmt, ihm von den unzähligen Möglichkeiten schöner Bergtouren dortselbst berichtet hatte. Darauf sei er hierher gereist und habe es nicht bereut, vielmehr sogar die Berge gleichsam wie ihre Gastfreundschaft genossen. „Besonders das leckere Essen", bemerkte er respektvoll in Richtung Küche, wo Anna am Herd hantierte.

Kurz unterhielten sie sich noch – Weinlechner wollte wieder früh ins Bett, diesmal, weil der Tag der Abreise bevorstand und die Kutsche für den frühen Morgen bestellt war –, bevor er fragte: „Sag, was hat es mit deinem Stock auf sich?" Mittlerweile waren sie beim vertrauten Du angelangt. Daraufhin erzählte ihm Naz von seinem Unfall mit dem Knappenrössl.

Glitzernde Steine

„Unterhalb vom Ritterkopf, im Gebiet des Glockkaser Kars, war einst ein Kristallkeller. Darin lagen unzählige Spitzen, kleinere Stufen und ein kristallklarer Riese. Für den Riesen, den größten Kristall, der je im Tal entdeckt wurde, für diesen Fund ist eigens ein Kristallschneider aus Salzburg gekommen. Wegen seiner Reinheit wurde der Stein in der Kristallschleiferei in Mailand verarbeitet, sein Finder mit zweitausend Gulden entlohnt. So viel Glück möcht' ich auch einmal haben. Bergkristalle mit Calcit vom Sonnblick, solche Steine habe ich schon viele heimgebracht. In der Nordwand sind ebenfalls Klüfte. Einen fußhohen Zepterquarz, klar wie Wasser, habe ich oberhalb der Grieswies gefunden. Dort oben, vom Ritterkar bis hinüber zum Grieswies Schwarzkopf, ist noch viel zu holen, es hat sich bisher kaum jemand dorthin gewagt. Ist den meisten zu steil. Und Steinschlag gibt es, immerzu rumpeln Erde, Gestein und Schotter an dir vorbei. Meine Männer kann ich nicht schicken. Da muss ich selber hin. Bin schon froh, wenn sie die Lasten am Steig aufnehmen.

Auf der anderen Seite, zwischen der Silberkar-Scharte und der Baukar-Scharte, sind mehrere metermächtige Quarzgänge, schon vom Kolmkarspitz aus sind sie zu sehen. Diese Quarzgänge wurden zum größten Teil bereits bearbeitet, doch sind Kristallfunde, bis zu zwanzig Zentimeter lange Spitzen, keine Ausnahme. Diese kommen allerdings nur selten als Schwimmer vor, hauptsächlich sind sie an größere Quarze gebunden und besitzen daher meist eine Anwachsstelle. Auch sind in den Quarzgängen häufig Feldspate von mehreren Zentimetern eingelagert. Das Muttergestein macht die Arbeit aufwändig. Hämmerst du fest, ist die Gefahr, dass der Stein zerbricht, klopfst du nur, wirst du dem tauben Gestein nicht Herr. Ist der Quarzanteil zu groß, sinkt der Preis, zudem kannst du die Last kaum schleppen. In der Silberkar-Scharte fand ich auch Arsenkies. Diese Steine wirken ein wenig plump, ‚kleinklotzig' sag ich dazu. Mir gefallen sie dennoch und Liebhaber finden sich auch. Wenn auch der Preis weit unter dem eines klaren Kristalls oder gar dem einer Fluoritstufe ist."

Naz staunte nicht schlecht, wie sich der ehemalig schüchterne Josef, der junge Pfeiffenberger vom Karthäuser, herausgemausert hatte, und war beeindruckt von dessen Wissen. Dass er als Fuhrmann mehr Geld als mit dem Wirtshaus verdiente, war kein Geheimnis. Auch dass er als Pferdezüchter Anerkennung fand, war ihm bekannt. Dass er neuerdings sogar Leute für sein „Kristallsucherunternehmen" anheuerte, war ihm neu. „Deinen ehemaligen Knappen, den Friedrich, hab' ich eingestellt. Im Inneren der Berge, so weiß er, werden immer wieder Kracks angefahren und mit ein wenig Glück ist so ein Hohlraum mit Bergkristallen besetzt."

‚Ach so, der Friedrich wurde zum Steintrager.' Naz fiel einen Moment der Genugtuung anheim, hörte aber dennoch den Ausführungen von Josef aufmerksam zu. Und dieser kam endlich zum Grund seiner langen Rede. „Im Bodner Stollen wie auch in den vier Hauptstollen, und im Seekargebiet, da müsste einiges zu finden sein. Ich hab' da ein Gespür. Wenn du mich in den Stollen arbeiten lässt, mach' ich dich zum Teilhaber. Überleg's dir, bevor du abwinkst."

Naz dachte nach und antwortete: „Tun wir, wie du vorschlägst, ich überleg's mir." Damit hatte der Karthäuser nicht gerechnet. In seinem Kopf arbeitete es: ‚Dass der mein Wort so wörtlich nimmt. Was gibt es da zu überlegen? Begeisterung und freudige Zustimmung, das wäre angebracht gewesen.' Enttäuscht war er, und um die Fassung wieder zu erlangen, begann er weiter zu fachsimpeln. „Am Grat zum Krummelkeeskopf fand ich eine Kristallstufe mit tausend Fenstern und am Ritterkopf einen Kristall mit Chlorit. Sogar einen hochglänzenden Hämatit mit weißem Adular und einen Skelettquarz zähl' ich zu meiner Sammlung." Derart in Rage fragte er beinah schroff: „Kennst du Euklas?" Und ohne eine Antwort abzuwarten, fuhr er anstandslos weiter: „Oder Hämatit mit roten und goldenen Rutilen? Hämatit mit Sphen? Gut möglich, dass du Bergkristall mit Chlorit schon gesehen hast, kaum jedoch blassgrünen Fluorit?" Es war Maria, die Naz aus der Peinlichkeit befreite. „Nix für ungut, Naz, du sollst geschwind zur Waschhütte. Kristalldrusen mit Freigold, die Knappen sind in der Haberländerin drauf gestoßen." Naz stand umgehend auf. Nicht, weil er sich auf das, was Maria sagte, einen Reim machen konnte, sondern weil er froh war, der Prahlerei zu entkommen. Mit einem Handschlag verabschiedete er sich vom Karthäuser und entfernte sich. Maria zwinkerte Naz zu. Jetzt verstand er. ‚Vifes Mädel.' Der Karthäuser blickte aus großen Augen, stand auf, winkte mit der Hand zu Anna, die schmunzelnd am Küchentisch saß, und machte sich davon.

Kapitel III

Bei Elisabeth

Anton kam mit Richard in die Stube herein. „Grüß dich Elisabeth. Der Richard wird einmal ein großer Reiter. Er kann den Schwarzen schon führen. Was sagst du dazu?" Elisabeth saß vor ihrem Nähzeug und blickte auf. Ungläubig und ein wenig ängstlich schaute sie zu Richard. Ihr Bub strahlte. „Mama, hast du gehört, was Herr Papá gesagt hat? Ich bin ganz allein auf Zoss geritten." Elisabeth schlug entsetzt die Hand vor den Mund: „Am großen Zoss. Und wenn er sich aufbäumt?" Der Junge schob ihre Bedenken beiseite: „Mama, das tut Zoss nicht." Auch Anton beruhigte sie: „Mach dir keine Sorgen. Ich weiß, was ich tu' und ..." Richard unterbrach: „Ich krieg vielleicht ein eigenes Pferd.

197

Einen großen Rappen wie Herr Papá." Anton blickte Richard an: „Du unterbrichst mich schon wieder? Erst beim Bürgermeister und jetzt nochmal. Magst nicht lernen? Gut, dann muss ich dir's beibringen. Der morgige Ausritt entfällt. Was hast du zu sagen?" Der Bub senkte den Kopf, beugte sich vor und küsste Antons Hand: „Verzeihung, Herr Papá." Und Anton: „Geh in dein Zimmer." Elisabeth senkte gleichfalls den Kopf und nahm die Näharbeit auf. „Aha, dir tut der Bengel leid." Er erhielt keine Antwort. Starr blickte sie auf ihre Hände. „Schau mich an, ich red' mit dir. Und leg dein Nähzeug beiseite." Sie tat wie gewünscht. Zwei nasse Augen sahen ihn an. Das war nun dem Anton Koban doch zu viel. „Mein Weibchen. Oh mein Weibchen. Dabei haben wir heute den hundertsten Hochzeitstag. Schau nicht ungläubig, es stimmt. Heute vor hundert Tagen wurdest du meine Angetraute. Wohl kein Mann in ganz Kärnten denkt an ein hunderttägiges Jubiläum. Und ich habe dir sogar ein Geschenk mitgebracht." Umständlich kramte er ein Päckchen aus der Tasche. „Neue Schuhe. Zieh sie Sonntag zur Messe an. Und wenn du dich lieb zeigst, will ich nicht so sein, vielleicht ..." Sie unterbrach ihn schroff: „Anton, es reicht", und sah ihn weiterhin ungläubig an. War das noch derselbe Mann, der vor knapp drei Jahren charmant um sie geworben hatte? Kaum zu glauben. Auch dass sie nicht nur das Geschenk entbehren konnte, dass ihre Mimik andere Ursachen hatte, merkte er nicht. Denn Koban wollte seine Großzügigkeit auskosten. „Da staunst du, mein Weibchen. Das ist dein Gatte, der denkt jeden Tag an dich, der zählt sogar die Tage mit dir", sagte er, als er die Überraschung (so deutete er ihren Blick) in ihrem Gesicht sah. „Und dreinreden, deinem Gatten ins Wort fallen. Du, du, dann ist es ja Unrecht, wenn ich den Buben bestraf'. Hat er es doch von Frau Mamá." Weil Elisabeth seine Hänselei nicht kommentierte, versuchte er es anders: „Glaubst du, mir macht es Freude, den Buben strafen zu müssen? Aber es ist nun einmal so. Er hat wenig an Erziehung erhalten. Vor allem sich kaum in Disziplin geübt. Mein schönes Weibchen, Tränen helfen nicht. Dich trifft ja keine Schuld.

Oder sagen wir nur halb. Ein wenig hat es dir wohl auch an Beherrschung gefehlt. Und die Sünde wurde bestraft – mit dem Ledigen." „Genug", fuhr Elisabeth auf. Das musste sie sich nicht gefallen lassen. „Du
hast kein Recht, so mit mir zu reden. So über mich zu urteilen. Und was
Richard betrifft, er ist kein Lediger, er ist ein Kind und ich habe einen
Vater dazu." Darauf fühlte sich Koban berufen, diese Angelegenheit ein
für allemal zu klären. „Elisabeth, wo ist denn sein Vater gewesen, in all
den Jahren? Hat er sich je zum Buben bekannt? Alles papperlapapp! Der
Eintrag im Taufbuch leer. Und eure Liebe – wenn wir dieses schlampige
Verhältnis so bezeichnen wollen – ging wohl im Tageslicht unter. Oder
hat er dich geheiratet? Hat viele Jahre zum Überlegen gehabt, und ...?
Nichts als Worte, leere Worte. Wenngleich er schöne Worte findet, der
Goldgräber, das muss ich eingestehen." Elisabeth wurde kalkweiß, ‚was
hatte er getan?' Unbeirrt fuhr Koban weiter: „Aber es steht schon in der
Bibel: ‚An den Taten werdet ihr sie erkennen.' Ich bin ein Tatenmensch.
Was glaubst du, eine jede hätte ich haben können. Jede hätte sich ge-
freut, ein feines Leben in einem vornehmen Haus mit einer Dienstmagd
zu führen. Und dich habe ich genommen. Trotz deinem Ledigen. Und ein
Lediger ist er, ob du es hören willst oder nicht. Ich werde ihm dennoch
ein guter Vater sein. Und dir ein vorbildlicher Gatte. Aber nach meinen
Vorstellungen. Ich bin der, der für euer Wohlergehen sorgt. Ich lass'
euch an nichts fehlen, wenn ... ja, du verstehst schon, es liegt an dir.
Und wenn wir eigene Kinder haben, werde ich auch sie führen. Elisabeth,
ein guter Vater führt sein Kind. Und leitet seine Frau. Das bin ich mir
schuldig." Für einen Moment unterbrach er seine Belehrungen, denn
er hatte das Gefühl, sie höre ihm nicht mehr zu. Und richtig, Elisabeth
sah verdrossen zur Tür und zog mit leisem Stöhnen die Augen hoch.
Das ärgerte ihn. ‚Ihre Äuglein zur Decke drehen, das ist ihre Antwort.
Gut, nein, nicht gut. Ich bin zu sanft. Milde bekommt den Menschen
nicht.' Laut fuhr er fort: „Ich spreche zu dir! Dir fehlt es an Respekt. Und
Dankbarkeit. Das schätze ich nicht. Fehlt noch, dass hier Undankbar-

keit aufkommt. Elisabeth, Elisabeth, das werde ich zu verhüten wissen. Und was den Rojacher betrifft, dass du es weißt: Seine letzten beiden Päckchen habe ich in Verwahrung genommen. Ich will ihm zugestehen, er konnte nicht wissen, dass du nun einem anderen gehörst. Aber du. Daher: kein Brief, kein Päckchen, geschweige nach dort noch von dort. Untersteh dich! Zwing mich nicht zur Strenge. In diesem Haus genügt mir ein Rojacher. Ich muss jetzt alleine sein, nachdenken. Bitte geh auch du ins Zimmer." Und er seufzte unter der schweren Bürde, die auf ihm lastete. ‚Eine Dienstmagd mit Kind habe ich in den Stand der Ehe gehoben. Sie noch mit Geschenken verwöhnt.' Sogleich fiel ihm der goldene, mit Saphir besetzte Ring – sein Hochzeitsgeschenk – ein. Und das neue Kleid. Auch der Anzug für den Buben. Und das Pferd. Doch sie ... Er konnte es nicht fassen. ‚Betrübnis und Enttäuschung senken sich auf dich herab. Dennoch, Anton du wirst dich nicht drücken wie Der hinterm Berg. Du wirst deiner Verpflichtung nachkommen. Es ist ein Gebot der Stunde, dem Buben als Vater ebenso gerecht zu werden wie ihr als Gatte. Du wirst Kummer und Last der großen Aufgabe auf dich nehmen und daran wachsen. Und sie mit dir.' Im Selbstmitleid eines Verkannten saß er, den Kopf in den Händen haltend, gebeugt am Tisch und sann über künftiges Vorgehen nach.

Wein, Zigarren und noch mehr

„Naz, aus Freiberg ist ein Brief gekommen. Wird die Antwort wegen der Lieferung vom September sein." Rainer, der Verwalter, übergab ihm ein versiegeltes Kuvert. „Die sind aber flott. Hoffentlich auch beim Geld. Nicht wie die Brixlegger. Die brauchen zum Schmelzen fast so lang wie mit dem Bezahlen. Die Warterei ist ein Übel. Hunderte Zentner Schlich türmen sich, liegen wieder bereit zum Transport und sie begleichen Gott's Gnaden die letzte Lieferung. Tausende Gulden schulden sie mir." Rojacher öffnete das Schreiben. Große Hoffnung setzte er in die Zusammenarbeit mit den Betreibern der Schmelzhütte in Freiberg. „Drei Sätze. Eine deutsche Antwort", kommentierte er das Gelesene, und: „Schaut gut aus. Markus, das Schreiben ist ein Versprechen. Der Brief kommt in die *Goldkiste*. Du weißt schon." Rojacher nahm ihn und ging damit in sein Büro. Dort stand ein hoher Geldtresor. Ein stabiles Ungetüm, in dem er alle wichtigen Dokumente aufbewahrte. Er überlegte: ‚Zweihundert Zentner gold- und silberhaltige Erze. Zweitausend Gulden von den Freibergern, wenn das Geld bereits unterwegs ist, kann ich kaufen. Sprengstoff brauchen wir, Rhexit, und Kapseln. Wenn nur das Geld aus Brixlegg endlich kommen würde.' Während er derart in Gedanken versunken an seinem Tisch saß, klopfte es. Maria kam und erinnerte ihn: „Du wolltest von mir die Liste für den Steiner haben." Sie gab ihm einen Zettel. Er las ihn, zog die Augenbrauen hoch: „Ihr wollt zweiundzwanzig Töpfe?", fragte er ungläubig. „Ja, schöne, emaillierte, von verschiedener Größe, steht alles da drauf." Maria deutete auf ihr Schreiben und fügte stolz an: „Hast du vergessen, fast neunzig Gäste haben wir diesen Sommer gehabt. Wenn das so weitergeht, sind es sogar zu wenig." Sie kramte einen weiteren Zettel hervor und setzte im Stakkato fort: „Dreihundert Kilo Zucker, hundert Kilo Kaffee, fünfundzwanzig Kilo Feigen, zehn Kilo Weinbeeren und zehn Kilo Zibeben." Drehte darauf das Blatt um und las weiter: „Hundert Kilo Speck und ebenso viel Fett, Mehl das Dreifache, zwei Fässer vom Welschwein und fünfhundert Inländer-Zigarren." Das war geschickt. Die riesige Menge an Zigarren zum Abschluss der Bestellung anzuführen. Rojacher staunte wieder einmal über Maria. Zigarren waren seine Idee gewesen. Zum Wein eine Zigarre. Das war es, was er den Gästen empfahl. Und sie genossen es: nach einer Bergtour in die Zlöblhütte und nach dem Dampfbad Wein und Rauch. „Es werden immer mehr Bergsteiger kommen, darum der Wein, darum die vielen Zigarren", erklärte nun er. „Stimmt, mehr Bergsteiger, mehr Wein, viele Zigarren, einige Töpfe und für diese einen neuen Schrank. Das sagt die Mutter." Jetzt hatte er verloren. Dass sie tüchtig und klug war, hatte sich schon öfter gezeigt, aber so spitzfindig ... ‚Ein wenig waldbäuerisch', dachte er, als er sie ansah. Und merkte, dass es ihm gefiel.

Maria stammte vom Waldbauerngut – ein aus Stein gemauertes Haus, der Stall aus Fichtenholz gehauen –, das am Ausgang des Rauriser Tales lag. Der Bauer war bekannt für sein umfangreiches Wissen in der Landwirtschaft, besonders wenn ein Tier erkrankt war. *Viehdoktor* nannte man ihn weitum. Auf diesem Hof war Maria inmitten einer Schar Geschwister (alles Mädchen) aufgewachsen. Schon von Kind an interessierte sie sich für die Heilkünste ihres

Vaters und wurde mehr und mehr seine kundige Helferin. Freilich kamen nicht nur alte Bauern zum Hof – beileibe nicht. Überhaupt als es sich herumgesprochen hatte, dass der Waldbauer eine flotte und gewitzte Tochter hatte. Dass sie auch gutgläubig war, blieb nicht lange verborgen. Groß waren darauf Zorn und Scham des Vaters, schwer wogen Sorgen und Kummer der Mutter, als sie knapp siebzehnjährig schwanger wurde. Und zudem den Vater ihres Kindes nicht preisgab. Als im Frühjahr darauf ein Georg in der Wiege lag, waren Zorn und Kummer nur noch halb so groß. Dann, mit den Jahren, war es zum gewohnten Bild geworden, dass, wo immer der Waldbauer, so auch der kleine Georg zu finden war. Als Maria die Arbeit im Kolmhaus antrat, war es selbstverständlich, dass der Bub am Hof blieb. Ihr war es eine Hilfe, die Mutter und Schwestern hatten ihre Freude an dem fröhlichen Kind, und für den Vater, wenngleich nicht ausgesprochen, war Georg wie ein Sohn.

Als ob sie seine Gedanken erraten hätte, setzte sie sich neben Naz und meinte: „Nicht nur den Gästen, auch mir schmeckt der Wein." War das eine Feststellung oder eine Aufforderung? Einen Lapsus wollte er sich nicht leisten. Naz schlug vor: „Irgendwann in diesem Jahr hast du Geburtstag, feiern wir ihn heute." Und Maria: „Nicht irgendwann, eben heute habe ich Geburtstag, meinen zweiunddreißigsten." Er grinste: „So ein Zufall!"

Bauer, Wirt und Spekulant

Rojacher stand im Büro und sagte zu seinem Verwalter: „Seit heute haben wir einen weiteren Josef. Alles Josef: Josef Winkler der Knappe, Pepp Müller unser Einleger, Josch Reiter der Schmied, Giuseppe der Turiner, Seppl Meier der Köhler und nun der neue Rossknecht Josef Gaßner." Sein Verwalter, Markus Rainer, sagte nur: „Hab' schon gehört, dass ein Rossknecht eingestellt wird. Aber nicht, dass er Josef heißt." Und Rojacher meinte verschmitzt: „Der Sepp hat g'sagt, du sollst dem Sepp sagen, dass der Sepp den Sepp sagt, dass der Sepp den Sepp das Törl aufhält. So geht das in Zukunft. Kennst dich aus, Markus?" Der Verwalter schaute verwirrt. Naz merkte, wie es in dessen Hirn ratterte und sekkierte ihn weiter: „Nein? Ist doch einfach: Der Winkler sagt, du sollst dem Müller sagen, dass der Müller dem Reiter und der Reiter dem Turiner sagt, dass der Meier dem Gaßner das Tor aufhält. Kennst dich jetzt aus? Nein? Mach dir nichts draus, war nur ein *Seppnspiel*." Rainer war noch im Wortspiel gefangen, als Naz ansatzlos fortfuhr. „Wir lassen sämtliche Unternehmungen im Bergbau sein. Alle Männer können bleiben, müssen aber eine andere Arbeit machen. Hörst du mir zu?" Rainer fuhr auf und sah ihn fragend an. Erneut konnte er Rojacher nicht verstehen – den Bergbau einstellen, die Knappen absetzen? „Ich sag' dir, wo und was die Knappen arbeiten werden. Auch Hutmann, Schmied, Zimmerer, Köhler und so weiter, es betrifft jedermann. Am Freitag sollen sich alle Männer hier einfinden, dann red' ich mit ihnen, dann werden sie in meine Pläne eingeweiht. Der neue Rossknecht bringt einen weiteren Mann, einen erfahrenen *Roßinger*, mit. Keinen Josef, einen Peter, Peter Greger heißt er. Und jetzt schreib!" Rainer notierte kommentarlos, wenngleich er die Zusammenhänge nicht verstand, sich nicht auskannte, was Rojacher vorhatte. Und der, der hüllte sich in Schweigen, nahm die fertige Liste mit dem Hinweis „Zu keinem ein Wort darüber!", zündete seine Pfeife an und war auch schon weg. ‚Freitag, das sind ja nur noch drei Tage bis dahin', dachte Rainer.

Die Sonne schien wieder zum Kolmhaus – seit ein paar Wochen fanden ihre Strahlen für wenige Stunden den Talschluss und wärmten die Rücken der Männer, die neben der Barbarakapelle versammelt waren. Seit der Verwalter die Nachricht für die Zusammenkunft ausgegeben hatte, rätselten sie, die einen bange, die anderen gespannt, was Rojacher diesmal plante. Unberührt ließ die Nachricht keinen der Männer, umso mehr, da sie vollzählig zur Versammlung gerufen wurden. Sie grübelten: Was hatte Rojacher vor?

Naz begrüßte sie und fasste sich kurz: „Mit dem Pochen fangen wir nicht an. Alle Knappen werden an der Aufzugsbahn arbeiten und sind dem Zimmermann Zlöbl unterstellt. Die neuen Rossknechte Gaßner und Greger sind für die Holzfuhren zuständig. Das Holz, das am Lenzanger und bei der Grieswiesalm gelagert ist, wird nach Kolm gefahren. Der Weg zum Bodenhaus ist nächste Woche fertig, die Schlaglöcher ausgebessert, nur einige Holzrinnen müssen noch getauscht werden. Seppl", er deutete zu Josef Meier, dem Köhler, „das machst du und ...", da blickte er wie zufällig zu Wolfo, „Wolfo soll dir helfen." Als nächstes verkündete er: „Der Astenschmieder ist mit dem Schneiden fertig. Pfosten und Balken, ein Stoß Bretter mit Saum, einer ohne, wir brauchen sie in Kolm. Pürschführer und Holzknechte herbei damit, der Astenschmieder weiß Bescheid. Ah, ja, künftig werde ich ein wenig Bauer spielen: Drei Rösser hab' ich gekauft, ein starkes und zwei Jährlinge, auch zwei Kalbinnen, drei Milchkühe und einen Widder zu den Schafen." Das Staunen in den Gesichtern seiner Männer wuchs. Rojacher tat, als bemerkte er es nicht, sah auf seine Liste und fügte hinzu: „Der Rainer wird jetzt vier Namen nennen. Diese vier Herren brauch' ich für eine Spezialarbeit. Bitte zu mir ins Büro. Und du Anton", womit er den Hutmann Pelzler meinte, „kommst auch gleich mit. Auf die anderen wartet ein Kessel mit Gulasch." Rainer, der neben Rojacher stand, flüsterte ihm ins Ohr. Darauf Rojacher: „Fast hab' ich's vergessen. Freilich ist es freiwillig. Wenn einer diese Arbeit nicht annehmen will, zwingen kann ich niemand, aber eine andere hab' ich nicht." Mit diesem Abschluss machte Rojacher kehrt und ging, gefolgt von seinem Verwalter, dem Hutmann und den vier Knappen, ins Haus.

Die vor dem Haus verbliebenen Männer sahen sich an, traten ein wenig auf der Stelle, bis einer nach dem anderen seine Gedanken aussprach, die erst als Murmeln, dann als hitzige Diskussion kundgetan wurden, und alsbald war alles nur mehr ein lautes Durcheinander. Dass den meisten eine neue Aufgabe zugeteilt wurde, war das eine, warum dies so war, das andere. Und dieses *Warum* hatte Rojacher ihnen nicht erklärt. Da humpelte der krumme Pepp, sein Einleger, von einem zum anderen und protzte mit Neuigkeiten: „Ich weiß es, ich weiß alles, ich habe es zufällig gehört. Er hat sich mit Arlt über den Bergbau unterhalten. Sie haben vom Kaufen und Spekulieren geredet."

Just im Büro, kaum dass die Männer auf den Stühlen Platz genommen hatten, sagte Rojacher: „Peter, Simo, Matthias und Giuseppe, ihr erneuert die bestehenden Wanderwege." Giuseppe gab zu Bedenken: „Der Schnee liegt noch bis zu den Melcherböden, wie sollen wir diesen Weg richten?" Freilich wusste Rojacher, wie weit der Schnee zu dieser Jahreszeit noch ins Tal reichte. Nordseitig tiefer als auf den Süd- und Westhängen, doch heuer war ein besonders milder Winter gewesen und das Frühjahr hatte nicht auf sich warten lassen. Diese Umstände begünstigten Rojachers Vorhaben. ,Dieser ungeduldige Italiener', dachte er und entgegnete ihm: „Lass mich ausreden. Die Filzenkämme sind bereits aper, wird's der Weg zur Bockhartscharte auch sein. Bis ihr damit fertig seid, blühen auf den Melcherböden die Krokus'. Und danach, gegen Juli, schauen wir uns den Grat zum Sonnblick an. Ostseitig einen Weg zum Gipfel finden, das ist die Herausforderung. Ein paar Eisen, ein paar Haken, ein wenig Seil, da und dort eine Felsnase abschlagen, wenn nötig ein bisschen sprengen, für einen Steig zum Kraxeln auf den Hohen Sonnblick. Für die besten Bergsteiger. Die kommen im Sommer, immer mehr, immer mehr." Die Männer grinsten. ,Na, wenigstens ihnen gefällt die neue Aufgabe', dachte Rojacher, entließ sie und widmete sich dem Hutmann. „Pelzler, wir müssen Schmelzproben machen. Es ist wegen der letzten Lieferungen. Die Brixlegger bestimmten einen wesentlich minderen Goldgehalt, als ich angenommen habe. Und wollen natürlich entsprechend weniger zahlen. Mach mir viele Proben. Von den betreffenden restlichen Stätten am Berg und den verbliebenen Erzen hinterm Haus. Hernach fahren wir ins Tirolerische, ich habe uns angekündigt." Pelzler war überrascht. Noch bevor er sich äußerte, ergänzte Naz: „Mich und meinen technischen Bergwerksdirektor." Gleichermaßen verblüfft wie stolz verließ Pelzler das Büro. Noch auf der Treppe begegnete er Maria. Sie grüßte und fragte: „Ist der Bergherr in Tatendrang?", wartete allerdings keine Antwort ab und eilte ins Büro. Naz hätte nach alldem eine Pause gebraucht, Maria hingegen forderte: „Bei deinen Ideen, bist du da auch auf die Idee gekommen, dass wir im Haus eine Hilfe brauchen? Wie soll das gehen? Jedes Jahr mehr Leute zum Bewirten." Nur kurz brauchte er zum Überlegen, dann kam die Antwort: „Wenn dein Gulasch gut ist, werde ich auf die Idee kommen." Grinste, stand auf, schob Maria vor sich durch die Tür hinaus und setzte schelmisch hinzu: „Probieren wir deine Künste."

Naz fährt nach Wien

‚Elisabeth, nicht nur in den einsamen Nächten in meinem leeren Bett‘, dachte Naz, ‚auch auf der Reise lässt du mich nicht los.‘ Der Zug hatte bereits St. Pölten passiert, er starrte voller Bitternis aus dem Fenster. Nicht die vorbeihuschenden Felder, nicht Flüsse und Wälder, weder Häuser noch Wege entlang der Strecke nahm er wahr, sosehr war er in Gedanken bei ihr. Ja, nicht einmal den Halt in St. Pölten hatte er bemerkt. Die Erinnerung an seine Liebste, die ihm unerreichbar war, die er weder sehen noch treffen durfte, nahm wieder einmal ganz von ihm Besitz. Er war es gewohnt, Dinge, die nicht zu ändern waren, zu akzeptieren. Mehr aber noch, viele Dinge zu ändern, weil sie eben nur scheinbar nicht zu ändern waren. Auf eine Zukunft mit Elisabeth und ihrem gemeinsamen Sohn traf dies nicht mehr zu. Das einzugestehen quälte. Weil das Versäumnis an ihm lag. Weil er die Einzigartigkeit dieser Liebe nicht verstanden, sie nur als gegeben angenommen hatte.

Aus dem Abenteuer in Seebichl, wo er als Sachverständiger bei der Einrichtung der Goldwäsche angeheuert worden war, wurde Liebe. Und diese hatte Folgen: Richard Ignaz. Aber nicht als gewöhnlicher Bergmann wollte er beim alten Pfarrmeyer um Elisabeths Hand anhalten, er hatte Größeres vorgehabt. Schritt für Schritt setzte er seine Ideen um, ein Vorhaben ergab das nächste. Sein Leben galt dem Bergbau, die Anforderungen dabei bestimmten sein Denken und Handeln. Dass längst Wichtigeres anstand, und zwar dringend, das sah er nicht. Bemerkte er nicht. Woran auch hätte er es merken sollen? Seine Beziehung zu Elisabeth hatte längst ein liebgewonnenes Ritual: Die Wege an den Wochenenden führten ihn nach Kärnten. Arbeit und Freude wechselten im Gleichklang. Darüber vergingen Monate und Jahre, flogen Zeit und eine gemeinsame Zukunft an ihm vorbei. Und dann passierte der Unfall. Zwei Jahre war er nicht in der Lage, über den Berg zu gehen. Nur Briefe und Päckchen verbanden sie. Und sein leichter Glauben um ihre Liebe als Selbstverständnis. Was Naz nicht bedacht hatte, war, dass es keine Liebe ohne Forderungen und Verpflichtungen gab. Dass seine Familie einen Platz gebraucht hätte, wo Leben gedeihen kann. Einen, der ihr und dem Kind gerecht geworden wäre. Mit ihm als Konstante fürs Leben.

‚Vom Truhenläufer zum Werkszimmerer, vom Werkszimmerer zum Hutmann, dann zum Pächter und wenn ich mich nicht verspekuliert habe, wenn die Wiener auf meinen Plan eingehen, zum Besitzer des Goldbergbaus. Diese eitel schöne Vorstellung soll wahr werden.' Darüber hellte sich seine Miene auf. Doch im nächsten Moment merkte er: ‚Ist doch nur halb so schön, weil ich sie nicht teilen kann.'

Rojacher hatte die Ertragslisten nach Wien gesandt. Sie waren die Basis für den Kaufpreis. Sosehr ihn die magere Ausbeute des letzten Jahres auch geplagt hatte – der Goldgehalt des Schliches war ungleich weniger als er angenommen hatte –, wenigstens bei den Verkaufsverhandlungen kam ihm dies nun zugute. So hoffte er.

Dass er die Unternehmungen im Bergbau eingestellt hatte, ergab sich aus den Gegebenheiten, dass fast alles Gestein, das von Alters her in Halden gelagert worden war, wieder aufbereitet, gepocht und der erzhaltige Schlich größtenteils nach Brixlegg oder

Freiberg verschickt wurde. Gold in vorhandenen Stollen zu finden glich einem Glücksspiel, der Goldberg war ebenso ausgehöhlt wie ausgebeutet. Kreuz und quer verliefen die Gänge im Bergesinneren. Über dem Bodner Stollen lag der Töberlinger und noch weiter bergwärts der Josef-Stollen. Unweit davon der vierte Hauptstollen, darüber der dritte, der zweite und der erste. Noch weiter westlich ein ähnliches Bild: Über dem Johannes-Stollen führte der Herren- und folgend der Mitter-Stollen. Bis zum Bodner Schacht bei der Fraganter Scharte lag ein Stollen über einem oder kreuzte einen anderen. Der Berg glich einem durchlöcherten Käse. Nur die Habersbergerin und der Augustin bildeten eine Ausnahme. Beinahe fünf Jahre war es her, seit er mit Pošepný diese Stollen begutachtet und ihm der kundige Fachmann geraten hatte, darin zu schürfen. Dass Pošepný recht hatte, bewies die Ausbeute. In den ersten beiden Jahren als Pächter gewann er dreißig Kilo Gold und achtzig Kilo Silber. Ob in diesen Stollen noch mehr zu finden war, ob etwa der Bodner oder der Töberlinger noch goldhältiges Erz führten? Die Wahrscheinlichkeit war gering. Und war für Rojacher auch nicht von Bedeutung. Er zählte eher auf den Versatz, der im Bruchhof beim Knappenhaus lag. Und auf die großen Mengen nächst des Töberlinger und des Mitter-Stollens. Die lagen zwar abseits der bisherigen Pochstätten, doch die Idee, wie er sie dennoch verarbeiten konnte, lag als ausgeklügelter Plan in seinem Tresor. Aber nur als Besitzer des Bergbaues wollte er die Umsetzung dieser Wagnisse angehen.

Dass er vorerst genügend Arbeit für seine Männer hatte, verdankte er der immer größer werdenden Schar von Gästen, die nach Kolm Saigurn reisten. Mit Professor Weinlechner kam die zündende Idee, die Besonderheiten des Rauriser Tales den Fremden anzupreisen. Vorrangig die wildschönen Berge. Und als Ausgangspunkt für faszinierende Bergtouren lag das Kolmhaus ideal. Um die Voraussetzungen, die Bedürfnisse der Gäste, wusste er Bescheid. Da dachte der

Rojacher praktisch: gutes Essen, Trinken, Schlafen, Ruhe und Erlebnis in einer schönen Bergwelt.

All diese Ideen und seine künftigen Pläne zum Bergbau mussten Schritt für Schritt spitzfindig umgesetzt werden: Das Bauen neuer Wege, Anbringen von Markierungen und Ausbessern bestehender Steige waren erforderlich. Die Straße nach Kolm Saigurn mit Schotter und Schlacken befestigen, auch Ausweichen anlegen. Die Räume im Dachgeschoß des Werkhauses ausbauen, die Zimmer im ersten Stock mit neuen Betten ausstatten und eine Hilfe für Maria anstellen.

Als besondere Attraktion für die Touristen galt die Aufzugsbahn. Ursprünglich für den Bergbaubetrieb errichtet, setzte sie Rojacher mittlerweile auch als Bergbahn für seine Gäste ein. Und versprach ihnen eine heitere Bergfahrt. ‚Und mir kaufe ich eine Bergbauregion, die mehr hergibt als nur Gold.' Rojacher dachte daran, als er am Bahnhof in Wien aus dem Zug stieg, nach einem Kutscher Ausschau hielt und sich im selben Moment besann, dass er sich vorgenommen hatte, mit der Tramway zu fahren. „Mit dem Pferdezug werde ich ins Ministerium reiten", witzelte er in nervöser Anspannung, nahm einen Brief aus der Tasche und verinnerlichte den Namen des für sein Anliegen zuständigen Beamten: Max Wladimir von Beck, Finanzprokurateur und Ressortchef des Ackerbauministeriums. Und mit einer alten Weisheit versuchte er sich zu beruhigen: „Ich kann nicht verlieren, was ich nicht habe." Dennoch bedauerte er, dass Hofrat Schröckinger bereits in Rente und Pošepný im Ausland war. Mit ihnen hätte er sich sicherer gewähnt.

Zu diesem Zeitpunkt wusste Rojacher nichts von den Intrigen der Gasteiner. Pfund, der Verwalter des dortigen Bergbaus, war vor Wochen beim Minister vorstellig gewesen. Die Gasteiner schielten seit Jahren nach Kolm Saigurn. Wagen, Gleise, Schmiede, alles, was nicht niet- und nagelfest war, was sich von Rauris nach Gastein verfrachten lassen würde, käme ihnen gelegen. Ihre jährliche Ausbeute lag zwar über jener Rojachers, doch sie wollten mehr und dafür investieren. Aus Rojachers Bestand. Als Naz den Pachtzuschlag erhielt, kamen sie mit ihren Einwänden zu spät. Umso gewiefter musste der neue Plan sein. Nicht erwerben wollten sie den Bau, das nicht, vielmehr Rojacher in den Ruin treiben. Indem sie den Wienern falsche Expertisen von vielversprechenden Klüften mit reichen Erzgängen vorlegten. Was den Kaufpreis entsprechend in die Höhe treiben würde. Darüber, dass Rojacher den Bergbau erwerben wollte, dass er Wege und Steige errichten ließ, wie auch über andere seiner Vorhaben waren sie informiert. Pfunds Kalkül hatte sich als richtig erwiesen, indem er Pepp, Rojachers Einleger, gezielt umgarnte: Wähle den Schwächsten, frag ihn lobend, gib ihm kleine Geschenke und ein großes Versprechen.

Nichtsahnend stieg Naz die Treppe hinauf – das Büro des Ministers lag im ersten Stock –, schritt den Gang entlang und klopfte an der großen Eichentür.

Der Goldbergbau ist meiner

Frühling und Sommer waren vergangen, vom Herbst war nur noch ein Rest an gelb und braun zu sehen. Der Schneewind wehte wieder von den Bergen, peitschte eisigen Regen gegen die Fenster des Kolmhauses und kündete die kalte und lichtarme Zeit des Winters an. Rojacher war in seinem Büro. Statt der Schwere, die ihn mitunter, angesichts der frostig dunklen Zeit, befiel, saß er pfeifend am Schreibtisch. Doch im nächsten Moment kam ihm der horrende Kaufpreis in den Sinn. Kurz hielt er inne. Sein vergnügtes Pfeifen erstarb. Doch die Zuversicht wog schwerer. Die Hoffnung wurde ihm beinah zur Gewissheit. Das entsprang seinem Naturell. Erneut war er seiner Sache sicher. Es würde gelingen. Mit den neuen Bauten. Jetzt erst recht, vorwärts, vorwärts. Vor ihm lag Papier über Papier, vollgekritzelt und beschrieben. Doch sosehr er überlegte, seine Pläne wieder und wieder überarbeitete, einen Haken hatte die Sache doch. ‚Zwei Wagen auf der eingleisigen Strecke. Waggon Eins fährt auf, Waggon Zwei fährt ab. Und auf halber Strecke bumm!‘ Seit Stunden grübelte er. ‚Wie spät ist es‘, wollte er wissen und nahm seine Taschenuhr aus dem Gilet. Dabei erinnerte er sich an sein Missgeschick und an Saupper.

Es war vor sieben Wochen. Er hatte seine Uhr verloren. Zwar hatte er gesehen, wohin sie gefallen war, jedoch nichts unternehmen können, denn er war im fahrenden Wägelchen gesessen. Anderntags hatte er dem Maschinisten von seinem Missgeschick erzählt. Darauf schickte dieser ihn wieder ins Wägelchen, fuhr es hoch und stoppte es akkurat an der Stelle, wo die Uhr lag. Anhand des aufgewickelten Seiles hatte Saupper die Stelle bestimmt. ‚Der Saupper wird mir helfen können, mein schlauer Maschinist weiß vielleicht die Lösung', dachte Rojacher, legte den Kohlestift beiseite und zündete sich die Pfeife an. Da kam Maria zur Tür herein und fragte: „Naz, wir haben noch genug vom Hirsch. Sollen wir ihn zu Barbara braten? Mit Knödel und Blaukraut?"

Die Frage Marias erinnerte ihn, wie schnell das Jahr vergangen war. In wenigen Tagen war der vierte Dezember. Das Patrozinium der heiligen Barbara. Zu Ehren der Schutzheiligen der Bergleute wurde alljährlich in der Kapelle eine Heilige Messe gefeiert. Und für die Knappen ordentlich aufgetischt. ‚Es scheint nicht lange her, seit ich in Wien gewesen – Kastanien haben im Prater geblüht – und folgend ein halbes Jahr auf die Antwort wartete. Diese Beamten.' Allerdings waren sie in der Zeit, in der der Beschluss aus Wien auf sich warten ließ, keineswegs untätig gewesen. Den ganzen Sommer und auch im Herbst hatten sie an der Aufzugsbahn gearbeitet. Wege und Steige markiert und ausgebessert. Die Kolmstraße saniert. Holz geschlagen und Kohle gebrannt. Als er zu Allerheiligen zum Grab des Vaters ging, erinnerte er sich des kleinen Wasserrades, das er einst für seinen Vater geschnitzt hatte. Längst war es verfault, damals hatte es ihm in seinem Schmerz geholfen. Mit der Zeit war sein Gang zum Grab seltener geworden, bis er schließlich dieses Ritual auf die Feiertage beschränkte. In diesem Jahr allerdings war es anders. Nicht nur an Allerheiligen, schon dreimal zuvor und ebenso letzten Sonntag war Naz am Friedhof gewesen. Er, ansonsten weder kirchenanhänglich noch abergläubisch, betete um Vaters Beistand und Gottes Beitrag für sein künftiges Unternehmen. Und dann kam das Schreiben aus dem Ministerium. Am 8. November 1880. „Der Rauriser Bergbau erhält einen neuen Besitzer ..."

Rojacher beugte sich erneut über seine Pläne. Die Zeichnung für die Trasse der Schleppbahn war fertig. Ebenso für das Bremshaus. Doch auf halber Strecke ... Auch die Ausweiche, wo sich die Wagen mittig auf der Bahn begegneten, war am Plan berechnet. Ob es wie von ihm durchdacht funktionieren würde, dessen war er sich nicht sicher. Bald darauf fiel ihm eine Lösung ein. Hatte sie bildlich vor Augen. ‚Dass ich nicht gleich daran gedacht habe! Ebenso simpel wie logisch: Eine Ausweiche, wo sich die Wagen mittig auf der Bahn begegnen. Also, auf halber Länge des Seiles die Wagen, in der Mitte der Geleisstrecke die Ausweiche ..., werd' den Saupper fragen, was er meint', dachte er, griff zum Radiergummi, nahm Maßstab und Bleistift und begann wieder zu zeichnen. „Diesmal wird die Anlage fertig gebaut", sagte er der Motivation halber zu sich selbst.

Er entsann sich der Gespräche der Bergbauleitung vor langer Zeit, hörte sie beraten, wie die Erzförderung zeitgemäß bewerkstelligt werden könnte. Er war noch Hutmann gewesen, damals begannen sie zwar mit dem Bau der Bremsbahn, erneuerten Schienen und Mundlöcher bei einigen Stollen, doch wurden diese Arbeiten entweder eingestellt oder herzlos betrieben. Das würde sich ab sofort ändern. Seit er Besitzer des Bergbaues geworden war, brannte er vor Schaffensgeist. Keine Aufgabe schien ihm zu schwer, kein Unternehmen unmöglich. Stolz hatte er den Männern verkündigt: „Meine Herren, der Rauriser Goldberg ist meiner. Neue Arbeiten stehen an. Ihr Knappen sammelt Steine, baut die Grundmauer für die Bremsbahn. Schmied, heiz die Schmiede, Wagenräder brauchen wir. Zimmerer, zimmere die Wägelchen. Im Frühling wird eine Trasse errichtet. Ein Bremshaus wird gebaut. Und hinters Kolmhaus kommt eine Goldmühle."

Zwar hatten seine Männer nicht verstehen können, was dies alles bedeutete, was Rojacher wollte, eines jedoch verstanden sie sehr wohl: Der Goldbergbau gehörte nun dem Ignaz Rojacher.

Stein auf Stein

Steine lagen nicht nur in ungeheurer Zahl und Größe am Langen Grund, auch der gesamte Hang des Goldberg-Gebietes war vom Gestein herabstürzender Frostaufbrüche übersät, denn alljährlich, meist im Frühjahr, polterten erneut Fels und Geröll herab. „Nix als Steine und nochmals Steine. Steine klauben, Steine schleppen, Steine rollen. Bald ist kein Stein mehr auf dem anderen." Derart beschwerte sich der Südtiroler Juri Minatti. Rojacher, der den Fortgang der Arbeiten an der Trasse für die Schleppbahn begutachtete, erwiderte: „Ganz verkehrt, es sind Tag für Tag mehr Steine einer auf dem anderen. Und je mehr, umso eher ist die Bahn fertig." Der Unmut des Knappen war wohl nur allzu verständlich: tausende von Steinen waren bereits verlegt worden und bildeten eine lange Reihe in leichtem Gefälle vom Knappenhaus bis zum Bremshaus, dessen Umriss bereits fußhoch dalag. „Wenn die frei gewordenen Stellen gar zu Almmatten verwachsen würden – für die Kühe und Schafe –, so käme mir das gelegen. Wenn künftig sich daraus neue Wege für Wanderer auftun, ebenso." Minatti schaute Rojacher an. Ärger lag in seiner Mimik. „Ich bin kein Steinklauber. Diese stumpfsinnige Arbeit, Tag für Tag, schon seit Wochen, ob Wind oder Regen, basta, genug! Deine Rollbahn interessiert mich nicht. Auch nicht die

Bremsbahn. Deine Schafe und Kühe erst recht nicht. Ich bin Knappe." Er schaute Rojacher an, hob die Hand zum Gruß und ging davon. ‚Steinklauber, hm, das kommt mir bekannt vor', dachte Rojacher, wusste aber nichts zu sagen. Einige Knappen, die dies gehört hatten, schauten betreten zu Boden. Wolfo, sein Freund, erklärte: „Juri hat mir von Oliven und vom Wein erzählt. Vom gelben Weizen und heißer Sonne. Und dass seine Eltern auf ihn warten." Das war typisch. Wieder musste er erkennen, dass die jungen Knappen zwar untereinander Privates austauschten, dass er als ihr Arbeitgeber aber wenig aus ihrem Leben kannte. Hätte er darum gewusst, hätte er diesem oder jenem vorbeugen, den Burschen verstehen können. Allerdings musste er sich auch eingestehen, dass er Konflikte scheute, dass er sie notfalls mit Witz und Charme entkräftete, ihnen aber lieber auswich. Nur die Jugend fackelte nicht, sie setzte Taten, bevor sie überlegte. Künftig wollte er sich mehr um sie kümmern. Nahm er sich vor.

Als er wieder im Tal angekommen, als er soeben aus der Aufzugsbahn gestiegen war, erwartete ihn Rainer mit den Worten: „Naz, die Fuhre mit den Schienen ist eingetroffen. Am Lender Bahnhof. Hier ist der Frachtbrief." ‚Die Schienen sind schon da, sowas', dachte Naz und eilte hinter seinem Verwalter dem Haus zu. „Schick den Zraunig. Er soll die beiden Schwarzen nehmen."

Rainer wusste, wenn Rojacher die Rappen einspannen ließ, wenn er den erfahrenen Zraunig als Fuhrmann einsetzte, war die Angelegenheit heikel. Die eisernen Schienen waren für die Schleppbahn, ihr Gewicht vermochte er nicht zu schätzen, gewiss würde es einige Fuhren brauchen, bis sie alle zur Aufzugsbahn transportiert waren. Und würden sie mit der Aufzugsbahn geliefert werden können? Zum Radhaus und folgend ... Rainer überlegte und fragte Rojacher: „Wie schwer ist eine Schiene?" Naz, der dem Gedankengang seines Verwalters folgen konnte, antwortete nur: „Lang und schwer. Aber nur so lang und so schwer, dass wir sie am Wagerl liefern können." Da kam plötzlich Arlt um die Ecke der Barbarakapelle. Lächelnd eilte er ihnen entgegen. Naz dachte, dass er wohl gehört haben würde, was er dem Verwalter geantwortet hatte. Und richtig: „Was habt ihr denn Langes und Schweres?", fragte er, lächelte erneut und gab den Männern die Hand. „So eine Überraschung, Wilhelm, das freut mich, komm, setzen wir uns auf die Hausbank. Erzähl, was dich nach Rauris führt", begrüßte ihn Naz.

Dieser Aufforderung kam Arlt gerne nach, zumal er viel und vor allem Erfreuliches zu berichten hatte. Sein Zuchtbetrieb am Gut in Liebnitz war mittlerweile in weiten Teilen Tschechiens bekannt und die Bauern des Landes waren von den Vorzügen des Pinzgauer Rindes begeistert. So war in nur zwei Jahren sein Zuchtbetrieb zu einem ansehnlichen Unternehmen gewachsen. Ein Unternehmen, das ganz klein in Rauris seinen Anfang genommen hatte. Aber nicht von Größe und Erfolg, das nicht, vom Handel mit tschechischen und Rauriser Bauern und auch von so manchen witzigen Erlebnissen redete er. Etwa: Eine Kuh stand beim Wiegen nicht still, also hielt sie der Händler bei den Hörnern, worauf der Besitzer die Kuh am Schwanz zog und meinte: ‚Wenn du bei den Hörnern anhebst, muss ich am Schwanz ausgleichen.' Und dann erzählte er ihm vermeintlich Neues: „Es sind erst drei Wochen vergangen, seit ich letztes Mal in Rauris gewesen bin. Beim Schrieflinger, kennst ihn ja", Naz nickte, „der Bauer ist mein Helfer. Er kennt sich aus, nicht nur beim Vieh, er sagt mir, bei wem ich kaufen kann. Die Talbauern wissen von meinem Vertrauen in den Schrieflinger und ..." Arlt stockte, weil er Naz' Grinsen missdeutete. Rojacher fuhr fort: „Sie geben ihm Bescheid, am Sonntag nach der Messe." Seit beinah fünf Jahren kam Arlt nach Rauris und noch immer wunderte er sich über den beständigen Austausch jeglicher Neuigkeiten. Einmal laut gesprochen, fand sich immer irgendwer, dem das Gehörte interessant genug für die Überlieferung war. „Wilhelm, wir haben keine Zeitung wie in Wien oder Prag", meinte Naz. Wilhelm darauf: „Dafür einen verlässlichen Nachrichtendienst." Und Naz: „Vom Kirchplatz bis ins Kolmhaus sendet er." Noch eine Weile feixten sie, erzählten, was sich am Berg, in Wien, in Tschechien ereignete, was der eine und der andere erlebt und getan hatte. Erzählten, bis ihnen die Luft kalt und rau in die Glieder kroch und sie ins Haus eilten. Auch weil der Hunger sich bemerkbar machte, weil sie später noch ins Dampfbad gehen und auch vom guten Wein und den Zigarren, die Rojacher reichlich in Reserve hielt, probieren wollten.

Es war schon sonderbar, sie sahen sich, wussten zu erzählen, einerlei wie lange das letzte Treffen auch zurück lag. Und das war in all den Jahren so gewesen, in all der langen Zeit. 1875, fünf Jahre zuvor, war Arlt das erste Mal zum Bergsteigen nach Kolm Saigurn gekommen. Sie waren sich nah, freuten sich einander zu sehen. Redeten, tauschten Wissenswertes und Neuigkeiten aus. Meistens handelte es sich dabei um Geschäftliches, Politisches, immer wieder aber eben auch um Alltägliches. Über Freuden und Plagen der Liebe, darüber sprachen sie nie. Bisher. Der Wein war es, der die Männer offenherzig werden ließ. Nachdem sie gegessen und anschließend ein Dampfbad genommen hatten, war es Arlt, der von seiner Eroberung in Prag erzählte. Von einer jungen Frau, die mit ihrer Anmut und Gewandtheit, mit ihrem Frohsinn sein Herz gewonnen hatte. Auch, dass er recht oft an sie denken musste. Wohl seiner schmerzlichen Erfahrung wegen platzte Naz heraus: „Vergeude nicht die Zeit, heirate sie!" Überrascht über den ernsten Ton, hielt Arlt inne und schaute den Freund an. Betroffen senkte dieser den Blick. Naz merkte, dass seinem Gefühlsausbruch eine Aufklärung folgen musste. Auch das Vertrauen, das zwischen ihnen durch Arlts Offenheit weiter gewachsen war, nahm ihm die Scheu, bisher Ungesagtes auszusprechen. Erstmals redete er über sein Streben und Ringen um den

Bergbau und das Versäumnis Elisabeth und dem Kind gegenüber. Gestand die Sehnsucht nach ihnen. Wehmütig und klein war dabei der Klang seiner Stimme. Geduldig hörte Wilhelm den Bekenntnissen von Naz zu. Erst am Ende der Erzählung blitzten dessen Augen wieder auf: „Richard Ignaz heißt er."

Die Reise

Der Zug ratterte schon seit Stunden und Rojacher war zumute, als ob sein Schädel hämmerte und pochte, als ob er es wäre, aus dem es dampfte und rauchte. Das unentwegte Rattern und Schleifen der Räder auf den Schienen wurde nur vom Quietschen der Bremsen an den Haltstationen unterbrochen. Zum Unbehagen trug zudem der rußige Qualm aus dem dicken Schlot der Lokomotive, der durch den Spalt des Fensters gedrungen und sich im Abteil verbreitet hatte, bei. Sie hatten es beim Einstieg am Metzer Bahnhof ein wenig geöffnet und nachlässigerweise zu spät geschlossen. Naz schien, als hätte sich der beißende Rauch in seiner Nase festgesetzt. Wenigstens sein Rücken war ob der Nacht in den guten Federbetten des Metzer Hotels Cathédrale besänftigt. Er wusste aber, dass, bis sie in Paris ankämen, die Schmerzen wieder einsetzen würden. Sein Mieder war beim langen Sitzen nur eine mäßige Unterstützung, umso mehr Hilfe bot es ihm beim Gehen.

Naz erinnerte sich an den stürmischen Tag, als Weinlechner, unangemeldet und unverhofft, eintrat. Es war Abend, Anna und Maria wuschen das Geschirr, sie hatten bereits gegessen, die Knappen saßen in der Stube und er las in einem Buch. Auf einmal stand der Doktor im Flur, und nach kurzer herzlicher Begrüßung, just nachdem er sich gesetzt hatte, platzte er mit seiner Überraschung hervor: „In einem Handbuch der wissenschaftlichen Fachentwicklung, die allgemeine und spezifische Chirurgie der Orthopädie betreffend, ist die bildliche Darstellung des Rückgrates mit Ausführungen von Missbildungen und Verletzungen desselben publiziert. Anhand dessen habe ich die Konstruktion eines Stützapparates entworfen und diesen derart anfertigen lassen, dass er dir, durch seine verstellbaren Riemchen und Schnallen, passen wird."

Weinlechner hatte das Korsett aus Rinds- und Ziegenleder, verstärkt mit Messingdraht und Fischbein, aus seiner großen Tasche geholt, ihn aufgefordert, die Strickjacke auszuziehen, ihm sogleich das Mieder angelegt, festgezurrt und ihn aufgefordert, ein paar Schritte zu machen. Etwas zaghaft und ungelenk war er durch den Vorraum gegangen. Nicht wissend, wie er sich verhalten, überfordert, was er sagen sollte, war er einmal hin, einmal her stolziert. Und dabei schien es ihm, als ob er eine unsichtbare Last abgeworfen, als ob er von etwas befreit worden wäre. Er konnte es nicht benennen, es war nur so ein Gefühl. Zugleich bemerkte er, dass er, weil überrumpelt, vergessen hatte, den Stock zu nehmen, dass er dennoch, besser sogar als mit dem Stock, gehen konnte. Gut, ja sehr gut sogar hatten sich die Bewegungen mithilfe des Mieders angefühlt – ein schon vergessener Wunsch wurde innert einigen Minuten wahr.

„Was, schlaf ich schon seit drei Stunden?" Es war Wilhelm, der, vielleicht von den Pfiffen der Lok, erwacht war und dies ungläubig feststellte. Naz hatte seit der Abfahrt in Metz ebenso neugierig wie nachdenklich zum Abteilfenster hinausgeschaut und meinte darauf nur, sein Gesicht weiter der Landschaft zugewandt: „Beinah!" Und quasi als Ergebnis seines Erlebten: „Wir rumpeln seit Stunden zwischen Hügeln und weiten Ebenen, Büschen, Gras und Stauden. Wo schlafen denn die Franzosen?" Er hatte gut beobachtet, wie Wilhelm ihm, noch schläfrig, bestätigte: „Das Land ist dünn besiedelt. Die meisten Menschen Frankreichs wohnen in Städten wie Marseille, Lyon oder Nizza. Und natürlich in der Hauptstadt." „Nicht Bordeaux vergessen", sagte Naz und grinste, weil er ausgerechnet dieses Wissen Pošepný verdankte, der ihm einen nach dieser französischen Stadt benannten Wein mitgebracht hatte. Arlt setzte sich wieder, nun schräg, auf seinen Platz, die Füße auf den freien Nebensitz legend und das Gesicht dem Fester zugewandt. Ein wenig verweilte er in dieser Stellung, doch als er merkte, dass Naz wieder stumm die Landschaft betrachtete, zog er eine Decke über und schloss die Augen. Ohne zu schlafen, doch mit dem Gefühl, so dem Freund in seinem Ringen mehr Raum zu lassen.

Rojacher war über den Vorschlag von Arlt, mit ihm nach Paris zu reisen, überaus froh gewesen und hatte umgehend zugestimmt. Groß war seine Neugierde auf die Glühfadenlampe, die Edison bei der Elektrizitätsausstellung präsentieren würde. „Wilhelm, das Licht zieht mich nach Paris. Das Licht besiegt die Finsternis und scheucht die Ängste aus dem Dunkel. Sieh meine Mutter: Wenn die Nebel von den Bergen fallen und ihre Fetzen ums Haus streifen, zündet sie eine Kerze an – wider dem Schaurigen und Ungesunden, das daraus kriecht. Vielleicht auch nur, um das Düstere ein wenig zu verdrängen. Ähnlich Maria. Sie ist in vielen Dingen im Aberglauben gefangen – vor allem, wenn es dunkel ist. Von manchem Knappen ganz zu schweigen. Und ich kann es verstehen. Man muss nur eine Woche zur Herbst- oder Winterszeit, wenn's regnet oder schneit, bei uns im Kolmhaus verbringen." Was er gegenüber seinem Freund nicht aussprach, war die Sorge um den Buben. Der unselige Brief, das Schreiben vom Koban, versperrte ihm jegliche Möglichkeit.

Die Reise nach Sagritz war bereits organisiert gewesen. Wie hatte er sich gefreut, seinen Buben und Elisabeth zu sehen. Sie endlich wieder in den Armen zu halten. Im Frühjahr 1879, mehr als zwei Jahre waren vergangen seit seinem Unfall, seitdem er nicht mehr über den Berg hatte gehen können. Doch eine Woche vor der geplanten Reise nach Sagritz traf ein Brief ein. Wieder und wieder hatte er ihn gelesen. Er kannte ihn längst auswendig: *Sehr Verehrter Herr Bergbauunternehmer Rojacher! Hiermit gebe ich zur Kenntnis, dass ich, Anton Koban, Oberlehrer und Realitätenbesitzer in Sagritz, Elisabeth Pfarrmeyer letzten Freitag geehelicht und den Buben als Vater statt angenommen habe. Aus diesem Grund verbiete ich jeglichen Briefwechsel (und Päckchen) zu meiner Gattin wie auch zu Richard Ignaz. Vom persönlichen Kontakt ganz zu schweigen. Ich verlange von Ihnen sich tunlichst daran, dem Gesetze entsprechend, zu halten, denn ich trage – da der Bub in meinem Haushalt wohnt – die Verantwortung der Erziehung. Ich kann Ihnen allerdings versichern, dass die Obsorge des Unmündigen in beste Hände gekommen ist. Hochachtungsvoll Anton Koban!*

Zehn Jahre war sein Bub mittlerweile. ‚Ob er mir vielleicht ein wenig ähnlich ist?', sinnierte Rojacher. Das Kind war das unsichtbare Band, das ihn nach so langer Zeit noch immer an Kärnten fesselte. Und die Erinnerung an so viele schöne Erlebnisse mit Elisabeth. An das stille Einverständnis zwischen ihnen. An Gedanken, die der eine hatte und der andere aussprach. Dass sie seine Witze, die manchem komisch vorkamen, verstand. Die Erinnerungen schmerzten. Schmerzten heute wie damals, als er den Brief erhalten und die Reise zu ihr unterlassen musste. Um dies zu verdrängen, arbeitete er wie besessen. Kam ihm jedes Unternehmen zupass. Dass es zu all der vielen Arbeit nun eine Reise zur Elektrizitätsausstellung in Paris werden würde, war Wilhelms Idee. Der Freund merkte auch ohne Gesagtes, dass die Vergangenheit Schatten über Naz warf. Wusste aber auch um seinen *Traum vom Wunder*. „All die Technik, die am Marsfeld präsentiert wird, wird dich begeistern, vielleicht auch zu Neuem inspirieren. Denk an das *Wunder*, wie du es nennst", stachelte er. Und hatte damit Rojachers Begeisterung von Neuem entfacht.

Seit langem, seit er von August davon gehört und auch darüber gelesen hatte, faszinierte ihn das Licht. „Die Erfindung der Gaslaterne ist ein Schritt in die neue Zeit, die der Glühlampe ein Sprung. Ich will beim Aufbruch ins technische Zeitalter dabei sein. Jetzt hole ich das elektrische Licht ins Tal. Und dann? Ich habe ein waghalsiges Vorhaben. Darüber erzähl' ich dir ein anderes Mal." Von der Größe und Einzigartigkeit dieser Stadt mit ihren unzähligen Palästen und Bauwerken hatte Rojacher keine Vorstellung. Einzig vom Palais du Trocadéro hatte ihm Arlt ein Bild aus einem Beitrag in der *Wiener Zeitung* gezeigt. Und schon in Kürze, am darauffolgenden Tag, würde er, würden sie dies und noch vieles mehr sehen und bestaunen können. Nur wenige Stunden bis zum Ziel. Noch immer sausten weite Äcker abwechselnd mit Grasland am Fenster vorbei. Der Winterweizen bog sich im Wind gleich goldgelben Wellen und bunt blühenden Wiesen folgten violett leuchtende Sträucher. Ihr starker Duft drängte ins Abteil. Eine geraume Weile sah Naz nur *violett*. Violett links des Bahndammes, violett rechts des Bahndammes, kilometerweit violett. Dann wechselte dieses Meer mit einer kleinhügeligen Gegend von grünen Kräutern. ,Ich kenn' den herben Duft nicht', dachte Naz, ,aber er ist mir lieber als der süßliche vorhin.' Es dauerte nur ein paar Minuten, dann war Verschüttetes wieder da: „Jetzt weiß ich es wieder. Von der Wawi ... aus dem Kasten der Pfarrerköchin drang dieser Geruch. Lavendel! Mir hat schon als Bub davor gegraust. Vor den Lavendelsäckchen und der Kernseife." Da fiel ihm ein: ,Seife, das war es. Fast hätte ich es vergessen. Für Maria werde ich eine feine Seife kaufen.' Damit wanderten seine Gedanken zu Maria, zu seiner Mutter, an die Bremsbahn, die neue Rollbahn, an sein Bergwerk im Rauriser Tal.

Die Ausstellung

Es war ein kleines rosafarbenes Haus mit fünf Fenstern im ersten Stock, zwei Fenstern und einer Tür im Erdgeschoß. Die Tür, die fast die Hälfte des Erdgeschoßes einnahm, führte in einen Raum mit fünf runden Tischchen und jeweils zwei, drei, manchmal auch vier Sesseln. Die Sessel waren verschiedener Art und Farbe. Manche naturfarben braun, auch geschmiedete schwarze, einige blau lackiert, einer gepolstert mit Lehnen. Anschließend an die Eingangstür standen eine Vitrine, etliche Regale und eine Anrichte mit einem hölzernen Schneidbrett. In den Regalen lagen weiße dünne Brotstangen und deren Duft zog bis vor die Tür. Eine alte Frau in Pantoffeln, nur mit einem weinroten Morgenrock bekleidet, die Haare noch strubblig wirr abstehend, mit einer alten Korbtasche am Arm, kehrte ein und ließ sich einen Wecken einpacken. Aus dem Fenster oberhalb des Eingangs goss jemand das spärliche Grün am Fensterbrett. Einige Tropfen fielen auf die Alte, die wieder den Laden verließ. Doch sie schien es nicht zu spüren und schlurfte davon. Wilhelm und Naz, die diese Szene beobachtet hatten, blieben unwillkürlich stehen und schauten durch die Tür. „Schon wieder diese langen Wecken", stellte Naz fest. „Sie rufen uns", sagte Wilhelm. Sie blickten zur Ladentür hinein. „Magst du auch einen kleinen Kaffee?", fragte er Naz.

„Kaffee, dazu ein Hörnchen und darauf ein feines Weizenmehlbrot
– Weizenmehlbrot mit salziger Butter – für mich", sagte Rojacher.
Hernach schlenderten sie die Rue de l'Abreuvoir entlang. Es war
nicht viel los um diese frühe Morgenstunde. Einige Einheimische,
„ich seh' mehr Katzen als Touristen", meinte Rojacher. Da fiel ihnen
ein alter Mann auf. In verschlissener Hose mit Hosenträgern, ge-
streiftem Hemd mit aufgekrempelten Ärmeln und einem Gilet. Der
Mann saß vor seiner Staffelei inmitten vieler Bilder. Ein besonders
buntes Bild großen Formates in einem sandfarbenen Passepartout
erregte Arlts Aufmerksamkeit. Es hing nebst unzähligen anderen
Malereien an einer niedrigen Steinmauer. „Das gefällt mir", stellte
er fest, bewunderte es eine Weile und setzte Naz nach, der in einiger Entfernung auf ihn wartete. Sie flanierten weiter. Just um die
nächste Hausecke gebogen, äußerte Naz: „Da war nichts zu erkennen. Außer Papier mit Farbflecken." Darauf fiel Wilhelm nur ein:
„Maler ist keiner in dir verloren gegangen." Ein Konter blieb aus.
Wilhelm blickte zur Basilika von Sacré-Cœur und nickte mit dem
Kopf. Naz verstand, konnte sich ein Späßchen aber nicht verkneifen:
„Fast größer als die Rauriser Kirche."
Nach der Besichtigung der imposanten Kirche von Montmartre
machten sie sich auf den Weg zum Marsfeld. „Bis zur Seine ist es
nicht weit, die Ausstellung öffnet um neun, es bleibt noch Zeit, das
Palais du Trocadéro zu besichtigen, vielleicht auch noch … nein, das
wird zu knapp." Naz wusste um die Kunstsinnigkeit seines Freun-
des. Wenn er selbst zwar ohne entsprechende Vorbildung war, die
Prachtbauten der Stadt faszinierten ihn dennoch. Er dachte: ‚Keinen
Menschen, der diese Stadt erlebt, lässt sie unberührt', und erinnerte
Wilhelm: „Vergiss nicht, der Statue of Liberty sind wir ein Versprechen schuldig." Unübersehbar in Originalgröße war der Kopf der
Freiheitsstatue vor der Halle postiert. Vor ihr wollten sie versprechen, stets den Geist der Freiheit zu wahren. „Das werden wir ein-

halten", erwiderte Wilhelm, und: „Gehen wir, wir müssen nicht die ersten sein, freilich auch nicht die letzten." Rojacher orientierte sich an Wilhelms Karte. Es war noch frischer Morgen – auf halb sieben hatten sie den Wecker gestellt, nach dem Frühstück den Weg über Montmartre (eine Empfehlung des Portiers) eingeschlagen und dort die erste Kaffeepause gemacht. Nun galt es die Zeit straff einzuteilen, um wenigstens die für sie wichtigsten Objekte besichtigen zu können. Was nicht einfach war. Einmal, weil die Ausstellungsfläche mit ihren unzähligen Exponaten einem Labyrinth glich, zum anderen, weil die beiden verschiedene Interessen hatten. Naz zog es zur Technik, Wilhelm zur Kunst. „Deine Lichtmaschine geht vor", sagte Arlt, außerdem: „Die Kunstwerke werden uns wieder entspannen, also suchen wir zuerst die Schweizer." Bereits am Eingang fand sich ein Pulk von Menschen aller Nationen. Inder in weißen Saris und farbigem Turban. Englische Damen mit Blumen und Federn an ihren aufwendigen Hüten – ihre Begleiter vielfach in braunen oder karierten Tuchhosen. Viele weißhaarige, Schnurrbart tragende Männer mit Gehstock – manche in auffallender Begleitung von milchgesichtigen Damen mit gelockten Haaren. Und stolze Franzosen in Nadelstreifhosen mit Mädchen, schick und luftig gekleidet und das Lächeln einer Blume im Antlitz.

Im Inneren der riesigen Industriehalle hing ein Meer aus Fahnen vom Gewölbe. Monumentale Stahlträger waren zu Bögen geformt und mit Streben verbunden. Und anstelle von Holz und Ziegel bildeten hier abertausende Glassteine ein Gewölbe, das zu schweben schien. Hindurch drangen Licht und Sonne, ließen die bunten Fahnen leben, erhellten Gänge und Logen. Es war, als ob die Natur die Ausstellung beleuchtete, als ob sich tausende Besucher unter Sonne und Himmel tummelten. Auch die blank polierten Maschinen der Winterthurer präsentierten sich in diesem Lichtermeer. Naz und Wilhelm hatten das Foyer der Schweizer überraschend schnell entdeckt – vor allem, weil ein Herr mit einem Megafon lautstark auf deren „revolutionäre Maschinen" aufmerksam machte. Naz strahlte. Geduldig wartete er auf die Vorführung, die der Konstrukteur der Lichtmaschine ankündigte. Weder die drängelnden Menschen noch der Höllenlärm konnten seine Vorfreude mindern. Wilhelm, der lieber von den Errungenschaften der Technik profitierte, als dass er sich mit deren Funktion auseinandersetzte, wurde von der Begeisterung seines Freundes angesteckt. Die helle Aufregung der Besucher, die in übergroßer Zahl einströmten, trug zur Spannung bei. „Der Mensch ist Räuber und Genie. Heute widmen wir uns dem Genie", sagte Naz. Und Arlt darauf: „Ich seh' nur Techniker. Die Genies stecken hinter Rhinozeros, Elefant, Pferd und Stier." Naz schaute Wilhelm fragend an. Der erklärte: „Das sind Skulpturen, Kunstwerke. Ich dachte an sie, weil von ‚Genies' die Rede war." „Du weißt, Wilhelm, ich versteh' davon nichts. Leider. Aber alles, was im Kopf frei und im Herzen groß macht, ist mir recht. Weißt schon … Lady Liberty." Das war sein Zugeständnis. Sie würden sich, trotz des umfangreichen Programms, auch für die Kunstwerke Zeit nehmen. „Naz, schau zur Uhr von Eugène Farcot, bei diesem Meisterwerk wetteifern Genie und Technik. Was meinst du?" Naz blickte zur besagten Uhr, die, einem Monument gleich, die Köpfe der Besucher um ein Vielfaches überragte. Ein einzigartiges Meisterwerk. Weil im selben Moment die Vorführung der Lichtmaschine begann, konnte er eine Antwort schuldig bleiben.

„Heute träum' ich von der Lichtmaschine", meinte Wilhelm, als nicht nur endlich die Vorführung beendet, sondern mehr noch, Naz' Fragen beantwortet, der Transport besprochen und auch der Preis verhandelt waren. „Ich auch. Aber wahrscheinlich anders als du", so Rojacher, der wie ein Eroberer eines fernen Kontinents, aufgerichtet und schnurstracks, dem nächsten Ereignis entgegenfieberte. Während sich Wilhelm von all der Technik erschlagen fühlte, standen Naz' Augen in fiebrigem Glanz. „Das Russische Pavillon wollten wir besichtigen", meinte Wilhelm. Doch Naz war nicht zu bremsen: „Morgen, jetzt muss ich zu Edison." ‚Wo der nur die Energie hernimmt', fragte sich Wilhelm und stapfte ihm notgedrungen nach. Zwar hatte er für sein Empfinden vorerst genug von Technik gehört und auch gesehen, aber das Licht kam vor Kunst und Vergnügen.

Ganz Paris

Rojacher sog an seiner Pfeife und ging vor Arlt. Er hinkte, sein Kreuz rebellierte, war überanstrengt vom vielen Stehen und Gehen. Dennoch hatte er Arlts Vorschlag, eine Droschke zu nehmen, abgelehnt. Er wollte die Atmosphäre der pulsierenden Stadt spüren, in ihr Leben eintauchen. Er beobachtete alte und junge Menschen, merkte, dass sie den warmen Sommerabend genossen. Sah, wie sie die Straßen entlang schlenderten, auf ein Glas Wein oder Bier einkehrten und sich unterhielten.

Die beiden Freunde gelangten an einen kleinen Park, der von mehreren Wegen durchschnitten wurde. In den Rabatten wuchsen Blumen und Sträucher und inmitten der Wiesen standen alte Bäume mit weit ausladenden Ästen. Standen so dicht an dicht, dass ihre Kronen die Sonne ebenso wie das Blau des Himmels verschluckten. Darunter einige Bänke, längere und kürzere, auf einer acht oder gar zehn Jugendliche, die sich schoben, drückten, zerrten und dabei lachten. Ein Mann mit weißer Schürze stand breitbeinig in einer Tür, die in einen Kiosk führte. Die Hände um den Bauch geschlungen, schaute er bald dieser, bald jener, bald diesem, bald jenem nach. Zwei Burschen saßen auf einem Ast einer Linde, schlackerten mit den Beinen und riefen angeberisch den Mädchen zu.

Unter dem Baum jonglierte ein Gaukler mit bunten Bällen. Um ihn herum eine Schar Kinder, die seine Geschicklichkeit bewunderten. An den Lindenbaum gebunden war auch ein Pferd im Geschirr, das sich allerdings von diesem Treiben nicht irritieren ließ. Vielmehr döste es, den Kopf gesenkt, vor sich hin. Ebenso der Kutscher, der am Bock saß und zu träumen schien. Unweit daneben stand ein kleiner Mann, der ein hölzernes Kreuz hin und her schwenkte, es anhob und wieder senkte, drehte und wendete. An jedem der vier Enden des Kreuzes waren Schnüre befestigt, und das Ende jeder Schnur war um den Fuß jeweils einer Taube gebunden. Wenn der Mann das Kreuz anhob, flatterten sie auf, wenn er es schwenkte, ließen sie sich wieder nieder und stolzierten hin und her. Nur wenn er es drehte, stellten sie sich ungeschickt an und verfingen sich – zum Gaudium der Zuseher – in den Schnüren. „Oh mon Dieu, mon Dieu!", rief er darauf, was die Zuseher noch mehr zum Lachen veranlasste. „Keine Artisten und doch ein Zirkus", rief Naz zu Wilhelm gewandt und warf gleichzeitig ein paar Münzen in den Hut. „Hast recht, mit noch weniger Aufwand kann man nur einen Flohzirkus betreiben." Naz konnte ihn nicht verstehen, die Antwort ging im Stimmengewirr ebenso unter wie das heisere Krächzen eines Leierkastens. „Gehen wir in diese Gasse", schlug Wilhelm vor, „da ist es ruhiger."

Aus den Fenstern der Häuser drang da und dort flackerndes Licht. Ein Mädchen mit krausem Haar hüpfte an der Hand eines dunkelhäutigen Mannes. Ein Pfarrer in Soutane mit einer ebenfalls schwarzen Umhängetasche drückte sich an der Häuserwand entlang. „Setzen wir uns auf diese Terrasse?", fragte Rojacher und lachte dabei. Was er Terrasse nannte, war nicht viel mehr als ein schmaler Streifen zwischen Fahrbahn und Schenke. Und dennoch standen in einer langen Reihe Tische und Sessel. Arlt stimmte zu und sie nahmen an einem freien Tisch Platz. An der Mauer darüber hing eine Tafel, worauf mit Kreide geschrieben Speisen angeboten wurden. Beide verspürten großen Hunger – ein bescheidenes Mittagessen, einen Apfel-Cidre, das war alles was sie seit dem Besuch der Bar am Morgen zu sich genommen hatten. „Lassen wir uns überraschen, probieren wir einfach", schlug Arlt vor. Rojacher war einverstanden: „Ist mir recht, essen und trinken, ein wenig sitzen und schauen, dann ins Bett, das ist, was ich brauche." Ein Kellner hatte sie beobachtet. Da er erkannt hatte, dass sie Ausländer, wohl eine der vielen Ausstellungsbesucher waren, holte er den Wirt. Und dieser empfahl Weißbrot mit Pastete, Grünsalat mit Walnüssen, Omelett mit Schinken, dann wechselte er in seine Landsprache: „Messieurs, mangez des escargots. C'est un délice culinaire." Er zeigte dabei auf ein Bild an der Wand und die Freunde verstanden, dass er Schnecken meinte. Mit „bien sûr" antwortete Arlt, nickte dazu, und der Wirt verstand. Zu Naz gewandt fragte er: „Heute Schnecken aus Frankreich, nächstes Mal Schnecken aus Bucheben, was meinst?"

Während sie auf den ersten Gang des Essens warteten, beobachteten sie gleichsam fasziniert wie amüsiert ein Gespann, auf dessen weiß lackierten Kutsche zwei Damen saßen. Naz unterbrach das Schweigen: „Keine Wolke am Himmel, wozu ihre Regenschirme?" Und Wilhelm erklärte ihm: „Die Damen tragen die Schirmchen zum Kleid." Jetzt fiel Naz auf, dass die Schirme aus demselben Stoff bestanden. „Nobel, nobel", meinte er, und: „Ganz Paris scheint unterwegs zu sein." Arlt bejahte dies: „Paris und die halbe Welt. Die Franzosen haben bei den Engländern gelernt, wie man eine Metropole präsentiert." „Das ist ihnen gelungen. Allein der neuen Erfindungen wegen, die hier vorgeführt werden. Wilhelm, die Zeit der Maschinen beginnt", sagte Naz. Wilhelm wollte auch auf anderes hinweisen: „Du wirst es nicht bemerkt haben, ich habe neben dem Nützlichen das Schöne gesehen. Während du dich Bell gewidmet hast. Tücher und kleine Teppiche in reiner Seide. Da konnte ich nicht widerstehen. Kennst nicht auch du jemand, der sich über ein

Seidentuch freut?" Naz hörte zu. Und hörte dennoch nicht, was sein Freund fragte. Er dachte an das Telefon von Graham Bell und an seinen Einkauf. Die Freude darüber nahm ihn gänzlich in Anspruch. ‚Die Lichtmaschine, die Glühfadenlampe, es ist gelungen, ich bring' das Licht nach Hause.' Er schwelgte in Glückseligkeit, sah das Kolmhaus im Licht, sah die Stollen beleuchtet, sah sein Kraftwerk. „Wie gut, dass es Wasser bei uns im Überfluss gibt, denn bald brauch' ich Wasser, viel Wasser. Für die Lichtmaschine." Arlt sah Rojacher an. Eine andere Antwort hätte seine Frage gebraucht. Doch er merkte, Seidentücher waren nicht ins Bewusstsein seines Freundes vorgedrungen. Naz entschuldigte sich: „Danke für deine Geduld. Die Technik fesselt mein Denken. Was sagtest du?" Arlt sah von seinem Teller auf. „Ich versteh' doch. Neues, Großes für dich, dein Bergwerk, für alle – und ein langer Tag war es gewesen. Ein Tag, wie wir ihn noch nie zuvor erlebt haben."

Wieder daheim

Es war schon dunkel, als Rojacher vom Kutschenbock stieg, seine Tasche nahm und dem Haustor zuging. Noch ehe er um die Schnalle greifen konnte, öffnete sich die Tür und Maria schaute heraus. „Wir warten seit Stunden, grüß dich, bist endlich da", sagte sie erleichtert. „Grüß dich Maria, ja, der Weg ist nimmer der beste und der Zug war spät dran." Anna musste wohl durch die offene Tür das Kommen von Naz gehört haben, denn nun eilte auch sie herbei. Sie sah ihn an und flüsterte zu Gott: ‚Er ist gesund zurück, Vater im Himmel, dir sei Lob und Dank', und drückte ihn an sich. „Grüß dich daheim, mein Bub. Schön, dass du wieder da bist." Naz lächelte. Für die Mutter würde er wohl immer ihr *Bub* bleiben. Als nächster humpelte Pepp daher. Wie ein alter Hausvater schwang er sich auf: „Der Hausherr, grüß dich, gut, dass du wieder da bist, ist Zeit geworden." Naz lachte Pepp an, wenngleich dieser nicht verstand, was es zu lachen gab. „Bei Tisch ist das Tratschen gemütlicher, geh'n wir hinein." Sie schlossen sich der Aufforderung des Heimgekehrten an und setzten sich an den Esstisch in der Küche.

Naz brachte ein bisschen Paris nach Kolm Saigurn. Ließ Erlebtes Revue passieren, erzählte dies und das, mitunter schnitt er eine Geschichte an, ohne sie zu beenden – weil anderes sich aufzwang, so viel hatte er erlebt. Kleine Begebenheiten machte er zur Sensation, von seinen großen Einkäufen hingegen schwieg er. Vorerst noch. Vielleicht morgen, oder übermorgen, er würde sehen, wann es passt. Sein größtes Abenteuer würde hier in Kolm Fortsetzung finden, aber das konnte er ihnen nicht erklären. Wozu auch, sie würden es sehen, sie würden es miterleben. Nun, wo er erneut daran dachte, wurde ihm einmal mehr bewusst: ‚Hier in Kolm Saigurn wird etwas Großartiges seinen Anfang nehmen.‘ Pepp war es, der mit einem Gähnen die anderen an die mitternächtliche Stunde erinnerte. „Du musst müde sein", darauf Anna zu Naz. Der pflichtete ihr bei: „Ist so, morgen ist auch noch ein Tag und viele lange Abende folgen." Maria war die Zeit allzu schnell vergangen. Sie spürte keine Müdigkeit, zu spannend war das Erzählte. „Da werden wir froh um deine Abenteuer sein", sagte sie zu Naz, meinte aber mehr sich selbst. Ihr tat ein wenig Abwechslung gut, wenn es auch nur Gehörtes war, hatte es ihr dennoch eine faszinierende Welt eröffnet.

Der nächste Tag wartete mit unzähligen Aufgaben und Fragen. Nur zehn Tage war Naz fort gewesen. Ihm schien es ungleich länger. Rainer, sein emsiger Verwalter, stand mit Mappe und Schreibzeug vor ihm. Er hielt sich erst gar nicht mit langen Reden auf und kam sofort zur Sache: „Der Weg zum Bodenhaus muss dringend ausgebessert werden. Die Fuhrwerker klagen über Rinnen und Löcher. Das letzte Gewitter und freilich auch die schweren Frachten haben ihm arg zugesetzt. Sie meinen, es sollte noch vor dem Frost geschehen." Rojacher verstand und sagte: „Das hab' ich gestern bei der Heimfahrt gemerkt. Schick zwei Arbeiter mit zwei Pferden. Sie sollen Schotter auffahren und entsprechend ausbringen." Rainer sah seinen Arbeitgeber skeptisch an. Rojacher fragte: „Stimmt was nicht?" Und sein Verwalter gab zu bedenken: „Beim Radhaus liegen bei tausend Zentner Schlich, das Doppelte etwa bereits hinterm Haus. Wenn wir jetzt mit den Straßenarbeiten beginnen, ist der

Transport behindert. Wir sind aber den Brixleggern im Wort." Nun war es Rojacher, der nachdachte. Und schon fiel ihm die praktische Lösung ein: „Wir laden abends, die Transporte gehen am frühen Morgen, die Wegmacher arbeiten hernach. Die Leerfuhren heimwärts können leicht ausweichen." Wieder war ein Punkt abgehakt, aber Rainer war noch nicht fertig. „Ich sollte dich erinnern: Den Münchnern bist einen Brief schuldig." Daran hatte er nicht mehr gedacht. Die Münchner Sektion des Deutschen Alpenvereins hatte Geld für den Wegbau zum Schareck geschickt. „Schreib ihnen, der Weg ist fertig. Außerdem schlag ihnen vor, dass wir nächstes Jahr einen Steig mit Markierungen über die Bockhartscharte ins Naßfeld und einen über die Goldzechscharte zum Hocharn bauen könnten. Betone, dass wir dafür auf ihre Unterstützung angewiesen sind. Nein, warte, diesen Herren schreib' ich selber. Aber erst will ich zum Radhaus. Will sehen, wie weit sie mit dem Pochen sind. Und vielleicht im Bodner Stollen nachsehen." Damit war der Verwalter entlassen. Dieser hätte zwar noch einige Fragen gehabt, wusste aber, damit konnte er bis zum nächsten Tag warten.

Naz überlegte: ‚Welche Schuhe soll ich nehmen? Die neuen aus Paris oder doch die alten? Soll ich aufsteigen und mir die Bäche genauer ansehen? Nein, heute muss es geschwind gehen. Das Wasser rinnt mir nicht davon und so schnell wird die Strommaschine nicht kommen. Außerdem ist's eh fast Winter bis zum Sommer.'

Das war zwar übertrieben, denn den Frühling gab es auch in Kolm Saigurn, allerdings nur kurz. Meist lag der Schnee noch Anfang Mai beim Haus, doch Krokusse und Schlüsselblumen fanden ihren Weg ebenso ins Talende wie der Kuckuck und die Schwalben, nur zu späterer Zeit als in Rauris. Freilich, bis in diesem hohen Talboden Eis und Schnee geschmolzen sein würden, würde es später Mai oder Juni sein. Darum konnte er sein Vorhaben erst danach umsetzen. ‚Den Pelzler', sinnierte er erneut von seiner Errungenschaft ergriffen, ‚den Anton könnte ich einweihen. Oder den Lechner. Vielleicht den alten Lackner. Werd' sehen, werd' überlegen. Jetzt fahr' ich mit der Bahn. Mit meiner Bahn ohne Ruß und Gestank.' Für das Ruckeln und Rumpeln seiner Bahn war Naz unempfindlich, das ließen seine Gedanken nicht zu – vielmehr, das zu bekritteln käme ihm einer Verunglimpfung gleich.

Oben am Fuße des Goldberges herrschte reges Treiben. Noch im Wägelchen sitzend hörte er die Pocher stampfen und das Wasser platschen. Matthias stand vor dem Radhaus und winkte. Aber nicht ihm, Rojacher, galt dies, sondern den Winkler rief er zu sich. Der junge Niederberger hatte es bis zum Obersteiger gebracht. Nicht allein seines Fleißes wegen, auch sein Können in der Holzbearbeitung war bei der Grubenzimmerei gefragt. Von Vorteil hatte sich auch erwiesen, die Kärntner Belegschaft Winkler zu unterstellen. Zwischen den Männern diesseits und jenseits des Goldberges herrschte eine Rivalität, deren Ursprung unbekannt war. Winkler gelang es meistens, die Streitereien zwischen Rauriser und Kärntner Knappen zu schlichten. Vor allem, wenn es, wie meistens, um Kleinigkeiten ging: Eine schief sitzende Kappe, eine nicht auffindbare Hacke, die scheinbar ungeschickte Handhabe eines Werkzeuges, mitunter reichte ein falsches Wort und der Betroffene fuhr in jäher Wut hoch. Wenn indes ein grober Fehler passierte, waren sie erfinderisch darin, ihn der jeweiligen Gegenseite anzuhängen. Dann geschah es nicht selten, dass der eine oder andere mit einem blauen Auge abrückte. Dass sie dennoch eine eingeschworene Truppe waren, bewiesen sie in Gefahr oder wenn ein Unglück geschah. Und erst recht bei Fremden, wenn sie sich als vermeintliche Gegner entpuppten. Einmal hatte ein Hüne von einem Mann – er war von der Lender Hütte – sie *allesamt lausige Schürfer* genannt. In nie zuvor gewesener Eintracht überlegten sie, wie sie es dem Auswärtigen heimzahlen konnten. „Wir verdreschen ihn!" Das kam von Wolfo, dem jungen Turiner, der Helfer in der Erz-Aufbereitung war. Ein Kärntner Steiger vertrat seine Landsleute: „Der soll sich nicht mehr ins Tal trauen." Josch, der Schmied, ein Rauriser Kraftlackl, wollte wissen: „Schreibt's ihm das?" Darauf ein Lachen, ein Grinsen und Feixen und auf ein Neues zerfielen sie in zwei Lager. Was oftmals der Arbeit zugute kam, wenn sie um das bessere Ergebnis wetteiferten. Wie in den vergangenen beiden Wochen. Der Hutmann Pelzler hatte dies freilich bemerkt: die vollzählige Mannschaft am Montag, kein Zuspätkommen, nichts mit Drücken vor unliebsamer Arbeit, ohne Zwistigkeiten, kein Murren. Erklären konnte er sich dieses Phänomen nicht. Auch nicht, warum sie die Heimkehr von Naz kaum erwarten konnten. Dabei hätte er bloß Wolfo fragen müssen, doch ausfragen wär' ihm zuwider gewesen. Wolfo wusste, was längst alle wussten: Der Rojacher hatte einen Batzen Gold an das Münzamt geschickt. Just vor seiner Abreise nach Frankreich. Eine glänzende Münze für ihre Tasche, das wär' was. Sie hofften. Als nun Rojacher, nach bereits zwei Wochen Abwesenheit, wieder am Berg, wieder bei ihnen ankam und vielleicht *Etwas* mitgebracht haben könnte, war eine Aufregung unter der Mannschaft, die sich spürbar auf Rojacher übertrug. Er schaute zu seinen Männern, die wie am Schnürchen aufgefädelt dastanden. Sie warteten. Er blickte von einem zum anderen, dann zum Schlich, der unübersehbar hoch aufgetürmt dahinter lag. Und endlich löste er die Spannung: „Sagts bloß, ihr habt das in der Zwischenzeit gepocht. Nicht zu glauben. Da mag ich gern mit einer Überraschung heimkommen. Morgen, kommt's morgen nach der Schicht ins Kolmhaus, da steht was an."

Freud und Leid

Maria band sich das Halstuch um. Kühl und anschmiegsam lag der seidene Stoff auf ihrer Haut. Sie drehte und wendete sich vor dem Spiegel. Im Schein der Abendsonne glänzten die rot- und goldfarbigen Fransen und der Stoff hatte, je nach Einfall des Lichtes, hellere oder dunklere Schattierungen. In der Kommode, in die sie das Tuch wieder gab, lag auch die feine, nach Rosen duftende Seife. Maria überlegte wieder einmal, warum ihr Naz derart Schönes mitgebracht hatte. Dass er mit Geschenken für sie heimkehren würde, das hatte sie nicht erwartet, denn sein Interesse galt entweder dem Berg oder *Jenen auf der anderen Seite des Berges*. Dachte sie. Doch da war die zufällige Begegnung bei der Dampfhütte. Maria hatte den ruhigen Abend genutzt. Die Knappen schliefen am Berghaus, die Fuhrwerker waren bereits im Bett. Anna ebenso. Milchig nebelig war der Abend, die Arbeit getan, ein Gang in die Dampfhütte bot sich an. Auch weil diese noch einigermaßen heiß sein würde. Weil Naz zuvor ein Bad genommen hatte. Maria legte einige Scheite Holz nach, goss Wasser auf die heißen Steine und genoss den Dampf, der in Schwaden hochstieg. Da hörte sie plötzlich ein Rascheln, gefolgt von einem Knacksen. Dann ein Plumpsen gegen die Wand. Schnell erhob sie sich, griff zum Tuch und öffnete die Tür. Ein verdatterter Rojacher stand davor.

Maria betrachtete sich im Spiegel. Vierunddreißig Jahre war sie. Noch nicht alt, aber auch nicht mehr jung. Erste kleine Falten zeigten sich um die Augen. Nicht, dass sie sie gestört hätten, Naz hatte auch welche. Sogar einige seiner Barthaare waren bereits weiß. Schon mit siebenunddreißig. Doch das gefiel ihr. Sie merkte, dass sie viel an ihn dachte. Mehr als die Arbeit im Kolmhaus es erforderte – hier hatte ohnehin noch die Rojacherin das Sagen. Jedoch immer mehr und immer häufiger auch sie. Die Magd, die Naz im Frühjahr eingestellt hatte, war ihr, Maria, unterstellt worden. Ein geschicktes Mädchen, eine große Hilfe. Jahr für Jahr kamen mehr Fremde nach Kolm Saigurn. Zur Sommerszeit gab es kaum einen Tag, an dem der Gastraum leer blieb. Zudem galt es Knappen, Schmiede und Fuhrwerker, die im Tal arbeiteten, zu versorgen, Zimmer und Betten herrichten, Frühstück machen, Abendessen kochen, mitunter Bier, Wein, Schnaps, Zigarren, Speck und Käse oft noch zu später Zeit für späte Gäste kredenzen. Gäste, die aus allen Ländern der Monarchie kamen und wenigstens einen der Dreitausender des Rauriser Tales bezwingen wollten. Darunter Herrschaften aus höchsten Adelskreisen wie die Fürstin von Hohenlohe. Maria wurde gebraucht. Das wusste sie. ‚Montag Waschtag, Dienstag Putztag, Mittwoch Flicktag, alle Tage Arbeitstag, pha, da würde *Die auf der anderen Seite des Berges* stöhnen.‘ Derartiges spann Maria, wenn sie Wut und Gram nicht schlafen ließen. Heute aber, heute stand anderes an.

Sie war noch im Zimmer und wusste nicht, wie sie es Naz sagen sollte. Erst das Warten der Knappen auf die Goldmünzen. Dann deren Enttäuschung. Und heute die traurige Nachricht. Da hörte sie ihren Namen rufen. Unsicher ob einer Täuschung wartete sie. Schon klopfte es an ihrer Tür. Naz öffnete einen Spalt breit, trat aber nicht ein, fragte nur: „Maria, magst mit mir ein Glas Wein trinken?“

Rojacher war nach Gesellschaft. Der plötzliche Tod des jungen Burschen wollte ihm nicht aus dem Kopf gehen. Der alte Lackner hatte ihn gefunden. Unter der Wand vom Alteck. Ein mächtiger Steinschlag, links vom Gipfel runter. Eine ganze Lawine. Er erinnerte sich an ein Rumpeln, als sie an der Rollbahn gearbeitet hatten. An dem Tag, da der Bursch abgehauen ist. Morgen würde er Juris Eltern berichten, heute fand er nicht die Worte. ‚Überhaupt, was schreibt man Eltern, denen ihr Kind verunglückt ist?‘ Über diese Frage grübelte er. Und fühlte sich schuldig. ‚Was wäre gewesen, wenn ...?‘ Nein, darauf fand sich keine Antwort. Diese Frage war nicht zulässig. Unabänderliches im Leben musste man annehmen. Auch wenn es schwer wog. Um für kurze Zeit diese Sorge ein wenig zu verdrängen, hatte er nach einer Flasche Wein gegriffen und den Weg zu Maria genommen.

Zu später Stunde, als sie die Flasche bereits geleert und er lange mit Maria über den jungen Knappen Juri Minatti und das Unglück geredet hatte, erzählte sie Naz, was seit Wochen die Stimmung der Bergmänner trübte. „Es ist wegen dem Gold. Du weißt schon, das Gold, das du ans Münzamt geschickt hast. Die Knappen haben gehofft, dass du ihnen eine Münze für ihre besondere Leistung, als du in Paris gewesen bist, schenkst. Und du hast ihnen von der Lichtmaschine und vom Telefon erzählt. Jetzt sind sie verärgert, einige sogar erzürnt.“

Naz war nicht entgangen, dass nicht nur die Knappen, sondern sogar der Zimmerer und der Schmied in seiner Gegenwart den Kopf drehten und nötige Antworten brummig und dürftig ausfielen. „Jetzt versteh’ ich, aber Maria, verstehst auch du? Für ihre Arbeit kriegen sie bezahlt. Leistung kann ich erwarten. Einen *blauen Montag*, das war zwar früher üblich, aber bei mir gibt’s das nicht. Abgewöhnt, sag’ ich nur. Und für ihre besondere Leistung – während ich in Paris war – sind sie zum Festschmaus geladen worden. Außerdem, was ich in Paris gekauft habe, bedeutet Fortschritt für alle.“ Maria, die aufmerksam zugehört hatte, sagte: „Etwas, das man nicht kennt, vermisst man nicht. So ist es mit deiner Lichtmaschine. Deine Leute – auch ich –, wir können uns nicht vorstellen, was wir vom Licht haben."

Das war ein Schlag. Einer, der ihn wachrüttelte. Er musste sich eingestehen, dass sich seine Anschaffung erst bewähren musste. Bis dahin würde er mit seiner Begeisterung allein sein. Naz kehrte die bittere Erkenntnis ins Schalkhafte: „Maria, dann muss euch erst das Licht aufgehen, damit ihr seht." Und: „Mit den Knappen werde ich reden, in ihrer Enttäuschung lass' ich sie nicht stehen. Und jetzt gehen wir schlafen. Es ist Zeit."

Arlt hilft

Er konnte es drehen und wenden wie er wollte, es blieb ein Dilemma. Ließ er nur seine Männer arbeiten, würden sie noch ein Jahr brauchen. Würde er mehr Arbeiter einstellen, wären sie bei etwas Glück gegen Winter fertig, könnte die Rollbahn im nächsten Frühjahr laufen, könnten sie das Erz mit der Bremsbahn zum Aufzug führen. Käme er wieder zu Geld. Aber woher soll er vorweg das Geld nehmen, um eine große Mannschaft zu halten?

Die Pläne für den Bau der Schlepp- und Bremsbahn passten, waren geradezu genial, das Unternehmen aussichtsreich. ‚Reich‘, dachte Naz, ‚reich müsste man sein. Oder erben, so wie der Koban. Dass der mir auch nur wieder in den Kopf kommt.‘ „Sakradi!"

„Hat da einer geflucht?" Es war Arlt, der sich die Frage nicht bestätigen lassen musste, denn unüberhörbar hatte Naz seine Verzweiflung zum Ausdruck gebracht. „Wilhelm! So was, du? Wo kommst denn plötzlich her? Willkommen bei uns in Kolm, willkommen in meinem Gasthaus." Naz richtete sich von seinem Tisch auf und gab dem Freund die Hand. Das Gespräch verlief, als ob sie sich erst gestern getrennt hätten. Und doch war bereits ein Jahr vergangen, seit sie in Paris gewesen waren. Zwar war Arlt zwischenzeitlich zum Viehkauf in Rauris gewesen, doch ein Aufenthalt bei seinem Freund war ihm nicht möglich. Auch für Bergtouren fand er im vergangenen Jahr keine Gelegenheit, zu sehr forderte ihn sein Zuchtbetrieb. Das sollte sich ändern – nahm er sich vor. Er vermisste die Touren in die Weite der Gletscher und Gipfel und merkte, wie sehr er diesen Ausgleich zum kräftezehrenden Alltag brauchte.

Just als er das gute Essen und den Wein in der heimeligen Gaststube genoss, erinnerte er Naz an die Reise nach Paris. Fragte dabei auch nach seinem wichtigen Einkauf. Naz, als ob er auf diese Frage gewartet hätte, antwortete umgehend: „Die Lichtmaschine, vielmehr der Dynamo, gibt mir noch Rätsel auf. Dafür brauch' ich den Gruber." Arlt schaute fragend zu Naz. Er konnte den Namen Gruber nicht zuordnen und bat um eine Erklärung. „Der Gruber, ein Mechaniker in Lend, der weiß um die Eigenheiten dieser Technik. Der Einlauf ist fertig. Die Rohre sind verlegt. Das Antriebsrad läuft. Die Turbine dreht sich. Dennoch, das Licht will nicht leuchten." Weil Arlt sich mit Elektrizität nicht auskannte, fragte er nicht weiter und lenkte das Gespräch auf Naz' Willkommensgruß. „Sagtest du: Willkommen in meinem Gasthaus? Hast du es mit dem Bergbau erworben?" Naz errötete. Blickte betreten zu Boden und suchte sich zu sammeln. Arlts Frage machte ihm bewusst, dass er ihm bisher nicht die vollständige Geschichte seiner Käufe und Verhandlungen in Wien erzählt hatte. Verschwiegen hatte er den Wucherpreis. Zu peinlich. Geschämt hätte er sich vor seinem Freund. Ein Versagen auch gegenüber Maria, das fehlte ihm noch. Und wie stünde er vor seinen Männern da? Überhaupt, ein Rücktritt vom Kauf wäre ihm eine Blamage gegenüber der ganzen Talschaft gewesen.

„Das ist, ja das ist, hm ... eine lange Geschichte", antwortete Naz endlich stockend und begann, erst in seinen Bart murmelnd, dann mit jedem Satz klarer und deutlicher zu berichten. Erzählte ihm von der plötzlich viel höheren Kaufsumme als vorweg angeschlagen, und dass – als kleiner Trost und wie erst erwähnt – zum Bergbau mit all seinen Bauwerken und Gerätschaften das Kolmhaus wie auch das Postmeisterhaus in Rauris im Preis inbegriffen waren. Und schließlich von seiner finanziellen Misere. „Im Frühjahr 1881 habe ich den Bergbau eingestellt. Dafür Wege und Steige gebaut. Mit mehreren Alpenvereins-Sektionen verhandelt. Die Münchner steuerten Geld für Wegbauten bei, die Erfurter Sektion ebenso. So konnte ich meine Männer beschäftigen. Gäste sollten für ein weiteres Einkommen sorgen. Also habe ich die Kolmstraße herrichten lassen. Und das Gasthaus wird bestens geführt, du kennst ja unsere Küche – Mutters Kochkünste übertragen sich auf Maria. Dann die Zimmer: halbwegs warm, sauber und trocken. Die Listen mit den folglich schmalen Erträgnissen aus dem Bergbau habe ich nach Wien gesandt. Dementsprechend war das schriftliche Angebot. Dann stand ich in Wien. Stand vor dem Beck, erhielt einen Kaufpreis, der beinahe das Doppelte des Veranschlagten war." Naz verzog sein Gesicht: „Hören'S, mein lieber Rojacher, der Berg verbirgt noch jede Menge des glänzenden Metalls, und ein paar Häuser kriegen'S gleich mit, da, des wird's Ihnen wohl wert sein", äffte er den Ressortchef des Ackerbauministeriums nach. „Was hätt' ich tun sollen? Überrumpelt hat er mich. Mir blieb nur die eine Wahl: alles oder nichts. Und jetzt zahl' ich wie ein Schwärzer. Ist nicht zu machen. Nicht mit Gold und nicht mit Fremden." Arlt hatte seinem Freund aufmerksam zugehört. Eine Weile saßen sie schweigend, ein jeder nippte an seinem Glas. Arlt überlegte. Die Reise nach Paris kam ihm in den Sinn. Die salzige Butter, die langen weißen Brotwecken, der aromatische Kaffee, die Klänge der Stadt, Naz' kindlicher Eifer bei der Ausstellung und sein schwerer Sinn bei der Zugfahrt. ‚War es damals also nicht allein Elisabeth, die ihm Kummer bereitete.' Ein Seufzer von Naz holte ihn aus der Erinnerung. Die zwei Freunde schauten einander unverwandt an. Bitternis und Kummer sah Wilhelm in Naz' Blick. Zuversicht und Freude meinte Naz in den Augen des Freundes zu lesen. Womit er richtig urteilte. Arlt hatte sich in den Jahren, seit er das erste Mal in Kolm Saigurn gewesen und Rojacher getroffen hatte, eine Meinung zu Naz' Unternehmungen gebildet. Eine Lösung des aktuellen Problems tat sich während des Gespräches auf.

„Wenn nicht heute, dann später, dein Konzept stimmt, vielleicht bist du der Zeit voraus. Entweder mit Gold oder mit Gästen, einmal wirst du genug Geld haben. Bis es soweit ist, gräm dich nicht, hast du mich, Naz. Ich habe mit dem Viehhandel mehr verdient, als ich verbrauchen kann. Ich freu' mich, wenn ich dir helfen kann. Betrachte Geld neben Tausch- auch als Hilfsmittel. Und jetzt erzähl mir vom Telefon."

Ebenso abrupt, wie Arlt das Thema gewechselt hatte, ratterten nun Rojachers Gedanken zu seinem „Glückskauf", wie er die Anschaffung des Telefons gerne nannte. „Dem Bell seine Erfindung funktioniert. Das Telefon klingelt bei uns."

Schon zwei Wochen nach der Reise zur Elektrizitätsausstellung in Paris traf die bestellte Fracht am Bahnhof in Lend ein. Noch im Spätherbst desselben Jahres wurde die Leitung vom Werkhaus im Tal zum Knappenhaus am Berg gelegt und das Telefon installiert. Seither konnte sich Naz viel Zeit und Wege ersparen, indem er Fragen oder Notwendiges über das Telefon klärte beziehungsweise anwies. Manche seiner Männer waren dieser Neuheit gegenüber noch skeptisch, doch Saupper, sein Maschinist, der schnell die Vorteile daraus erkannt hatte, und ebenso der Matthias Mayacher, sein Zimmerer, waren dieser Anschaffung gegenüber aufgeschlossen. Schließlich siegte die Neugierde über die Skepsis und Rojacher hörte am anderen Ende der Leitung bald diese, bald jene Stimme.

Voll der Freude ob seiner neuen Anschaffung wartete Rojacher auf die Reaktion des Freundes. „Das Telefon nun in Kolm Saigurn. Das musst du mir vorführen. Eine Neuheit, die gar vielen Städtern in Prag oder Wien unbekannt ist. Ein Prost auf dich."

Auch wenn er trotz Bescheidenheit den Weitblick nicht verlor, der Zuspruch aus Arlts Munde bestärkte ihn. Naz' Augen leuchteten, seine Backen trugen den roten Schimmer der Aufregung: „Dass wir mit dem Telefon den Städtern voraus sind, hat auch meine Männer zum Kurbeln angestachelt", erklärte er eifrig und streckte seinen Arm nach einer Flasche aus: „Darauf passt ein Vogelbeer." Wilhelm kannte den feinen Schnaps, den Naz für besondere Anlässe in dem kleinen Wandschrank aufbewahrte, und teilte seine Begeisterung: „Aufs Leben, auf die Freundschaft, auf den klingenden Bergbau!"

Nägel mit Köpfen

„Richard, du bist geschickt wie mein Vater. Komm, wir suchen eine Zirbe. Oberhalb der Erlehenalm, gegen den Märchenwald zu, da wachsen sie. Hundert und mehr Jahre sind sie alt. Die Holzfäller und Köhler rühren sie nicht an. Die Holzfäller nicht, weil sie dem Abhang trotzend krumm und schief gewachsen sind, die Köhler nicht, weil Buchenholz bessere Kohlen geben. Wir werden einen Ast abschneiden, einen, aus dem du Schafe, Ochs und Esel schnitzen kannst." Naz drehte seinen Kopf, streckte die Hand aus, streichelte erst übers Haar und zerzauste es darauf übermütig. Darüber erwachte Maria und schaute im fahlen Mondlicht, das durch die Fenster schien, zu ihm. Was war das? Sie merkte, dass er schlief, vielleicht träumte, weil er Unverständliches murmelte. Sie rückte näher zu ihm, legte einen Fuß und Arm um ihn, schob den Kopf in seine Halsbeuge und schlief so schnell, wie sie munter geworden war, wieder ein. Naz war von ihrer Umarmung erwacht und schaute benommen zur Decke. Irgendetwas war da? Grad vorhin. So schien es ihm. Vage kam ihm sein Traum in Erinnerung. „Richard", flüsterte er. Ungewollt kam ihm ein Stöhnen von den Lippen. Peinlich berührt sah er sogleich zu Maria. Doch sie atmete ruhig, hatte hoffentlich nichts gehört. Da erinnerte er sich an eine Geschichte:

Ein Fuchs schlich sich zum Hühnerstall, doch der Hofhund wachte vor der Tür. An ein Federvieh als Nachtmahl war nicht zu denken. Betrübt zog das Tier davon. Weil aber der Hunger seinen Weg bestimmte, suchte er weiter. Ergebnislos lief er über den Weinberg zurück zu seinem Bau, sah dabei die Trauben und fraß notgedrungen davon. Es muss nicht ein Hühnchen sein, Trauben sind ja auch gut, sogar gesund, so maliziös der Fuchs. Warum fiel ihm jetzt diese Fabel ein? ‚Komisch‘, dachte Naz.

Warm und fest fühlte sich Marias Körper an. Hätte Naz ihr Gesicht besser sehen können, hätte er ein wenig Glückseligkeit, mindestens aber Zufriedenheit in ihrem Ausdruck finden können. Dabei war der Abend turbulent verlaufen. Maria hatte ein Spitzentüchlein in seinem Bett gefunden. „Pfui Teufl, das ist von der mannstollen Wienerin.“ Recht laut hatte sie ihm dies vorgeworfen. Nicht nur die Mutter, auch der Pepp hatte ihn komisch angesehen. Am folgenden Abend brauchte es einiges an Überredungskunst, um sie wieder zu besänftigen. Und nicht nur das. Erst sein Versprechen konnte sie beruhigen. Jetzt, wo er länger überlegte, gelang es ihm, sie zu verstehen. Eifersucht und Gram plagten sie. Dabei war es nicht beabsichtigt, nicht gestern und niemals zuvor. Das mit der Dame aus Wien, das hat sich ergeben, zu guter Stunde, bei einem Glas Wein, nach einem anregenden Gespräch. ‚Verborgen bleibt in diesem Haus schon gar nichts. Zu jeder Stunde hat irgendwer Augen und Ohren am unrechten Platz‘, resümierte er. Ein wenig überdachte Naz noch seine Situation, kam aber zu keinem anderen Entschluss. Als er frühmorgens, es war noch finster, erwachte, stieg er vorsichtig aus dem Bett, nahm sein Gewand und schlich leise aus dem Zimmer. In der Küche hatte die Mutter bereits Feuer gemacht. Vom Herd strömte angenehme Wärme und der Duft von Kaffee und warmer Milch lagen im Raum. Sie setzten sich gemeinsam an den Tisch, bestrichen Schwarzbrot mit Butter und Honig und tranken heißen Kaffee. Bohnenkaffee, den Naz in Lend beim Kolonialwarenhändler kaufte, den die Mutter mit gerösteten Feigenwürfeln streckte. Nur kurz erwähnte er ihr gegenüber sein Vorhaben:„Mutter, ich fahr' heut' nach Salzburg. Warte abends nicht, es kann spät werden. "

An seinem Gesicht konnte sie sehen, dass er ein wenig aufgeregt, an seinem Gehabe erkennen, dass er gut gelaunt war. Er hatte ihr nämlich, bevor er durch die Tür entschwand, einen Kuss auf die Wange gedrückt. Das hatte er schon seit Monaten nicht mehr getan. Sie freute sich darüber, ebenso sehr aber rätselte sie, was ihn in die Stadt trieb.

Als Naz in Salzburg angekommen war, suchte er sogleich den Weg zur Goldgasse. Dass sie im alten Teil der Stadt lag, hatte er gewusst. Außerdem, was sollte daran schon schwierig sein, einen Goldschmied in der Goldgasse zu finden? Er griff in die Tasche seiner Kniebundhose und drückte das Päckchen, das er eingesteckt hatte. Wieder einmal hatte er die Strickjacke verkehrt zugeknöpft: Oben fehlte ein Loch beziehungsweise blieb ein Knopf übrig. Er sah es, als er ins Schaufenster der Eisenhandlung Steiner blickte. Um das Spiegeln der Scheibe zu umgehen, drehte er den Kopf, hielt ihn ein wenig schief und betrachtete derart die Auslage. Sein Staunen galt einem scheinbar simplen Werkzeug: einem aus Eisen gehämmerten Winkel mit verstellbarer Dreieckfunktion sowie einer Vorrichtung, auf die man einen Zirkel befestigen konnte. Das Ziel in der Goldgasse musste warten, auch seine falsch geknöpfte Jacke hatte er darüber vergessen. Er schaute die Hausmauer hoch, sah das Gebäude vier Stockwerke hoch dastehen, ‚ein Haus mit solcherlei Werkzeug, das muss der Steiner sein, bei dem ich schon oft bestellt habe', dachte er, wendete sich kurz, blickte zur Salzach, bog um die Ecke, den Torbogen hindurch, und verschwand im Eingang der Handlung.

Es war schon später Nachmittag, als er endlich beim Haus des Goldschmiedes eintraf. Eine Klingel verriet dem Meister, der im Nebenzimmer arbeitete, sein Eintreffen. Eine Lupe über der Stirn, eine blaue Schürze umgebunden, die Finger dünn wie krumm, ging er buckelig zum kleinen Tresen. Er betrachtete voll Skepsis den bärtigen Kunden, der eine Hand in der Hosentasche, die andere am Träger des Rucksackes haltend vor ihm stand und außer einem kurzen „Grüß Gott" nichts sagte. Im nächsten Moment fiel dem Goldschmied ein, dass ja er den Gruß noch nicht erwidert hatte. Er holte dies nach und setzte ein „Was wünscht der Herr?" nach. Rojacher nahm das Sacktuch aus der Hose und legte es aufgebreitet vor den Goldschmied. Der sah das Gold darauf und blickte abwechselnd zu Naz und zum Tisch. „Gegen zwei Ringe will ich's tauschen", sagte dieser. Nachdem der Handel getätigt war, ging Rojacher wieder der Salzach zu. Kam aber nicht weit, ein Gendarm holte ihn ein und befahl ihm mitzukommen. „Hätt' dir so passt, du Haderlump, aber nicht mit der Stadtgendarmerie. Ein paar Tag' Wasser und Brot, dann wirst schon sagen, wo du den Brocken Gold her hast." Und tatsächlich musste Rojacher in den Karzer, denn auch der Kommandant glaubte ihm nicht.

Maria trat vor das Haus. Es war spät am Abend, die Essenszeit längst vorbei, alle Hausarbeit erledigt. Anna und Barbara, die Magd, waren schon zu Bett gegangen, Pepp und die Gäste auch. Wieder leuchtete der Mond ins Tal, Sterne über Sterne waren zum Greifen nah und kein Wölkchen zeigte sich. Doch der Pracht des Himmels schenkte sie ebenso keinen Blick wie dem Zauber der taufeuchten Wiesen und Hügel, über die lautlos Nebelfäden streiften. Nur dem Wasserfall, mit seinem unaufhörlichen Rauschen, klagte sie ihren Groll: „Was der wohl macht. Geht im Dunkel, bleibt fort im Dunkel.'

Glocken läuten

Anna ging zur Barbarakapelle, drückte auf die eiserne Klinke, schob die Holztür auf und griff ins Weihwasserbecken, ehe sie am Strick, der vom kleinen Türmlein hing, zog. Die beiden Gäste des Hauses wussten dies nicht zu deuten, die Arbeiter hinter dem Haus bekreuzigten sich. Maria, Naz und Pepp saßen schweigend am Tisch und dachten an den Köhler. Anna ließ die Glocke drei Ave Maria lang bimmeln. Das war sie dem Seppl und seiner Familie schuldig, damit wollte sie den kleinen Paul in den Himmel läuten. Dabei war der Bub der Köhlerfamilie – man nannte sie noch immer die Köhlerfamilie, wenngleich der Meier Sepp schon seit Jahren bei Rojacher im Dienst stand und das Kohlbrennen nicht mehr betreiben musste – immer kräftig und gesund gewesen. Doch auch dies war keine Gewähr, der Krankheit zu trotzen glich vielmehr einem Glückspiel. Das viele verloren. Im Winter hatte es in Rauris begonnen. Noch im Februar waren sieben Kinder im Markt Rauris und zwei in Bucheben verstorben. Elfmal hatte die Glocke im März geläutet, nun war es schon April, wieder erklangen dieselben Glocken, gestern in Rauris, heute für den kleinen Paul Meier aus Bucheben. „Umtrager" haben die Seuche nach Rauris gebracht, dessen waren sich die Talbewohner gewiss, denn kurze Zeit, nachdem die Korb-

254

verkäufer mit ihren Holzlöffeln, Schöpfern und Körben gekommen waren und diese feilgeboten hatten, erkrankten die Kinder. Anfänglich dachten die Mütter an eine Verkühlung, denn Husten, Schnupfen und Fieber waren in der kalten Jahreszeit fast in jedem Haus anzutreffen. Ein Kind um das andere jedoch bekam zudem die gefürchteten roten Punkte. Am Rücken, auf der Brust, im Gesicht, an Händen und Füßen, ja am ganzen Körper bekamen sie kleinere und größere Pünktchen, bekamen hohes Fieber, manche zudem eine Lungenentzündung, manche wachten am Morgen nicht mehr auf. Die roten Punkte waren die Gefahr, von ihnen ging der Tod aus. Grad wie die Krankheit, so breitete sich die Angst im Tal aus. Man suchte sich zu schützen: Salben, Tees, Kräuter, Weihrauch ... vergeblich, es wirkte keines ihrer Hausmittel, der Tod suchte hier und dort – schon seit Wochen –, wählte kleine Kinder, größere, zog talaus, talein, die Familien bangten, hofften und beteten.

Ebenso wie die roten Punkte fürchteten die Menschen das Bimmeln der Sterbeglocke. Erklang ihr Geläut vom Turm, erschraken sie. Befiel sie die Gewissheit, dass der Tod noch umging, und fühlten mit jedem Schlag ein Drohen des Knöchernen. Hilflos mussten sie zusehen und konnten nicht verstehen, dass er es auf ihre Kinder abgesehen hatte, wenn gar viele Alte und Sieche auf ihn warteten. Und bevor hier ein Schluchzen verebbte, war dort lautes Klagen, wenn dort eine Mutter leergeweint, versteckte anderswo ein Vater seine Tränen.

Naz und Maria saßen noch immer bei Tisch. Seit einer Stunde schon. Ein jeder hing seinen Gedanken nach. Naz hatte gehört, dass auch in Kärnten die Masern grassierten, und bangte um seinen Sohn. Maria überlegte, nach Hause zu fahren, um nach ihrem Kind zu sehen, wenngleich sie ihn in guter Obhut wusste. Ihr Vater würde sofort Nachricht geben, wenn der Junge erkrankt wäre. Viel eher traf es zu, dass er sie erst gar nicht auf den Hof lassen würde. Nicht sie, seine Tochter, aus Vorsicht nicht, und angesichts der Seuche

Fremde erst recht nicht. Nein, Maria fuhr nicht nach Hause, das gab keinen Sinn. Und Naz, er konnte nicht zu seinem Sohn, ob er wollte oder nicht. Er konnte nur hoffen, dass Elisabeth ebenso gründlich, wie wohl der alte Waldbauer es stets gehalten hatte, auf ihren Buben aufpassen würde. Da fragte Maria unvermittelt: „Was hast du in Salzburg getan?" Überrascht war Naz nicht ob ihrer Neugier, aber dass sie ausgerechnet jetzt wieder damit anfing. „Ich hab' dir schon gesagt, es wird dich freuen, aber erst will ich das Licht haben. Bald kommt der Gruber aus Lend. Er kennt sich mit Glühlichtanlagen aus und ..." Naz sah, dass er mit seinem Plan keinen Gefallen bei Maria fand und stockte. Freilich hatte er sie schon ein paar Mal vertröstet, freilich war sie eine tüchtige Frau, sie zu vertrösten glich einem Hinhalten. Nochmals versuchte er es, nahm dabei ihre Hand: „Maria, schau, es ist doch nur, weil ... ja weil ich es der Reihe nach machen will. Keiner hier versteht, was das Licht für das Bergwerk, für das Gasthaus, für uns in Kolm Saigurn bedeutet. Doch soviel wird wohl jeder verstehen: Schluss mit den stinkenden Talglampen. Beleuchtete Stollen im Berg. Und hier im Haus: vorbei mit dem spärlichen Funzel der Wachskerzen. Bei einer Glühfadenlampe kannst du abends Zeitung lesen." Keines dieser Argumente zählte bei Maria, auch sein Schmeicheln fruchtete nicht. Sie las keine Zeitungen, ihr genügten die Neuigkeiten, die ihr die Gäste erzählten. Finster schaute sie Naz an. Wollte ihm schon an den Kopf werfen, dass sie früher im Berg sogar ohne Licht viel Gold gefunden hatten. Ließ es allerdings sein, er würde nicht verstehen. Aber ihr Blick genügte. Naz verstand. Ein wenig zerknirscht, weil er es für eine schönere Stunde vorgehabt hatte, aber doch auch freudig, verriet er sein Vorhaben: „Bald werden andere Glocken läuten und ein Licht im Zimmer wird ein Ringlein glänzen lassen!" Jetzt war es gesagt. Maria verstand. Ein Lächeln huschte über ihr Gesicht. Sie packte Naz, drückte ihn an sich und forderte ihn auf: „Zeig her!"

Das Licht brennt

Aufgeregt, ja ganz außer Atem rannte Naz vom Kraftwerk ins Haus, sah zur Glühfadenlampe, die an der Küchendecke baumelte, freute sich über das Zucken des Lichtes, das bald heller, bald matter von der Decke blinkte, rannte wieder zum Kraftwerk und rief dem Gruber zu: „Es brennt, es brennt!" Der Mechaniker grinste und stachelte Naz an: „Schau zur Schmiede und zum Waschwerk, sieh auch in die Zimmer, wir müssen prüfen, ob die Lichtmaschine so viele Lampen betreiben kann." Das war gemein. Freilich wusste Gruber, dass die neue Technik funktionierte, sechzehn Glühlampen, was war das schon für diesen Antrieb, für diese Kraftmaschine. Doch er wollte die Anspannung länger aufrecht halten. Weil er wusste, wie viel dem Rojacher das Licht bedeutete, wie sehr er diesen Tag herbeigesehnt hatte. Welchen Fortschritt er sich davon versprach. Und Erleichterung. Sogar den Redakteur des *Volksboten* hatte Naz für sein Großereignis eingeladen. „Schreiben'S alles auf. Alle Menschen sollen wissen, dass es in Kolm elektrisches Licht gibt", sagte er im Vorbeigehen zum Zeitungsmann und war husch in der Schmiede und ebenso schnell bei der nächsten Tür, der des Waschhauses. Pepp hinkte hinter ihm her, er musste dabei sein, wollte wissen, ob das „neue Zeug", wie er es nannte, funktionierte. Anna wuselte im Vor-

257

raum des Gasthauses hin und her, wusste nicht, ob sie sich mehr für Naz oder über das Licht freuen sollte.

Die Arbeit im spärlichen Kerzenlicht war ihr mit zunehmendem Alter schwerer geworden. Immerhin zählte sie bald siebzig Lenze. „Nächstes Jahr, am 13. Mai 1884, back' ich für dich einen Gugelhupf mit Zibeben", hatte ihr Naz lächelnd verheißen. Dass Naz daran dachte, freute sie besonders. Wieder kamen ihr die Bilder der kleinen Feiern im Schulhaus in den Sinn. Erinnerte sich, wie sie die Weinbeeren vom Weihnachtsgebäck abgezweigt und für die Geburtstagskuchen ihrer zwei Ignaz' aufbewahrt hatte. Da wurde ihr wehmütig ums Herz. ‚Dann bin ich siebzig, mein Ignaz schon seit fünfundzwanzig Jahren unter der Erde. Siebzig! Denk nicht daran oder sei dankbar', schalt sie sich, außerdem ‚in einem Jahr kann viel geschehen.' Das wusste sie aus Erfahrung. „Meine Augen sehen nur mehr das Große", hatte sie Naz neulich geklagt und zur Antwort: „Mutter, passt ja, um Kleines brauchst dich eh nicht sorgen", bekommen. Dass das Glühlicht ihr eine Hilfe werden würde, dies hoffte und glaubte auch sie. Sie verstand den Humor ihres Sohnes. Anders erging es Maria. Meist ärgerte sie sich über seine Art von Spaß und kommentierte geflissentlich mit: „Witznaz!" Heute hingegen teilte sie seine Freude und war bestens gelaunt. Seit er ihr versprochen hatte, dass nach der Inbetriebnahme der Lichtmaschine geheiratet werde, sehnte auch sie diesen Tag herbei. Freute sich auf den schweren Goldring, den er dafür hatte anfertigen lassen. Er würde sich gut machen an ihrer Hand, dessen war sie gewiss. Gespart hatte er nicht, soviel konnte sie sehen, als er ihr die Ringe kurz gezeigt hatte. „Ja, es brennt, es brennt …", hatte sie Naz bestätigt, als er strahlenden Gesichtes die leuchtende Lampe oberhalb des Esstisches bewunderte, und stolz gemurmelt, „ … und bald bin ich die Rojacherin."

Nachdem er sich vergewissert hatte, dass in der Schmiede wie auch im Waschhaus das Licht leuchtete, eilte er, so schnell es ihm möglich war, die Treppe hinauf und öffnete eine Kammertür um die andere. In seiner Aufregung hatte er vergessen, dass im „Ochsenkees", so der Name eines der Zimmer, zwei deutsche Herren einquartiert waren. Sie wollten den Weg zum Schareck inspizieren. Weil ja die Münchner Sektion des Deutschen Alpenvereins die Errichtung gesponsert hatte. Die Herren saßen am Tisch, grüßten den nervösen Eindringling und schmunzelten. Sie hatten bereits ihre Jacken angezogen. Das Ereignis wollten sie sich nicht entgehen lassen. Wenn schon ein Anstieg auf das Hohe Schareck nicht möglich war, die Installierung des Lichtes war auch für sie eine Besonderheit. Dabei hatten sie an „Besonderheiten" einiges gesehen. Naz hatte ihnen geschrieben, dass ein Anstieg zum Hohen Schareck wegen der Schneelage erst im Juli ratsam sei. Gekommen sind sie trotzdem. Die geplante Tour war freilich nicht möglich, so viel Bergerfahrung hatten sie doch. Naz bot ihnen ein wenig Kurzweile, indem er sie mit der Aufzugsbahn zum Radhaus brachte. Dort ließ er sie in das Wägelchen der Bremsbahn setzen und im Anschluss mit der Rollbahn zum Knappenhaus befördern. Das obere Knappenhaus mit den Schlafplätzen und der Küche, der Schmiede, dem Schneekragen, dem Bruchhof, den Stollen rundum, all das bot sich ihnen ebenso unerwartet wie unbekannt. Und das, was sie sahen und erlebten, war mehr, als sie in diesem oder jenem Bericht gelesen hatten, was sie bisher über den Bergbau wussten. Gleichermaßen fasziniert waren sie von den mit Schnee und Eis bedeckten Bergen rundum. In ihren Gedanken errichteten sie weitere Steige und Wege, erschlossen einen Dreitausender um den anderen und bauten Schutzhütten. Die strahlende Kristallwelt des Bergesinneren, das war ein weiteres Geheimnis, das der Karthäuser ihnen bei einem zufälligen Zusammentreffen am Tisch in der Gaststube offenbart hatte. Wenn sie in einigen Tagen die Heimreise antreten müssten, würde ihr Reisegebäck schwerer sein. Der Josef hatte gute

Geschäfte gemacht und die Münchner dachten entzückt an ihren kostbaren Erwerb.

Als Naz von seinem Rundgang wieder zum Kraftwerk ging, hielt er in seiner Rechten zwei Zigarren. Vor dem Waschhaus blieb er stehen und reichte sie Pepp. „Für dich und deinen Gasteiner Freund. Vergiss nicht, ihn wissen zu lassen, dass bei uns die Lampen glüh'n. Und lass dir eine Kammer bei ihm geben." Mit diesen Worten ließ er ihn stehen und nahm erneut den Weg zu seinem Ziel auf. Pepp blickte verdattert und mit hochrotem Kopf Rojacher nach. ‚Woher weiß er, dass ich den Pfund …?' Der Verrat hing sich ihm, gleich einem Mühlstein, ziehend schwer um den Hals. Tränen der Reue schossen ihm augenblicklich ins Gesicht. Dabei hatte auch er auf das Ereignis ungeduldig gewartet! Hatte heute mitgefiebert, sich gefreut auf die Feier, auf den leckeren Braten im Rohr. Und jetzt: ‚Nichts. Nicht für mich. Wegen ein paar lausiger Kreuzer. Die Gulden, die Pfund versprochen, hat der sowieso nie bezahlt. Und einen Platz für mich! Pha. Weil der einen Platz für mich hat', greinte er. Im nächsten Moment wurde er böse: „Der Rojacher, selber schwimmt er im Gold und mir gönnt er die paar Kreuzer nicht. Verjagen wie einen Hund, das …" Schon wurde sein Raunzen unterbrochen. Naz kam und rief dem Redakteur zu: „Es ist der 1. Mai 1883, in Kolm Saigurn brennen 16 Edison'sche Glühlampen. Ein großes Ereignis im hintersten Rauriser Tal. Und das werden wir jetzt feiern!"

Kapitel IV

Eröffnung des Observatoriums

Zwei Männer freuten sich über ein gelungenes Werk, das sie mit Hilfe vieler Gleichgesinnter geschaffen hatten: Das Observatorium am Gipfel des Hohen Sonnblicks. Im Kalender stand das Datum 2. September 1886. „Vor eineinhalb Jahren habe ich den Brief von dir erhalten." Rojacher wusste sofort, von welchem Brief der Professor redete. Im Februar 1885 hatte er ein Schreiben mit Angaben sämtlicher Details zur Errichtung einer meteorologischen Station auf dem Sonnblickgipfel an Julius von Hann, den Leiter des Meteorologischen Institutes in Wien, gesandt. Rojacher antwortete: „Und du hast nicht gezögert."

Gleichermaßen erschöpft wie glücklich über den schönen Tag mit der Einweihung der höchstgelegenen Wetterstation Europas standen sich die Männer gegenüber. Es war geschafft, ein ganz außergewöhnliches Projekt war wahr geworden. „Dank Rojacher", sagte Hann bei seiner Festrede. „Dank Hann", sagte wiederum Rojacher und vergaß auch nicht, den Österreichischen und Deutschen Alpenverein sowie den Österreichischen Touristenklub zu erwähnen. Sichtlich gerührt war Rojacher, als er die Knappen, Zimmerer, Schmiede, Köhler, ja seine gesamte Mannschaft hervorhob und ihnen Respekt und aufrichtigen Dank aussprach. Als er mit „ ... weil ein großes Werk nur gelingen kann, wenn viele an einem Strang in eine Richtung ziehen" endete, setzte Pfarrer Pimpel ergänzend hinzu: „Des Menschen Werk und Gottes Beitrag!"

Wahrlich, auch der alte Rauriser Pfarrer war auf den Gipfel gestiegen. „In diesen schwindelerregenden Höhen braucht so ein Bauwerk doppelten Segen." Kraft dieser Überzeugung riskierte er die Auffahrt mit der Aufzugsbahn, wenngleich ihm davor mehr geschaudert hatte als vor dem Anstieg über den Ostgrat. Eine kleine Hilfe dabei wurde ihm die Liste. Als sie am Vorabend in der Stube des Kolmhauses versammelt gewesen waren, hatte Naz sie vorgelesen. „Die Fahrordnung!"

Im Kolmhaus trafen am Vorabend an die dreißig Gäste ein. Naz hatte in den Einladungen zwar angeführt, dass es im Tal Übernachtungsmöglichkeiten gäbe, diese Gruppe war dennoch bis in den Talschluss gereist. Da half nur improvisieren. Im Dachboden des Kolmhauses wurde ein Matratzenlager eingerichtet, den Damen und Ehrengästen waren die Zimmer vorbehalten, nach Möglichkeit zu zweit oder viert, nur der Pfarrer bekam ein Einbettzimmer. Für sie alle hatte Rojacher einen Fahrplan gemacht. Dabei wurden jeweils zwei Fahrgäste im Wagerl – sitzend oder liegend, je nach Mut – eingeteilt. Dazu weitere zwei Personen: Die begleitenden Knappen oder andere, mit dieser Art von Transport Vertraute standen auf den Balken, welche die Rahmen des Wagens bildeten. Wer mit wem in welcher Reihenfolge, war ebenfalls vermerkt. Die ersten, die ins Wagerl steigen mussten, waren Professor Jakob Breitenlohner und Ernst von Wolzogen. Rojacher ließ Breitenlohner den Vortritt, weil dieser Menschen lieber aus dem Weg ging; Wolzogen war Journalist und durfte nichts versäumen. Schon die nächste Fuhre war für Karl Alfred von Zittel, den Präsidenten des Deutschen und Österreichischen Alpenvereins, und Max Latz vom Österreichischen Touristenklub reserviert. Sponsoren, das wusste Naz, muss man pfleglich behandeln.

Wenngleich das Wagerl die ersten Paare sicher den Berg hinaufgebracht hatte, war die Gruppe um den Maschinist Peter Saupper größer als jene der in der Reihe Wartenden. Unter ihnen auch Pfarrer Pimpel. Aus dieser Position konnten sie das Geschehen gut beobachten, sich von der Harmlosigkeit der Auffahrt überzeugen. Als „völlig harmlos" nämlich hatte Rojacher die Fahrt am Vorabend bezeichnet. Weil er aber dabei gezwinkert hatte, haben sie ihm tags darauf nicht so recht trauen wollen. Also zögerten sie. Da fassten sich der Schriftsteller R. E. Petermann und der Fabrikant August Hartmann ein Herz, traten vor und sagten: „Wir fahren freiwillig in den Himmel!" Ein Lachen ging durch die Gruppe, die Scheu war bezwungen, Pimpel selbst stieg als nächster ein. Und endlich war der neugierige Generalfeldpostinspektor Josef von Posch an der Reihe. Er drängelte schon am Vortag, wollte unbedingt mit einem Forscher im Wagerl sitzen. Der Meteorologe, Josef Maria Pernter, war sein Opfer.

Droben beim Radhaus halfen Wilhelm Ritter von Arlt und der Hutmann Winkler den Gästen beim Aussteigen. Auf sie warteten bereits die Knappen, um sie in kleinen Gruppen zum Gipfel zu bringen.

Die Strecke verlief erst gemächlich über den Langen Boden zum Knappenhaus, vorbei am Bodner Stollen, über den hohen Schneewall der Wintergasse, darauf den ersten Gletscherabbruch antreffend, der hier mit mächtigen Eis- und Felsbrocken Respekt einflößte. Der folgende Anstieg zum Unteren Grupeten Kees führte auf eine Art Plateau. Ab da ging's erst flach über eine Steinmoräne, dann in Serpentinen zum

Oberen Grupeten Kees, wo eine Pause vorgesehen war. Auch um den Fremden die herrliche Aussicht, die sich mit Alteck, Windischkopf, Tramerkopf und Goldberg darbot, genießen zu lassen.

Gar manche wunderten sich über kleine rote Fähnchen, die hier von weitem sichtbar an Holzstangen flatterten. Die Knappen hatten sie in den Tagen zuvor aufgestellt. Für alle Fälle, falls Nebel aufkommen sollte. Generalfeldpostinspektor Josef von Posch meinte: „Zierlich und manierlich präsentieren sich Berg und Weg!" Und der erfahrene Bergmann Peter Lechner darauf: „Bis jetzt!" Nun schaute Posch zum Sonnblickgipfel und ein leiser Schauer lief ihm über den Rücken. Wohl weil er den gleichsam schmalen wie steilen, zu beiden Seiten weit abfallenden Grat erstmals aus der Nähe sah. Ungewollt entfuhr ihm ein leiser Seufzer – aber doch so laut, dass die restliche Gruppe plötzlich schweigend Richtung Gipfel schaute.

Allerdings nicht über den Ostgrat, über das Obere Grupete Kees zur Brettscharte leitete sie der Bergführer Lechner. Stellenweise mussten sie Hocheis queren und zwischen Ostgrat und Bockpalfen lag ein stark von Schmelzwasser durchzogenes Schneefeld. Wenigstens waren am Südabhang keine Gletscherspalten offen, sodass er aufs Anseilen verzichten konnte. Vorsicht war dennoch geboten. An einzelnen Stellen sanken sie ziemlich tief ein, was bedeutete, dass sich nicht weit unterhalb Spalten auftaten. Darum wusste nur Lechner. Der sorgte sich aber nicht, die darüber liegende Schneedecke würde tragen, er konnte die Gefahr einschätzen. Endlich bei der Scharte angekommen, erwartete die Gruppe eine weitere Herausforderung. Die Brettscharte wurde ihrem Namen gerecht. Steil und abweisend ragte die Wand auf, der Weg, ein steiles Zickzack, war kaum als solcher zu erkennen. Durchsetzt mit Stein und Geröll, und dieses oft von Eis überzogen, machte die wilde Gletscherlandschaft hier jeden einzelnen Schritt mühsam.

Die Gruppe und auch der Bergführer waren erleichtert, als sie diesen Anstieg überwunden hatten. Lechner sah in lauter rote Gesichter mit schweißnasser Stirn, gönnte ihnen eine Rast und deutete zum Gipfel hin. „Der Sonnblickgipfel ist nur noch einen Katzensprung entfernt." Da das Ziel scheinbar zum Greifen nahe lag, motivierten sich alle aufs Neue. Von Katzensprung konnte allerdings keine Rede sein, der Anstieg über den Goldberggletscher zog sich, auch ob der Höhe – bald würden die 3.000 Meter erreicht sein –, kräftezehrend dahin.

Aber nicht nur von Rauris kamen die Neugierigen, am Gipfel tummelten sich bereits zahlreiche Menschen aus verschiedenen Kärntner Tälern. Sie waren über die Zirknitz-, Tramer- und Goldzechscharte aufgestiegen, sie alle wollten sich das große Ereignis nicht entgehen lassen. Unter den Neugierigen war auch der Lehrer Koban mit seinem Freund, dem Forstwart Lindner aus Döllach.

Kurz schaute Lechner in die Runde, darauf auf seine Uhr. Um zwölf Uhr war die Eröffnung des Observatoriums angesagt, eine Stunde später würde es werden, hatte Rojacher gemeint. Wenn er sich beeilte, könnte er es vielleicht noch schaffen. Bereits seit Sonnenaufgang war die Bahn unterwegs, zweiundzwanzig Minuten benötigte die Aufzugsbahn für die Berg- und Talfahrt. An die vierzig Gäste waren im Tal gewesen, als er abfuhr. Mehrere würden noch eintreffen, einige davon den gesamten Weg zu Fuß gehen. Lechner schätzte insgesamt sechzig bis siebzig Personen. Die besseren Geher würden als letztes abfahren. Also schnell sein. Er nahm seinen Haselstock und rutschte über den Gletscher Richtung Römersteig. Sprachlos sahen ihm die Leute nach. Doktor Kilmann, k. k. Primararzt aus Wien, der mit dem Hutmann Winkler aufgestiegen war, kommentierte: „Ein mesomorpher Gebirgsmensch."

Indes zeigte Simon Neumayer den Gästen das Observatorium. Zu zweien ließ er sie ins Innere des Turmes, das nur zwei Meter im Quadrate maß, und erklärte, dass er aus dem Gestein des jahraus jahrein gefrorenen Gipfels gemauert worden war. Dass am Sonnblickgipfel die Temperaturen nur an wenigen Tagen des Sommers nicht unter den Gefrierpunkt sinken. Wie schwierig es daher gewesen war, die Mauern aufzuziehen, erwähnte er nicht; wollen Gäste doch lieber das Schöne und Erhabene hören. Stattdessen sagte er nur: „Auf der Spitze des Turmes befindet sich ein Apparat zur Bestimmung von Richtung und Stärke der Windströmung", und führte sie weiter in den hölzernen Anbau.

Östlich des steinernen Werkes war ein Vorraum, daran schlossen das Beobachterzimmer und die Gelehrtenstube an. Das Zimmer für den künftigen Wetterbeobachter war schlicht mit Tisch, Sessel, einem Bett, darüber einer Ablage, und einer kleinen Werkstatt eingerichtet. Im sogenannten Gelehrtenzimmer befanden sich allerlei Gerätschaften, auf die Neumayer mit den Worten hinwies: „Nicht berühren!" Keiner der Anwesenden fragte, um welche Geräte es sich hier handelte. Der Bärtige mit seinen dicken Augenbrauen und der langen Nase schien furchteinflößend. Kurz davor, als Lina Hartmann, die Gattin des Fabrikanten, wissen wollte, für wen die Betten im Dachboden seien, brummte er: „Nur für Bergsteiger!" Fast gleichzeitig hörten sie durch die offenstehende Tür: „Den Turm deckt eine achteckige hölzerne Pyramide mit kleinen Glasfenstern ein. Außen führt rundum ein Gang, auf den man über diese Leiter steigt. Der Blick von dort in die Tiefe des Nordabsturzes ist ein wenig schaurig. Dennoch ist die Arbeit dort oben zwingend. Der Beobachter muss das Schalenkreuz und den Windflügel des Anemometers von Schnee und Eis befreien." Neumayer kannte die Stimme, die nun zu ihm gewandt fortfuhr: „Und das ist der erste Wetterwart, Simon Neumayer." Die Leute schauten zu ihm, manche klatschten in die Hände, andere blickten staunend, wieder andere fragend. Simon errötete und Naz befreite ihn aus der peinlichen Situation, indem er hinwies: „Meine Herrschaften, es ist an der Zeit, bitte alle nach draußen, der Pfarrer fängt gleich an!" Und wahrlich, Pfarrer Pimpel stand im goldbestickten Messgewand vor einer Art Tischchen – einem Brett auf zwei Steinklötzen –, bereit für die Segnung der Wetterstation.

Ein Blitz aus heiterem Himmel

Die Arbeiten an der Aufzugsmaschine waren mühsam und gefährlich und zogen sich bereits seit Wochen hin. Siebenhundert Meter lang war das Seil, das Rojacher in Přibram gekauft hatte und nun aufgezogen werden musste. Nicht nur die Knappen, auch die Schmiede und Zimmerer arbeiteten an der Verlegung des *Eisenwurms*, wie der Hutmann Winkler das Drahtseil scherzhaft nannte. Das alte Hanfseil war gerissen und nicht mehr reparabel gewesen – immerhin hatte es viele Jahrzehnte allen Lasten Stand gehalten. Eine enorme Leistung, wenn man bedenkt, dass in den Sommermonaten das Wägelchen fast ununterbrochen, von morgens bis abends, oft schwer beladen, bergan und talwärts ruckelte, rollte oder rumpelte. Hurtig, und solang der Tag währte, arbeiteten sie, denn erst wenn der Aufzug in Stand gesetzt war und die Bahn wieder fuhr, wollten sie in die Stollen. Und die Zeit drängte: Am Berg wartete viel Arbeit auf sie und mit etwas Glückauf erneut Bergsegen. Letztes Jahr waren die Erträgnisse besonders gut, das gebrochene Gestein ausnehmend erzhaltig, eine Freude beim Pochen, eine Freude beim Schmelzen. Wenn Rojacher aus der Goldmühle kam, blitzten seine Augen, da vergaß er sogar die giftigen Dämpfe von Arsen und Quecksilber. Wenn nur endlich die tausend Gulden von der k. k. Berg- und Hüt-

tenverwaltung aus Brixlegg einträfen. Die Tiroler probten seine Ge
duld jedes Mal aufs Neue. Gottlob hatte er etliche Kugeln Mühlgold
zum Münzamt schicken und einwechseln können. Das Geld wurde
dringend benötigt. Die Hälfte der Einnahmen war bereits belehnt.
Bei den Kaufleuten in St. Johann und Lend, beim Händler Fislthaler
in Salzburg und den Bergherren in Příbram, überall angeschrieben.
Sie mussten ebenso dringend bezahlt wie weitere Vorräte gekauft
werden. Im Pufferstollen lagerte kaum noch Dynamit, sogar Kram-
pen, Schlegel und Sappel sollten endlich ergänzt werden – der Bergschmied Reiter wurde beim Seilverlegen gebraucht, gescheiter war
es, das Werkzeug beim Rauriser Schmied zu ordern. Zudem lag von
Maria eine lange Liste auf seinem Tisch: Mehl, Butter, Eier, Schweinefett und Läuterbutter, Speck, Würste, Zibeben. Auch Zigarren
und Wein durften nicht fehlen. „Wie stehe ich denn vor den Herren
da", lamentierte Rojacher, als er merkte, dass sowohl Wein als auch
Zigarren und Tabak zur Neige gingen. Dieser beklagenswerte Umstand traf im vergangenen Jahr ein. Ein nobler Herr aus Wien wollte
Wein, aber die Fässer waren leer. „Der Bergherr muss schon wieder
anschreiben. Was für eine Schande, was für ein Jammer." Doch Naz
gab nichts auf das Gerede der Leute, was ihn bekümmerte, war die
Tilgung des Kredites. Die hieß jeden Monat aufs Neue eine Herausforderung, verschlang sie doch den größten Teil der Einnahmen.
Diese Summe gab der Bergbau nicht her, der Preis war überhöht
gewesen. Drastisch und ungebührend. Naz erinnerte sich an die
Rede von glänzenden Stollen und leeren Staatskassen. ‚Pfhhh, ...
leere Staatskassen, leer schröpften sie meine Kasse, und glänzende
Stollen ..., meinten sie Katzengold?! ..., nicht mehr daran denken‘,
nahm er sich vor. Damals hatte er nicht gewusst, dass er diesen Wu-
cher dem Gasteiner Verwalter Pfund zu verdanken hatte. Und Pepp,
seinem vormaligen Einleger, der sich zum Saulus hatte machen
lassen. Doch nicht mehr lange, vier, fünf Jahre und alle Schulden

würden beglichen sein und auch Arlt sein Geld zurückbekommen haben. Wenn der Ertrag wieder so reichlich wie letztes Jahr ausfallen würde. Zuversichtlich war er den Augustin-Stollen betreffend. Mehr versprach er sich von einer anderen Kluft: der Haberländerin. Sogar eine Wette hatte er darauf gesetzt: vier Zigarren und vier Krüge Bier – sollten sie darin wieder fündig werden.

Diesen Bau verglich Naz mit seiner alten Kuh. Der Mirli. So nannten sie das bereits knochige Vieh, das er Maria für die Küche versprochen, das aber stets aufs Neue mit mehr Milch als erhofft überraschte. Ja, der Bergsegen vom vergangenen Jahr machte den Winter ärmer an Geldsorgen und reicher an Hoffnung. Reicher auch an neuen Ideen und Plänen. ‚Die Wetterwarte!' Der Bericht in der Zeitung war ihm eingefallen und brachte ihn auf ganz neue Gedanken. Nicht dass er sich bisher für Meteorologie interessiert hätte, dennoch geisterte der Beitrag des Wiener Gelehrten abermals in seinem Kopf herum: ‚Eine Idee, wieder etwas Neues, etwas Großartiges, könnte hier in Kolm entstehen. Wie das Licht. Und sollte es für eine weitere Einnahmequelle sorgen, auch gut, sehr sogar. Auf vier Beine, grad wie die Mirli, werde ich mein Unternehmen stellen: Bergsteiger, Gastwirtschaft, Meteorologie und Bergbau.' Bergbau! Plötzlich, wie ein Blitz aus heiterem Himmel, leuchtete die Erinnerung auf: In der Wiener Zeitung, explizit in jener Ausgabe, in der er vom Weltkongress für Meteorologie gelesen hatte, stand ein Bericht, den er eingehend studieren wollte. Über ein neues Schmelzverfahren, bei dem Chlor statt Arsen eingesetzt wurde. Fast hätte er es vergessen. Dabei hatte er den Beitrag blau umrandet. Die Zeitung. „Wohin habe ich die Zeitung gelegt? Wird doch nicht die Maria oder Mutter sie zum Einheizen genommen haben. Die verflixten Weiberleut', überall haben's ihre Nase drin", brummte er vor sich hin und dabei fiel sein Blick auf die Fensterbank, genauer auf den Stapel verschiedener Magazine, Bücher und Zeitschriften, die er schön säuberlich genau in der Reihenfolge, wie er sie gelesen, auch aufeinandergelegt hatte. „Ah ja, das müsste sie sein, das ist sie. Wie gut, dass ich leise geraunzt habe."

Naz nahm die Zeitschrift unter den Arm und ging die Stiege hinauf. Er wollte ungestört sein. Erneut las er den Beitrag und schalt sich, dass er sich dieser Erfindung nicht sofort gewidmet hatte: ‚Das Munkdell'sche Extraktionsverfahren. Das war es. Eine Methode, um dem Gestein alles goldhaltige Erz zu entlocken. Eine Zaubermühle: Oben wirfst du die Brocken hinein, nach unten fällt der Sand zum Straßenbauen und seitlich rieselt der Goldstaub heraus. Glück dem Erfinder. Das fehlt mir. Wo bekomme ich das? Es steht in Falun. Falun? Schweden? Auf in den Norden. Wann? Ein Schreiben! Einen Brief muss ich schicken. Und dann, in einigen Monaten, vielleicht lässt es sich arrangieren. Nicht lang müsste ich warten. Der Winter ist dahin. Der Frühling im Land. Der Sommer nicht mehr weit.'

Und wahrlich, die ersten Blumen reckten ihre Köpfe aus der Erde, endlich auch hier im Talschluss, in ein, zwei Wochen würden die ersten Touristen kommen. Die ersten in diesem Jahr. Mittlerweile hatte es sich herumgesprochen, sogar die Zeitungen berichteten von der fabelhaften Bergwelt im Rauriser Tal, mehr und mehr wurde dieser versteckte Flecken zum empfohlenen Ziel für Wanderungen und Hochgebirgstouren. Wesentlich dazu trugen auch Berichte einiger Deutscher Alpenvereinssektionen bei. Mitglieder, die in Kolm Saigurn Bergtouren unternahmen, kehrten zufrieden und beglückt, mitunter bereichert von außergewöhnlichen Erlebnissen, nach Hause. Ihre Schilderungen machten neugierig, lockten weitere Besucher an. Unter Liebhabern von leckerem Essen, und dem frönten die meisten, hatte sich das Kolmhaus einen Namen gemacht. Außerdem schätzten sie die gepflegte Unterkunft und die nette Bewirtung. Das bewerkstelligten Anna, Maria und die junge Dienstmagd. Sie kümmerten sich beinah fürsorglich, immer aber zuvorkommend um die jährlich wachsende Zahl ihrer Gäste. Dementsprechend bekamen sie Lob und Anerkennung. Das genoss Maria besonders dann, wenn dies auch Naz hörte. Und er, er vergaß kaum einmal seine Dampfhütte zu erwähnen. Beinah jedem Gast schwärmte er davon vor, erzählte über die wohltuende Erholung in der Zlöblhütte. Vor allem nach einer anstrengenden Bergtour. Oder schlichtweg der Reinigung wegen. Dass Maria mit manchem Kraut diesen Genuss noch zu mehren wusste, fiel Naz nicht weiter auf, den Besuchern hingegen sehr wohl.

Bevor Naz den Brief geschrieben hatte, klopfte es an seiner Tür. Er erwartete niemand. Oder hatte er etwas vergessen? Wer so spät wohl noch kommen würde? Zeitgleich wie Naz „Herein!" sagte, öffnete sich die Tür und im Eingang stand Pfarrer Pimpel. „Grüß Gott Rojacher, keine Angst, musst nicht beichten, kannst dich freikaufen." Soviel Bosheit hätte er dem Pfarrer nicht zugetraut. Soviel Witz auch nicht. Lächelnd gab ihm Naz die Hand und lud ihn ein, sich zu setzen. Auf einige Fragen nach dem gegenseitigen Befinden hin kam der Pfarrer zum Grund seines Besuches: „Es geht um einen silbernen Altar für die Pfarrkirche." Pimpel hatte exakte Vorstellungen und legte einen Entwurf eines Salzburger Gürtlers vor. Achtteilig, sechs Meter lang, knapp zwei Meter hoch, sollte der Silberaltar die Kirche zu festlichen Anlässen schmücken. „Ähnlich einer Schürze, zum Umhängen. Edel und wunderschön wird er werden. Dem Herrgott zur Ehre. Und unser Bergherr als Gönner", redete der Pfarrer auf ihn ein.

Obwohl die meisten Menschen der Rauriser Bevölkerung arm waren und nur über das Nötigste verfügten, waren sie von der Idee des Pfarrers begeistert: Einen reinsilbernen Altar! Einige, die aus alter Zeit viel Grund und herrschaftliche Güter besaßen, waren bereit, einiges für dieses Schmuckstück zu geben, andere, arme Keuschler und Kleinhäusler, gaben trotz Armut.

Rojacher, zwar kein eifriger Kirchenbesucher, wohl aber ein gläubiger Mensch und gewiss kein Knauserer, holte aus seinem Kasten einen samtenen Beutel, legte dem Pfarrer einige Goldmünzen auf dessen ausgestreckte Hand und fügte hinzu: „Wovon ich mich freikaufen soll, müssen'S mir noch verraten."

Die Knödel sind fertig

„**A**m 26. November 1883 hast du geheiratet. Also hast du endlich dein Glück zu schmieden begonnen. Am 1. Mai 1883 ist hier in Kolm das Licht aufgegangen und nun, ein Jahr später, bin ich wieder hier und stelle fest, dass es nun du bist, dem das Licht aufgegangen ist." Das war spöttisch. Wilhelm wusste es, wusste auch, dass er sich erlauben konnte, seinen Freund ein wenig zu hänseln. Er schaute ihm in die Augen, suchte nach dem seligen Blick eines Jungvermählten. „Und ich dachte, das Jahr 1881 wär' das wichtigste in deinem bisherigen Leben gewesen. Große Pläne und Konstruktionen, neue Wege und Steige, unsere Reise nach Paris mit dem Kauf von Telefon und Lichtmaschine, und überdies der Erwerb des Bergbaus", fuhr Arlt weiter. Rojacher blickte auf und sah ihn stumm an. ‚Was überlegt er?', fragte sich Wilhelm und: „So besonders deine Werke auch sind – und ich staune immer wieder über deine Ideen und Visionen, bewundere deine immense Schaffenskraft und habe Respekt, wie du ein Projekt nach dem anderen umsetzt –, über dein privates Glück freu' ich mich besonders. Es tut gut, auch das zu hören, meinen herzlichen Glückwunsch. Und in Maria Plain, sagst du, habt ihr geheiratet?" Sie saßen, wie immer, an Rojachers Tisch, als aus der Küche die Antwort kam: „Passt doch, weil ich selbst eine Maria bin, wollte ich in einer Marienkirche getraut werden." Darauf lächelte Naz: „Wilhelm, du merkst, ich bin verheiratet." Maria reagierte nicht auf diesen Kommentar, nur leise murmelte sie etwas in den Suppentopf hinein, laut kam hingegen: „Wir können essen, die Knödel sind fertig."

Während der Mahlzeit widmete sich Arlt hauptsächlich Maria. Er beglückwünschte sie zur Hochzeit. Bat sie, von der Trauung zu erzählen. Wollte dies und das über die Wallfahrtskirche Maria Plain erfahren. Sogar nach ihrem Kleid erkundigte er sich. Als er, ohne das Schmunzeln verbergen zu wollen, meinte, dass bei Naz noch einiges an Ausbildung in Hinblick auf die Ehetauglichkeit anstehe, lachte sie laut auf. Sie genoss seine Aufmerksamkeit und strahlte regelrecht, als er sie nach ihrem Sohn fragte. Danach, wie es ihm in der Schule gehe, ob er gesund und munter sei, ob er von der Masernepidemie verschont geblieben wäre. Dies und über ihre Familie, ihr Daheim fragte Arlt ausführlich und vergaß dabei nicht, da und dort eine nette Bemerkung anzubringen. Naz blieb freilich nicht verborgen, wie sehr Maria Arlts Interesse und Schmeicheleien gut taten. Endlich jemand, der sich ausschließlich ihr widmete. Der sie in die Mitte der Unterhaltung setzte. Den ihr Sohn und ihre Familie und zudem der Waldbauernhof interessierte. Der sie nach ihrer Meinung fragte, den ihr Denken interessierte. Naz war überrascht über ihre roten Wangen, die er an ihr nur in bestimmten Stunden beobachtet hatte. Gleichzeitig stimmte es ihn nachdenklich. Er musste sich eingestehen, dass er sich für sie kaum Zeit nahm, sie oft vernachlässigte. Wann hatte er das letzte Mal mit ihr ein Glas Wein getrunken? Schöne wie vertrauliche Gespräche geführt? Sie nach ihrem Sohn Georg gefragt? Wann war er das letzte Mal mit ihr nach Rauris gefahren? Oder nach Zell am See? Nein, in Zell war er mit Maria noch nie. Einzig vergangenen August nahm er sie mit nach Embach zum Lorenzimarkt. Aber kein Lebkuchenherz war es, das er ihr umgehängt hatte, zum Bockbratenessen beim Krämerwirt hatte er sie ausgeführt. Und in Salzburg waren sie nur anlässlich ihrer Hochzeit. Ansonsten? Nichts und nirgendwo. Ja, er konnte sich nicht einmal mehr erinnern, wann er das letzte Mal mit ihr in der Dampfhütte gewesen war. Dabei hatte er es ehedem kaum erwarten können, sie nackt zu sehen. War etliche Male um die Dampfhütte geschlichen. Hatte sie beobachtet, wie sie Wäsche, über den Zuber gebückt, schrubbte. Hatte sie zu Wein und Keksen geladen. Den schönsten Fluorit, den der Karthäuser je gefunden hatte, hatte er ihr zum Geschenk gemacht. Hatte ihr Lebkuchen und schwarze Strumpfbänder vom Kirchweihfest mitgebracht. Oft und oft gewartet, bis alle Gäste im Zimmer und sie mit der Küchenarbeit fertig war. Dabei ihre Gesellschaft gesucht, und war froh über manchen Rat von ihr gewesen.

Doch bald nachdem die Eroberung gelungen war, verblasste der Reiz des Neuen. Folgend ließen peu à peu sein Werben und Mühen nach. Anstelle dessen trat die zuvor gewesene Hierarchie: sie die Kellnerin, die Wirtschafterin, er der Bergherr, der Macher und Visionär.

Warum dies so geschah, das wusste er nicht. An Lob hatte er nicht gespart: Wie gut ihr der Schweinsbraten gelinge ... wie schmackhaft ihr Brot sei ... dass sie Mutter eine große Hilfe im Haus sei ... dass er die fabelhafte Bedienung der Gäste zu schätzen wisse ... auch dass sie umsichtig wirtschafte. Ein Satz, an den er sich soeben erinnerte, ließ ihn schmunzeln: „Ein patentes Weiberleut' hast." Das Kompliment kam vom Buchebenwirt, nachdem die Hochzeit im Tal bekannt gewesen worden war. „Nein, mangelndes Lob, das muss ich mir nicht vorwerfen", sagte er wie aus dem Nichts.

Arlt war überrascht von diesem unvermittelten Eingeständnis, ging aber nicht weiter darauf ein und forderte ihn stattdessen auf: „Naz, erzähl mir von der Wetterstation!" Rojachers Gedanken ratterten zu seinem ‚Luftschloss', wie er es bezeichnete. Kurz fasste er zusammen, warum er im letzten Brief von einer Wetterstation schrieb. Er berichtete, was er über Julius Ferdinand von Hann gelesen hatte, erzählte, dass bereits vor fünf Jahren, 1879, in Rom ein Weltkongress der Meteorologen stattfand, bei dem Wissenschaftler sich mit der Erforschung der Erdatmosphäre befassten. Erklärte ihm, dass sie dafür Messdaten von höheren Luftschichten benötigen, um so Vergleichswerte zu den Bodenmessungen zu bekommen. Rojacher gestand seinem Freund freimütig ein, dass er von all dem zwar nichts verstand, die Materie ihn allerdings interessierte. „Am Sonnblickgrat, da gibt's einige Stellen, die zeigen dir ein Gewitter an. Bevor du einen Blitz siehst und den Donner hörst, hüpfen auf manchen Steinen grüne Flämmchen. Vielleicht hast du es schon gesehen, zeigen kann ich es dir nicht, die Feuerteufelchen lassen sich nicht rufen." Jetzt wusste Wilhelm nicht, ob dies ein Scherz war oder ob es die grünen Flämmchen, wie Naz sie beschrieb, wirklich gab, und schaute skeptisch. Doch für Naz war die Sache mit den grünen Flammen erledigt, unbeirrt fuhr er fort: „Vielleicht erforschen'S den Föhn, zerschlagen ihn, und mein Rücken wird mir nimmer zum Kreuz." Diese Metapher verstand Wilhelm, wusste er doch um seine Wetterfühligkeit, von seinen Schmerzen, wenn dem Föhn Feuchte und Regen folgten. „Aber nicht nur mich plagt der Südwind. Viele Bergsteiger leiden unter dem wechselnden Luftdruck – Mutter klagte neuerdings, dass der Föhn in ihrem Kopf hämmerte", so Naz.

Arlt rätselte, warum sein Freund sich plötzlich für diese Thematik interessierte, hatte sie doch weder mit Bergbau noch mit Bergsteigern und Wanderern zu tun. Während er noch immer überrascht zu ihm schaute, schloss Naz seine Ausführungen: „Es gibt in Österreich eine Station am Schafberg im Salzkammergut und eine in Kärnten, am Hochobir. Ich habe den Bau einer Station am Knappenhaus vorgeschlagen. Immerhin würde die Messstation um einiges höher als am zweitausend Meter hohen Hochobir liegen. Das Telefon zum Knappenhaus ist ein zusätzliches Argument für eine Wetterwarte dort oben. So gut es mir möglich war, so gut ich es verstand, habe ich dem Meteorologen die Vorzüge einer Wetterwarte am Knappenhaus beschrieben. Und seither warte ich gespannt auf eine Antwort." Jetzt war das Rätsel gelöst, jetzt war es gesagt. Jedoch was er, Rojacher, sich von einer Wetterstation am Knappenhaus versprach, das konnte Arlt nicht verstehen. „Wenn du im Geiste bereits die Wetterwarte am Berghaus siehst, dann erklär mir, was du dir davon versprichst, was dich bewog, dich dafür einzusetzen."

Hätte Arlt gewusst, dass er mit dieser Frage einen sehr langen Abend einleiten würde, hätte er sie auf den nächsten Tag verschoben. Weil er müde war. Die Reise von Prag nach Wien und anderntags von Wien in den Talschluss von Rauris war anstrengend gewesen. Wie beinah jedes Mal. Das wurde ihm erneut bewusst. Obwohl er jung – zweiunddreißig Jahre – und von kräftiger Natur war, obwohl die Dampflok zuverlässig Kilometer um Kilometer ratterte und er in Lend sogar eine gefederte Kutsche gemietet hatte, die Fahrt ermüdete. ‚Zwei Tage reisen inmitten von Lärm und Gedränge, von Zug, Bahnhöfen und Menschen. Immer irgendwo ein Pfeifen, Pfauchen, Rattern, Schreien. Dazu Gestank und Getöse. Das ist der Preis für mein Rauris‘, überlegte Arlt. Und wusste, dass er die Unannehmlichkeiten immer wieder auf sich nehmen würde, nicht nur des Handels wegen; vielmehr weil ihm Naz und die Berge, das Rauriser Tal und die Menschen dortselbst wert und lieb waren. ‚Vielleicht werde ich einmal hier bleiben. Mit meiner Familie nach Rauris ziehen.‘ Diese Gedanken waren nicht neu, aber zu früh. Noch musste er sich um seinen Zuchtbetrieb kümmern. Eine Zukunft in Rauris soll durchdacht und langfristig geplant werden.

Wieder verflogen die Stunden. Als Arlt die Müdigkeit überwunden hatte, lauschte er gespannt den Ausführungen Rojachers. Er verstand mit jedem Satz ein wenig mehr das Warum und das Wieso und staunte ebenso wie er sich fragte, wie sein Freund immer wieder auf derart geniale Ideen kam.

Falun und Hoher Sonnblick

Schwere Wolken verfingen sich am Kamm des mächtigen Stockes von Ritterkopf, Grieswies Schwarzkopf und Hocharn. Sie waren gefüllt mit Schnee und Eisgraupeln. Doch noch schien die Sonne vom blassen Novemberhimmel, ihre Strahlen verloren sich auf struppigen Almböden, an schroffen Berghängen und in den Wipfeln von Lärchen und Fichten. Eine einsame Esche hielt büschelweise braune Samen an den Zweigen und ihr Geäst streckte sich aufragend dem Licht entgegen. Am Fuß des Baumes, der am Rand eines Hügels seine Wurzeln tief in die Erde gebohrt, hüpften unruhig einige Amseln bald hin, bald her, durchstöberten die niedrigen Wacholdersträucher nach ihren bitteren Beeren und pickten an den roten Hagebutten, den Früchten der wilden Rose. Neben dem Kolmhaus zogen vom Bach Dampfwölkchen auf und am Rande des Wassers waren kleine Lacken bereits zu Eis erstarrt. Da glatt, dort ruppig, lagen die ehemaligen Tümpel wie verloren im Frost des kalten Gefildes. Gefroren war auch das Gras zum Ufer hin. Spritzwasser vom Bach hatte die Büschel eingehüllt und mit einer Hundertschar von kleinen Eiszäpfchen verziert. Inmitten, beinah lautlos, suchte das Wasser seinen gewohnten Weg. Von der Wiese zum Bach hin zog eine Spur durch den Schnee. Zwei Abdrücke hintereinander, zwei nebeneinander, ein Hase. ‚Er sucht wohl Fressbares, Gras, welches der Frost einzuwickeln vergessen hatte', dachte Naz und versuchte sich durch sanftes Strecken Luft von den Schmerzen zu machen. Der nahende Wetterumschwung machte ihm wie gewohnt zu schaffen. Die Feuchte kroch ihm ins Kreuz, umfasste seine Wirbelsäule und drückte sie panzerartig zusammen. Die stechenden Schmerzen machten ihm den Rücken krumm, zogen seine Stirn kraus und gaben ihm ein finsteres Aussehen. Der dicke Bart trug das Seinige bei. Er blickte der Hasenspur nach, die unter einem großen Stein verschwand. Er dachte an Schweden, an das Wenige, das ihm Professor Hann, als sie telefoniert hatten, darüber preisgegeben hatte. Dort soll die Luft hart und trocken sein. Kalt auch, das ja, aber nicht feucht und schwer. Würde nicht klammern und schinden, schloss Naz aus dem Gespräch mit dem Meteorologen. Ein sanftes Klima, das feine Gestade einer Meeresbrise, über ein halbes Jahr wärmende Sonne, heilenden Strahlen, die Milde des Südens, das kam Naz nicht in den Sinn, davon hatte er keine Vorstellung. Mit Süden verband er lediglich Rom, neuerdings damit die Meteorologie, ehedem die Mitte der Kirche, das Zentrum des Glaubens. Von den Schweden erhoffte er sich eine technische Errungenschaft, von der er sich eine Lösung versprach. Und mit ihr eine letzte Chance, den Bergbau wieder in die Höhe zu führen. Hätte ihm jemand gesagt, die Schweden können Stroh zu Gold spinnen, in seiner Verzweiflung hätte er darüber nachgedacht. Auch wenn er sich mit Bergen und Bergsteigern, Gastwirtschaft und neuerdings zudem mit Meteorologie beschäftigte, schlug sein Herz doch für den Bergbau. Das merkte auch Arlt. Er war aufgrund eines Schreibens von Naz extra nach Kolm gereist. Er sollte mit ihm nach Falun fahren. Arlt war vom Vorschlag des Freundes sofort begeistert, zumal eine Reise nach Schweden selbst ihm Neues und Abenteuer verhieß. „Milch abtreiben gibt Rahm, Rahm rühren Butter. Gestein pochen Erz und Erz extrahieren Gold.

Gestein gibt es viel. Ich werde nach der Reise wissen, wie ich ihm alles Gold entlocken kann. Ich habe an die dortige Bergbaudirektion geschrieben. Ebenso dem Grafen Rottermund. Er ist der Inhaber des Patentes auf das neuartige Verfahren. Aber es gibt einen weiteren Grund, warum ich dich dringend brauche", sagte Naz, „der Platz beim Knappenhaus ist für eine Wetterwarte nicht geeignet."

Daraufhin erzählte er vom Besuch des Professors Hann, dem Leiter der Zentralanstalt für Meteorologie in Wien. Berichtete über ihre Begehung des Geländes entlang des Langen Bodens, des Platzes rund um sowie des Knappenhauses selbst, wo es sich herausgestellt hatte, dass dort nicht die geeignete Stelle für ein Observatorium zu finden war.

Hann brachte eine Handvoll Argumente, die gegen die Errichtung einer Wetterwarte am Knappenhaus sprachen. Er benötigte dazu nur diese kurze Besichtigung. Der Professor erläuterte Rojacher folgend, auf was es ankam, was wesentlich und wichtig bei der und für die Errichtung eines Observatoriums war. Es waren der Erklärungen und Argumente genug, als dass Rojacher verstand. Und beinah so schnell wie Hann von der Situierung der Station an diesem Platz abgekommen war, spann sich in Rojachers Kopf eine neue Vorstellung von einer Stelle, wo die Station Sinn ergeben könnte. Anfangs schemenhaft, mit der Zeit mehr und mehr konkretisierte sich seine Idee und wandelte sich, meist zu nachtschlafender Zeit, zum anschaulichen Bild. Anderntags befielen ihn Zweifel ob der Durchführbarkeit. Wieder lag er Stunden grübelnd im Bett. Halb kauernd, bald hockend, legte sich hin, stand wieder auf, nahm Feder und Papier, legte sich erneut hin und musste feststellen, dass er keinen Schlaf fand. Einige Nächte zogen sich so hin – er war froh, dass Maria mit tiefem Schlaf gesegnet war und von seiner Unruhe verschont blieb. Als er eines Nachts von seinen Gedanken wieder des Schlafes beraubt wurde, verlor er die Geduld, stand auf, zog sich an und ging vors Haus. Ging dem Märchenkar zu. Wie bedächtig, den Kopf dem Boden zugewandt, querte er die Brücke über den Bach, stapfte den Hang bergauf der Erlehenalm zu. Auf halbem Weg blieb er stehen. Bitterkalt war es, vor allem der Unterschied zur warmen Kammer und zum noch wärmeren Federbett ließ ihn frösteln. Den Kopf zwischen die Schultern gezogen, blickte er am ganzen Körper zitternd zum Hohen Sonnblick.

Wie von Kälte erstarrt, erhob sich der ruppige Berghang hinter dem Kolmhaus. Kleine dünne Wölkchen zogen im Schein des abnehmenden Mondes über den hutartigen Gipfel. Die Bäume warfen lange Schatten vom Grieswiestauern gegen Altkolm zu. Gruselig nahmen sich die Silhouetten manch verkrüppelter Lärchen und buschiger Gewächse aus. Dazu Totenstille aus dem Unterholz, kein Baum und kein Strauch rührten sich. Auch aus dem kleinen Stall, den Naz 1881 gebaut hatte und in dem sechs Pferde, zwei Kühe mit Kälbern, einige Schafe, zwei Schweine und Annas Federvieh standen, war kein Laut zu hören. Nachtruhe bis auf das beständige Rauschen. In zahlreichen Gräben stürzten die Wasser über Kuppen und Felswände tosend in die Schluchten.

Nicht dass er es bewusst hörte, das monotone Geräusch schlief in seinem Unterbewusstsein, dem Rauschen in seinen Ohren lag etwas anderes zugrunde. Die Idee eines unheimlichen Unterfangens. Etwas Großartiges, das sich den Weg in seinen Kopf zwang, gewaltig und brausend wie die Natur selbst. Wieder schaute er zum Sonnblickgipfel. Diesmal mit einer Zufriedenheit, die ihn alle schlaflosen Stunden und Nächte vergessen ließ. Eine Lösung des schier unmöglichen Unterfangens schuf sich Raum, breitete sich aus und leitete sein Denken. Gänzlich diesem Ziel zu. Er schüttelte sich, um der Kälte ein wenig entgegenzuhalten, drehte sich und kehrte um. ‚Eine Möglichkeit. Eine Idee noch. Bald ein Plan. Gewagt, aber durchführbar. Mit viel Mut. Zaudern geht nicht. Verstand ist von Vorteil. Helfer sind zwingend nötig. Dort muss ich hinauf. Eine Wetterstation auf dem Hohen Sonnblick. Die Luftschichten dort oben müssten dem Professor genügen.' Eingehüllt von tiefer Zufriedenheit, eilte er in seine Kammer, schlüpfte ins warme Bett zu Maria und fiel in seligen Schlaf.

Von den ruhelosen Nächten wie auch über seine Eingebung erzählte er nun in heller Begeisterung. Wilhelm hörte ihm aufmerksam zu. „Wenn wir eine Wetterstation auf diesen Gipfel bauen, wenn Hann dem zustimmt, wenn die Herren des Alpenvereins mitspielen, ja dann, dann steht einem Observatorium am einzigen eisfreien Gipfel inmitten aller vergletscherten Riesen nichts mehr im Wege."

Das war wieder einmal eine typisch Rojacherische Vorgehensweise: Kaum dass eine Idee zum Bild geworden war und daraus erste Pläne reiften, nahm das Vorhaben in seinem Kopf bereits Gestalt an. Arlt kannte seinen Freund und sparte sich Argumente, die gegen dieses Vorhaben sprachen. Lieber hörte er seinen Ausführungen zu, auch weil er wusste, wie lähmend Menschen sind, die bei Erneuerungen vorweg einwenden, was nur alles dagegen spricht. Diese Erfahrung ließ Arlts Gedanken abschweifen. Nach Liebnitz. Hätte er auf die Beamten seiner Heimatstadt gehört, hätte er die Ratschläge mancher Bekannten angenommen, sein Zuchtbetrieb würde nicht bestehen. Heute, viele Jahre später, ließen ihn diese Helfer schmunzeln. Helfer waren sie wahrlich, denn ihre Unkenrufe hatten ihn in seinem jugendlichen Tatendrang befeuert. Aus dem Halbdunkel dieser Erinnerung hörte er seinen Freund sagen: „Eine Herausforderung, bei der ich deine Geschicke als Bergsteiger brauche." Und weiter redete Naz, im Bann der Verliebtheit ob dieses Projektes vergaß er sein Rundum, merkte nicht, wie Stunden verflogen. Wilhelm war zwar ein geduldiger Zuhörer und von Rojachers Werken überzeugt, auch an neuen Ideen interessiert, aber von all dem konnte er sich keine Vorstellung machen. Ein Sack voller Hürden. Wahrlich ein Luftschloss. Und absurd, eines phantastischen Traumes gerecht.

Er dachte an so manches Unwetter, in das er anlässlich einer Bergtour geraten war, und fragte sich, wie man auf diesem Gipfel ein Haus bauen konnte? Welches Haus den Stürmen auf dieser Höhe zu trotzen vermochte? Wer in diesen einsamen eisigen Höhen hausen und Daten aufschreiben würde? Vierundzwanzig Stunden lang, Tag um Tag, Woche um Woche. Wolken zählen. Alle über den Gipfel ziehenden Wolken. Dafür hätte ein Mensch dort oben Zeit. Wenn er nicht selbst zur Eiswolke erstarrt. Für die Wissenschaft. Für Luftschichten und neue Erkenntnisse und und und ... Doch er wollte abwarten. Viel hatte er nun gehört, weniges begriffen. Einige Male wollte er nachfragen, hatte allerdings Angst, Naz würde seine Skepsis merken. Ein Disput zur unrechten Zeit und er liefe ebenso Gefahr, Gegenargumente voranzustellen. Aus Unkenntnis. Vielleicht würde erneut Großes entstehen. Wie auch immer, wenigstens konnte er einen kleinen Beitrag dazu leisten. Diesmal als Bergsteiger. Hier war er Rojacher um vieles voraus, hier konnte er seine Erfahrung einbringen. Wenngleich er nicht wusste, warum Naz einen „eisfreien Gipfel" brauchte, oder vielmehr, warum ihm ein eisfreier Gipfel so wichtig war. Doch es war in diesem Moment bedeutungslos, in den nächsten Tagen würden sich diese Fragen klären. Naz und er, gemeinsam wollten sie den Hohen Sonnblick über den steilen und ausgesetzten Ostgrat besteigen. Wie Naz das mit seinem Mieder bewerkstelligen wollte, war ihm noch nicht klar, aber der hatte schon größere Herausforderungen gemeistert, wahrscheinlich würde ihn das Mieder nicht daran hindern. Auch nicht am Ostgrat. Als Naz mit seinen Ausführungen fertig gewesen war, fragte Arlt: „Erst Falun und dann Observatorium oder erst Observatorium und dann Falun?" Rojacher lehnte sich zurück, rief nach dem Küchenmädchen und sagte: „Erst ein Glas Wein und dann ins Bett und morgen reden wir weiter."

Zwei Bretter und ein fescher Herr

Wie war Naz überrascht, als er, bei der Kehre beim Trockenbach angelangt, Maria entgegeneilen sah. Was war gewesen? Warum ging sie ihm entgegen? So ein weites Stück des Weges noch dazu. Aber nicht nur sie, ein junger Bursche, sein Gesicht dem Boden zugewandt, war an ihrer Seite. Arlt wunderte sich ebenso, sie zu sehen. Der Kutscher rief den Pferden zu und hielt das Gespann an. In dem Moment erkannte Naz an Marias Seite Georg und war erstaunt, wie schnell sich der Knabe zum jungen Burschen entwickelt hatte. Er überlegte, wann er „Irgei", so nannte Maria ihren Sohn, so riefen ihn auch die Großeltern, das letzte Mal gesehen hatte. ‚Das muss im vergangenen Jahr gewesen sein. Ja, zu Ostern', fiel ihm ein und bemerkte, wie schnell die Zeit vergangen war. Maria holte sie aus ihrem Staunen, begrüßte sie überschwänglich, ging zu Naz, und bevor dieser sich erheben konnte, war sie bereits am Schlitten, rieb ihre Wangen einmal links, einmal rechts auf seiner, drückte ihn fest an ihren Busen und gab ihm abschließend einige Küsse auf den Mund. Darauf tat sie, als ob sie erst jetzt bemerkte, dass ein weiterer Herr in der Kutsche saß. Dieser, in einer dicken Jacke mit pelzbesetzter Kapuze, grinste aus seinem kantigen Gesicht. Er schien nicht erstaunt über ihre herzhafte Begrüßung. Umso mehr hingegen Naz.

Dem blieb kaum Luft, um sie und den Jungen zu begrüßen, wie er auch zu langsam war, ihnen seinen Gast vorzustellen. Arlt reagierte am schnellsten. Er begrüßte Maria, stieg ab, gab dem Jungen die Hand und bedeutete Naz, dass er das letzte Stück des Weges gehen würde. „Naz, du hast deine Frau drei Wochen lang entbehren müssen, mir tut ein wenig Bewegung gut." Nun verstand auch der Schwede. Er legte die Decke über Maria, die sich mittlerweile neben Naz gesetzt hatte, und hüpfte in den Schnee, der zu beiden Seiten hoch aufgetürmt lag. Naz war noch immer benommen von der stürmischen Begrüßung. Irgei schaute weiter stumm zu seinen Füßen, die in ledernen Schuhen und viel zu langen Gamaschen, die bis oberhalb seiner Knie gewickelt waren, steckten. Endlich fing sich Naz. „Fahr'n wir. Daheim sag' ich euch, wer wer ist." Der Kutscher schnalzte mit der Zunge, rief „Wiah!", das Pferd zog an und der Schlitten setzte sich lautlos in Bewegung. Arlt, der Schwede und auch Irgei gingen zu Fuß. Kaum dass sie den Weg aufgenommen, rutschte Arlt aus und lag bäuchlings im Schnee. „Die Spuren von den Kufen sind rutschig", klärte ihn Irgei auf. Diese Feststellung ließ Arlt schmunzeln, er kam allerdings zu keiner Antwort, denn urplötzlich sauste der Bub davon. Obwohl die Straße beständig bergan ging, verlangsamte der Junge sein Tempo nicht. Er lief und lief, bis er hinter der nächsten Kehre verschwunden war. Arlt sah den Schweden an, der Schwede Arlt. Der Schwede sagte nur: „Du!" Arlt erwiderte: „Nein, wegen dir!" Sie grinsten und schauten den Weg entlang, wo just zuvor Irgei gerannt war, doch von dem war nur die Spur im Schnee geblieben. Rätselnd blickten sie wieder einander an und verfielen wie auf Kommando in helles Gelächter.

Im Kolmhaus roch es nach Schweinebraten und Sauerkraut. Das üppige Mahl, Suppe und Kraut am Herd, Braten mit Kartoffeln im Backrohr und süße Äpfelradln in der Pfanne, war gerichtet. Anna schob die Kasserollen an den Rand, wo die Herdplatte nicht zu heiß war, und wartete. Bald würden Naz und die Gäste eintreffen. Da fiel ihr ein, dass sie die Servietten vergessen hatte. Anna legte immer, wenn sie besondere Gäste hatte, kleine viereckige Leinentücher unter das Besteck. Eleonora hatte zwölf solcher Tücher mit Hohlsaum eingefasst, mit ihren blau gefärbten Fäden Glockenblumen aufgestickt und der Freundin zu Weihnachten geschenkt. Wenn Anna die Tüchlein verwendete, dachte sie ein wenig wehmütig an die Zeit im Pfarrhof. Alljährlich, entweder zum Patrozinium der Rauriser Kirche, zur Erstkommunion oder zur Firmung, kam der Weihbischof oder gar der Erzbischof von Salzburg zur Visitation. An solch aufregenden Tagen wurden im Pfarrhaus zum Gedeck ebensolche Tüchlein gelegt. „Sehr fein, die Rauriser verwenden ein Mundtuch", hatte der Weihbischof einmal bemerkt. Das hatte auf Anna derart Eindruck gemacht, dass sie ab diesem Tag zu festlichen Anlässen stets Servietten vorlegte.

Kurz überprüfte sie, ob alles vorbereitet, ob sie nichts vergessen hatte, kostete nochmals von der Bratensoße, von der Suppe, schaute nach dem Kraut – auf dass es ja nicht anbrenne – und stellte zufrieden fest, dass alles gelungen war. Was für sie nicht mehr selbstverständlich war. Auch wenn ihr die junge Dienstmagd, die Barbara, zur Hand ging, blieb genug Arbeit an ihr hängen. Maria hatte es sich nicht ausreden lassen, Naz entgegenzugehen. Vielleicht wollte sie ein wenig mit ihm allein sein ... weil sie ihn drei Wochen nicht gesehen hatte ... und das bekräftigte Anna in ihrem Tun, in ihrem Wollen, es alleine zu schaffen. Beinahe tat es ihr leid, dass sie Maria nachgegeben, dass sie einverstanden gewesen war, dass sie Naz entgegenging. Angesichts all der Arbeit, denn zur Familie und den Gästen waren noch an die zwanzig Männer zu versorgen. Knappen, Schmiede, Zimmerer, alle Arbeiter würden ebenfalls bald eintreffen. Und entsprechend hungrig sein. ‚Gewiss, Maria hatte bei den Vorbereitungen geholfen und wird auch beim Abräumen und Ab-

waschen mithelfen. Was sorg' ich mich, ist ja stets Verlass auf sie.'
Derlei Gedanken in Erinnerung rufend, beruhigte sie sich wieder.
Schalt sich sogar als ‚altes Nervöserl'.

Wenngleich es verständlich war, dass ihre Nerven nicht mehr die
besten waren. Das lag nicht nur an der Arbeit, die im Kolmhaus nie zu
enden schien, das war dem Leben geschuldet. Ihren Siebziger hatten
sie vergangenen Mai, am Vierzehnten, gefeiert. Naz wollte ihr mit
einem großen Fest eine Freude machen. Sie hingegen konnte ihn
überzeugen, dass sie eine kleine Feier bevorzugte. „Meine Familie ist
mir Freude genug", war ihr Argument gewesen, das Naz verstand.
Während sie daran dachte, hörte sie das Bimmeln. Anna kannte den
feinen Klang der Silberglöcklein, die nur an Sterns Kummet angebracht waren. Die große Norikerstute, die schöne Braune, wie Naz
sie gerne nannte, war ihrer aller liebstes Pferd. Manchmal schien es
Anna, als ob das Tier sie verstehen konnte. Gewiss aber fühlte es mit
ihr, denn wenn sie, manchmal nachdenklich, mitunter traurig, ihr
Gesicht in der Halsbeuge des Tieres vergrub, hielt es nicht nur still,
sondern knabberte ganz zart an ihrer Jacke, schnaubte ihr sanft in
die Hand oder rieb seine Nüstern wie streichelnd an ihr.

Dass sie nun in freudiger Erregung um die Strickjacke griff, hurtig
die Schuhe band und vor das Haus eilte, lag allerdings nicht so sehr
an den schönen Gedanken an Stern, es war vielmehr die Freude auf
Naz. Je älter sie wurde, umso mehr sorgte sie sich, wenn Naz fortfuhr. Umso dankbarer war sie, wenn er heil wiederkam.

Als Anna einige Schritte den hier gerade noch ebenen Weg ent-
langging, lief die Stute, den Kopf stolz in die Höhe gerichtet, die Ohren gespitzt, auf sie zu, drosselte ebenso gekonnt wie vom Kutscher
geleitet das Tempo und blieb just vor ihr stehen. Anna streichelte
die Stute, holte einen Zuckerwürfel aus der Tasche und schob ihn
ihr ins Maul. In der Zwischenzeit war Naz vom Schlitten gestiegen
und zwängte sich zu seiner Mutter durch. In ihrem Eifer war Anna

zu weit gegangen, denn auch hier lagen die Schneewände zu beiden Seiten des Weges aufgetürmt und ließen ein Vorbeikommen am Schlitten kaum zu. Nur rund ums Kolmhaus, da war genug freier Platz. Jeglicher Neuschnee musste täglich ausgeräumt und die Arbeitsstätte frei gehalten werden. Nicht nur zum Lagern von Holz, die Knappen benötigten den Vorplatz für die Fertigung des Sonnblickhauses. Naz kam auf Anna zu, drückte sie, begrüßte sie mit: „Komm Mutter, geh'n wir, die anderen kommen gleich", und hakte sich unter.

Maria nutzte die kurze Zeit, bis der Vorplatz des Hauses erreicht war und auch sie absteigen musste. Etwas Langes, Schmales, dessen Ende unter einer Wolldecke hervorschaute, hatte ihre Neugierde erweckt. Schnell hob sie die Decke an. Einige Kisten und drei Koffer, doch das Lange, Schmale war in dickes Wellpapier gewickelt. Sie überlegte, was wohl unter der Pappe verborgen sein, welche Maschine Naz diesmal gekauft haben mochte, ob es vielleicht ein Geschenk für sie sein würde?

Noch verbarg die Pappe das Geheimnis. Sie waren am Vorplatz des Hauses angelangt, sogleich wollte sie Naz danach fragen. Das Gespann hielt an, unauffällig schob sie die Decke an ihren Platz zurück, stieg vom Schlitten und eilte ins Haus. Naz war ins Schlafzimmer gegangen; das hatte ihr Mutter gesagt. Also noch warten, bis er umgezogen war und wieder herunterkommen würde. Sie wusste, dass er jeglichen Fragen, wenn er müde oder angespannt war, zänkisch auswich oder sie gar unbeantwortet ließ. Sie aber musste es wissen – wenig beschäftigte sie so sehr wie ein Geheimnis – und tröstete sich mit dem Gedanken: ‚Gleich nach dem Essen werde ich eine Gelegenheit finden.' Indes nutzte sie die Zeit, bis Arlt, der Schwede und Irgei einträfen und sie gemeinsam essen konnten.

Der Gastraum war noch leer, zwei Tische allerdings gedeckt, Suppen- und Fleischteller, Besteck und Bierkrüge an den vorgesehen

Plätzen. Maria sah, dass für die Arbeiter noch nichts hergerichtet war, und machte sich sogleich an die Arbeit. Schon eilte die Barbara herbei, holte Löffel, Messer und Gabeln, legte Teller und stellte Krüge hin. Maria sah, wie flink das Mädel war, und nickte ihr lobend zu. Darauf ging diese stolz erhobenen Hauptes, holte vier Pfannenuntersetzer und stellte sie inmitten der beiden langen Tische. „Fertig", mit dieser kurzen Feststellung verließ das Mädchen die Stube und ging zu Anna in die Küche.

Wie vereinbart, just zu dem Zeitpunkt, als Naz die Stiege herunterging, kamen Arlt und der Schwede zur Haustür herein. Als Naz innehielt und sie fragend ansah, kapierte sein Freund sogleich, hob die Augenbrauen und zuckte mit den Schultern. Das Rätsel löste sich nach einer Viertelstunde. Irgei kam mit den Arbeitern und setzte sich zu ihnen. Maria verstand ihren Buben. Er bewunderte Peter Lechner, mochte Simon Neumayer, kannte einige der jungen Knappen und fühlte sich in deren Gesellschaft wohl. Arlt hingegen war ihm fremd, wie ihn wohl auch der großgewachsene Schwede verunsicherte. Auch Naz trug nicht viel zu einem guten Verhältnis zu ihrem Sohn bei, zumal er ihn bisher selten gesehen und sich daher wenig Gelegenheit für ein Gespräch ergeben hatte. ‚Vielleicht würde sich das ändern, wenn er älter, öfters zu ihnen fahren und auch einige Tage bleiben würde. So mein Vater einverstanden ist', hoffte Maria.

Barbara stellte die Suppenschüssel vor Anna hin, Maria trug eine zum Tisch der Knappen und holte soeben die zweite, die auf der Kredenz abgestellt war, als sie Arlt von rutschenden Holzbrettern reden hörte. Eilends setzte sie sich hin und lauschte. Also nicht ihrem Mann, Arlt gehörte das Paket, soviel verstand sie nun. Aber was es mit den rutschenden Brettern auf sich hatte, das verstand sie nicht. Bretter lagen zuhauf rund ums Haus, aber Holz rutschte nicht. „Wilhelm, was meinst du mit rutschenden Brettern?", fragte sie nun schon ziemlich ungeduldig. Doch Arlt gab das Geheimnis nicht preis. Er sagte: „Das, was ich aus Schweden mitgebracht habe, hat keiner von euch je zuvor gesehen. Und ich kann es heute nicht herzeigen, denn in der Stube lässt es sich nicht vorführen." Damit hatte er auch die Neugierde der Knappen geweckt. Sie schauten fragend zu Arlt, doch der löffelte schweigend seine Suppe. Weil er sich nicht äußerte, murmelten sie vor sich hin und blickten verwirrt zu Naz. Aber auch der schwieg. Maria ärgerte sich ein wenig, ließ es sich aber nicht anmerken. Es war eine vertrackte Situation: Arlt wollte es nicht sagen, den fremden Mann (Korsgren war sein Name, das hatte sie sich merken können) wollte sie nicht fragen, und Naz würde sich wahrscheinlich dumm stellen. Da hob Arlt die Stimme an, wichtig und laut sagte er in den Raum: „Morgen, gleich nach dem Frühstück, zeige ich euch die Neuheit aus Schweden."

Entgegen seinen Gewohnheiten ging er früh zu Bett. Er täuschte große Müdigkeit vor – was nicht ganz geschwindelt war, denn die Reise an diesem kalten Wintertag war anstrengend gewesen –, noch größer aber war seine Anspannung. Auf seine Darbietung vor versammelter Mannschaft. So schlief er unruhig und wartete schwer auf den Morgen. Schon in aller Herrgottsfrüh war er abmarschiert. Die Sichel des Mondes schimmerte zart zwischen Goldzechkopf und Sonnblick. Noch war er umgeben von einigen blassen Sternen, die nur mehr zaghaft im schwarzgrauen Morgenhimmel leuchteten. „Es ist Zeit, es ist höchste Zeit", mit diesen Worten verschwand Arlt im Dämmerlicht des heranbrechenden Tages. Starr und kalt fiel die Luft ins Haus, als die Tür zufiel und Maria kopfschüttelnd zurückblieb. Sie war, wie jeden Tag, schon zeitig aufgestanden, um das Frühstück zu richten, als er ihr – eingepackt in dicken Lodenhosen mit Gamaschen, Walkjanker, Fäustlingen, Schal und einer Pelzmütze am Kopf – einen ‚Guten Morgen' wünschte und sie bat, um acht Uhr mit der gesammelten Mannschaft vor das Haus zu gehen und ihre Augen der Spur folgend bergwärts zu richten. Verwundert hatte sie ihn angesehen und nur genickt.

Als die Knappen um sieben Uhr ihre Milchsuppe schlürften, war er bereits weit oberhalb der Erlehenalm unterwegs. Zum westlichen Berghang bis hinauf ins Märchenkar wollte er. Die Wege und Steige waren weder besonders steil noch abschüssig, sie waren ein Ergebnis jahrhundertelanger Nutzung des Gebietes. Jäger, Förster, Köhler und Knappen hatten sie angelegt, in jüngerer Zeit waren es die Bauern, die sie für ihre Almwirtschaft nutzten und auch hegten. Seit Naz Touristen beherbergte, waren auch sie dort anzutreffen.

So einfach der Anstieg im Sommer war, ein Fortkommen im Winter war ungleich anstrengender. Den Weg musste sich Arlt im hohen Schnee selber bahnen. Auf seinen Skiern hatte er Streifen eines Robbenfells befestigt – die feinen Haare der Tiere hafteten auf dem pulvrigen Untergrund – und dem Gelände angepasst zog er seine Spur hinan. Er kam zu jahrhundertealten Zirben und Lärchen, zu kleineren und größeren Fichten, die stellenweise eng beieinander, dann wieder gelockert standen, er traf auf riesige Felsbrocken, die vor Urzeiten von den steil aufragenden Wänden der Riffelscharte gebrochen waren und deren Kuppen nun nur spärlich aus dem Schnee ragten. Eine mystisch eisige, schöne Welt, in der sich Arlt mit einem langen Stock, einmal abstützend, dann wieder ziehend, bergwärts plagte. Er war angenehm überrascht, dass die Holzbretter nicht tiefer einsanken als die altbewährten Schneereifen, sah auf die Uhr und stellte fest, dass er nur noch eine Viertelstunde Zeit hatte. Um acht Uhr wollte er zur Umkehr bereit sein. Arlt sah sich um und suchte nach einem geeigneten Platz. Eine einsame Zirbe mit weit ausladenden, verzweigten Ästen stand nicht mehr weit von ihm, sie schien das ideale Ziel. Er blickte zum Talboden, konnte das Haus allerdings noch nicht sehen, er war bereits zu weit am Berghang oben. Einerlei, er hatte sich den Weg gemerkt, zudem wies ihn seine Spur. Und die

hatte er, so gut und weit als möglich, vom Kolmhaus sichtbar angelegt. Am Baum angelangt, stampfte er den Schnee zu einem kleinen
Bett, schnallte die Holzbretter von den Füßen, wickelte die Schnüre
der Felle auf und steckte sie in den Rucksack, derweil er im Geiste in
kindlicher Freude bereits die Kurven zog.

Nun war es Zeit! Seine Armbanduhr zeigte acht Uhr an. Maria
würde, wie er sie geheißen hatte, mit den Knappen vor das Haus gehen. Auch Anna, Naz, Irgei, der Schwede, ja sie alle würden nach
ihm Ausschau halten. Er richtete die Spitzen der beiden Holzbretter
talwärts, schob mit dem Stock an und fuhr los. Wahrlich, er rutschte
(später würde er sagen, er sei geglitten), erst langsam, allmählich
schneller werdend, dahin. Schon probierte er den ersten Schwung
– die Übungen in Schweden bewährten sich nun – und querte den
freien Hang. Er war glücklich, dachte sich: ‚Die werden staunen!'. Er
fühlte sich regelrecht großartig. Dann der zweite Schwung: wieder
geglückt. Weiter ging's in die entgegengesetzte Richtung über einen
Hügel, doch dahinter stand ein junger Baum. Er wollte ausweichen,
aber die Holzbretter zogen, wie magisch, dem Hindernis zu. Es dauerte eine geraume Weile, bis er sich aus dem Tiefschnee aufgerap-
pelt und den Schnee einigermaßen von Mütze, Jacke und Hose ge-
klopft hatte. Und war erleichtert, dass die Stelle vom Talboden aus
nicht einsehbar gewesen war. Erneut schob er sich mit dem langen
Stock ab, kam in Fahrt. Es war wirklich erstaunlich, wie geschickt
Arlt sich anstellte: Ein Schwung folgte dem nächsten, wieder eine
Gerade am Hang entlang, er zog weiter, zwischen zwei Felsen hindurch zum Steilstück bei der Erlehenalm. Im frischen Pulverschnee,
der auf festem Altschnee lag, ließen sich nicht nur schön gezogene
Kurven fahren, er bremste auch die Geschwindigkeit. Schon war
Arlt an der Stelle, wo sich der weite Hang zum Kolmhaus hin auf-
tat. Er mühte sich um eine elegante, schmale Spur, konzentrierte
sich: ‚Ein Schwung, geglückt, der nächste, gottlob geschafft, ein-

mal hin, einmal her, wieder ohne Sturz, oh-oh, ein Baum, whau ... vorbei!, jetzt nicht mehr weit ...' Da hörte er ein lautes Rufen, ihm war, als ob sein Herz einen Freudensprung machen wollte: ‚Gaudeamus igitur' fiel ihm ein. Angefeuert vom Jubel flitzte er den weißen Hang hinab, schwang zwischen den letzten Bäumen hindurch – ‚nur nicht anhalten, erst recht nicht stürzen und dadurch meinen Erfolg gefährden.' In Erinnerung an seine Übungen in Schweden richtete er seinen Blick nach vorne, konzentrierte sich auf den nächsten Schwung, hob einen Fuß ein wenig an, stellte ihn aus, zog den anderen Fuß bei und wechselte zugleich den Stock auf die Talseite. Und kam endlich vor dem Haus, schwitzend und keuchend, zum Stehen. Mit einem lauten „Holla, holla!" und gleichzeitigem Klatschen empfingen sie ihn. Korsgren rief: „åka skidor!", was Naz erklärte: „Skifahren sagt man dazu!" Und Arlt noch ganz außer Atem: „Und Ski heißen diese Holzbretter." Daraufhin öffnete er die Metallbügel, an dem durch eine Feder eingespannt die Schuhe zwischen zwei Balken gehalten hatten. Voll der Freude und des Stolzes zeigte er den Umstehenden seine Ski, nahm die Felle aus dem Rucksack und spannte sie wieder auf. Vor allem von der Wissbegierde der Zimmerer war Arlt beeindruckt. Besonders Peter Lechner konnte sich von diesen Holzbrettern, die an einem Ende zur Spitze geformt und aufgebogen waren, kaum lösen. „Du kannst gerne probieren. Ich zeig' dir, wie man damit fährt. Und wenn sonst noch jemand neugierig ist, am Sonntag komm' ich wieder." Mit diesem Versprechen löste sich die Versammlung, zwar noch weiter darüber redend, dann doch allmählich auf. Die Arbeit an der Errichtung des Sonnblickhauses wartete auf viele unter ihnen. Rainer, der Verwalter, schloss mit: „Das gehört aufgeschrieben. Februar 1886, erste Skiabfahrt in Kolm Saigurn." Und Rojacher ergänzte grinsend: „Wilhelm Ritter von Arlt bringt den Skilauf ins Rauriser Tal."

Ein Haus und viele Instrumente

„**W**ir brauchen ein Haus, bauen es auf, tragen es ab, bringen es stückweise hinauf und bauen es wieder auf. Ein gefinkeltes Vorhaben." Mit diesen Worten zeigte Rojacher auf den gefalteten Bogen, der vor ihm den Tisch bedeckte. Der Zimmerer Matthias Mayacher schaute auf das Papier: ein Haus, drei Räume mit jeweils vier Meter Seitenlänge, Tür, Fenster, Dachraum. Was sollte daran schwierig sein? Diese Frage stand ihm ins Gesicht geschrieben. Weil Rojacher sein Zögern erwartet hatte, klärte er ihn auf: „Das wird das Observatorium. Wir müssen es zuerst im Tal bauen. Zehnerpfosten mit Schwalbenschwanzverbindung. Für die unteren fünf Reihen nehmt ihr Tannenholz, dann fährt ihr mit Fichten fort. Fenster und Tür werden auch vorgefertigt. Wir brauchen doppelte Fenster, im Winter wird ein drittes dazwischengeschoben. Als Eingangstür nur ein Grundgerüst, erst am Berg wird beidseitig beschlagen. Für den Zimmerboden werden drei Schichten Bretter, zweimal im entgegengesetzten Winkel, einmal horizontal, verlegt. Auf die Innenwände kommt eine Holztäfelung. Jedes Teil muss vorgefertigt werden und soll nicht mehr als einen Zentner wiegen. So viel, wie ein Mann tragen kann. Deshalb dürfen die Pfosten nur zehn Zentimeter Stärke haben. Oben am Gipfel folgt die Endfertigung.

294

Da werden die Ritzen mit Moos verstopft, die Außenwände mit Lärchenschindeln verschlagen, Lärchenschindeln auch auf das Dach. Folgend kommen Innenschalung und Boden. Du verstehst schon. So soll es werden."

Mayacher freute sich auf diese Arbeit. Das war nun etwas. Ganz nach seinem Geschmack. Besser als Kappen, Knüppel, Pfeiler- und Schalhölzer bauen. Jetzt konnte er zeigen, dass er mehr als nur Grubenzimmerer war. Wenngleich er dies schon öfter unter Beweis gestellt hatte. An der Aufzugsbahn etwa. Doch arbeitete er dabei stets gemeinsam mit Georg Zlöbl. So eine Aufgabe, ein Haus für den Sonnblickgipfel, und dabei die alleinige Verantwortung zu haben, darauf freute er sich. Mit dem Plan in der Hand wollte er in die Stube, um ihn noch genauer zu besehen, musste aber vorher den Schmied holen, denn auch Reiter bekam einen besonderen Auftrag zugewiesen.

„Josef", sagte Rojacher zu seinem Schmied, „wir brauchen Tür- und Fensterbeschläge. Aber das ist das Kleinere. Mächtige Eisenstangen, die sich mittels Schraubkloben spannen lassen, müssen her. Sie werden am Gestein befestigt und so das künftige Sonnblickhaus niederspannen. Kennst dich aus?" Wenn Josef eine Antwort hätte geben wollen, wäre sie mit „ein wenig" ausgefallen. Er aber sagte nichts, wartete auf eine nähere Erklärung. Rojacher hatte eine Zeichnung parat.

Nachdem er den Männern ihre Aufträge zugeteilt hatte, ging er in die Stube, wo Hann bereits auf ihn wartete. Diesmal war es Rojacher, der eine Liste vorgesetzt bekam. Auf ihr waren Instrumente angeführt: ein Psychometer von Haak in Jena, ein Kopp'sches Haarhygrometer, ein Thermograf, ein Hygrograf und ein registrierender Barograph von Richard Frères, ein Quecksilberbarometer und ein Quecksilberbarograph von Redler, ein Sonnenscheinautograph und ein Schwarzkopfkugelthermometer, las er da. „Na Servus", meinte

Rojacher, „darüber wird mir schwarz wie die Schwarzkopfkugel." Die Ausbildung, für die er nach Wien gereist war, bildete zwar eine Grundlage – aber würde sie ausreichen? Hygrograph, Haarhygrometer, Sonnenscheinautograph, und weiß Gott welche Gerätschaft noch, in der Praxis waren ihm diese Instrumente fremd. Überhaupt, wenn sie ihm schon Respekt einflößten, wie würde es dem künftigen Wetterwart ergehen? Naz teilte seine Sorge dem Professor mit. Doch Hann zerstreute seine Bedenken, versicherte ihm, dass es mit Hausverstand, gutem Willen und Übung zu machen sei. Er, Hann, hingegen sah den Bau der Station mit Skepsis. Dieser wiederum bereitete Rojacher keinen Gram und er versicherte dem Meteorologen, dass er in dieser Hinsicht unbesorgt sein durfte. Einig waren sich beide, dass die Errichtung der Telefonleitung auf den Berg eine enorme Herausforderung werden würde. „An die fünfundzwanzig Kilometer, vom Knappenhaus zum Sonnblick und von Kolm Saigurn nach Rauris", schätzte Rojacher, und Hann erinnerte ihn: „Fehlt noch der Blitzableiter für die Warte." Weil Rojacher nichts darauf erwiderte, glaubte Hann, dass er dies zu berücksichtigen vergessen hatte. Doch Rojacher war mit seinen Gedanken schon weiter: „Ja, Blitzableiter, Telefon, Wetterstation, wird das Geld reichen?" Auch diesbezüglich konnte Hann seine Bedenken zerstreuen. „Es wird nicht leicht, aber nicht unmöglich sein. Grad so wie dein Beitrag. Die Finanzhoheit hat die Österreichische Meteorologische Gesellschaft und ihre Zustimmung ist gegeben. Zudem habe ich Ideen und Kontakte, um Gönner aufzutreiben. Um das nötige Geld ist mir nicht bang."

Währenddessen war Zlöbl unterwegs zum Bodenhaus. Das Antriebsrad der Säge musste gewechselt werden. Eine schwere und aufwändige Arbeit, die der Säger nicht alleine bewerkstelligen konnte. Lieber hätte Georg das Sonnblickhaus gebaut, doch Rojacher hatte Matthias damit beauftragt. Er sollte später, wenn er mit seiner Aufgabe bei der Säge fertig war, die dreiteiligen Fenster machen. Immerhin, dreiteilig. Kastenfenster mit einschiebbarem drittem Glas. Während er dahinschritt, überlegte er, wie sie zu fertigen seien. Am abschüssigen Hang zum Kolmbach bereits vorbei, hörte er hinter einem mit Wacholder bewachsenen Hügel ein zaghaftes Stöhnen. Er blieb stehen, vernahm ein Rascheln und darauf ganz deutlich das Flüstern zweier Menschen. Zlöbl schlich sich leise an, robbte auf den Hügel, hinter dem er die Laute wähnte, und staunte nicht schlecht, wen und was er da sah. Taktvoll und leise machte er kehrt, ging zum Knappensteig zurück und setzte den Blick geradeaus haltend fort. Freilich, ein Schmunzeln konnte er sich nicht verbergen. Doch was er gesehen hatte, wollte er für sich behalten. Vorerst zumindest. Bald kehrten seine Gedanken wieder zur Arbeit zurück. Für drei Wochen war er abbestellt worden. Er hoffte, dass der Wechsel des Wasserrades schnell geschehen konnte. Vielleicht in drei, vier Tagen. Möglich, sogar wahrscheinlich, dass auch der Wellbaum ersetzt werden musste. Und wenn dem so war, würden sie wohl drei Wochen Arbeit haben. So lange, wie Rojacher es auch anberaumt hatte. Er musste sich darauf einstellen. Wieder dachte er an die Arbeit in Kolm. Wieder bedauerte er, nicht dort werken zu dürfen. Im Kolmhaus war das Quartier gut, die Zimmer trocken, die Arbeit nicht so hart wie in den Stollen, auch der Witterung waren sie weniger ausgesetzt, zudem das Essen schmackhaft und reichlich. Und abends die wohltuende Wärme in „seiner Zlöblhütte". An die Badehütte dachte er mit Stolz und Freude. Weil sie nach ihm benannt wurde, weil sie seinen Namen trug. Froh war er, Zimmerer zu sein. Vor allem, wenn er daran dachte, welch Schinderei der Scheider durchmachte: Tag um Tag Brocken schlagen, das Gestein trennen, das taube zur Halde werfen, das erzhaltige ins Wagerl füllen. Täglich fünf Fuhren hatte sich Markus zum Ziel gesetzt und rackerte, bis er es geschafft hatte. Ähnlich mühsam verdienten die Pocher ihr Geld. Zwei bis drei Mann arbeiteten bei den lärmenden

Stempeln, schleppten die erzhaltigen Klötze herbei, schaufelten sie in die Tröge, räumten den Schutt zum Lagerplatz. Schlammwaschen, einerlei wie das Wetter sich gebärdete, war auch nicht besser. Viele Tage waren in Kolm Saigurn windig oder kalt, oder beides. Die Hände der beiden Wäscher waren rot, mitunter blaurot, das Gesicht schlammverspritzt und das Gewand feucht. Nein, nicht beim Pocher, auch nicht in der Schmiede, beim Schlämmen oder gar beim Köhler hätte er arbeiten mögen, all das war nicht seins. Pfosten, Bretter, Latten ... dem Holz fühlte er sich verbunden. Das Rojachers gesamte Mannschaft derzeit im Talschluss arbeitete, gefiel ihm. Er mochte, wenn Neues entstand, wenn große Aufgaben zu erledigen waren. Abwechslung im Alltag, das gab neuen Schwung, und bald würde er wieder mitten im Geschehen sein. Noch in Gedanken hörte er das Stampfen und Pochen, das Hämmern und Dröhnen.

Ein hektisches Treiben hatte den Talschluss von Kolm Saigurn erfüllt. Rund ums Kolmhaus, wohin man auch blickte, eine Geschäftigkeit, wie sie nie zuvor auf so engem Raume stattgefunden hatte. Nur in der Goldmühle war es still. Das Amalgamationsverfahren war eingestellt worden, der gesamte Schlich nach Brixlegg oder Freiberg versandt. Er, Zlöbl, vermisste die Goldkugeln. Auch wenn es nicht sein Gold war, doch der Anblick so einer Goldkugel war ein erhabenes Gefühl und bezeugte, dass ihre Mühen belohnt wurden. Doch schon bald, wenn Rojacher mit Korsgren das neue Verfahren einführen würde, wenn die Maschinen aufgestellt und die Technik eingerichtet sein würden, so hoffte Zlöbl, würden sie wieder Blitzendes zu sehen kriegen. Diese Vorstellung stimmte ihn froh, der Gedanke an Korsgren erheiterte ihn. „Der Schwede, so ein Strolch." In dieser ausgelassenen Stimmung traf er beim Bodenhaus ein und ging über die Brücke der Säge zu, die nächst der Astenschmiede stand.

Korsgren, die Extraktion und das Telefon

Naz brummte der Kopf. Seit Tagen arbeitete er mit Korsgren an der Errichtung der Anlage für das Munkdell'sche Verfahren. Dieses stand im Ruf, die Edelmetalle Gold und Silber besser aus den arsenhaltigen Erzen herauszuholen, und war eine Methode, die die goldlösende Kraft des Chlors ausnützte. Dabei wurde statt der Amalgamation mittels Quecksilber ein Extraktionsverfahren unter Beigabe von Chlor und Kochsalz angewandt.

Graf Rottermund hatte Rojacher lange die Vorzüge seines Patentes erklärt, hatte ihn in seinem Willen, den Bergbau nochmals in die Höhe zu bringen, gestärkt und ihm in aller Zuvorkommenheit Korsgren als leitenden Ingenieur anvertraut. Und bei Rojacher siegte der unbedingte Wille über die Vernunft. Verbissen setzte er all sein Können in dieses Unterfangen, musste sich jedoch in vielen Bereichen auf Korsgren verlassen. Ein jäher Schauer, gepaart mit Sorge und Zweifel, befiel ihn. Eine düstere Ahnung, wie er sie bereits bei der Heimreise von Falun aufkeimen gespürt hatte und wie sie ihn in vergangenen Nächten wiederholt befallen hatte. Lag es an Rottermund? Oder an Korsgren? Oder schlichtweg daran, dass ihm diese Methode, die ,Extraktion', wie er sie nannte, fremd war? Weil er keine Antwort fand, verwehrte er sich, weiter darüber nachzudenken. Zudem, sich darüber zu sorgen war zu spät, die Anlage war da, jetzt galt es sie aufzubauen. Plötzlich fiel ihm ein, dass er einen weiteren Mann einstellen musste. Einen Köhler! Denn auch das neuartige Verfahren erforderte das Rösten der Erze. Und das wiederum verschlang ungeheure Mengen an Holzkohle. Also, einen Vorrat für den Winter anlegen. Denn erst nach der Eröffnung des Observatoriums wollte er mit dem Extrahieren beginnen. Naz überlegte: ‚Wenn ich dem Meier Seppl noch einen Helfer beistelle, wenn die zwei in den Sommer- und Herbstmonaten am Fröstlberg Meiler anlegen, ja dann, dann könnte ausreichend Kohle gewonnen werden.‘ Naz dachte an den Fröstlberg, weil er mit dem Aubauer ins Gespräch gekommen war. Der Aubauer hatte ihn nämlich wissen lassen, dass beim Teufelgraben überständiges Holz stand, meinte vertraulich: „... Eschen und Erlen, auch einige Ahornbäume, allerdings am Abhang. Schwierig zu fällen, denn das Bett des Grabens liegt an vielen Stellen tief zwischen Fels und noch mehr losem Gestein und Erdreich. Doch bevor ein grobes Unwetter die Bäume mitreißt, ist es g'scheiter, sie umzuschneiden. Einen Meter oberhalb des Stockes.“ Auch daran erinnerte sich Naz und wusste zugleich, dass zwei Mann nicht reichen würden. ‚Eher drei, besser vier, denn die Bäume stehen am steil abfallenden Ufer des Teufelgrabens. Also müssen sie aufgeseilt werden, also auch zwei Pferde dazu. Und Quartier. Und Essen. Das werden teure Kohlen.‘

Aber Naz hatte keine Wahl. Hartholz war im gesamten Tal Mangelware. Vor allem Hartholz. Die wenigen Buchen-, Ahorn- und Eschenbäume wurden geschnitten, die jungen Triebe den Ziegen gefüttert, und ihr Wuchs war in den hohen Lagen entsprechend langsam. Nur Erlen fand man mehr, überwiegend in sumpfigen Gegenden wie Auen und an Bachrändern. Die vorwiegenden Gattungen im Tal waren Fichten und Lärchen, Tannen gab es wenige und Zirben nur vereinzelt. Und weil viele Berge steil und schroff aufragten, bildeten die Bäume an ihren Abhängen Schutz, bannten Lawinen und Muren und durften nicht geschlagen werden. So verblieb den Bauern nur wenig schlagbares Holz und dies benötigten sie zum Haus-, Stall- und Stadelbau, für Werk- und Brennholz. Sogar als Einstreu für die Tiere wurden Fichtenzweige zerhackt. Holz wurde bei jedem Hof, bei jedem Haus gebraucht, am meisten aber hatte der Bergbau verschlungen. Seit eh und je. Soweit sich die Menschen erinnern konnten, wie auch von den Ahnen überliefert, wussten sie: Der Bergbau verschlingt Holz gleich einem gefräßigen Ungeheuer.

Immer wieder schweiften Naz' Gedanken ab. Korsgren tat, als ob er es nicht merkte, und arbeitete fort, reichte Naz eine Zange, der aber griff nicht danach. Obwohl er sie verlangt hatte. Als Korsgren ihn leicht schubste, wachte Naz aus seinen Träumen auf. Er entschuldigte sich, nahm aber gleich den nächsten Gedanken auf: Das Telefon kam ihm nun in den Sinn. Die Installierung des Telefons für das Observatorium. Er griff nach der Zange, hielt sie tatenlos in der Hand und schaute zur Tür hinaus Richtung Grieswiestauern. Dabei war es nicht das Telefon, das ihm Kopfzerbrechen bescherte. Die Leitung dort hinauf war es, die ihm immer wieder in den Sinn kam. Wo nur sollte er sie auf den Berg führen? ‚Vielleicht findet Wilhelm eine Lösung für die Trasse?' Dies mehr laut gedacht als Korsgren fragend, wandte er sich wieder seiner Aufgabe zu. Doch Korsgren hatte gute Ohren. „Was ist Trasse?", fragte er. „Mir geht das Telefon im Kopf herum, ich muss mich darum kümmern. Mach du allein weiter", gab Naz zur Antwort und ließ den Schweden verdutzt stehen. Er ging ins Haus, nahm seine Feder und schrieb seine Gedanken auf: *An der Straße von Rauris den ebenen Talboden entlang zum Vorstandsdorfe / über den Bach weiter bis Wörth / den Seidlwinklbach querend zur Einödkapelle hinauf an die felsigen Abstürze des Plattecks entlang / unter den Lawinenhängen des Schodenkogels und des Leiterkogels bis zum Fronwirtshaus in Bucheben / auf das rechte Ufer des Hüttwinklba-*

ches / unter den Wänden des Edlenkopfes auf der Ebene dahin bis erneut
ansteigend beim Kastengütl / über den Krummlbach / die Leitung bleibt
am linken Ufer bis hinter dem Bodenhaus / hier zum letzten Mal die
Ache queren / auf der rechten Bachseite durch den Wald / hin und her
die letzte Talstufe hinauf / wieder auf die Straße / in leichter Steigung
im Hochwald / in Kolm erstes Ziel erreicht. Naz schloss das Tintenfass,
legte die Feder beiseite, streckte sich durch und erhob sich, um wieder Korsgren zu helfen und nach dem Rechten zu sehen.

Die Arbeiten am Sonnblickhaus gingen zügig voran. Matthias
längte die Außenwände ab, seine Helfer hackten, sägten und brachten weitere Pfosten herbei. Holzfuhren kamen vom Lenzanger, aus
der Gegend beim Trockenbach, sogar vom Karlingwald in Bucheben. Seit Wochen polterten die Wagen, einer um den anderen, und
brachten Bauholz von der Bodenhaus-Säge, ausgewählte Lärchen
für den Schindelmacher und lange dünne Fichtenbäume für die
Telefonleitung.

An die fünfhundert Stangen benötigten sie. Den größten Teil für
die Leitung durchs Tal, die längsten Bäume für die Strecke vom
Knappenhaus zum Gipfel. Unter der Felswand beim Pufferstollen
lagerte bereits ein riesiger Stapel – viele der Stangen waren bereits
mit Isolatoren bestückt und der Wand entlang aufgestellt.

Emsiges Werken auch in der Schmiede: Einmal hell, dann dumpf
hallten die Schläge des Hammers. Der Schmied und sein Geselle
standen am Amboss, ein kleiner dürrer Bursche drückte den Blasbalg bei der Esse, legte zwischendurch Holz ins Feuer oder holte weiteres herbei. Die Beschläge für Fenster und Türen waren fertig, die
Streben für den Blitzableiter in Arbeit.

Nicht weit von der Schmiede, im Schutz des weit ausladenden Ge-
ästs einer einzelnen Fichte, saß der alte Kramerhäusler. Eigentlich
hätte er genauso gut daheim diesen Auftrag erledigen können, doch
stattdessen war er nach Kolm Saigurn gekommen, hatte Hoanzl,

Reifmesser und Hacke mitgebracht und werkte unablässig inmitten der Bergleute. Die Männergesellschaft gefiel ihm, war er doch sonst umgeben von sechs Frauen: der Krämerin, seinen drei Töchtern und den beiden Schwägerinnen. Der Kramerhäusler war einer von vielen Bergbauern mit kleinen Wirtschaften, konnte aber leidlich leben, ein wenig brachte die Krämerei ein, ein wenig verdiente er mit Schindelmachen. Rojacher wusste um seine Fähigkeiten bei der Auswahl der dafür geeigneten Lärchen sowie um sein Geschick mit dem Reifmesser bei der Fertigung der Schindeln und hatte ihn eingestellt.

Bald darauf kehrte Naz, zufrieden über das Fortschreiten der Aufgaben, ins Haus zurück. Einen Brief an seinen Freund Wilhelm wollte er schreiben, bevor er sich weiter mit der Errichtung der Extraktionsanlage beschäftigen würde. Er überlegte: ‚Wenn ich ihm den Anstieg mit Ski schmackhaft machen würde? Womöglich könnte ich ihn damit locken?' Und hoffte: ‚Vielleicht kommt er dann schon nächste Woche ...'

Also dann ... geh'n wir's an

Rojacher begutachtete das Sonnblickhaus. Es stand fertig gebaut, Fenster und Eingangstür waren mit Keilen lose befestigt, die Bretter für die Zwischenwände lagen auf einem Stapel neben den runden Packen Schindeln. „Jetzt die einzelnen Pfosten nummerieren und danach wieder in Einzelteile zerlegen", trug er ihnen auf. „Alle Pfosten, Bretter, Schindeln, Fenster und Türen müssen hinauf. Wir nutzen jeden Tag – so das Wetter passabel ist."

Seit dem Tag, an dem das Projekt genehmigt worden war, war Naz bewusst, dass die Zeit für die Umsetzung knapp war und zudem von guten Wetterverhältnissen abhängen würde. Nur wenn sie parallel zu den Fertigungen im Tal Material aufseilen und tragen würden, konnte der Eröffnungstermin eingehalten werden. Folglich war bereits Anfang Mai der erste Transport zum Radhaus unterwegs. Ansonsten gehörte der Transport mit der Aufzugsbahn zum Alltag, diese Fuhre allerdings bedeutete sowohl für Naz als auch für die Arbeiter Außergewöhnliches. Nicht nur, dass ihr Arbeitsplatz für ein weiteres Jahr gesichert war, es machte sie vor allem stolz, dass sie an diesem bedeutenden Bau mitwirken würden. Nur Anna, Rojachers Mutter, sorgte sich wieder einmal um ihren Naz. Ein Haus auf den 3.106 Meter hohen Gipfel bauen. Ein Mann, der dort oben das Wetter beobachten würde. Wer brauchte das? Neues, das unbekannt und gefährlich war und zudem überflüssig schien. Das Wetter konnte man auch im Tal voraussagen! Eine Veränderung vermochte sie an den Wolken zu erkennen. Und am Wind. Auch das Verhalten der Vögel zeigte ihr, dass sich Sturm oder Schnee anbahnte. Und bei Hochdruck knackte der Herd, bei Tiefdruck qualmte er. Kalte Luft aus dem Norden kroch ins Genick, warme Strömung aus dem Süden kündigte sich in den Gelenken an. Aber die Zukunft forderte eine Wetterwarte … Wozu hatte der Schmied den Wetterhahn montiert? „Gott behüt sie, Heilige Barbara beschütz sie", betete sie in der Kapelle und entzündete eine Kerze. Maria merkte ihre Sorge und stellte eine kleine Vase mit ein paar Krokussen und Gänseblümchen auf den Altar.

Durch die Kapellentür vernahmen sie die aufgeregten Stimmen der Männer. „Winkel, Bohrer, Hammer, Zangen, Sappel, Pickel auf den Boden, darauf Nägel, Holzdübel, Klampfen und obendrauf die langen Bretter." Es war Zlöbl, der mit seinen Helfern den Wagen bestückte. Winkler ließ es sich nicht nehmen, am Wagerl mit der ersten Ladung die Bergmannsfahne zu befestigen. Das *Glück Auf* sollte auch für dieses Unternehmen gelten.

Naz hatte seine Männer akribisch eingeteilt: Während die einen in der Schmiede, am Haus, beim Köhlern, im Sägewerk oder im Wald arbeiten würden, hieß es für die anderen tragen, beladen, entladen und wieder tragen. Die schwerste Arbeit war der Transport vom Knappenhaus zum Gipfel. Für diese Plagerei wollte Naz noch Träger anstellen. „Wer stark und zäh, bergerfahren und unerschrocken ist, der kann sich ordentlich Geld verdienen", hatte Naz beim Standlwirt verkündet. Schnell hatte dieses Angebot im Tal seine Runde gemacht, Arbeit war rar, ein zusätzliches Einkommen konnten viele gebrauchen. Aber nur wenige Männer kamen dafür in Frage.

Eines Tages kam der ehemalige Knecht vom Premstaller. Maria

staunte nicht schlecht, als ein kleines Männlein zu Tür hereinstolperte, nach Naz fragte und hinzufügte, er würde gerne als Träger anheuern. Der Kleine, dürr mit runzeligem Gesicht, aus dem kleine Äuglein blitzten, schaute sie erwartungsvoll an. Doch Maria schickte ihn wieder zur Tür hinaus mit dem Hinweis, dass ihr Mann bei der Aufzugsbahn anzutreffen sei. Ein wenig zaghaft, fast leise, äußerte der Knecht sein Anliegen vor Naz. „Rojacher, wenn du magst, ich könnt' dein Träger sein", bot das Männlein an. Naz erging es ähnlich wie seiner Frau, war erstaunt und baff zugleich. Träger? Ein wenig hoffte er, dass er sich verhört habe, merkte aber zugleich, dass dem nicht so war. Was dem Mann entgegnen? Da kam ihm sein Einleger Pepp in den Sinn: ‚Nicht schon wieder so einer', dachte er, wehrte den Mann barsch ab und wandte sich wieder seiner Arbeit zu. Für einen Moment hatte er vergessen, was als Nächstes zu tun er beabsichtigt hatte. Kurz blickte er dem Knecht nach, der gesenkten Hauptes um die Ecke bog und aus seinem Blickfeld verschwand. „Ah, ja, genau, jetzt fällt's mir wieder ein. Die Reihenfolge! Erst kommen Kalk und Zement für den Turmbau, dann die Kupfer- und Drahtseile für Telefonleitung und Blitzableiter, hernach folgt das Restliche", klärte er Rainer auf, der neben ihm stehend das skurrile Arbeitsgesuch mitverfolgt hatte. Der Verwalter war für die Verfügbarkeit der Waren zuständig, Saupper für die Bestückung und den Transport mit der Aufzugsbahn. „Das Brennholz dürfen wir nicht vergessen", erinnerte der Salchegger und meinte: „Nachdem eure Sachen transportiert sind, führen wir das Brennholz hinauf, machen unterm Goldberg einen Stapel, und wenn das Haus fertig ist, seilen wir es auf." Naz schaute erst ein wenig nachdenklich, doch der Vorschlag von Michael gefiel ihm. Er bestätigte: „Guter Einfall, so machen wir es! Und für das Mobiliar ist auch deine Partie zuständig." Das freute den Salchegger. Dass Rojacher ihm zugestimmt, dass er seinen Vorschlag angenommen hatte, überhaupt, dass er ihn angestellt hatte.

Salchegger, der Wagner im Markt Rauris, war geschickt und fleißig, doch die Auftragslage war – wie auch bei den anderen Hand-
werkern des Tales – miserabel. Das zusätzliche Einkommen half
über die größte Not hinweg, ihm wie auch vielen anderen, die beim
Bau des Observatoriums eine Anstellung gefunden hatten. Nicht
minder freute sich Rojacher. Er wusste um die wenigen Erwerbs-
möglichkeiten in der Abgeschiedenheit des Tales. Dennoch war er
überzeugt – mit diesem Bauvorhaben mehr denn je: Das neue Observatorium am Gipfel des Hohen Sonnblicks und die Erschließung
der Gletscherberge von Kolm Saigurn mit Wegen und Steigen würden den aufkeimenden Tourismus zum Blühen bringen. Vielleicht
den Anfang einer neuen Epoche einleiten. ,Eine ordentliche Straße
ins Tal braucht es noch', dachte er und zügelte sich sogleich: ,Eins
nach dem anderen.' Laut hingegen ermunterte er seine Männer:
„Also dann, geh'n wir's an!"

Simon blickte müde zu Naz. Was hatte er gesagt? Er hatte es nicht
vernommen. Sein Kopf schmerzte, die Augen waren glasig, bald
wurde es ihm heiß, dann fröstelte ihn. Für welche Arbeit hatte ihn
Naz eingeteilt? Mühsam versuchte er sich zu erinnern, doch bevor er
den Gedanken zu Ende gebracht hatte, ging Naz auf ihn zu. „Simon,
ich will mit dir reden, komm mit ins Haus." Lethargisch trottete dieser hinter ihm her. Kaum dass sie sich gesetzt hatten, platzte Naz
mit seinem Angebot heraus: „Simon, magst Wetterwart werden?"

Mit dieser Möglichkeit wollte Naz seinem Freund Gutes tun. Sie
kannten sich seit vielen Jahren, waren gemeinsam Truhenläufer
gewesen, Simon hatte ihn vor den Stänkereien des Augsburgers geschützt, hatte sich als tüchtiger Knappe bewährt, damals, als Rojacher den Bergbau gepachtet und folgend erworben hatte. Es freute
Simon, dass Naz ihm diese Stellung anbot. Am Sonnblick würde die
Arbeit leichter sein, das kam seinem Alter zupass. Die Stollenarbeit
war ihm in den vergangenen Jahren immer schwerer gefallen, sein

Kreuz schmerzte, nachmittags befiel ihn oft eine Müdigkeit, die er als Junger nicht gekannt hatte, die seinem Körper eine Pause abverlangte, welche er ihm als Knappe allerdings nicht gewähren konnte. „Das Alleinsein musst aushalten, ein bisschen kalt wird's auch werden, kriegst dafür alle Tag einen Gulden." Soviel Geld, das überbot Simons Vorstellungen. Ein halbes Jahr, wenn er sich dafür entschied, nächste Ostern erhalte er 240 Gulden, so rechnete Naz ihm vor. Das klang verlockend. Doch ganz so einfach, wie Rojacher die Umstände beschrieben hatte, würde es wohl nicht werden, überlegte Simon. Die Handhabe der Messinstrumente schreckte ihn zurück, darin verstand er sich überhaupt nicht, sie waren ihm fremd und flößten ihm Furcht ein. Doch auch dabei versicherte ihm Naz die bestmögliche Instruktion sowie eine regelmäßige Obsorge und Hilfe. Selbstverständlich auch, dass für ausreichend Brennholz und Lebensmittel gesorgt werde, und dass er ja mit dem Tal verbunden sei. „Das Telefon ist dir eh vertraut", ermunterte ihn Naz, als er die Skepsis von Simon bemerkte. Der aber tat sich vor allem angesichts seines kranken Zustandes schwer, klare Gedanken zu fassen. Rojacher, der sein Verhalten noch nicht deuten konnte, fuhr fort: „Die Meteorologen Hann und Pernter werden öfter auf den Gipfel steigen, und dann hast du wahre Fachmänner bei der Hand." Simon versprach es sich zu überlegen. Was ihm in dem Moment lieber gewesen wäre, war sein Bett. Jetzt erst bemerkte Naz seinen glasigen Blick, den roten Kopf, die hängenden Schultern: „Schaust elend aus! Bist fiebrig?" Es tat ihm leid, dass er in der Euphorie über sein Projekt kein Auge für den Zustand seines Freundes gehabt hatte. Schnell fasste er sich, sagte mitfühlend: „Leg dich hin, wenn dir wieder besser ist, reden wir."

Müh und Plag

Tag für Tag, eine Fuhre um die andere, ja fast ununterbrochen wurde die Aufzugsbahn im Tal beladen, auf die Bremsbahn und Rollbahn umgeladen und beim Knappenhaus zwischengelagert. Die Arbeiten gestalteten sich schwieriger als erwartet. Schuld daran war das Wetter, das in diesem Jahr, 1886, selbst im Sommer ausgesprochen viel Niederschlag mit Sturm und Frost brachte. Aber Naz hatte diese Umstände in seinen Plänen einbezogen und vorgesorgt: Wenn am Gipfel Minustemperaturen herrschten, wurden die Männer zum Aufstellen der Stangen und Aufziehen der Telefonleitung eingeteilt. In einer Reihe, entsprechend dem Terrain, mit vier bis sieben Meter Abstand untereinander, zogen die Männer im Takt, wie Holzknechte „ho-ruck, ho-ruck" rufend, am Seil. Gleich einem unendlich langen Wurm wand es sich Tag um Tag weiter bergwärts – letzte Woche noch beim Knappenhaus, lag die Spitze des glänzenden Drahtseiles nur eine Woche später schon bei der Brettscharte. Die hier folgende, steile und riesige Felswand ließ die Männer fast verzweifeln: eisiges und dementsprechend rutschiges Gestein; hohe und vom Gletscher blank geschmirgelte Felsen; der Weg in Serpentinen. Wie hier hinauf ein schweres und unhandliches Drahtseil bringen? Ein schier unüberwindbares Hindernis. Dem Hutmann

Poberschnigg fiel die Lösung ein. Er bat den Josef Reiter, Ösen mit Halterungen zu schmieden. „Der nackte Felsen wird uns helfen", sagte er und erklärte seine Idee. Die Männer, die beiden Eder-Brüder, Zraunigg, Granegger und Mühlhauser, kapierten schnell, was er wollte. Die stärksten und längsten Mastenstangen verwendeten sie als Steighilfe. Zu sechst kletterten, stemmten, stützten, bohrten und hämmerten sie, trieben eine Öse um die nächste ins Gestein, schoben das Seil hindurch und erreichten nach zwei Tagen den Gletscher am Goldberg. Naz staunte nicht schlecht über den Einfallsreichtum seines Hutmanns und sparte nicht mit Lob. Granegger hielt seine aufgeschürften und blutigen Hände hin: „Gut, dass es nur eine Brettscharte gibt." Naz las auch aus seinem Gesicht die Strapazen. Aber nicht nur Granegger, die anderen Männer hatten ebenfalls aufgerissene Lippen, verbrannte Haut an Nase, Wangen und Stirn und rot-tränende Augen. Poberschnigg sprach aus, worauf sein Arbeitgeber angespannt gewartet hatte: „Das Gröbste ist ja hinter uns." Naz war anzumerken, wie sehr ihn diese Aussage befreite. Eigentlich wäre es an ihm gelegen, die Männer weiter zu ermutigen. Sein Hutmann aber war erneut der Schnellere: „Miteinander schaffen wir auch die restliche Strecke."

Nur so konnte dieses Vorhaben umgesetzt werden, mit solchen Männern, dessen war sich Rojacher bewusst, und er nahm sich vor, es ihnen bei nächster Gelegenheit zu sagen. Auch, dass er staunte, wie sie selbst kompliziert und schwierig Anstehendes ohne Murren und Klagen erledigten. Unweigerlich fiel ihm der Rekord von Alois Janschütz ein. Der hatte in sieben Tagen 528 Kilo geschleppt, hatte die Trage mit 45 bis 50 Kilo bepackt, war vom Knappenhaus über den Gletscher zum Gipfel und wieder bergab über den Ostgrat gestiegen. Auch Oberbuchner und Poberschnigg gehörten zu den Stärksten. Sie waren, gleich wie Janschütz, an manchen Tagen die Strecke zweimal gegangen. Naz war voll der Zuversicht, es war tatsächlich, wie Poberschnigg sagte, das Gröbste geschafft. „Gottlob", sagte er laut vor sich hin, denn die Eröffnung der Wetterwarte rückte näher. Nur noch sechs Wochen verblieben bis zur Fertigstellung. Und weil es jede Stunde zu nutzen galt, machte er sich wieder an die Arbeit.

Neben dem steinernen Turm sollte auf einem durch Drahtseile angezogenen Masten der Blitzableiter errichtet werden; einen zweiten wollte er auf dem Ostgiebel des Daches montieren. Naz studierte seine Skizze und überlegte. Da tauchte plötzlich ein Journalist am Gipfel des Sonnblicks auf. Noch keuchend und nassgeschwitzt wünschte er, umgehend den Erbauer des Observatoriums zu sprechen. Er wollte sich über den Baufortschritt informieren.

Von Maria hatte der junge Mann erfahren, dass Rojacher bereits seit Tagen mit einer Drahtleitung beschäftigt war. Da es bereits Mittagszeit war und die übliche Pause bevorstand, unterbrach Naz seine Arbeit und stellte sich vor. Über das schnelle Eintreffen des Bauherrn sichtlich erfreut, forderte ihn der Zeitungsmann auf, ihm dies und das zu erklären, und versprach darüber zu schreiben. Ausführlich und geduldig erklärte ihm Naz vom Bau des neuen Observatoriums und dessen künftigen Nutzen für die Menschheit. Gleichsam gründlich in der Neugier wie unerfahren in der Sache, wollte der Journalist noch wissen, wofür das dicke Drahtseil, das vom Gipfel über den Goldberggletscher zur Tramerscharte führte, war. „Es ist die Erdleitung für die Blitzableiter des Beobachterhauses und für das Telefon. Sie führt in den Blitzsee. Wenn also der Blitz in die Leitung schlägt, fährt er im Höllentempo unter dem Goldberg zur Windischscharte, schlägt jenseitig in den See ein und wärmt ihn. Folgen'S zwei Kilometer der Leitung, der Blitzsee liegt auf der Kärntnerischen Seite und ist schon heiß." Der Journalist blickte irritiert. Naz streckte die Hand aus und erklärte weiter: Sehn'S in Richtung Ostsüd, das scharfkantige Alteck, dann Windischkogel und Tramerkopf. Der folgende Grat zieht sich zerbröckelt und Scharten bildend gegen Norden zur dunklen Goldbergspitze. Dort, wo er zum Berg zu steigen beginnt, in einer kleinen Scharte mit Gletscherschutt und von Hocheis durchsetzt, zwischen den Gesteinsblöcken, da verläuft die Drahtseilleitung. Sie liegt vom Sonnblick herabkommend am Schnee auf und führt zur eben erwähnten Scharte über das Geröll hinweg zum Blitzsee." Das war dem armen Mann zu viel. Er wusste weder, was er glauben, noch, wie er sich verhalten sollte, und ging mit einem kurzen Kopfnicken davon. Auch Mayacher, der zugehört hatte, schaute Naz fragend an und meinte: „Meintest du in den Brettsee?" Rojacher entgegnete: „Ich meine den Blitzsee", und genoss einen Moment den verdutzten Blick von Matthias. Schließlich klärte er ihn auf: „Zwei Namen, ein See. Ich habe ihn umbenannt, weil er die Blitze aufnimmt."

Darauf lachte der Zimmerer, nahm Axt, Schäleisen und Reißstift und ging wieder seiner Arbeit nach. Auch die Maurer am Turm griffen nach weiteren Steinen, rührten erneut Mörtel an, um den Turm, der erst einen Meter vom Fundament herausragte, weiter in die Höhe zu ziehen. Langsam zog sich der Bau hin, das Wetter war für diese Jahreszeit zu kalt, überhaupt waren bisher nur wenige Tage frostfrei gewesen. Und um zu betonieren, reichte nicht allein Sonnenschein, dafür brauchten sie Plusgrade. Einen warmen Tag wie dieser es war. Gut, dass Rojacher zusätzlich drei Mann zum Turmbau eingeteilt hatte.

Kaum dass sie ihr Mittagsmahl beendet und die Arbeit wieder aufgenommen hatten, zogen von Westen Wolken auf. Der Großglockner war bereits eingehüllt und über das Glocknerleitl zogen kleine Wölkchen, die sich im Sonnenschein verloren. Matthias hatte es beim Essen erwähnt: „Komisch, endlich blauer Himmel und schon wieder kommt ein kalter Zug über die Fleißscharte." Die Männer kannten die Vorboten eines Unwetters im Hochgebirge: klare, kalte Luft unterm tiefblauen Himmel am Morgen, die außergewöhnliche Wärme zur Mittagszeit, der Großglockner mit Haufenwolken, die in die Höhe quellen. Aber noch verblieb ihnen Zeit, das Gewitter würde erst am Nachmittag niedergehen. Ein paar Reihen wollten sie noch mauern, nur Zement und Kalk wurden knapp. Hoffentlich trafen die Träger rechtzeitig ein.

Die Stärksten unter den Männern stiegen vom Knappenhaus direkt über den Ostgrat zum Gipfel. Andere schleppten ihre schwer bepackte Trage zur Brettscharte. Über den Goldberggletscher ließ Naz den Schlitten fahren, wie er es nannte. Der hölzerne Ziehschlitten war an einer Seilwinde befestigt, wurde über den Gletscher gelenkt und oberhalb der Brettscharte beladen. Naz hatte den jungen Schranbachbauern engagiert. Gleich einem Holzknecht hatte er sich die Ziehgurte umgehängt und lenkte die Fracht. Das bedurfte viel an Können und Geschick. Bergab suchte der Schlitten die direkte Linie, also senkrecht der Römerscharte zu; folglich musste bergseitig mit einer Kette gebremst und talseitig ausmanövriert werden. War der Schlitten beladen und wieder bergwärts unterwegs, galt es ihn abzuspreizen, damit er am schrägen Hang nicht kippte. Gleichzeitig musste der Schlittenführer mit der Fuhre Schritt halten. Mit Steigeisen an den Schuhen. Mühsam, aber sicher. Und dennoch war er vergangenen Samstag ausgerutscht. Oder doch gestolpert.

Am Freitag hatten sie gefeiert. „Die Hälfte der Fracht ist oben", hatte sie Rainer wissen lassen. Es gab Bier, Bohnen und Rehbraten, zwei junge Knappen spielten Mundharmonika, Hilda, die Schlammwäscherin, drehte sich wie ein Derwisch und ihre Wörther Freundinnen führten einen lustigen Tanz vor, bei dem sie beschwingt ihre Röcke anhoben. Bis weit nach Mitternacht drangen aus dem Knappenhaus Musik, Gesang und Gelächter. Doch der Samstag war ein Arbeitstag. Rojacher bezahlte Akkordlohn und Überstunden. Für den Schranbacher standen drei Fuhren an. Die vereisten Stellen schienen ihm größer, die schwere Arbeit war zur Bürde gewachsen. Wenigstens war er nicht weit abgestürzt. Eine abgeschürfte Hand und ein blaues Knie. Es schmerzte zwar, doch er hatte genug Stolz, um durchzuhalten. Außerdem zählte Naz auf ihn, und er, er konnte den Verdienst gut gebrauchen. Überhaupt, wer bei Rojacher Arbeit bekam, ließ sich diese Verdienstmöglichkeit nicht entgehen.

Naz blickte zum Himmel, schaute sorgenvoll gegen Nordwesten und hatte es plötzlich eilig. Über Kitzsteinhorn, Wiesbachhorn und Hocheiser, ebenso um den Gipfel des Großglockners, trieb der Wind ein Wolkenmeer, zerstob es, wirbelte die Wolken im Kreis und jagte sie über Kämme und Bergspitzen himmelwärts. Erneut senkten sie sich herab, erneut wurden sie vom Sturm in die Höhe gepeitscht. Naz hatte nicht geglaubt, dass sich das Gewitter schon so früh zusammenbrauen würde. Er unterbrach seine Arbeit, holte das rote Tuch und befestigte es an der südseitigen Felswand. Der Schranbacher würde seine Warnung gleich sehen und an die Träger weitergeben. Hurtig stieg er die wenigen Meter wieder gipfelwärts und hieß seine Männer sofort, den Unterstand aufzusuchen.

Die auf der Sonnblickspitze beschäftigten Arbeiter hatten am steilen Absturz gegen das Kees hin, auf einer Felsstufe, eine Bauhütte errichtet. Zwei Trockenmauern zu beiden Seiten, ein paar Bretter zur Abdeckung und darunter ein paar Steine zu einem offenen Herd. Diese Hütte bot ihnen Schutz vor Unwetter, zwar einen dürftigen, aber immerhin, sie waren nicht gänzlich dem Unbill eines heftigen Wetters ausgesetzt.

Der Schranbacher sah sogleich die Markierung am Felsen. Sorgfältig befestigte er den Schlitten, eilte zum Bergfuß, wickelte sein rotes Tuch auf und ging zum Schlitten zurück. Er begutachtete die Befestigung, hielt nochmals Ausschau, ob Träger über die Brettscharte stiegen, vergewisserte sich, dass er zum Drahtseil genug Abstand hatte, und suchte unter einem Felsvorsprung Schutz. Gerade noch rechtzeitig, denn schon begann das Drahtseil zu knistern und zu surren.

Inzwischen waren auch die Maurer und Zimmerer, die Helfer, ja alle Männer, die am Gipfel tätig gewesen sind, in ihrer Bauhütte. Nur Rojacher eilte hin und her, stieg den Gipfelaufbau hinab, schaute suchend, bald in die Kleine Fleiß, bald Richtung Goldberg, dann wieder gegen den Ostgrat. Er hielt Ausschau nach dem Journalisten, konnte ihn aber nicht entdecken. Da spürte er ein Kribbeln auf der Kopfhaut. „Höllsakradi!" Mehr aus Respekt vor dem Kommenden denn als Fluch gemeint, stieß er dies hervor und beeilte sich in den Unterschlupf. Er kroch ins Innere und stand gebückt inmitten seiner Leute. Schweigend sahen sie ihn an. Was gab er nur für ein Bild ab: Seine Haare sträubten sich wild vom Kopfe ab, die Augen waren entsetzt aufgerissen und der Blick gehetzt. Zlöbl bot ihm auf dem dicken Holzpfosten einen Platz an. Rojacher schaffte es gerade noch, sich zu setzen, und wollte den Männern seine Besorgnis mitteilen, als ein scharfer kurzer Knall die Luft zerriss. Der Boden unter ihren Füßen erzitterte, das Gestein grummelte und die Balken, die ihre Behausung abdeckten, bebten. Gleichzeitig dröhnte die Felswand, die im Anschluss ihrer Hütte aufragte. „Jessas, Schneedonner!", rief Naz in die Runde. „Das war Schneedonner!" Stumm und bleich blickten ihn die Männer an. Der Wind tobte und heulte, riss die Wolken über den Kamm, trieb sie von der Fleißscharte gipfelwärts und deckte die Unterkunft bleigrau ein. Als Rojacher den Männern die Bewandtnis um den Schneedonner zu erklären ansetzte, unterbrach ihn ein neuerlicher Knall. Das schaurige Spiel wiederholte sich. Nicht wie ein Donner mit Grollen und Brummen, ähnlich einer Explosion, wie sie es vom Sprengen kannten, doch lauter und im Bruchteil einer Sekunde, knallte der wütende Wetterzauber. Ihm folgte, wovor Naz Furcht gehabt hatte: graupelartige Schneeflocken, aus den Wolken herabgeschleudert, jagten im Höllentempo daher, pickten sich in die Ritzen der Holzbohlen, pfiffen in und um die Hütte, und wo sie die Männer im Gesicht trafen, stachen sie nadelartig. Eilends hoben sie einige Planken zum Eingang, deckten die Öffnung zu und wehrten somit den gröbsten Sturm ab. „Jetzt wisst ihr, was Schneedonner ist", sagte Naz und setzte hinzu, „wir müssen möglicherweise noch länger ausharren."

Weiter unten, am Bergfuß der Goldbergspitze, lagen der Schranbacher und drei Träger. Ein Blitz hatte in der Nähe ihrer Felsnische eingeschlagen, hatte an einigen Stellen die Drahtseilleitung geschmolzen und die Männer hingestreckt. Sie lagen regungslos dicht beieinander. Sie spürten weder Schnee noch Wind, hörten auch nicht das Knallen des Donners. Als Naz und die Männer am Abend, nachdem sich das rasende Unwetter beruhigt hatte, zum Knappenhaus abstiegen, wählten sie den Weg über den Gletscher. Nicht nur, weil der Grat von Neuschnee rutschig und gefährlich geworden war, mehr noch sorgten sie sich um die Kameraden. Erst als sie ganz nahe bei den Verunglückten eintrafen, sahen sie diese am Boden liegen. Die Männer rannten auf sie zu, putzten den Schnee von Jacken und Hosen und hoben sie an. Der Schranbacher war der erste, der das Bewusstsein wieder erlangte und sich benommen umsah. Nach und nach kamen auch die drei Träger zu sich, rotblau im Gesicht und halb erfroren, doch unverletzt. Es war ein Wunder! Gemeinsam schafften sie den Abstieg zum Knappenhaus, wo sie bereits erwartet wurden. Naz bat, vor Kälte und von dem Erlebten immer noch zitternd: „Bitte eine heiße Gamssuppe für meine Männer!"

Wer weiß, was kommt

Das Leben im hinteren Rauriser Tal plätscherte dahin. Die Eröffnung der Wetterstation lag Monate zurück, alles war bestens verlaufen: der Plan, der Bau, das Fest ... Vor allem, dass kein Menschenleben zu beklagen war, das grenzte angesichts aller Umstände an ein Wunder. Die Schichtarbeiter waren ausbezahlt worden, hatten erleichtert und doch schweren Herzens Abschied genommen. Rojacher war es schwer gefallen, dass er sie nicht weiter beschäftigen konnte. Wenigstens konnte er sie gebührend bezahlen, das war ihm in dieser doch traurigen Situation zumindest ein Trost. „Ihr habt es euch verdient", hatte er ihnen versichert und jedem noch eine Goldmünze geschenkt. „Wer weiß, was kommt ... vielleicht ... schau'n wir ... ich dank' euch schön ... alles Gute, servus ..." Mit diesen und ähnlichen Worten hatte er sich verabschiedet und war darauf für Stunden in seinem Zimmer verschwunden.

Ruhe war eingekehrt, ruhig blieb es, denn die eisigen Wintertage in diesem versteckten Winkel mieden die Wanderer und Bergsteiger. Nur aus der Röstanlage drangen Laute: Man hörte die Knappen hantieren, sich verständigen und unterhalten. Der Niederberger Johann Winkler, Georg Untersteiner und Johann Junger waren seit Jänner mit dem Rösten der Schliche beschäftigt. Simon Neumayer war Wetterwart geworden. Für den treuen Freund aus seiner Jugendzeit hatte Rojacher ebenso gesorgt wie für Lechner. Peter sollte im Sägewerk Bretter für den gläsernen Anbau des Kolmhauses schneiden. Das Salettl, so Rojacher, sollten die Zimmerer Georg Zlöbl und Matthias Mayacher bauen. Und der Schmied Josef Reiter Beschläge und Zargen. Auch die Köhler hatten noch Arbeit, denn für die Schmiede ebenso wie zum Rösten der Erze und für die Befeuerung der Öfen im Haus benötigten sie Holzkohle. Darüber war besonders der Meier Sepp erleichtert. Eine Sorge weniger, hieß das für ihn. Seine Frau verlor sich in Gram und Kummer, mochte, seit der Bub an Masern verstorben war, nicht mehr an den Freuden des Lebens teilnehmen. Oft vergaß sie darüber die Töchter. Dabei waren es grad sie, die wieder Lachen ins Haus brachten, die ihnen Freude am Leben gaben. Sepp konnte es annehmen, bei seiner Frau würde es noch dauern. Dabei war es nicht so, dass er nicht trauerte – kaum ein Tag verging, an dem er nicht an den Buben dachte. Er wusste allerdings, dass er es ein wenig leichter hatte: Die Arbeit nahm ihn ein, die Gesellschaft unter den Köhlern lenkte ihn ab. Gleichzeitig war ihm, wie allen verbliebenen Arbeitern, bewusst, dass es nicht von langer Dauer sein würde. Die Stollen waren verhaut, das Goldberggebiet ausgebeutet, dementsprechend oftmals die Stimmung unter der Belegschaft: zum Davonlaufen! Meist war es Rojacher, der die Männer wieder aufmunterte, der mit einem Augenzwinkern und einem „Wer weiß, was kommt ... vergesst nicht das Munkdell'sche Verfahren!" ihnen neuen Mut gab und sie zugleich erinnerte, dass noch genug Bruch zum Aufbereiten vorhanden war.

Am Mittwoch nach Neujahr, beim Frühstück, kam Naz mit einem neuen Auftrag zu den Knappen. „Das Holz am Sonnblick reicht nicht. Männer, wir müssen welches auffahren, sonst erfriert der Simon." Die Knappen blickten ihn misstrauisch an: „Jetzt mitten im Winter?" Diese Frage stand ihnen ins Gesicht geschrieben. „Wir haben einen Meteorologen da oben sitzen! Er sagt, das Wetter bleibt stabil. Der Schnee ist eine gefrorene Decke, die gibt eine gute Schlittenunterlage." Die Männer verstanden. Weil sie längst wussten: Auch wenn der Winter bisher glimpflich verlaufen war, das Wetter würde umschlagen und wie alljährlich würden Sturm und Kälte hereinbrechen. Würde Schneefall einsetzen und tiefer Frost Haus und Gipfel umklammern. Dann brauchte Simon eine halbwegs warme Stube. Wenngleich „warm" auf dieser Höhe eine andere Bedeutung hatte. Sie waren gewiss nicht verwöhnt, weder von den Nächten im Knappenhaus noch von der Arbeit im Stollen, nur mit Simon wollten sie nicht tauschen, auch wenn sein Gehalt über dem ihren lag. Überhaupt, so fragten sie sich, wie er es dort oben nur aushalten konnte. In dieser Einsamkeit aus Fels und Eis. Auf diesem ausgesetzten Platz, wo das Heulen des Windes der stete Begleiter war und die einzige menschliche Stimme aus dem knarzenden Telefon kam. Wo das spärliche Licht von Eis- und Schneegraupeln aufgesogen wurde und das Grollen von Lawinen an Unheil erinnerte. Nein, vom Winter hatten sie genug, manche Tage im Bergbau waren ihnen in schauriger Erinnerung. Da war die jetzige Arbeit beim Kolmhaus leichter. Wider alle Logik hofften sie, dass dies so bleiben möge, dass sie mit dem neuen Verfahren Gold gewinnen und somit ihre Arbeit behalten konnten. Dass sie zwischenzeitlich Holz für Simon schleppen mussten, kam dem entgegen.

Am Goldberggletscher stand noch der provisorische Aufzug, den sie für die Errichtung des Observatoriums gebaut hatten. Diesen Umstand galt es zu nutzen. Naz erinnerte sich des Holzes, das er vom Hüttegger gekauft hatte. Hinter dem Haus von Altkolm lagerte es. Über zehn Festmeter Erlenholz. Und das bereits seit zwei Jahren. Also höchst an der Zeit, dass die Stämme geschnitten und gehackt würden. Die Beförderung mit der Bahn ..., er musste nichts erklären, der Transport für das Sonnblickhaus lag ihnen im wahrsten

Sinne des Wortes noch im Kreuz. Aber es waren keine so schweren Lasten zu befördern wie im Sommer. Einige der Geräte hatten über vierzig Kilo gewogen und mussten der Vorsicht halber den größten Teil der Strecke getragen werden. Und es pressierte nicht so sehr wie damals, als sie wegen des Eröffnungstermins im Akkord gearbeitet hatten. Hinzu kam, dass alle neugierig auf Simon waren. Darauf, zu hören, wie er den Tag, die Wochen und Monate verbrachte, was er ihnen zu erzählen wusste. Zwar informierte sie Rojacher, wenn er übers Telefon erfuhr, was sich am Gipfel tat, doch den ehemaligen Kameraden wieder zu sehen, wog ungleich mehr. Simon seinerseits würde sich freuen, Gesellschaft zu haben; wenn auch nur für kurze Zeit, bis der Auftrag erledigt war und sie wieder im Tal gebraucht wurden.

Noch im Februar wollte Naz mit dem Extrahieren anfangen und hoffte jeden Tag aufs Neue, dass Korsgren auftauchen würde. Doch von Korsgren war weitum nichts zu hören. Er meldete sich nicht; nicht, nachdem er ihm geschrieben, auch nicht, nachdem er ihm telegraphiert hatte. Der Februar verging, Korsgren kam nicht. Rojacher nahm, wie er es nehmen musste: ‚Werd' ich's eben selber versuchen, wenigstens hab' ich das Wesentliche kapiert. Der Niederberger ist geschickt, womöglich ist er mir eine größere Hilfe als der Schwede.' Nicht, dass er nicht gewarnt geworden wäre. Matthias hatte dies und das und doch nichts Konkretes gewusst, Zlöbl hatte Korsgren einen Strolch genannt und Simon einen Luftikus. Doch Naz wollte nichts auf dieses Gerede geben. Maria hatte ihm erzählt, was der Zimmerer am Knappensteig gesehen hatte. „Und wenn schon", hatte Naz unwirsch entgegnet, „die Barbara will auch leben", und sie an Irgei erinnert. Und sie ihn darauf an Richard. Trotz der Vorwürfe waren sie sich einig, dass sie Barbara vor etwaigen Folgen bewahren wollten, verstanden aber, dass die Jugend ein Recht auf eigene Fehler hatte. Seit der Bursch verschwunden war, weinte das Mädchen bereits morgens, weinte mittags und abends erneut. War schier zu nichts zu gebrauchen, hörte nicht zu, vergaß dies und das, würzte die Suppe zweimal, schaute ins Leere, stierte zum Fenster hinaus, nur um erneut drauflos zu heulen. Anna tat sie leid, Maria bedauerte sie ebenfalls, und ihm, Naz, ging es auf die Nerven: Korsgren hier, Korsgren dort, Korsgren tut, weiß und kann alles, Korsgren, das Schwedische Wunder. Doch das Wunder hatte sich ganz wundersam in Luft aufgelöst. Zurück ließ es Naz mit seinem Verfahren und einer heulenden Magd. Wenigstens hatte er doch nicht alles gekonnt. Die Liebe blieb ohne Folgen. Das war ihnen Trost und Barbara würde vergessen.

Die Knappen Untersteiner, Junger und Poberschnigg waren mit dem Erzrösten beschäftigt. Im Juli wollte sich Naz, so wie früher, dem Pochen, Mehlwaschen, Läutern und Schlammwaschen widmen. Ab August zusätzlich noch zwei Mann mit dem Extrahieren beschäftigen, das er seit geraumer Zeit mit seinem Hutmann Winkler übte: Sie gaben einmal mehr, dann wieder etwas weniger Chlor bei, setzten den Salzgehalt hinauf, nur um ihn erneut wieder zu reduzieren. Noch war die Hoffnung, mit der Munkdell'schen Erfindung alles Gold aus dem Gestein zu holen, nicht erloschen. Winkler, der junge Niederberger, erwies sich als überaus geschickt. Schon nach einigen Wochen war er mit diesem Verfahren vertraut, bewies auch das nötige Gespür, sodass ihn Rojacher immer öfter allein werken ließ. Er zog sich in solchen Stunden in sein Zimmer zurück und tüftelte. Die Telefonleitung musste verbessert und stellenweise auf einer anderen Trasse geführt werden.

Im Laufe des Betriebes hatte sich erwiesen, dass die Drähte, wenn sie im Schnee und auf Felsen gelagert, ausreichend isoliert waren, wenn sie hingegen im feuchten Boden verliefen, dies zu hohen Stromverlusten führte. Rojacher beabsichtigte daher die Leitung bei Leidenfrost auf Stangen zu heben, erkannte allerdings, dass dies nur eine Lösung für den Sommer darstellte, denn Telefondrähte, die auf Stangen gespannt waren, beschlugen sich bei Frost mehrere Zentimeter dick mit Eis und brachen unter der Last. Ein anderes Problem war, dass sie bei Südstürmen auch rissen – grad wie im letzten November. Eine Woche war der Wetterwart Neumayer ohne telefonische Verbindung gewesen. Der Tauernwind hatte so heftig gewütet, dass die Leitung zwischen Knappenhaus und Sonnblick viermal und zwischen Knappenhaus und Kolm zweimal unterbrochen worden war. ‚Wenn ich sie über den Absturz des Niederen Sonnblicks, nordöstlich längs des Bergrückens, zum Leidenfrost führe, entziehe ich sie den Steinschlägen, die sich von den Wänden lösen‘, überlegte er. Und: ‚Fortführend vom Leidenfrost über die Gletscherache direkt zum Radhaus. Unter Steinen vergraben! Die Felstrümmer des Ostgrates würden isolieren und vor Frost und Nässe schützen. Doch dann wär’ das Knappenhaus ausgeschaltet.‘

Der Gedanke aus dem Unterbewusstsein suchte seinen Weg ins Leben. Das Knappenhaus hatte seine Jahrhunderte dauernde Verwendung eingebüßt. Aller Schlich war geführt, die Stollen nicht mehr abbauwürdig und daher nach und nach aufgelassen, und das einstige Berghaus der Knappen wurde fast nur noch für Touristen genutzt. Für Bergsteiger, die hier übernachteten, bevor sie den Aufstieg zum Hohen Sonnblick nahmen, weil das Kolmhaus, seit das Observatorium eröffnet worden war, die vielen nicht mehr aufnehmen konnte. Also brauchte es die Telefonleitung dorthin auch nicht. Zur Freude von Rojacher fand das Knappenhaus also diese neue Verwendung, er sah seine Prognosen bestätigt: „Die Besucherzahlen werden geradezu explosionsartig steigen“, hatte er Karl von Zittel beim Eröffnungsfest prophezeit. Und in ihm einen Mann der Tat gefunden. Zittel – als begeisterter Alpenvereinspräsident – reagierte umgehend. Er trieb Geld für die Erweiterung der Warte auf: Westseitig sollte ein Zubau mit Küche, einem regelrechten „Speisesalon“

und Schlafstellen für die Bergsteiger entstehen. Und Rojacher konnte wieder Helfer einstellen. Er dachte an seine Leute, die, die bereits beim Bau der Wetterwarte mitgearbeitet hatten. Schnell machte es die Runde: „Der Rojacher stellt wieder Leute ein."

Was für ein Tag

Rojacher lehnte unter der Tür, schaute mehr aus Pflichtbewusstsein denn aus Interesse – und noch weniger der Hoffnung wegen – den Männern bei der Arbeit zu. Seit Februar und auch jetzt noch im März waren sie zu viert mit dem Rösten der Erze beschäftigt. Auf altbewährte Methode. Erst in den folgenden Monaten wollten sie wieder das neuartige Schmelzverfahren anwenden. Bis sie wieder mit der Aufzugsbahn fahren konnten. Beim Knappenhaus lagerten noch Vorräte, diese wollten sie im Sommer anliefern und im Anschluss mit deren Aufarbeitung fortfahren. Winkler hatte, wie schon in den Wochen zuvor, die Aufsicht, als ein Mann um die Ecke bog und auf sie zukam. Betont lässig nahm er sich aus, wie er da in gebügelter Kniebundhose mit weißem Hemd und Krawatte und genagelten Schuhen daherstolzierte. Rojacher erkannte in ihm sofort den Grafen Rottermund. Vor allem am unübersehbar am Sakko aufgestickten Wappen mit dem goldenen Karpfen. Genau dieses Sakko trug der Graf bereits beim letzten Treffen im vorigen Winter in Rauris. Dass seine Schnürsenkel nur bis zur Hälfte des Schaftes gebunden, die verbliebenen langen Bänder, wie auch die große Schleife, beinah bis zur Schuhsohle hingen, entging Naz ob der schicken Erscheinung des Herrn Grafen. „Guten Tag mein Freund, einen schönen guten Tag wünsche ich den wackeren Männern." Winkler sah auf und nickte dem Fremden zu, die anderen waren derart in ihre Arbeit vertieft, dass sie ihm keinerlei Aufmerksamkeit schenkten. Rojacher begrüßte seinen Gast, machte eine einladende Handbewegung und verschwand mit ihm ums Eck. „So ein Schmalzbruder!" Poberschnigg hätte dies nicht sagen müssen, die Knappen hatten den Mann im seltsamen Habitus und dem gestelzten Benehmen freilich gesehen, er war ihnen allerdings zuwider.

Kaum dass die Herren sich gesetzt, just als Maria das Glas Wasser hingestellt hatte – nicht mehr und nichts anderes wollte der feine Gast –, kam Eduard von Rottermund zum Geschäft. Aus seiner schwarzen Ledermappe holte er eine Urkunde, legte sie vor und bemerkte: „Rojacher, ich habe merklich dazugelegt. Bei diesem Preis ist nichts mehr zu rütteln. Alles wie ehedem besprochen. Die Realitäten im Tal verbleiben in deinem Besitz, die am Berg und alle Schürfrechte gehen an mich über." Sagte es, trank sein Glas in einem Zug leer und verschwand so eilends wie er gekommen war. Naz hockte wie versteinert am Tisch. Der ungeplante Besuch des Grafen, sein Auftritt, der Vertrag, sein Abgang. Er blieb, dem Geschehenen nachsinnend, unverwandt sitzen und starrte ins Leere. ‚Schaut so das Ende einer tausendjährigen Geschichte aus?' Dabei hatte er das Kaufangebot noch gar nicht gelesen. Wollte es auch nicht lesen. Noch nicht. Stattdessen ging er auf sein Zimmer und legte sich hin. Es war zu viel. Dazu noch die Schmerzen. Sie waren plötzlich gekommen. Wie schon öfter in letzter Zeit plagte ihn der Magen. Die Krämpfe ließen sich auch mit Annas angesetztem Zirbengeist nicht beruhigen.

Allmählich fand er seine Ruhe wieder, nickte ein, doch kaum dass er geschlafen, schreckte ihn ein Knall auf. Im ersten Moment glaubte er geträumt zu haben. Er blickte vom Diwan zum Fenster, schob die Decke zurück, stand auf, schaute erst zur Aufzugsbahn, darauf in Richtung Pufferstollen, konnte den Schuss aber nicht zuordnen. Kein Jäger würde so nah am Haus einen Schuss abgeben und der Knall einer Explosion aus einem Stollen hätte sich anders angehört. Er griff nach seinem Hut und eilte zur Tür hinaus. Maria und seine Mutter, die den Schuss ebenfalls gehört hatten, kamen ihm entgegen und blickten fragend, wussten aber sogleich, dass auch er sich nicht auskannte. Schon lief der Niederberger zur Tür herein und berichtete aufgeregt: „Der Poberschnigg hat sich umgebracht. Hat plötzlich ein Gewehr in der Hand gehabt, ist Richtung Pufferstollen gegangen und hat sich erschossen. Einfach so! Aus dem Nichts heraus!"

Poberschnigg, der weder Karten gespielt noch sein Geld versoffen hat, der regelmäßig zu seiner Familie heimgefahren ist, Poberschnigg der Starke, der Fels, den nichts erschüttern konnte. So hatte Naz ihn eingeschätzt, so ähnlich hatte er auf die Männer gewirkt. Und nun tot, aus und vorbei, umgebracht. Naz war fassungslos. Tief drinnen spürte er, dass Poberschnigg einen Grund dafür gehabt haben musste, denn einfach so, quasi aus dem Nichts heraus, erschießt sich niemand.

Sie taten, was getan werden musste: Sie bargen den Toten, brachten ihn in die Kapelle, wo sie ihn, in ein Tuch gewickelt und auf Fichtenäste gebettet, vor den Altar legten. Naz entzündete die Kerzen, gemeinsam sprachen sie ein Gebet. Morgen würden sie ihn nach Rauris bringen, Doktor Pelzler den Totenschein für Georg – so hieß Poberschnigg mit Vornamen – ausstellen. Er stammte aus Flattach in Kärnten. Naz trug dem Verwalter Rainer auf, die Überführung des Verstorbenen vorzubereiten.

Maria stellte einen heißen Topf Kohlsuppe auf den Tisch, hatte dazu altes Schwarzbrot geröstet und die Würfel auf die Teller aufgeteilt. Doch niemandem wollte es schmecken, manche der Männer hatten sich gleich nach dem Geschehen in ihre Kammer verdrückt, andere saßen stumm vor der dampfenden Schüssel. Naz erging es ähnlich. Er verzichtete auf das Abendessen und ging seinerseits aufs Zimmer, nahm seine lederne Tasche und legte ein paar Reiseutensilien hinein. Er musste vor dem Leichnam in Flattach eintreffen, weil er Poberschniggs Frau die schlimme Nachricht selbst überbringen wollte. ‚Von Flattach nach Döllach ist's keine Weltreise. Wenn ich in Winklern übernachte, könnte ich Richard besuchen.' Dieser Gedanke drängte sich ihm auf, wie ihm stets, wenn von Kärnten die Rede war, Richard in den Sinn kam. Sein Sohn und seine verlorene Liebe. Vor zwei Wochen hatte er Geburtstag gehabt. Seinen siebzehnten. ‚Es ist schon eine komische Fügung, dass Richard ausgerechnet am 3. April geboren worden war. Wir haben am selben Tag Geburtstag, aber gemeinsam mit meinem Buben feiern, das durfte ich nie.' Naz wischte sich über die Augen und verwarf seinen Wunsch, den Buben zu sehen, sogleich, weil er wusste, Koban würde dies verhindern.

Wieder schaute er zum Fenster hinaus. Schaute zum Felsen, zur Stelle, wo Poberschnigg seinem Leben ein Ende gesetzt hatte. Gestern noch hatte er über Korsgren gewitzelt, heute, wie seit je, verlässlich und fleißig gearbeitet, und an Christi Himmelfahrt wollte er zu seiner Familie heimfahren. Und nun das. Mein Gott! Und dann noch der Rottermund! Was für ein Tag! An Schlaf war nicht zu denken. An eine Zukunft im Bergbau ebenso wenig. An ein erfülltes Leben an Marias Seite? Da wanderten seine Gedanken an einen bereits öfters erwogenen Plan. Darauf hellte sich seine Miene ein wenig auf. Über fünfhundert Gäste waren vergangenen Sommer in Kolm Saigurn gewesen. Hatten Berge bestiegen oder Wanderungen gemacht, hatten im Kolmhaus genächtigt – viele am neu erbauten Zittelhaus. Wenn es wieder eine goldene Zukunft für das Rauriser Tal geben könnte, dann mit Gästen. Mit Wanderern, Bergsteigern, mit Touristen. Und seine Männer fänden wieder Arbeit. Als Bergführer! So wie letztes Jahr im Sommer der Lechner Peter. Und der Pelzler Anton.

Der Sohn des Arztes war erst sein Waschhutmann, bevor er sich als ausgezeichneter Fremdenführer bewies. Vielleicht könnte Arlt die Gäste das Skifahren lehren?

Nur kurz währte die Zuversicht. Das, was geschehen war, lastete zu schwer. Erneut befielen ihn düstere Gedanken. Er begann zu gehen: im Zimmer auf und ab und auf und ab, rund um den Schreibtisch, vom Fenster zum Diwan und wieder zurück. Er wandelte, als ob er die Sorgen zertreten oder hinter sich lassen könnte. Maria schlief. Naz blickte schuldbewusst zu ihr, merkte, dass sie tief und gleichmäßig atmete, und war erleichtert. Wenigstens daran hatte sich nichts geändert: Einerlei was sie auch bewegte, ihre Kraft holte sie sich im Schlaf. Und schlafen konnte sie immer.

Kapitel V

Koban zeigt sich großmütig

„Richard, bleib sitzen. Elisabeth, komm bitte auch du zum Tisch. Und Mädchen, lasst uns allein." Die Mädchen standen auf, gingen zu ihrem Vater, nahmen seine Hand, sagten „Danke fürs Essen", machten einen Knicks und eilten, eine nach der anderen, zur Tür hinaus. Anna, Barbara, Cäcilia, die Zwillinge Debora und Eleonora sowie die kleine Franziska. Sechs Mädchen hatte Elisabeth das Leben geschenkt – und nun war sie wieder schwanger. Wenn nur endlich der ersehnte Sohn käme. Anton hoffte und Elisabeth betete darum. Die erste Zeit ihrer Ehe war nicht leicht gewesen. Anton stellte Anforderungen, an die sie sich erst langsam gewöhnen konnte. Vielleicht, weil vieles ihr zuvor fremd

329

war oder ein Ausmaß hatte, das sie überforderte. Anton sagte, es sei ihr Charakter, der sie ein geordnetes Leben nicht annehmen ließ, und dass sie alle Eigenschaften mit *U* gepachtet hätte: U-ngebildet, U-ndankbar, U-nlieb, U-ngut bis U-nmöglich. Und es waren nicht nur die *U*-Mängel, die er auszumerzen trachtete. Als eine weitere, vom Leben auferlegte Prüfung blieb die Kinderlosigkeit. Das erzürnte ihn sehr. „Für den Goldgräber warst du fruchtbar. Für mich hast du einen trockenen Schoß. Es gibt wohl nichts, was du mir an Gram und Entbehrungen ersparen willst? Und kaum etwas, das ich dir nicht erst lernen muss." Doch all sein Murren und seine Vorwürfe waren vergebens, unbarmherzig verrann die Zeit ohne Kindersegen. Dann, als sie sich schon damit abgefunden hatte, als seine Versuche darin weniger und weniger wurden, stellte sich die erste Schwangerschaft ein. Und im Jahr darauf erneut. In sechs Jahren sechs Kinder, aber keinen Erben. „Eine gute Frau gebiert ihrem Gatten einen Erben, merk dir das, Elisabeth!" Davon war Anton überzeugt, und wenn er einen der vier Söhne des Nachbarn sah, hatte er weiteren Grund für bittere Vorwürfe. Doch irgendwann wurde auch dieses Messer stumpf, Vorwurf hin oder her, sie wurde nicht mehr schwanger. Bis plötzlich unverhofft, weil sie schon im fortgeschrittenen Alter gewesen war, sich ihr Bauch zu wölben begann. Seither bemängelte er sie nicht mehr ständig, lobte sogar zuweilen und versprach: „Wenn du mir einen Erben schenkst, will ich dir so manches verzeihen." Und heute, soeben beim Essen, war er erbaulich gestimmt. ‚Erbaulich' nannte er es, wenn es schöne Nachrichten gab. Erbaulich die gute Schulnote von Anna, erbaulich die Einnahmen aus seinen Realitäten, erbaulich seine Beförderung zum Schulleiter, erbaulich die Bitte des Goldsuchers.

Elisabeth wusste nicht, was es Wichtiges zu besprechen gab, merkte aber, dass Anton nervös und aufgekratzt war. Es war schon lange her, dass er sie in eine Entscheidung einbezog, gewöhnlich handelte er nach seinem eigenen Dafürhalten. Dass es letztlich auch diesmal so sein würde, dachte sie nicht, zumal einer Eingebung zufolge sie spürte, dass es Richard betraf. Richard, der ebenfalls anwesend, der schon neunzehn Jahre alt war. ‚Nur noch zwei Jahre bis zu seiner Volljährigkeit‘, dachte Elisabeth, als sie ihn ansah. Und: ‚Richard Ignaz, meine heimliche Bestätigung für Glück und Liebe.‘ Manchmal dachte Elisabeth noch an die schöne Stunden mit Naz, seinem Vater. In den ersten Jahren ihrer Ehe, wenn sie in seelischer Einsamkeit zu vergehen meinte, holte sie die Bilder ihrer Liebe aus dem Herzen. Sie ließen sie die Ausweglosigkeit leichter ertragen. Doch mit den Jahren verblasste die schöne Erinnerung, ihre Kinder und der Alltag hatten Vergangenes aufgesogen.

Anton setzte sich hin, räusperte sich merklich, strich über seinen Schnauzbart und begann: „Ja, khm, khm, wo soll ich anfangen, wie soll ich es sagen? Ja gut, so denn. Es betrifft Sohn Richard. Und es betrifft mich und meine Familie. Der Ignaz Rojacher lässt mich bitten. Hab' immer schon gewusst, dass er irgendwann reuig gekrochen kommt." Nach diesem Satz machte er eine Pause und schielte in böser Absicht zu Elisabeth. Er hoffte damit, und mit der Erwähnung des Namens Rojacher, seine Frau prüfen zu können. Aber sie zeigte keinerlei Regung. So fuhr er fort: „Ein Freund hat für ihn vermittelt. Der hätte wohl mein Herz erweichen sollen. Ja, ja, und ich muss sagen, ich muss gestehen, es ist ihm gelungen. Der Goldgräber ersucht Richard zu sehen. Er will dich sprechen, Richard. Ich habe beschlossen, ihm etwas Zeit zu gewähren. Er will sich am Samstag einfinden. Ich habe ihn hierher geladen, in mein Haus. Ich werde selbstverständlich gegenwärtig sein. Und du Elisabeth, du gehst mit den Mädchen fernab. Es ist zwar viele Jahre her, doch man soll den Teufel nicht wecken. Ich schütze dich vor schmerzlichen Erinnerungen, in dem ich dir verbiete, zugegen zu sein. In deinem Zustand soll dich nichts beunruhigen. Ich habe dir sein Kommen dennoch mitgeteilt – meine Ehrlichkeit forderte dies – und wie gesagt, meine Großmut ist es, die ihm sein Kommen gestattet. Was dein Erzeuger von dir will, Richard, das kann ich nicht sagen. Da musst du abwarten. Aber was auch immer, eines muss ich vorausschicken: Du wirst in diesem

Hause sein bis zu deiner Volljährigkeit. Ich bin es, der für dich gesorgt hat. Ich habe dich erzogen. Ich habe dich zu dem gemacht, was du heute bist. Kinder zeugen kann jeder und die Liederlichen sind darin immer die Tüchtigsten. Aber aus dir habe ich einen aufrichtigen Menschen geformt. Vergiss das nicht, nie! Verstehst du? Dank zu verlangen hat deine Mutter mir in jungen Jahren abgewöhnt, aber ... ach, lassen wir das, ich bin es müde zu sagen, was ihr noch immer nicht begriffen habt." Damit sah er von Richard zu Elisabeth, die unbeweglich, die Hände um den Bauch wie haltend geschlungen, an ihrem angestammten Platz saß. „Gut, gut, so denn. Es gibt nicht mehr zu sagen, es ergeben sich auch keine Fragen. Es gibt nichts, was ich hierzu noch zu sagen hätte, und nichts, was es noch zu sagen gälte. Oh, ich ... ihr verwirrt mich. Was wollte ich sagen? Nein, ich will nicht weiter darüber sprechen – respektiert das. Ich will meine Güte nicht strapaziert wissen. Veranlasst mich nicht zur Umkehr. Zwingt mich nicht zum Schlechten."

Winter 1888

„**P**ernter kommt. Er will zum Sonnblick. Sieben Kisten Instrumente, Proviant für einen Monat bringt er mit. Wir werden ihn mitsamt seinem Gepäck hinaufbefördern. Je zwei Mann auf einen Schlitten, drei Schlitten und dazu den Fellsack mit meiner Stella. Also spannt morgen ein. Um acht wartet der Wettermann mit seinem Helfer bei der Haltestelle Kitzloch. Die Embacherstraße ist wieder einmal unpassierbar. Wir müssen durch die Klamm stapfen und gegen Mittag bei Landsteg auf die Schlitten laden."

Geradezu übermütig hörte sich Rojacher an, voller Elan, wie immer, wenn Herausforderungen anstanden, wenn Sinnvolles zu tun war. Zwei Meteorologen der Zentralanstalt kamen der Forschung wegen, Pernter am Hohen Sonnblick, sein Assistent Wilhelm Trabert im Tal.

Josef Maria Pernter wählte den Februar für seinen Aufenthalt am Hohen Sonnblick, weil der Februar im vergangenem Jahr so prachtvoll schön gewesen war wie selten. Als er die Reise vorbereitete und sich bei Rojacher ankündigte, konnte er nicht ahnen, was ihn diesmal dort erwartete: Schnee und nochmals Schnee, Sturm und wieder Sturm. An Schnee waren die Rauriser gewohnt, an derartige Mengen konnten sich allerdings weder Rojacher noch die Knappen, ja nicht einmal die ältesten Menschen des Tales erinnern.

Die Meteorologen hofften, dass sich die Wetterlage bessern würde, denn als sie morgens in Lend eintrafen, war der Himmel blau und kein Lüftlein regte sich. Nur vom Kastanienbaum, der beim Kolonialwarenhändler in Lend stand, fielen Schneehäubchen. Pernter mietete für die Weiterreise den größten Schlitten, der verfügbar war, geizte nicht mit Trinkgeld, und sie trafen alsbald in Taxenbach auf den bereits wartenden Rojacher. Gleich nach der Begrüßung wies Pernter die Träger an: „Vorsicht, nicht stoßen, nicht rütteln, nicht fallen lassen!" Das hätte es nicht gebraucht, sie waren bereits von Rojacher über das heikle Unterfangen unterwiesen worden. Seine besten und erfahrensten Männer hatte Naz ausgewählt, im Wissen, wenn nicht ihnen, dann würde es niemandem gelingen, unter diesen Bedingungen dieses Unternehmen zu einem guten Ende zu bringen.

Unverdrossen machten sich die Männer ans Werk. Sie schleppten die schweren Kisten über Hängebrücken und auf schmalen Steigen durch die Kitzlochklamm. Trotz einiger vereister Stellen kamen sie bereits nach gut einer Stunde bei den Schlitten in Landsteg an. Sie waren zwar erleichtert, den finsteren Bergeinschnitt passiert zu haben, wussten allerdings, dass dies erst der Anfang eines langen und gefährlichen Weges war.

Die Fahrt über den weiten Talboden verlief ohne Zwischenfälle, durch Rauris und Wörth kamen sie gut voran. Dann, am Anstieg zur Einödkapelle, zogen die Schlitten bereits tiefe Spuren. Die Schneedecke zeigte sich stetig mächtiger werdend und noch größere Schneemengen hingen an den Wänden oberhalb des Weges gegen Bucheben zu. Sie trieben die Pferde an, hofften schweigend, dass sie das Kastnergütl heil erreichen würden. Zwar standen ihnen noch einige steile Anstiege bevor, doch die waren von reichlich Wald geschützt. Zu allem Überfluss setzte erneut Schneefall ein. Naz hatte es bereits vorausgesagt. Nur noch bis zum Bodenhaus wollten sie, an eine Weiterfahrt war an diesem Tag nicht zu denken, die Pferde waren erschöpft, den Männern knurrte der Magen und bald würde es dämmern.

Pernter, der die Gegend kaum kannte – erst einmal war er am neuen Observatorium und da war es Sommer gewesen –, saß in Decken gehüllt am Schlitten. Er war im Auftrag seines Chefs Julius von Hann, des Direktors der Zentralanstalt für Meteorologie in Wien, gekommen. Eine tief verschneite Winterlandschaft, zuweilen mit Sturm und Kälte am Berg, darauf war er vorbereitet, aber dass sich alles vereint und in diesem Ausmaße präsentieren würde, damit hatte er nicht gerechnet, davon hatte er bisher keine Erfahrung. Stürmische Tage kannte man zwar auch in Wien, mehr als in anderen Städten pfiff dort der Wind durch Straßen, Gassen und Gärten, doch der wenige Schnee, der in seiner Stadt fiel, schmolz meistens schon nach einigen Wochen. Und der Wind in seiner Heimatstadt hatte auch sein Gutes: Er milderte die oft nach Exkrementen stinkende Luft.

Ein wenig darüber, wie sich das Wetter im Winter am Sonnblick gebärden könne, hatte Hann ihm geschildert, als dieser von einer Reise aus Rauris zurückkam. In einem Wiener Kaffeehaus, in wohliger Wärme mit Häferlkaffe und Apfelstrudel. Nun bekam er die Unbill eines Winterwetters im Gebirge hautnah zu spüren: Der Sturm riss an seiner Wolldecke, blies ihm Schnee und Eisgraupel ins Gesicht, trieb ihm Tränen aus den Augen, machte das Umfeld trüb, so düster, dass er kaum die Hand vor seinen Augen sehen konnte, und die Kälte kroch ihm mehr und mehr in die Glieder. Da hatte Hann bei seinem Aufenthalt am Sonnblickobservatorium mehr Wetterglück gehabt. Pernter überlegte: ‚Können wir unter diesen Umständen überhaupt zum Sonnblick? Und wie wird es dort oben sein?‘ Ein mulmiges Gefühl beschlich ihn. Doch er wollte sich nichts anmerken lassen. Er war ein Wettergelehrter und hatte als solcher dem Wetter zu trotzen. Also ertrug er scheinbar gleichmütig Schnee und Sturm und glich unter der verschneiten Wolldecke mehr einem Eisbären denn einem Mann. Er sprach kaum, nur einmal wollte er wissen, wie lange die Fahrt noch dauern würde, und mit der Wirtin vom Platzwirt hatte er bezüglich der Unterbringung von Trabert geredet.

Rojacher war bange – es lagen noch zwei gefährliche Wegstücke vor ihnen: die Strecke von Bucheben bis zum Eingang des Krumltals und von der Judenhofalm bis zum Bodenhaus. Ein Wagnis! Die beinah senkrecht aufragenden Wände in Bucheben und der Gebirgsstock vom Ritterkopf trugen eine Fracht, von der gewiss war, dass, nur ungewiss, wann sie herabbrechen würde. Naz' Nerven und auch jene der Männer vibrierten. Meter um Meter kämpften sie sich vorwärts, wie in Trance passierten sie den Talboden von Bucheben. Aber noch lag die letzte Herausforderung dieses Tages, der Anstieg beim Kastnergütl, vor ihnen. Sie wussten allerdings, wenn sie den geschafft hatten, war das Ziel nahe, nur noch ein paar hundert Meter bis zum Bodenhaus, und diese führten wenigstens leicht bergab. Das gab Hoffnung, denn sowohl die Pferde als auch die Männer waren erschöpft. Plötzlich und unvermittelt blieb Naz' Pferd stehen. Es senkte den Kopf, bäumte sich im nächsten Augenblick auf, die Nüstern geweitet und die Augen angstvoll aufgerissen, alsdann scharrte es mit den vorderen Hufen im Schnee, bis es darauf, wie versteinert, im Zaumzeug regungslos verharrte. Im nächsten Moment dröhnte es dumpf und schwer, krachte und grollte es aus dem Wald, der hinter ihnen lag, Wind kam auf, pfiff durch die Baumwipfel, erst beinah geräuschlos, dann sausend, darauf schnell lauter werdend im dumpf heulenden Lärm auf sie zu. Fichten und Lärchen bogen sich, einige brachen gleich Zündhölzern und stürzten mit lautem Krachen, andere, noch jünger und biegsamer, widerstanden der Gewalt.

Am Bergkamm hatte der Sturm Wechten abgerissen und damit das Unheil eingeleitet. Die Schneebrücken rissen den am Abhang liegenden Schnee mit sich, schossen als tonnenschwere Fracht im Höllentempo talwärts gegen Bucheben zu, schoben die Luft geballt vor sich her, wirbelten den eiskalten Schneestaub durch die Bäume und anschließend in die Richtung der Gespanne. Pernter schrie: „Eine Lawine!" Sein Rufen ging im Lärm des Geschehens unter. Der Luftdruck schlug die Fuhrknechte zu Boden und deckte Naz und Pernter, die sich eilends zum Schlittenboden geduckt hatten, mit frostigem Staub zu.

Eine Weile regte sich nichts. Eine weiße Fracht aus Schnee lag derart aufgetürmt am Schlitten, sodass dieser kaum noch zu sehen war. Daneben, am Boden, lagen oder hockten die Männer, erst verwirrt und noch nicht ganz begreifend, dass nicht mehr geschehen war, darauf dankbar staunend. Alsbald richteten sie sich auf und schauten fragend zu Naz. Doch der blickte, noch eingehüllt vom kalten Weiß, nur stumm zurück. Die Lawine hatte auch ihn das Fürchten gelehrt. Dann, wie erwacht, klopfte er den Schnee von Mütze und Mantel und sah sich besorgt um. Aber weder Pernter, der sich ebenfalls vom Schnee befreite, noch einer der Männer war verletzt. Sogar die Stricke, mit denen das Gepäck befestigt war, waren noch ganz. Sie hatten Glück gehabt, nur der Ausläufer der Lawine hatte sie erreicht.

Noch immer stoben Schneeflocken wild durcheinander, trieben zum Hang und fuhren ihnen ins Gesicht. Das Fell der Pferde war so sehr von Schnee bedeckt, dass man meinen könnte, sie hätten Schimmel eingespannt. Der Weg war kaum zu sehen, das Schneetreiben und die Dämmerung verschluckten die Sicht. Da kam von Naz' Stella ein Wiehern. Als ob die Stute zur Weiterfahrt mahnen wollte. Was Naz veranlasste, sie zum Aufbruch anzutreiben: „Habt's ihr gehört, es passt wieder."

So zuversichtlich, wie Naz dies sagte, waren weder Pernter noch die Männer. Allein es blieb ihnen keine andere Möglichkeit, als so schnell wie irgend möglich das letzte Wegstück zu meistern. Sie trieben die Pferde an, setzten wortlos Schritt vor Schritt und trafen gottlob wohlbehalten beim Bodenhaus ein.

Ob eine Weiterfahrt am nächsten Tag möglich sein würde, das hing vom Wetter ab, darüber wollten sie am folgenden Morgen entscheiden, vorerst waren sie in Sicherheit.

Welches Unheil die Lawine in Bucheben angerichtet hatte, konnten sie nur erahnen. Wohl ähnlich wie vor einigen Jahren, als der Sturm am ostseitigen Berghang ein Schneebrett losriss, das zu einer mächtigen, an die zweihundert Meter breiten Lawine anwuchs, alles mitriss, was ihr im Wege stand, und im Tal ein trostloses Chaos hinterließ.

Nach einer unruhigen Nacht war Naz im Blau des Morgenlichts erwacht und sah zum Fenster hinaus: ‚Die Sonne zeigt sich nicht, restliche Wolken ziehen am Himmel, doch noch leicht und hoch, sie würden ihre Fracht für heute behalten‘, schätzte er. Eilends zog er sich an, weckte die Männer und war überrascht, als er den Wissenschaftler bereits vor dem Haus antraf. Pernter wünschte ihm einen guten Morgen und kam darauf sogleich zu seinem Anliegen: „Drei Wochen lang habe ich Strahlungserscheinungen, Szintillation und Polarisation des Himmelslichtes zu beobachten. Wann können wir aufbrechen?" Naz schaute erneut zum Himmel, wiegte ein wenig den Kopf hin und her und sagte: „Ihr seid der Wettermacher. Bis ins Kolmhaus werden wir kommen, wann wir auf den Berg können, hängt von eurer Zauberei ab.‘

Da sie sich erst einmal kurz gesehen hatten, pflogen sie zwar einen förmlichen Umgang miteinander, doch wegen Pernters Ungeduld hatte es Naz nicht lassen können, ihn ein wenig zu reizen. Dieser hingegen merkte, dass sein Auftritt nicht passend gewesen war, und erwiderte: „Ich bin zwar ein Meteorologe, aber das Wetter machen ... ist gut, dass dies niemand beherrscht. Ich wollte nur eure Meinung hören." Naz nickte und sagte darauf: „Ich habe deine Frage falsch aufgefasst. Wie leicht ein Missverständnis entsteht. Besonders unter schweren Bedingungen." Damit war die Ungereimtheit aufgelöst und der Weiterfahrt stand nichts im Wege.

So überraschend milde, wie sich das Wetter an diesem Tag präsentierte, so ungestüm brachen tags darauf erneut Schnee und Wind herein. Pernter war in Kolm Saigurn gefangen, konnte im Schneetreiben just vor das Haus, lief im Schneegestöber bis zur Dampfhütte – die er besonders mochte –, darüber hinaus las er oder unterhielt sich mit Naz. Der erwies sich ihm als ein ebenso angenehmer wie interessanter Gesprächspartner. Stundenlang saßen sie an Naz' Tisch und unterhielten sich. Oftmals im Beisein von Maria. Derart verging die Zeit schnell, doch an Pernters fünftem Tag in Kolm wollten sie den Anstieg wagen. Als Besonderheit hatte er für den Abend zu Prager Schinken geladen. Er ließ eine Kiste bringen, öffnete sie und sagte: „Schaut, was ich mitgebracht habe. Beiried vom Ochsen, einen Prager Schinken, Veroneser Salami, Westphäler Schinken, Mortadella, Wein und Branntwein, Kaffee und Tee, Kondensmilch, Butter, Brot aus Wien, aber das Buchebner Roggenbrot schmeckte mir besser." Rojacher staunte und wusste nun, warum die Proviantkisten so schwer wogen. „Dann wird uns die Maria eines backen, zum Schinken", gab Naz zur Antwort. Maria, die daneben stand, lächelte bejahend. Auch ihr gefiel die Gesellschaft des angenehmen Wiener Herren. Er brachte Abwechslung in die einsamen Winterabende. Auch wenn es nur noch für diesen einen war.

Wetterwart und Wetterstation

*D*ie größte Schneetiefe, die wir je sahen, war am unteren Keesboden, *etwa auf 2.500 Meter, wo über ein kleines Gletschertal der Telefondraht darüber gespannt ist. Rojacher war es bekannt, dass dieser Draht an der tiefsten Talstelle 20 m über dem Boden geführt sei. An diesen Draht aber reichte, als wir ihn passierten, der Schnee heran. Das Tal war ein ebenes Schneefeld geworden, so dass hier also eine Schneetiefe von 20 m zweifellos konstatiert werden konnte. Es ist überflüssig andere Beispiele anzuführen, da alle Beschreibung nicht imstande ist, eine richtige Vorstellung dieser exorbitanten Schneemassen zu verschaffen, das muss man gesehen haben, um einen richtigen Begriff davon zu erhalten. Rojacher sagte wiederholt, wie er behauptete, ohne Schadenfreude, dass es ihm sehr recht sei, dass einmal einer von den Wiener Herren dies gesehen habe, und wünschte mir aufrichtig, ich möchte – ohne Schaden für meine Untersuchungen – alles auskosten müssen, was ein strenger Winter dort bieten kann. Sein Wunsch sollte mehr als notwendig in Erfüllung gehen, denn ich erlebte einen Februar, wie er seit Menschengedenken nicht dagewesen war, nicht nur in Bezug auf Schnee und Lawinen, sondern auch was Stürme und schlechtes Wetter, Wegzerstörung und Temperaturverhältnisse betrifft.*

Pernter legte die Feder beiseite – den Bericht wollte er später fortsetzen –, denn unvermittelt war ihm der Redakteur in den Sinn gekommen. Peter Lechner hatte neulich von dessen Schicksal erzählt. Der Mann war im Sommer 1886 zum Sonnblick aufgestiegen, um über das im Bau befindliche Observatorium zu berichten. Dabei war er in das fürchterliche Gewitter geraten, das auch den Sonnblickträgern beinah das Leben gekostet hätte. Sie vermuteten, dass er die Orientierung verloren hatte und deshalb in die Nordwand gestürzt war. Erst Tage danach wurde sein Leichnam gefunden. Geier, die über dem Gletscher kreisten, machten die Arbeiter am Sonnblickgipfel darauf aufmerksam. Lechner und Poberschnigg waren zu dem Verunglückten abgestiegen, gemeinsam hatten sie den Toten geborgen.

Der beständige Sturm und das Unglück des Schreibers schlugen sich auf Pernters Gemüt. Machten ihn ein wenig verdrossen. ‚Erst wer hier oben einige Tage verbracht hat, bekommt eine Vorstellung von den Mächten des Universums. Oder gibt es einen großen Baumeister, einen, der für eine Weltordnung sorgt? Müsste ein Genie mit Vorliebe für Eis, Schnee und Sturm sein, mit der Sonne jedenfalls geht er sparsam um‘, sinnierte er und blickte zum Fenster hinaus. Ihm bot sich das gewohnte Bild: Schnee vom Wind um Berg und Haus, über Scharten und Kämme heulend getrieben, auf Eis und Fels geladen und das Observatorium in ein Zuckerschloss verwandelnd. ‚Als ob es Monate sind, die ich hier bereits verbracht habe. Wie langsam die Zeit vergeht. Was heißt schon vergehen. Zäh wie Lechners Grießkoch blubbern Stunden und Tage dahin und sind ein Einheitsbrei aus von Wind aufgeschlagenem Schnee‘, grübelte er weiter.

Noch nicht ein Monat war vergangen, seit er seine Studienreise zum Hohen Sonnblick angetreten hatte, doch jeden Tag, den er seiner Zeit auf der höchsten Wetterwarte des Kaiserreiches abgerungen hatte, strich er in seinem Kalender dreimal durch. Nur noch vier

Tage, dann würde sein Auftrag erledigt sein. Wenn er daran dachte, war er sowohl froh als auch betrübt. Froh, die Strapazen hinter sich zu haben, betrübt, weil er keine neuen Forschungsergebnisse vorweisen konnte.

Angesichts der extremen Witterungsverhältnisse war es ihm nicht gelungen, die Messungen über Strahlungserscheinungen durchzuführen. „Das Himmelslicht zeigt sich nicht", hatte Lechner einmal scherzhaft gemeint. Und Recht behalten. Also würde er, anders als Hann und Trabert, ohne neue Erkenntnisse nach Wien heimkehren. Nein, ihm, Pernter, war es nicht vergönnt, bahnbrechende Entdeckungen zu machen, er musste sich begnügen, mit Wetterverhältnissen fertig geworden zu sein, wie sie keinem Wissenschaftler zuvor zugemutet worden waren. Vielleicht würde er ein anderes Mal mehr Erfolg haben. Ob und wann er wieder am Sonnblick-Observatorium forschen konnte, lag in den Sternen. ‚Wenn, dann bestimmt nicht zur Winterszeit', dachte er, als er seine kalten Hände rieb und mit den Füßen ein wenig stampfte. Das Thermometer in der Gelehrtenstube zeigte vier Grad. Die Flammen im Ofen zuckelten beständig und milderten die Kälte, die der Wind durch die Ritzen von Fenstern und Wänden trieb. „Einundzwanzig Grad, dazu Wind aus Nordost", hatte Lechner zu Mittag gemeldet, als er auf den Turm gestiegen war um das Schalenkreuz von Schnee und Eis zu befreien. Pernter begann seine Übungen zu machen. Kniebeugen und Liegestützen. Sie wärmten und brachten wenigstens etwas Bewegung. Seit vier Wochen waren sie praktisch eingesperrt. Zu Schneesturm und Windböen, Schneegraupeln und Eisregen kamen Lawinen. Ein Donnern und Grollen, bald vom Herzog Ernst, bald von Alteck und Tramerkopf, dann wieder vom Hocharn. Einmal donnerte es regelrecht vom Fleißtal herauf und auch der Ritterkopf und der Schwarzkopf entluden in größeren und kleineren Abgängen ihre überbordenden Schneemengen. Rojacher nannte sie Windsbretter.

Als sie in der ersten Februarwoche in Kolm gewesen waren, hatte er davon erzählt. „Eine Eigentümlichkeit dieser Windsbretter, welche sie für Touristen so gefährlich macht, ist, dass man sie leicht antreten kann. Auf einer glatten Schneefläche, die stark geneigt ist, liegt bedeutender Neuschnee auf, man möchte sagen, immer bereit abzurutschen. Geht man über ein solches Schneefeld weg, so genügt oft das Gewicht eines Mannes, um dem Druck die kleine Steigerung zu erteilen, welche es braucht, damit die Lahn anbricht. Tritt dieser Fall ein, so hört man einen donnerartigen, dumpfen, erschreckenden Krach. Es können nun zwei Fälle passieren: Entweder die Schneemassen bewegen sich und dann fährt man mit ihnen in Sturmeseile abwärts, meist um nie wieder aufzustehen, oder die Schneemassen bleiben nach diesem ersten Rutsche stehen, dann ist man gerettet, das Windsbrett ist nur angesessen." Rojachers Ausführungen waren Pernter im Gedächtnis geblieben. Er hatte damals aufmerksam und interessiert zugehört, hatte ihn gefragt, was eine Lahn ist, und Naz ihm erklärt, dass es hierorts den Ausdruck Lawine nicht gibt, dass die Einheimischen Lahn dazu sagen.

Pernter war, wie auch Hann und Trabert, von Naz' Wissen und Beobachtungsgabe fasziniert. Auch von seiner Menschlichkeit, die er vor allem seinen Männern gegenüber zeigte. Umso überraschter war er, als Lechner ihm erzählte, dass Rojacher Simon Neumayer den Dienst als Wetterbeobachter gekündigt hatte.

Acht Monate war Simon auf dem Hohen Sonnblick gewesen, hatte Messungen durchgeführt, sie ins Buch eingetragen und die Daten der Zentralanstalt in Wien gemeldet; hatte Tage, Nächte, Wochen und Monate in eisiger Höhe Wind und Wetter getrotzt. Allein die Stimme aus dem meist krächzenden Telefon erinnerte ihn an das Leben im Tal. Dann, zu Ostern 1887, wollte er nicht mehr. Außer er würde künftig viel mehr Geld dafür bekommen. Naz war enttäuscht und verärgert zugleich gewesen. ‚Simon, mein langjähriger Freund, lässt sich kaufen', das war es, was ihm zu glauben schwerfiel. Hätte Simon eingestanden, dass er von der langen Jahre Arbeit müde war, dass ihm Kreuz und Beine schmerzten, die Gelenke quälten, dass er des Schnees überdrüssig war, all das hätte Naz eingesehen, mehr noch: er hätte ein anderes Auslangen für den Freund gefunden. An eine Stelle in Rauris dachte Naz. An einen Platz, wo Simon ein wenig Beschäftigung und eine warme Wohnstatt haben würde. Aber mehr Geld ... das war ungeschickt, damit hatte er seinen Stolz gegen seine Ehre eingetauscht.

Einen Ersatz für Simon zu finden, war nicht so einfach. Für die Sommerzeit konnte er seinen Hutmann Winkler überreden, im Herbst dann hatte Rojacher Peter Lechner gefragt: „Magst nicht für zwei Wochen am Sonnblick bleiben, bis ich einen Beobachter habe?" Nach vierzehn Tagen kam Rojacher wieder auf den Sonnblick: „Peter, du kannst ja gut ablesen, magst nicht noch eine Woche bleiben, ich hab' noch keinen Beobachter gefunden?" Als er zum dritten Male aufstieg, hatte er gemeint: „Du machst deine Sache recht gut, magst nicht übern Winter bleiben?" Doch Peter schwieg, wie auch in den Wochen zuvor – nur ein bedächtiges Wiegen mit dem Kopf war ihm zu entlocken.

Auch wenn Lechner wortkarg und einsilbig war, dumm war er längst nicht. Aus der Zeit der Bauarbeiten am Gipfel wusste er um die Herausforderungen in dieser einsamen Höhe und hatte eine Vorstellung, wie es sein würde, wenn er nicht inmitten seiner Kollegen, wenn er Tag um Tag, Woche um Woche allein hier aushalten müsste. Das gab ihm zu bedenken. Weniger Sorge machte er sich, was die Arbeit betraf: Wenn Simon die Instrumente bedienen konnte, so würde er es auch – das verlangte allein schon sein Stolz. Er wusste zudem, dass die Arbeit am Sonnblick ein gutes Einkommen verhieß. Im Berg war nichts mehr zu holen, ohne Gold kein Geld, ohne Geld kein Brot, und anderswo Arbeit zu finden, das hatten Jüngere als er versucht, aussichtslos im Rauriser Tal, daheim war Arbeit so rar wie das Gold im Berg. Vielleicht als Bauernknecht könnte er sich verdingen, aber das wollte er nicht, dann schon lieber Wetterwart auf dem Hohen Sonnblick sein. Dass ihn Naz dreimal gefragt hatte, gefiel ihm zudem und endlich stimmte er zu.

Für Rojacher hieß dies eine große Sorge weniger. Dass die Station besetzt und sie ihrer Funktion weiterhin gerecht werden konnte. Wozu wäre der ganze Aufwand denn sonst gewesen?

Für sich hatte er andere Pläne, war sogar schon daran sie umzusetzen, wenigstens ab und an. Ganz blind, oder von heute auf morgen, wollte er die Veränderung nicht angehen. Sie auch nicht erzwingen, dafür fühlte er sich zu müde, das Risiko ließ sich abfedern, indem er es auf die Probe stellte. Vor allem musste er mit Maria noch darüber reden. Und mit Mutter, seine Mutter wollte er bei sich wissen. Dass mit jedem Tag seine Zuversicht gewachsen war und seine Pläne mehr als Konturen angenommen hatten, getraute er sich noch nicht einzugestehen.

Von all dem wusste Pernter freilich nichts, und umso erstaunter war er, als er endlich das Observatorium verlassen konnte und auf seinem Heimweg Rojacher nicht in Kolm Saigurn antraf. „Der ist im Postmeisterhaus in Rauris", war die knappe Auskunft von Irgei, als er erwartungsvoll in die Stube getreten war, erst überrascht ob der Stille und Leere im Haus, und schließlich gefragt und dies als Antwort bekommen hatte. Pernter verstand nicht: ‚Kalt und leer, kein Duft nach frischen Krapfen oder Knödeln aus der Küche, keine Menschenseele außer dem Burschen (der in der Ecke hockte und sich weiter dem Stock widmete, an dem er schnitzte). Dabei habe ich mich auf das Wiedersehen mit Naz und Maria, erst recht auf ein gutes Essen von Rojachers Mutter gefreut', bedauerte er noch immer verwirrt.

Einmal hatte er vom Schweinsbraten und den Knödeln geträumt, oft sich nach einem heißen Bad in der Dampfhütte gesehnt, und unvergessen waren ihm die anregenden Gespräche mit Naz wie auch Maria und der Mutter. ‚Es kommt eben häufig anders als man denkt‘, mehr blieb ihm nicht zu resümieren.

Im Postmeisterhaus

Der Sturm trieb die eisigen Flocken durch die Straßen und Gassen des Marktes, riss in grober Weise ganze Schneeflechten von den Gräbern und pickte sie wie Zement an die Kirchmauer. Da und dort drang Licht zwischen den Fensterläden ins Freie, war aber zu schwach, um die Marktstraße zu beleuchten. Naz tappte im Dunkeln, seine Augen mussten sich erst an die Finsternis gewöhnen, als er über den Kirchplatz ging und darauf in die menschenleere Marktstraße einbog. Aber er hatte nicht weit, das Postmeisterhaus, das er einst mit dem Bergbau erworben hatte und in das er mit seiner Mutter gezogen war, lag zentral.

Das Leben im Markt verhieß Erleichterung und bot manche Freude. Anna traf sich wieder regelmäßig mit ihrer Freundin, wenn auch mehr zur Unterhaltung, denn die Handarbeit mochte Eleonora nicht mehr von der Hand gehen, die Gicht plagte ihre krummen Finger. Anna genoss die gemeinsame Zeit auch ohne Handarbeit, zu erzählen gab es immer viel. Hinzu kamen Einkäufe, bei denen sie sich mit anderen Frauen unterhalten konnte, und regelmäßig den Gottesdienst zu besuchen war ihr nun auch wieder möglich, wie noch viele kleine Dinge des Lebens, von denen sie erst jetzt merkte, wie sehr sie ihr gefehlt hatten.

Naz hing in seinen Gedanken noch mehr der Vergangenheit in Kolm Saigurn und am Berg nach, jedoch bot das Leben im Tal auch für ihn Erleichterungen. Etwa bei seiner neuen Aufgabe: eine Fahrstraße talauswärts über die Taxenbacher Höhe zu errichten, ein großes Vorhaben, zu dem beinah wöchentlich Versammlungen im Gemeindeamt stattfanden. Oder wie an jenem Tag, als er auf ein Glas Wein zum Wirt um die Ecke ging, ein wenig mit den Bauern redete und hörte, was es Neues gab. Dabei, wie auch für andere Tätigkeiten, kamen ihm die kurzen Wege zugute, zumal er sich beim Gehen zunehmend schwerer tat. Auch schätzten sowohl seine Mutter als auch er das im Unterschied zu Kolm Saigurn vergleichsweise milde Klima des Marktes. Wenngleich von mild an diesem unwirtlichen Wintertag nicht die Rede sein konnte, denn auch Anfang Februar, zu Lichtmess, hatte es gestürmt. ‚Grad wie vergangenes Jahr, als Pernter am Sonnblick war‘, erinnerte sich Naz. Wenn die Vorhersage des Lostages stimmte, müsste sich der Frühling bald einstellen, doch an diesem Abend ebenso wie in den vergangenen Tagen, blies der Wind, blies ums Verweserhaus, klebte den Schnee an Naz' Mantel und verwandelte seinen Bart zu einem weißen Filz. Er zog den Kopf zwischen die Schultern und stapfte zu seinem Haus, das just um die Ecke des Kirchplatzes stand. Da fiel ihm ein kleiner Mann auf, der, vor dem benachbarten Landrichter Haus, in seine Richtung trottete. Vielleicht sogar noch kleiner als er selbst, zumindest wirkte er so, möglicherweise auch nur, weil dieser das Gesicht dem Boden zugewandt und die Arme um den Körper geschlungen hatte. Nun aber sah er, wohl einer Eingebung folgend, auf. So eilends sich dieser plötzlich davonzumachen suchte, so schnell hatte Naz in ihm den Lebinger erkannt. In Naz' Gehirn blitzte es, eine Chance tat sich auf. Er wechselte rasch die Seite, eilte auf den Mann zu und sprach ihn an: „Ist gar unwirtlich heute, magst mir ein wenig Gesellschaft leisten? Meine Stube ist warm und einen heißen Tee könnt' ich uns

348

machen." Der Angesprochene schaute ihn an – ein wenig befangen, wie er sich verhalten sollte –, trat einige Schritte auf der Stelle und wiegte nachdenklich seinen Oberkörper. Doch dieses Angebot lockte zu sehr, um es auszuschlagen. „Lois heiß' ich", sagte er und senkte erneut den Kopf, um den nächsten Atemzug in seine knochigen Hände zu blasen. Naz deutete mit der Hand zum Postmeisterhaus und schritt zum schweren doppelflügeligen Holztor, das von einem aus Granit behauenen Portal eingefasst war. Er griff zur eisernen Klinke, wandte sich um und sah, dass der Mann ihm tatsächlich gefolgt war.

Im Haus war es warm. Wahrscheinlich hatte Anna noch einige Scheiter nachgelegt, bevor sie zu Bett gegangen war. Der neue Kachelofen war eine gute Investition gewesen. Er schickte lange Zeit seine wohlige Wärme in die Stube wie auch in den Vorraum, wo Naz jetzt noch ein wenig Holz ins eiserne Ofenloch steckte. In einem Teil des Herdes war eine eiserne Platte eingelassen, daran ein Wasserschiff mit einem goldblinkenden, messingenen Wasserhahn. Während Naz mit einer Kanne hantierte und heißes Wasser in zwei Krüge ließ, sah sich der kleine Mann unsicher um. Er wusste wohl nicht so recht, wie ihm geschah, doch weil er ohne bestimmtes Ziel unterwegs gewesen war, war es nicht ein mögliches Versäumnis, das ihn nervös machte, sondern vielmehr die plötzliche Erkenntnis, dass er nicht wusste, was er beim Goldgräber (das war Naz für ihn) eigentlich sollte und warum er mitgegangen war. Naz bot ihm an, sich auf die Ofenbank zu setzen, und reichte ihm den dampfenden Krug. Weil er das Unbehagen seines Gegenübers merkte, fragte er ihn geradeheraus: „Ich bräuchte einen Helfer hier im Haus. Holz tragen, Postsäcke füllen, Einkäufe erledigen, hie und da Botengänge. Kost und Logie und ein paar Kreuzer gibt's auch. Wär' das was für dich?" Das Gesicht von Lois verwandelte sich in ungläubiges Staunen, dann in ein kaum merkliches Lächeln und darauf in ein heftiges Nicken.

Er mochte an seinen Schlafplatz im Neuwirtsstall gedacht haben, auch dass das Taglöhnen bei diesem oder jenem Bauern vorbei wäre, denn beim Lebing hatte er längst ausgedient, dafür war die Arbeit an den steilen Hängen für ihn nicht mehr zu bewältigen gewesen. Sollte er doch noch eine Heimat für die alten Tage finden, bevor das Armenhaus der Gemeinde das letzte war, was noch übrig blieb? Es war zu unglaublich, als dass er es in dieser Eile hätte fassen können, wenn nicht Naz fortgefahren wäre: „Hier, ein wenig Brot, ein wenig Käse." Er reichte es ihm in die Hand und fuhr fort: „Dann zeig' ich dir deine Kammer. Eine wollene Decke liegt am Bett." ‚Und morgen', dachte Naz bei sich, ‚holen wir die Holzwanne'. Denn im Gegensatz zu Kolm Saigurn hatte er in seinem neuen Zuhause noch keine Dampfhütte. Dass er dies ändern würde, das wusste er mit solcher Bestimmtheit, wie er sich auch gewiss war, dass es mit Waschen allein nicht getan war: Das eine oder andere Hemd, diese oder jene Hose und Socken würde er an ihn abgeben. Zufrieden über die günstige Fügung, die ihnen das Leben zuteil kommen ließ, gingen sie beide zu Bett. Lois konnte sein Glück noch nicht begreifen, Naz war dankbar, dass er an dem armen Kerl, den er vor Jahren als Sonnblickträger so barsch abgelehnt hatte, Gutes tun konnte.

Doch so leicht, wie er es sich gewünscht hatte, stellte sich der Schlaf nicht ein. Erneut kam ihm sein Besuch bei Elisabeth in den Sinn. Wie sehr sie sich doch verändert hatte. Müde und leer hatten ihn die einst lustigen Augen angeblickt und vom dichten blonden Haar war nur ein dünner geflochtener Zopf verblieben. Überhaupt war sie ihm fremd erschienen und, wie schon mehrmals in durchwachten Nächten, wenn er sich ihrer besann, verwandelte sie sich zu einer Hülle aus lebloser Traurigkeit. Dieses Gefühl brachte er nicht los, es schlich sich wieder und wieder in sein Denken. Auch das jämmerliche Schauspiel der glücklichen Familie und des treusorgenden Gatten und Vaters, das ihm Koban geliefert hatte, widerte ihn noch immer an. Trotz alledem, viel schmerzlicher war ihm die Erinnerung an seinen Sohn. Ein verschreckter großer Bub, verhärmt und geschlagen ob der Kälte dieses Machtmenschen. Mit jeder Minute, die er dort verbracht hatte, hatte er seine Schuld wachsen gespürt. Aber was hatte er sich von dieser Fahrt erhofft? Auf einen jungen Mann zu treffen, der vor Selbstvertrauen strotzt? Der voll der Ideen und Pläne für die Zukunft ist? Dem die Lebensfreude ins Gesicht geschrieben steht? Dass es seinem Buben auch ohne ihn gut ergangen ist? Ja, was hatte er tatsächlich erhofft, als er den beschwerlichen und weiten Weg nach Kärnten unternommen hatte? Wohl ein bisschen von all dem und er hätte ruhigen Gewissens heimkehren können. Stattdessen hatte sein Sohn kaum gewagt, mit ihm zu sprechen, bitterer noch, sein Sohn hatte sich stets nur kurz in sein Gesicht zu schauen getraut und seinen Blick meist in die Ferne schweifen lassen. Nur einmal hatte er ein Aufblitzen in seinen Augen zu erkennen gemeint: als Richard kurz von seiner Freude an den Tieren des Waldes erzählte; und davon, dass er reiten gelernt hatte. Auch, dass er Herrn Papa, wie er zu Naz' Ärgernis Koban nannte, manchmal zur Jagd begleiten durfte.

Wieder regte sich sein schlechtes Gewissen, allein es war zu spät. Seine Versäumnisse, dass er sich weder zur Vaterschaft bekannt noch seinen Pflichten als Mann und Vater nachgekommen war, schlugen gleich einer mächtigen Woge auf ihn nieder. Dennoch milderte ebendieser Schmerz die Last seiner Schuld – denn wenigstens zu bereuen verlieh ihm die vage Hoffnung von ausgleichender Gerechtigkeit, auch wenn es nicht mehr änderte, was er an seinen beiden liebsten Menschen versäumt hatte. Als ob des seelischen Kummers nicht genug, gesellte sich die allnächtliche körperliche Pein hinzu. Krampfhaft schien sich sein Brustkorb zusammenzuziehen und aus der Tiefe des Leibes drangen dumpfe Schmerzen. Er krümmte die Wirbelsäule, zog den Kopf ein und griff zum Kreuz, erneut in der Hoffnung, dass die Wärme der Hand die Schmerzen ein wenig lindern würde. Wenngleich es längst bekannte Qualen waren, die ihn heimsuchten, gelang es ihm schwer, damit umzugehen. Aus Erfahrung, dass ihm der heiße Ofen gut tun würde, setzte er sich, noch eingehüllt in seine Wolldecke, erst auf die Bank davor und schließlich auf die warme Eisenplatte. Allabendlich wiederholte sich diese Gepflogenheit, die Wärme verschaffte ihm Linderung, bis ihn die weit vorgerückte Stunde erschöpft ins Bett kriechen ließ. Angesichts dieser Torturen zweifelte Naz wieder und wieder an der Sinnhaftigkeit jedes weiteren Seins, verbot sich jedoch umgehend jedes Selbstmitleid und musste in Demut und Niedergeschlagenheit erkennen: ‚So leicht stirbt man nicht, der Tod als Geschenk ist mir noch nicht vergönnt.'

Anna staunte nicht schlecht, als sie am Morgen einen Gast am Tisch sitzen sah. Bange schaute Lois zu ihr und hob zu einer Erklärung an: „Der Rojacher ...", weiter kam er nicht, denn im selben Moment trat Naz in die Stube. Anna sah zu ihm, sah ihn mit dem Kopf nicken und verstand. Sogleich holte sie ein weiteres Teller und eine Tasse und platzierte sie vor Lois mit der Frage: „Malzkaffe und Honigbrot, magst du das?" Lois wusste nicht, wann er das letzte Mal ein richtiges Frühstück, wann er ein frisches Honigbrot bekommen hatte, noch dazu in einer warmen Stube. Dankbar schickte er darauf ein leises Lächeln in ihre Richtung. Während sie aßen, erklärte Naz: „Lois wird die Postsäcke füllen und Holz, Mutter, Holz wird er künftig machen und dir bringen. Und wenn du Einkäufe zu erledigen hast, kann er diese auch besorgen."

Wenn Lois Naz bei den Postdiensten half, war ihr das Recht, auch Holz holen billigte sie, nur den Einkauf, den erledigte sie lieber selber und sagte dies unumwunden heraus. Darauf noch: „Ich hab' da eine Hose, die ich neulich gewaschen und geflickt habe, ein warmes Hemd, Socken und ..." Letzteres sprach sie nicht aus. Naz grinste und Lois schaute verdutzt. „Wir werden zuerst Wasser erhitzen, um den Bottich zu füllen", meinte Anna und drückte den leeren Holzkorb in die Hand des neuen Mitbewohners. Naz winkte Lois zu sich, gemeinsam gingen sie zur Tür hinaus, und es dauerte geschlagene drei Stunden, bis sie sich wieder blicken ließen. „Jetzt weiß er Bescheid, Mutter, und der Bottich kann bis zum Abend warten, wir haben noch zu tun", war Naz' einzige Erklärung. Anna fragte nicht weiter, zum einen war sie froh, dass Naz einen Helfer gefunden hatte, zum anderen fiel ihr auf, wie froh gestimmt er heute war. Umso mehr grämte sie die Nachricht, die sie zu überbringen hatte, befürchtete sie doch, dass allein bei der Erwähnung des Namens ‚Irgei' ein Groll in ihm erwachte, darum richtete sie nur aus: „Der Bub war da, du sollst alsbald nach Kolm fahren, Maria braucht dich."

Maria rechnet ab

Naz beeilte sich, schon am nächsten Tag, nachdem ihm die Mutter die Botschaft mitgeteilt hatte, ließ er zwei Pferde vor den Schlitten spannen und fuhr zu ihr. Das Wetter war günstig und außerdem musste es ganz einfach sein. ‚Also warum warten, hinter mich bringen, dann habe ich für einige Zeit wieder Ruhe‘, so hoffte er.

Im letzten Jahr hatte sich ihr gegenseitiges Verstehen in Zank und Hader gewandelt. Zumindest von Seiten Marias. So schien es Naz. Weil er kein aufmerksamer Ehemann gewesen war. Weil er sich ihrem Buben gegenüber gleichgültig verhielt. Weil ihn nur die Berge innen und das Wetterhaus oben interessierten und er sich gegenüber Graf Rottermund nicht durchgesetzt hatte. So oder so ähnlich lauteten Marias Klagen.

Was Rottermund betraf, stach sie in ein Wespennest. Dieser noble Graf! Als ob sich er, Naz, nicht selbst die Schuld gab und das Geahnte eingestehen würde. Auch wenn sie unterschiedlich darüber dachten: Maria konnte ihren Zorn kaum zähmen, weil dieser eitle Gockel, wie sie ihn nannte, nicht bezahlte; Naz seinerseits hegte in sich einen starken Groll, weil er ihm vertraut und sich darum übertölpeln hatte lassen.

Graf Eduard Rottermund hatte die gesamte Bergwerksanlage von Rojacher gekauft, allein das Kolmhaus, das Maria nun betrieb, das Bodenhaus, das er verpachtet hatte, und das Postmeisterhaus, in das er mit seiner Mutter gezogen war, hatte er zurückbehalten. Naz befürchtete, dass Maria wieder danach fragen würde, und wappnete sich bereits am Weg zu ihr mit einer Ausrede. Nach einer leichten Fahrt auf fester Fahrbahn traf er gegen Mittag in Kolm ein und staunte: Der Schnee ums Haus war zu Türmen angehäuft und der Eingang penibel freigeschaufelt. ‚Wird doch nicht Irgei …?', hoffte er wider gemachten Erfahrungen, wünschte er um seines Friedens willen. Doch es war Hans, den er erblickte, der um die Ecke des Hauses bog.

Hans, der letzte Knappe, steckte die Schaufel in den Schnee und eilte ihm freudig entgegen. Überschwänglich begrüßte er Naz, fragte ihn dies und das, erkundigte sich über seine Gesundheit und wie es ihm im Markt gefiele. Naz war einerseits erstaunt, nie zuvor hatte er den alten Knappen derart viel reden gehört, und andererseits ebenso erfreut ihn zu sehen. Er schenkte ihm ein Lächeln und fragte nach seinem Befinden. Eine geraume Weile unterhielten sich die beiden, dann ergriff Hans die Zügel und führte das Gespann in den Stall. Naz wusste, dass er sich um das Pferd kümmern, dass er es abreiben und ihm Futter geben würde, und eilte ins Haus. Dort traf er sogleich auf Maria, die, in der Stube über den Tisch gebeugt, etwas betrachtete. Nachdem sie sich begrüßt hatten, wandte sich Naz ihrer Arbeit zu. Maria erklärte: „Es ist schwer zu erkennen, weil das Blau blass geworden ist, es ist eine Rapunzel, Glockenblume sagt der Lehrer dazu. Und diese sind Teeblumen, eigentlich heißen sie Huflattich, ich habe viele gesammelt, aufgebrüht als Tee helfen sie bei Husten. Vom Arnika habe ich Salben gemacht." Naz staunte nicht schlecht, diese Seite an Maria hatte er nicht gekannt: „Seit wann verstehst du dich aufs Kräutersammeln?" Maria lag nicht daran, sich ihm zu erklären, verbittert entgegnete sie: „Ich versteh' mich auf so einiges, was du nicht mitgekriegt hast. Was hat dir an mir gefallen? Gab es da überhaupt etwas, das dich an mir zum Staunen gebracht hat? Oder gar zum Freuen? Hast ja nicht einmal gemerkt, wie viel an Arbeit und Sorgen ich dir all die Jahre abgenommen habe. Und was hab' ich jetzt davon? Pfff …, nichts als Undank."

Da war es wieder, unvermittelt und urplötzlich, das Gift, das sie über Jahre gespeichert hatte und ihm nun allgelegentlich hinspie. „Das Haus hast du dafür bekommen", hätte er ihr antworten können, doch er scheute den Unfrieden. Seine Maria, sein Kolm Saigurn! Was war verblieben? Jedenfalls Männer mit Familien, die für Jahre ihr Auslangen gefunden hatten. Und eine Zeit, die ihm an Kraft alles abverlangt wie auch an Erfüllung alles gebracht hatte. Er war zufrieden. Sollte es Maria doch auch sein. Sie hatte es sich verdient. Sie war eine fleißige Frau, war es seit eh und je gewesen. Das Gasthaus wäre ohne sie nicht zu dem geworden, was es war. Das hätte er ihr öfter sagen sollen. Nur dass er sie lediglich mochte und nicht liebte, war sein Betrug. Und Irgei war ihr Kind. Naz' Gewissen, das im Alter prüfender geworden war, setzte noch eins drauf: Es kam ihm schmerzlich in den Sinn, dass er sich nie für ihren Buben interessiert hatte.

Betrübt ging er aus der Stube, wollte sich auf seinen einstmaligen Platz setzen und blickte in Irgeis Gesicht. Der Bursche saß da und reinigte ein Gewehr, schaute kurz auf, nickte Naz zu und fuhr unbeirrt mit seiner Tätigkeit fort. Naz sammelte sich, grüßte überschwänglich zurück, schlich peinlich davon, unmerklich sah er sich um, warf einen kurzen Blick in die Küche und entschied sich für die Bank, auf der sich vor einigen Jahren die Knappen gedrängt hatten.

Maria kam ihm nach, nun wie verzaubert, schier liebenswürdig, lächelte süßlich und bot ihm heiße Knödelsuppe an. Auch Krapfen hatte sie gebacken – der Geruch nach heißem Fett hing schwer in der Luft – und Honig simmerte in einem Topf. Als ob sie ihn einlullen wollte: Naz mochte Krapfen mit Honig und bei Knödel in heißer Fleischbrühe konnte er kaum widerstehen. Mit jedem Schöpfer, den sie ihm auf den Teller gab, mit jedem netten Wort, das sie jetzt auf den Lippen trug, wuchs seine Skepsis. Etwas stimmte nicht! Auch dass Irgei sich plötzlich wie in Luft aufgelöst hatte, nährte seine Bedenken. Und er brauchte nicht lange zu warten. Kaum dass Maria den Suppenteller abserviert hatte und Krapfen und Honig am Tisch standen, wandelte sich ihr Gemüt und sie fiel über ihn her. „Das Geld reicht nicht. Der Winter dauert noch lang. Du musst noch Goldmünzen haben." Obwohl er einiges gewohnt war, schaute er sie daraufhin entsetzt an: hatte sie doch sämtliche Einnahmen aus vergangenem Sommer – sie allein!

Er wusste, dass viele Bergsteiger hier gewesen waren, dass jedes Jahr mehr kamen, dass sie alle im Kolmhaus einkehrten, tranken, aßen und, wenn Platz war, auch nächtigten. Längst war es nicht mehr selbstverständlich, dass die Touristen, vor allem wenn sie nicht gebucht hatten, ein Quartier fanden, denn das Observatorium lockte viele Neugierige auf den Sonnblickgipfel. Und seit im Jahre 1886 eine Alpinhütte neben der Wetterwarte errichtet worden war, ist die Zahl der Bergsteiger weiter gestiegen. Sie alle brachten Einnahmen und Naz zweifelte wirklich, dass Maria Geldsorgen plagten. Bevor er danach fragen konnte, gab sie ihm die Antwort: „Nicht nur du, auch ich war in Kärnten. Freilich hab' ich keinen Liebhaber besucht, aber an meinen Sohn habe ich gedacht. Die Büchse ist aus Ferlach." Naz hatte verstanden, er hatte zwar das Gewehr nicht näher betrachtet, doch aus den Augenwinkeln gesehen, dass die Beschläge aus Gold und Silber waren. Als er nicht zu antworten wusste, fuhr sie unbarmherzig fort: „Lässt den Rottermund auskommen? Magst dich darum nicht kümmern? Oder gönnst dem Buben die Büchse nicht? Wird wohl einmal was Schönes haben dürfen. Es hat ihn eh schwer getroffen, dass Vater den Hof dem Schwiegersohn gegeben und ihn übergangen hat. Musst verstehen, einen Trost hat der Bub gebraucht. Er interessiert sich für die Jagd." Marias Wangen waren vor Aufregung gerötet. Schon hob sie erneut zur Klage an, öffnete kurz den Mund, ließ es aber sein. Nun lag es an ihm. Sie erwartete seinen Beitrag. Eine Weile schwieg er und überlegte. In diese Ruhe hinein, nur das Ticken der Wanduhr lag über den beiden, sagte Naz: „Kannst die Einnahmen vom Bodenhaus haben, der Pächter hat seit Lichtmess das Geld bereit. Ich werde noch heute zu ihm gehen." Dieses Zugeständnis hellte Marias Miene auf. Sie schenkte Kaffee in ein Häferl und schob es Naz mit den Worten hin: „Tust mir die Mutter schön grüßen, wenn du wieder draußen bist."

Naz hatte von zwei Übeln das kleinere gewählt und sich eine weitere peinliche Auseinandersetzung über das Kaufgeschäft mit Rottermund erspart. Zumal er wusste, dass dieser nicht bezahlen würde. Weniger des Wollens als des Könnens wegen! Er verbot es sich, sich über etwas zu ärgern, das nicht zu ändern war, und lenkte seine Gedanken auf Besseres: auf die Knappen und den Bergbau. Auf die Menschen, die er kennengelernt hatte und die ihm Freunde geworden waren. Auf das Weh und Wohl der Talbewohner in vergangenen Jahren sowie das Auf und Ab bei der Suche nach Gold.

Wieder war er mit sich und seinem Leben zufrieden – trotz des Unfriedens, der wohl in Marias Herz wirbelte. Bevor er auf den Schlitten stieg, schaute er bergwärts. Zum Observatorium. Dabei fiel ihm so manches Abenteuer, so manche Herausforderung ein und er schmunzelte in der Erkenntnis, dass es seit jeher das Neue, das Unbekannte gewesen war, das ihn gelockt hatte.

Himmelfahren

„**W**as im Winter zu viel, hat's im Sommer zu wenig an Niederschlag gegeben." Die Männer am Stammtisch vom Platzwirt nickten schweigend zur Aussage des Pfarrers. Völlig unerwartet kam von Rojachers Helfer: „Vergisst der Petrus seine Pflicht und wirkt der Wettersegen nicht, ist's ...", und verstummte so unvermittelt, wie er begonnen hatte. Weil der Goanschnigger ihm gegen's Schienbein getreten hatte – freilich versteckt, unterm Tisch hatte er ausgezogen. Betreten schauten die Männer erst zu Lois und dann zu Naz, der ein Grinsen kaum verbergen konnte, bevor der Glashäusler ein anderes Thema anschnitt. Ein wenig verwundert war Naz über Lois' Bosheit dennoch. Die Leute des Tales glaubten an die Kraft des Wettersegens, zumindest aber hofften und beteten sie darum. Pfarrer Pimpel ganz besonders. Naz war sich gewiss, dass er ihn zu einem späteren Zeitpunkt bezüglich seines vorlauten Helfers anreden würde. Obzwar – oder gerade deshalb – sich Pimpel nichts anmerken ließ, stattdessen, scheint's interessiert, an der Diskussion um den anstehenden Viehhandel mit Arlt teilnahm.

Naz reichte es, sein Rücken tat ihm weh. Das kam vom Sitzen, immer wenn er länger saß, plagte ihn das Kreuz. Er verabschiedete sich und deutete Lois mitzukommen. Noch ein paar Schritte und dann ins Bett, das war alles, was er gegen seine Schmerzen tun konnte. Unter dem aus Stein gehauenen Eingangsportal des Wirtshauses hielt er inne und blickte zum Himmel. Es war eine klare Herbstnacht, die Sterne flimmerten im Dunkel und der Mond stand hoch über dem Kramkogel. Naz stieg die Stufen, die vom Eingang zum Marktplatz führten, hinauf und fragte: „Kommst mit?" Ohne die Antwort abzuwarten, ging er vor. Zum Friedhof. Vor dem Grab seines Vaters hielten sie eine Weile schweigend inne. Alsdann sagte Naz: „Wenn ich einmal da drunten lieg, schau mir auf die Mutter." Lois sah seinen Hausherrn an, wollte ihm sagen, dass es ihm eine Ehre sein würde, doch mehr als ein Nicken brachte er nicht zustande. ‚Was war mit Rojacher? Dachte er etwa ans Sterben? Komisch', überlegte er. Wie um die Ernsthaftigkeit seiner Bitte abzuschwächen, fuhr Naz weiter: „Dafür sag ich dir, wie du in den Himmel fahren kannst." Und erklärte: „Wenn es schneit, musst du dich an die Mauer des Kirchturms lehnen, musst zum Himmel schauen, bis dich die Flocken hinaufziehen. Immer weiter, immer schneller ins unendliche tanzende Weiß. Mit viel Übung lernst du fahren. Bei noch mehr Geduld kannst ein wenig in den Himmel sehen."

Darauf war Lois vollends überfordert. In seinem Kopf ratterte es: ‚In der Grube liegen, in den Himmel fahren …' Wieder wusste er nichts zu sagen. In stummer Absprache machten beide kehrt und schlugen den Weg zum Postmeisterhaus ein. Während Lois' Gedanken dem Gesagten nachhingen, fühlte Naz seinerseits große Erleichterung. Weil er wusste, dass ein Versprechen dieser Art viel wog, weil er wusste, dass sein gutmütiger Helfer ein Obdach brauchte. Und er, Lois, würde seiner Mutter eine Hilfe sein. Anna war trotz ihres Alters noch gesund und erledigte allein den Haushalt, über Lois an ihrer Seite würde sie dennoch froh sein. Auch weil sich die beiden gut verstanden. Das hatte Naz bereits des Öfteren bemerkt. Dass er gerade nun Vorsorge treffen wollte, kam nicht von Ungefähr.

Er hatte sein Leben schnell gelebt. Und es verbraucht. Er fühlte es. Zu klagen wäre vermessen gewesen, die kurze Zeit war intensiv, das hinter ihm Liegende gut. Glück hatte er auch gehabt. Es nur nicht immer angenommen. Vielleicht war er dem Glück mitunter davongelaufen? Und doch hatte es ihn in entscheidenden Momenten vor Schlimmerem bewahrt.

Lois drückte an die Eingangstür und wieder nahmen sie die vertraute Ruhe des Hauses auf. Auch die Stube war gewohnt warm und ein Wassertopf simmerte am Herd. „Einen Tee könnten wir noch vertragen", meinte Rojacher. Das war eine der Gepflogenheiten, die sie sich angewöhnt hatten. Lois holte zwei Tassen, die an aneinandergereihten Haken an der Kredenz hingen, Naz goss Tee auf, Lois holte Zucker, Naz langte zum Schränkchen um die Flasche mit dem Enzianschnaps. In bedachter Einkehr nippten sie am heißen Getränk. Dann, mehr laut gedacht als es mitteilen wollend, kam von Naz: „Morgen ist Gemeinderatssitzung. Da reden wir wieder wegen der Straße." Lois verstand, dass er die neue Fahrstraße nach Taxenbach meinte, und nickte. Und Naz setzte fort: „Die Bauern sind noch skeptisch. Weil sie kaum Geld haben und für einen Weg zahlen sollen, den sie nicht brauchen. Meinen sie! Weil sie nicht verstehen, dass ein ordentlicher Zugang zum Tal die Voraussetzung für eine gedeihliche Zukunft ist." Unerwartet kam von Lois der Vorschlag: „Vielleicht können sie statt Geld Arbeitsschichten einbringen." Naz grinste: „Verflixt ja, das hätte mir längst einfallen sollen!" Nun war es Lois, der grinste, ihm eine ‚Gute Nacht' wünschte und in seine Kammer ging.

Naz kommt zum Licht

Seit Wochen, während er hart darum kämpfte, dem engen Stollen, in den ihn eine unsichtbare Macht zwängte, zu entkommen, gab es keine Zeit. Er merkte weder den Wechsel von Tag zur Nacht noch das Flackern der Kerze im Raum. Auch sein Zimmer, der Kasten, der Tisch und sein Bett, in dem er unter einer warmen Decke lag, waren ihm ein leeres Rundherum. Sein Platz im Leben hatte die Bedeutung verloren. Und dennoch hielt ihn etwas in diesem Hier gefangen. Er hatte noch zu tun, es gab viel Arbeit, die dringend erledigt werden musste, Aufgaben, die auf ihn warteten. Die Straße fiel im ein, die Straße von Rauris nach Taxenbach. ‚Sie muss errichtet werden. Für die Postkutsche. Ich muss zum Gemeindevorstand, wir müssen beim hohen Landtag ein Gesuch einreichen. Und zum Schrieflinger soll ich fahren. Nachricht von Wilhelm ausrichten. Ich muss aufstehen.' Er klammerte sich an diese Vorhaben. Verwendete all sein Denken darauf. Fühlte ein Zwängen. ‚Ich muss mich vom Bett erheben. Den Fuß aus der Decke. Die Ellbogen aufstützen. Was bin ich nur für ein Krüppel, dass mir das solche Mühe macht?', fragte er sich und stellte betrübt fest, dass weder der Fuß noch die Hand gehorchten, dass er sich kaum rühren und erst recht nicht erheben konnte. Regungslos, wie gelähmt, lag er in seinem Bett. In seinem Kopf rebellierte es, seine Gedanken flogen bald hier-, bald dorthin, aber nur Fetzen, Bruchstücke von diesem und jenem. Und doch in einer Fülle, die ihm Schwindel machte. Im Durcheinander seiner Gedanken schlich sich ein längst Vergessener an. Einer, der bereits einmal nach ihm Ausschau gehalten, doch damals, im Erkennen des nicht Angebrachten, nur die Dohlen aufgescheucht hatte. Nun fühlte Naz seine Gegenwart. „Bleibst du?", wollte er wissen. „Ich bin nicht soweit", hätte er gesagt, doch seine Lippen versagten ihren Dienst, harrten des Kommenden, wie er selber ein Opfer des Unausweichlichen geworden war. Gleichsam unbeeindruckt wie unbarmherzig kam der Schatten näher, strich um sein Bett, suchte ihn einzuhüllen und wich dennoch wieder zurück. „Geh!" Das war es, was er ihm noch zurufen, gerne befehlen wollte, was ihm aber erneut nicht gelang. Der Fremde fühlte sich zwar nicht kalt oder bedrohlich an, dennoch ängstigte er Naz. Weil er nicht hierher gehörte, nicht in sein Haus, vor allem nicht jetzt. Naz begehrte auf, riss seine Augen auf, wollte ihn erinnern: „Du hast mir meinen Vater gestohlen!" Diesen Vorwurf war er ihm schuldig, hätte er ihm gerne entgegengeschleudert, allein nur seine Augen klagten ihn an. Und irgendwie spürte Naz, dass dies nicht helfen und schon gar nicht etwas ändern würde. Der Tod blieb ungerührt und stur. Er wich nicht mehr von seiner Seite. Naz wollte sich weiter dagegen wehren, wusste aber, dass er sich von Stunde zu Stunde trotz seines Widerstandes dem näherte, was ihn mit dem größten Entsetzen erfüllte. Er dachte an den Marder, den er einst gefangen hatte. Das lästige Vieh hatte sich im Gebälk des Hauses ein Nest gebaut. In der Nacht lief es auf den Balken umher, schabte, nagte und knabberte bald da, bald dort, bis Naz die Geduld riss und er eine Falle aufstellte. Alsbald gelang ihm, was der Jäger bezweifelt hatte: Das Tier lief in den Käfig, flitzte hin und her, kletterte am Käfigdeckel entlang, biss in die Gitterstäbe, rollte sich in die Ecke und starrte ihn mit großen Augen an. Er wiederum sah in die braunen Augen des Tieres, das um sein Leben zitterte. Er hob sein Gewehr, setzte an und drückte erbarmungslos ab. Jetzt aber war ihm daran gelegen, dem Tier sein Leben wiederzugeben. Er streckte die Hand aus, wollte übers Fell streicheln und die Kugel herausziehen. Doch seine Finger tasteten ins Leere.

Wieder drängte sich der Gedanke an jenes enge Loch, diesen tiefen Stollen, auf und peinigte ihn unendlich. Aber es wurde noch schlimmer dadurch, dass er nicht einfach hineingehen konnte. Was ihn aufhielt, war das Gefühl, dass sein Leben gut gewesen war. Viele gelebte schöne Stunden gaben ihm Auftrieb, hinderten ihn daran, vorwärtszuschreiten. Warum nicht noch ein wenig sein? Bleiben!

Er wurde still und lauschte. Dann spürte er, wie jemand seine Hand berührte. Er machte die Augen auf und sah seinen Freund. Wilhelms Augen lächelten, wie sie zeitlebens in froher Stunde gelächelt hatten. Er wollte ihm etwas sagen, hatte jedoch nicht die Kraft dazu. ‚Ich muss etwas sagen‘, dachte er, ‚ihm sagen, wie schön die Zeit mit ihm, mit all meinen Freunden gewesen war.‘ Aber er brachte nur ein kaum verständliches Flüstern hervor. Er machte sich deswegen auch keine Gedanken, da er wusste, dass er ihn auch so verstand, und schloss ermüdet die Augen. In die Dämmerung trat eine vertraute Stimme. Die Mutter! „Geh zu Maria, hole Maria", wollte er ihr auftragen, denn er sorgte sich um sie, konnte dieser Sorge allerdings keinen Ausdruck verleihen.

Nicht wissend, wie lange die Zeit des stillen Schlafes gedauert hatte, erwachte er. War es am Morgen? War es noch dämmrig oder Nacht? Verschwommen nahm er die Umrisse von irgendwelchen Gegenständen wahr und merkte, dass jemand an seinem Bett stand. Maria! ‚Ich möchte ihr sagen, dass ...‘ Naz konnte seine Gedanken nicht mehr ordnen. Wieder schloss er die Augen und war im nächsten Moment eingeschlafen.

Er fragte sich nicht mehr, was er sagen wollte, was gewesen war, wo er war. Es war nicht mehr von Belang. Etwas anderes zwang sich ihm auf: Plötzlich kam das, was ihn niedergedrückt hatte und nicht verschwinden wollte, hervor. Alles auf einmal! Von zwei Seiten, von zehn Seiten, von vorne, von hinten, aus jedem Eck, von überall: Seine Liebe Elisabeth, sein Sohn Richard, Irgei, Pepp der Einleger, der neugierige Journalist, der Augsburger, der starke Poberschnigg. Sie kamen und entfernten sich, kamen erneut, sie klagten und baten, forderten ihre Aufmerksamkeit und warfen ihm bange Blicke zu. Alsbald löste sich der schaurige Reigen auf und aus dem Dunkel stiegen gnädig helle Bilder: Simon und Peter, seine Jugendfreunde, Doktor Weinlechner, die Meteorologen Hann und Pernter, Falun und ... was war das? Er konnte es nicht zuordnen. Alsdann traten in soldatisch geordneter Reihe die Knappen vor. Sie kamen und entfernten sich, sie lächelten, winkten und riefen ihm zu. Doch das Leichte konnte nicht bleiben, Qual und Pein drängten sich vor. In seinem Kopf zuckten Blitze, traten hervor und sprangen davon, kehrten erbarmungslos wieder und wieder zurück. Bald drehte sich alles im Kreis, wirbelte immer schneller, immer enger werdend um ihn. Er spannte den Brustkorb an, sog Luft in seinen gequälten Körper und versuchte sich zu entspannen. ‚Gleich werden die Schmerzen wieder einsetzen‘, fürchtete er und verharrte in banger Sorge. Doch nichts geschah. ‚Der Schmerz?‘, fragte er sich. ‚Wo ist er jetzt? Wo bist du, Schmerz?‘ Ängstlich wartete er auf seine Rückkehr, atmete aus und spürte: ‚Ah, er ist noch da. Na und. Soll er doch. Und der Tod! Wo ist der Tod?‘

Erschöpft ging er in den schwarzen Stollen hinein, setzte sich in einen Erzwagen und rollte dahin. Weit ins Unterirdische führte der Weg und ähnlich wie ein sanftes Gleiten fühlte es sich an. Alle Angst war dem eines Getragenseins, eines wohligen Aufgehobenseins gewichen, selbst die bewussten Nachlässigkeiten, die er Zeit seines Lebens unlieb beiseite geschoben hatte, drückten nicht weiter auf seine Brust. Er traf im Berg auf goldig Glitzerndes, das, der Milchstraße gleich, schimmerte, funkelte und leuchtete. Was ihn schließlich vollends gefangen nahm, war ein viel hellerer Schein, der aus dem unendlichen Tief, das dahinter lag, alles in ein warmes, wohlwollendes Licht tauchte. ‚Auf allen Schritten meines Lebens bin ich dem entgegengegangen. Das ist es also, das Wahre, das Eigentliche‘, flüsterte er mit unbeweglichen Lippen.

Wieder sah er zu diesem hellen Licht, das ihn magisch anzog. Aus ihm stieg Glückseligkeit, umarmte ihn, nahm ihn auf. Er suchte nach seiner gewohnten Furcht vor dem Tod und konnte sie nicht finden. ‚Wo war der Tod? Was für ein Tod?‘ Er empfand keine Furcht, der Tod existierte nicht mehr.

Bilder und Entstehungsgeschichte

Die Heimat von Ignaz Rojacher: Haus, Stall, Schuppen und Säge – das Wasserrad trieb die (wahrscheinlich einblättrige) Säge an. Dass das Anwesen – wie im Buch beschrieben – vom Hochwasser zerstört wurde, ist belegt. Wo die Rojachers folgend wohnten, ist unbekannt; um ihren Einzug ins Mesner- beziehungsweise Schulhaus spannte ich eine Geschichte.

Dr. Fritz Gruber (der bekannte Montanhistoriker aus Gastein, † 2022) schrieb in seinem Buch über die Goldbergbaugeschichte von Rauris: „Rauris ist etwas Besonderes. Zwar gibt es auch andere Tauerntäler mit einer bergbaulichen Vergangenheit, doch nirgendwo sonst hat sich das Alte so gut erhalten wie hier ... es ist, als bewege man sich gleichzeitig im 16. und im 20. Jahrhundert."

Die noch unbefestigte Straße im Markt Rauris. Aus der Zeit der mächtigen Gewerken Weitmoser, Zott und Strasser sind viele Häuser des Marktes, die mit ihrer stattlichen Größe, den imposanten Gewölben und Eingangsportalen dem Markt ein unverwechselbares Bild geben.

Das Traunerhaus, einst Sitz des Bergwerksverwalters (zu Rojachers Zeiten Carl Reissacher), die Michaelskapelle (mit dem Altar aus Kristallen) aus dem Jahr 1203, die Pfarrkirche, deren Grundrisse aus dem 16. Jahrhundert stammen. Allerdings stand bereits im 9. Jahrhundert an dieser Stelle eine gemauerte Kapelle.

Das Voglmayrhaus ist in seinem heutigen Aussehen ein Bauwerk aus der ersten Hälfte des 16. Jahrhunderts. Bedeutende Gewerken wie die Strochner, Zott und Vogelmayr (dessen Namen es trägt) waren in der Zeit des Bergbaus die Hausherren. Ihnen folgten ansehnliche Bauersfamilien, bis das Anwesen vor gut hundert Jahren in das Eigentum der Gemeinde Rauris überging.

Vor der Kirche, im Grimming, war einst der Sitz des Berggerichts. Dies wurde im Jahr 1801 in das benachbarte Pfleggericht Taxenbach ein-gegliedert. Als 1706 die Pfarrkirche, das Mesner- und Pfarrhaus sowie 39 andere Gebäude bei einem Brand teilweise oder, wie die Holzhäuser, total vernichtet wurden, kam auch Grimming schwer zu Schaden, sodass der Dachstuhl neu errichtet wurde und seine heutige Form erhielt. Bei diesem Unglück verstarben zudem neun Knappen.

Das Naturfreundehaus in Kolm Saigurn, ehedem Kolmhaus genannt, ist das Haus, in dem Naz mit seiner Familie wohnte, das den Knappen ebenso wie Schmied, Zimmermann und anderen Arbeitern, wenn sie im Tal beschäftigt waren, Herberge gab. Dass es sich (mit dem beginnenden Bergtourismus im 19. Jahrhundert) als Herberge für Gäste anbot und der Tourismus des Rauriser Tales hier seinen Anfang nahm, ist Rojachers Weitblick geschuldet. Dass Rojacher Joseph Müller, Pepp genannt, bei sich aufgenommen und dieser ihn schließlich verraten hatte, ist gemogelt. Einen Joseph Müller hat es zwar gegeben, auch hat er ein Jahr das Ölbrenner Haus besessen, doch alles weitere ist Märchen. Wahr ist hingegen, dass es unter Naz' Mannschaft einen „Saulus" gab, wie im Kapitel „Naz fährt nach Wien" beschrieben wird.

Anna Rojacher, Naz' Mutter, die mit ihm zog, erst nach Kolm Saigurn und später wieder nach Rauris.

Der Schrägaufzug, eine 1833 erbaute Standseilbahn aus Holz. Eine Berg-
fahrt damit sparte mühsames Schleppen und Tragen, war aber nicht un-
gefährlich. Naz' Vater war an Instandhaltungsarbeiten im Bergbau ver-
unglückt – möglich, wie im Buch dargestellt, dass es bei den Arbeiten am
Schrägaufzug geschah.

Genial waren die Konstruktion sowie die Trassenführung des Aufzugs – sie sind im Kapitel „Unglück am Schrägaufzug" beschrieben. Im Aufzugswagerl vorne steht Ignaz Rojacher.

Der 1833 erbaute Schrägaufzug wurde vom im Radhaus (Maschinenhaus) installierten Wasserrad mit elf Meter Größe angetrieben. Das Wasserrad wurde vom Wasser der Gebirgsbäche in Gang gesetzt. Der Schrägaufzug führte von 1.598 Meter bis zum Goldbergwerk auf 2.170 Meter Seehöhe.

Das Prinzip war das einer Standseilbahn. Eine Spultrommel mit drei Meter Durchmesser wurde mittels des Wasserades im Radhaus bewegt. Über die Spultrommel lief ein Seil, an dessen unterem Ende ein truhenförmiger Wagen hing, der seinerseits mit Rädern versehen war, die auf Holzgeleisen liefen. Drehte sich oben im Radhaus das Wasserrad mit der Trommel, wurde das Seil langsam aufgewickelt und der Wagen von Kolm Saigurn zum Radhaus hochgezogen. Für die Abwärtsbewegung musste sich das Wasserrad im gegenläufigen Sinn drehen und so eine – je nach Wassermenge gut dosierbare – Bremswirkung ausüben. Weiters gab es noch Zusatzbremsen direkt am Wagen.

Die Wasserführung zum Antriebsrad führte über das Gerinne am Dach des Bruchhofes (worin das Erz zerkleinert/gebrochen oder zwischengelagert wurde). Bergwärts führte die von Rojacher angelegte Bremsbahn, auf der das Erz – das zuvor vom Knappenhaus über die Rollbahn zum Bremsberg „gerollt" wurde – anschließend hierhin, zum Bruchhof beim Radhaus, befördert wurde. Vis-à-vis der 3.254 Meter hohe Hocharn.

Knappen am Neubau. Ein Berghaus in 2.176 Meter Seehöhe, dessen Ur-
sprünge im Jahr 1420 liegen. Die Bergherren erweiterten das Abbaugebiet
gegen Süden, Richtung Neuner Kogel, und benötigten es als Schutz- und
Unterkunftshaus für die Arbeiter. Der Name Neubau liegt in „neuer Bau"
(Stollen) zugrunde. Die Knappen und ihr Leben, wie sie unter Rojacher
gearbeitet und was sie geleistet haben, ihre Sozialgeschichte, dies in der
Erzählung miteinfließen zu lassen war mir wichtig. Grundsätzlich habe
ich ihren richtigen Namen genannt. Cyrill Bertrand Amaury, aus der Fa-
milie Challant, im Buch der „Augsburger", den hat es zwar gegeben, er
war allerdings nie in Kolm Saigurn. Stellvertretend für den Bergbau und
die damit seit beinah eh und je verbundenen Burschenschaften, erfüllt er
eine wichtige, wenn auch etwas gruselige Nebenrolle.

Ignaz Rojacher (sitzend, mit Bart) mit seiner Mannschaft. Mit den Knappen Simon Neumayr und Peter Lechner verband ihn eine Freundschaft, die in jener Zeit, da Naz als Jugendlicher zum Goldbergbau kam, ihren Anfang nahm. Nach dem Ende des Bergbaus waren diese beiden die ersten Wetterbeobachter auf dem Hohen Sonnblick. Ihre Präsenz im Buch ergibt sich von selbst.

Das Knappenhaus, auf 2.531 Meter gelegen, mit Schlafraum, Kochraum und angebautem Bruchhof, Werk- und Lagerraum. Bergseitig stand eine gemauerte Schmiede, zu der es ebenso wie zu den Stollen einen überdachten Zugang, „Schneekragen" genannt, gab.

Die Knappen lebten in der Regel von Montag bis Samstag am Berg, nur sonntags gingen sie, sofern in der Nähe, nach Hause. Wenn der Winter einbrach, der Schnee meterhoch lag und Lawinengefahr bestand, wurden Arbeiten im Tal erledigt – dann wohnten die Knappen im Kolmhaus und genossen die gute Kost von Anna, Rojachers Mutter, oder jene Marias, Naz' Frau.

Das Knappenhaus gegen Nordwesten mit dem Hocharn. Am Bild vorne sieht man ein wenig den verdeckten Gang zu den Stollen, der beim Knappenhaus seinen Ausgang hatte und sich in der Folge (zu den jeweiligen Stollen hin) verzweigte. Schmiede, Bruchhof und Werkhütte sind bereits verfallen.

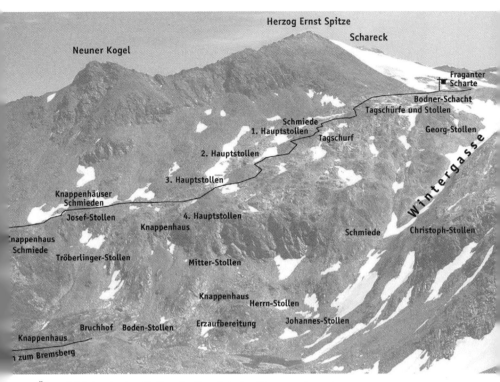

Übersichtskarte der Stollen im Bereich des Knappenhauses. (Bild: Gerhard Feitzinger)

Pfarrer Franz Pimpel mit seinem Hund, der Steinsucher Josef Pfeiffenberger mit Arlts Skiern und Wilhelm von Arlt.

Bereits im Jahre 1886 brachte Wilhelm Ritter von Arlt von seiner Reise (gemeinsam mit seinem Freund Ignaz Rojacher) aus Falun (Schweden) Skier nach Rauris. Im Kapitel „Zwei Brettln und ein fescher Herr" wird auf diese Sensation eingegangen.

Ökonomierat Wilhelm Josef Michael von Arlt, 1854 in Prag geboren, studierter Agronom, Skipionier und Alpenvereins-Gründer der Sektion Rauris (1896/97) sowie Freund und Mentor von Ignaz Rojacher.

Der Bergbauernhof Schriefling in Rauris. Arlt bot den Talbauern durch den Handel mit ihrem Pinzgauer Rind ein Einkommen. Dass er mit Rojacher zu seinem ersten Handel fuhr, wie es ihm Buch erzählt wird, ist erfunden. Wohl aber werden die Empfehlungen seines Freundes Naz, da Arlt vorerst ja ein Fremder war, beim Einkauf eine Rolle gespielt haben. Dass er im Schrieflingbauern einen Vertrauensmann und Unterhändler gefunden hatte, ist zwar fiktiv, dass er nicht jeden Einkauf selber einleiten konnte, ergibt sich jedoch aus dem regen Handel.

Naz am unbebauten Gipfel des Hohen Sonnblicks. „Wenn wir eine Wetter-
station auf diesem Gipfel bauen, wenn Hann dem zustimmt, wenn die
Herren des Alpenvereins mitspielen, ja dann, dann steht einem Observa-
torium am einzigen eisfreien Gipfel inmitten aller vergletscherten Riesen
nichts mehr im Wege." So steht's im Buch und so ähnlich könnten seine
Gedanken gewesen sein.

Am 2. September 1886 konnte das höchstgelegene ganzjährig betriebene Observatorium der Welt eröffnet werden. Es bestand aus dem alten Steinturm und der kleinen hölzernen Hütte, die Naz in Kolm Saigurn vorfertigen ließ und dessen Teile zum Gipfel geschleppt wurden. „Wir brauchen ein Haus, bauen es auf, tragen es ab, tragen es hinauf. Ein gefinkeltes Vorhaben." So ähnlich könnte Naz es gesagt haben. Das Haus in Kolm Saigurn vorzufertigen, war eine seiner vielen genialen Ideen. Die Steine für den Turm, der selbst nach 100 Jahren noch besteht, wurden am Gipfel gesammelt, gebrochen und zugehauen.

Meteorologische Mittelwerte		
	Sonnblickgipfel	Stadt Salzburg
Jahresmittel der Lufttemperatur	-6,6 °C	+8,6 °C
" " Bewölkung (in % der sichtbaren Himmelsfläche)	84 %	39 %
Jahresmittel der Windstärke	7,0 m/s	1,8 m/s
Jahressumme des Niederschlages	1583 mm	1379 mm
" der Sonnenscheindauer	1552 Stunden	1808 Stunden

Wohn- & Schlafzimmer und anschließend der Arbeitsraum des ersten Observatoriums. Darunter: Peter Lechner, einer der „Wetterbeobachter".

Ignaz Rojacher und seine Frau Maria. Der Gast am Tisch ist Jakob Brei-
tenlohner, Meteorologe und Professor für Bodenkultur in Wien.
Kein Bild fand sich von Dr. Josef Weinlechner, Chirurg des St. Anna Kin-
derspitals in Wien. Weinlechner war ein früher Gast der Rojachers in Kolm
Saigurn und hatte bei Naz, nach seinem Unfall mit dem Knappenross,
die Rückenverletzung diagnostiziert. Das Mieder, das er fortan zeitlebens
trug, kam von Weinlechner. Die beiden Männer verband eine tiefe, lange
Jahre während Freundschaft.
Wie das Verhältnis des Ehepaares Rojachers zueinander war, ist freilich
unbekannt. Ich mixte Herausforderungen in ihr Eheleben, auch um Naz
ein wenig in Erinnerungen an seine Jugendliebe schmachten zu lassen.

Das Observatorium, 1890, mit dem erweiterten Anbau, dem Zittelhaus, einer Unterkunft für Bergsteiger. Benannt nach dessen Initiator Karl Alfred von Zittel, Geologe und Paläontologe aus Heidelberg und damals Präsident des Deutsch-Österreichischen Alpenvereins.

Julius Hann, Direktor der Zentralanstalt für Meteorologie und Erdmagnetismus in Wien, geistiger Vater des Observatoriums und Rojachers Freund, der mit seinen Männern die Idee, das Haus am einzig eisfreien Gipfel der Goldberggruppe zu errichten, umsetzte.

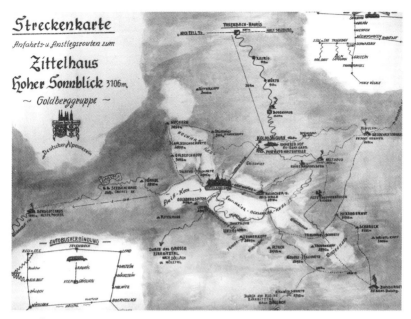

Eine Übersichtskarte des Gebietes um den Hohen Sonnblick, darauf ein-
gezeichnet die Linie für den Postbusverkehr, ebenfalls ein Werk, das Rojacher in die Wege geleitet hat, da er wusste, wie wichtig es für die Entwicklung des Tales war. Überhaupt sind sämtliche Errungenschaften, die
in diesem Buch beschrieben werden, tatsächlich geschehen und gründen
auf Rojachers Visionen ... die allesamt wahr geworden sind!

Am Bild das Postmeister-haus, das Rojacher erworben und in dem er sein letztes Lebensjahr verbracht hatte. Seine Mutter Anna hatte ihn nach Rauris begleitet und für ihn gesorgt. Den Lois vom Lebingbauern, den hat es zwar gegeben, er ist aber aus der Zeit geholt.

Leider fand sich kein Bild von Elisabeth Pfarrmeyer, Naz' Jugendliebe und/oder Leidenschaft. Wie die beiden zueinander standen? Gewiss ist nur, dass Naz eine Verbin-dung zu ihr hatte – zu der Zeit, als er im Kärntnerischen Seebichl tätig war. Ich ließ die beiden ein Liebespaar werden. Ob Richard Naz' Sohn war? Vieles deutet darauf hin, im Taufbuch ist er allerdings nicht als Vater eingetragen. Den vermögenden Anton Koban gab es, auch stimmt, dass er Elisabeth geheiratet hat, alles Weitere: Ich brauchte einen Bösewicht.

Was sonst noch wirklich wahr und gewesen ist, wer es wissen will, lese in folgenden Büchern und Unterlagen, die mir bei den Recherchen zu diesem Buch eine wertvolle Hilfe waren: Der Markt, Häusergeschichten, Margit Gruber 2003, HG Gemeinde Rauris; Das Raurisertal, Gold und Silber, Fritz Gruber 2004, HG Gemeinde Rauris; Rauris, Tal der Kristalle, Rauri-ser Stoasuacha; Gold unter Gletschereis? Fritz Gruber, 2018; Im Schatten des Hohen Sonnblick, Robert Kümmert 1962; Der Sonnblick ruft, E. Josef Bendl, 2011; Auf dem Weg zum Hohen Sonnblick, Erika Scherer, 2000; Ig-naz Rojacher, Via Aurea, 2018.

Das Knappenhaus im Jahre 2022. (Bild: TVB Rauris Elisabeth Steger)

Die Reste vom ehemaligen „Schneekragen", (einst verdeckter Zugang) und Mundloch eines Stollens. (Bild: TVB Rauris Elisabeth Steger)

Das einstmals mächtige Radhaus. (Bilder: TVB Rauris Florian Bachmeier)

Der Steinwall von der Bremsbahn, die zum Radhaus führt.

Die Meteorologische Station am Hohen Sonnblick. (Bild: Christa Kramer)

Das Naturfreunde Haus in Kolm Saigurn. (Bild: Naturfreunde Wien)

Die Kirche von Bucheben (Bild: Christa Kramer)

Das Rauriser Tal. (Bild: TVB Rauris Florian Bachmeier)

Danke

In Büchern, Journalen, Zeitungen und Fachpublikationen ... viel wurde bereits über Ignaz Rojacher, den Rauriser Goldbergbau und das Observatorium am Hohen Sonnblick geschrieben. Doch nie zuvor wurden Leben und Werke dieses großartigen Mannes als Historische Fiktion gebracht. Eine Erzählung also, in der das Leben von Ignaz Rojacher und das seiner Weggefährten geschildert und von den Menschen des Tales (aus dem Blickwinkel der damaligen Zeit) erzählt wird. Und wie für Historische Fiktionen typisch, ist das Eine geschehen, das Andere erdacht. Wenn Sie, geschätzte LeserInnen, das Eine vom Anderen unterscheiden wollen, müssen Sie auf die vorweg angegebenen Quellen zurückgreifen, denn in dieser Geschichte kam es mir auch auf eine in Phantasie gründende Lebendigkeit an – was wäre unser Leben ohne den quengeligen Geist, den Geist, der für Abenteuer sorgt?

Beim Lesen dieses Buches will ich Sie zu diesen Abenteuern mitnehmen. Auch wenn sie nur im Kopf sind ... schöne Stunden sollen sie dennoch bescheren.

Um all die Erlebnisse von Naz in ein Buch zu packen, brauchte es Helfer. Menschen, die mit ihrem Wissen zum Entstehen dieses Buches beitrugen. Ich danke herzlich: Roland Buchsteiner, der als kundiger Arzt dem Einleger Pepp den Fuß amputierte; Joseph Rathgeb, der um glitzernde Steine weiß; dem Redakteur Hubert Winklbauer für zahlreiche Fachdispute; Hans Zlöbl, der Naz auf seiner Reise nach Paris „begleitete"; dem Zahlengedächtnis Margot Daum für ihre Daten und Fakten.

Und noch viele sind es, die zum Entstehen dieses Buches beigetragen haben – von der Idee bis zur Präsentation – euch allen besten Dank.

Danke auch an Anna Rattensberger, sie steuerte die historischen Aufnahmen bei. Für aktuelle Bilder bedanke ich mich bei Christa Kramer sowie dem Tourismusverband Rauris. Für das Wissen über den Goldbergbau waren mir mein Bruder Erwin, Hans Kolb und mein langjähriger Freund und Mentor Fritz Gruber (†) eine unverzichtbare Hilfe.

Naz' Werken und Leben hat sich auch meine Lektorin Eva Adelbrecht gewidmet. Und dass aus dem ganzen Konvolut ein schönes Buch wurde, dafür sorgte Grafiker Helmut Kirchtag. Vielen Dank euch beiden, ihr seid wahre Fachleute eures Genres. Desgleichen gilt für die Druckerei Samson und ihr Team.

Und weil in so ruppigen Zeiten Literatur in Bücher zu verpacken kaum leistbar ist, braucht es Gönner. Jemanden, der Kunst und Kultur wohlgesonnen ist. Hier wurde dieser Jemand in der Rauriserin Margit Gruber gefunden. Sie hat mit ihrem Sponsoring die Herausgabe vom „Kolm Naz" ermöglicht, sie ist sozusagen seine Patin – Margit, tausend Dank!

Abschließend wünsche ich allen LeserInnen viel Freude mit diesem Buch, ein Buch, das mir am Herzen liegt und das ich besonders meinen treuen BücherfreundInnen im Rauriser Tal widme.

Auf dass uns die Werke des großartigen Visionärs Ignaz Rojacher beflügeln, auf dass wir seine Taten fortsetzen.

Eure
Erika Scherer

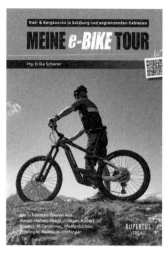

„Meine e-Bike Tour" (2021)

Mehr als 100 Rad- & Bergtouren – in Salzburg und angrenzenden Gebieten.

Mehr als 100 Touren (mit QR-Code), von Sportlern und Sportlerinnen ausgewählt und getestet. Sie führen auf alten Bahntrassen und Wegen, durch Dörfer und rund um Seen, auf Almen, zu Wasserfällen, Schluchten und Höhlen. Bald geht's flach, dann wieder steiler, in gebirgige Hochtäler, mitunter über Pässe und Bergkämme in benachbarte Bundesländer. Und wo es sich anbietet, wird eine Kombination beschrieben: weiter zu Fuß auf den Gipfel! *(Paper-Pack, Einband glänzend cellophaniert, Format 13 x 19,5 cm, 352 Seiten, 384 Farbbilder, Euro 29,90;* ISBN 978-3-902317-26-1)

„Salzburger Brauch" (2016)

Kurz und prägnant im Text, mit mehr als 550 Bildern, über Bräuche in Salzburg. Der Autor ist Reinhard Kriechbaum.

Von Krampussen und anderen dunklen Gesellen, von Schön- und Schiach-Perchten, oder von Lichtgestalten wie den Glöcklern. Von Segensbräuchen und religiösen Festen im Kirchenjahr oder den Heischebräuchen armer Leute. Davon, und noch unzählig anderen in Salzburg gelebten Bräuchen, wird in diesem Buch berichtet und dokumentiert. Es ist ein Buch, das von einem ganz besonderen Teil unserer Kultur und Tradition erzählt.

(Gebunden, Einband matt cellophaniert, Vor- und Nachsatz unbedruckt, Format 21 x 28 cm, 344 Seiten, 580 Bilder, Euro 35,20; ISBN: 978-3-902317-19-3)

„Halt aus Bauer" Band II (2014)

In Band II schreiben die Autoren (Erika Scherer und Franz Steinkogler) von Ackerbau und Tauernroggen, Bergmahd und Grünland, Obst- und Gartenbau, der Almwirtschaft, Wald- und Forstwirtschaft, der Jagd und der Tierzucht. Und bei der Redakteurin Ilse Huber wird über Salzburgs Grenzen, zu Betrieben in anderen Bundesländern, geschaut. Abschließend erzählen Bauern warum sie Bauer sind, und Schüler der LWS Bruck warum sie Bauer werden möchten.
(Gebunden, Einband matt cellophaniert, Vor- und Nachsatz unbedruckt, Format 21 x 28 cm, 326 Seiten, 400 Bilder, Euro 33,00; ISBN: 978-3-902317-17-9)

„Der Sonnblick ruft" (2011)

E. Josef Bendl hat ein Jugendbuch geschrieben, einen Bestseller, dieser wurde ergänzt: mit vielfach erstmals publizierten alten Bildern (mit informativen Texten); mit einer Zusammenfassung der Geschichte des Hohen Sonnblick, des Observatoriums und der Wetterbeobachter auf diesem Berg; mit einer wunderschönen Bildergalerie von Lugg Rasser; mit der Geschichte eines Buben, der schon als Kind ein „Strahler" war.
„Manchmal, da gibt es Geschichten, die sind noch nach Jahrzehnten bezaubernd und großartig, wild und unglaublich, traurig, dann wieder schön.
(Fester Einband, matt cellophaniert, Format 17 x 21 cm, 264 Seiten, bei 80 Farb- und 40 S/W-Bilder, Euro 22,00; ISBN 978-3-902317-13-1)

Die Autorin

Erika Scherer, eine gebürtige Rauriserin, schrieb bereits mit neunzehn Jahren für Zeitungen und Journale sowie Beiträge in Anthologien (Prosa und Lyrik). Für einige Salzburger Gemeinden bzw. Unternehmen war sie bei der Ausarbeitung von deren Chroniken als Verfasserin von Beiträgen oder redaktionell beteiligt (Schwarzach, Lend, Maishofen, Unken, St. Johann, Bergbahn Schmittenhöhe).

Verlegerisch ist Erika Scherer seit dem Jahr 2000 tätig. Die in ihren Büchern behandelten Themen haben zumeist einen regionalen Bezug: Meine Spur, Meine Tour, Meine e-Bike Tour, Salzburger Brauch, Halt aus Bauer u. v. m. (siehe auch: www.rupertusverlag.at).

Im Buch ‚Auf dem Weg zum Hohen Sonnblick', das von der Autorin bereits vor zwanzig Jahren verfasst wurde, sind Ignaz Rojacher und seine Werke sowie die Geschichte des Rauriser Tales chronologisch beschrieben. Der ‚Kolm Naz' handelt von derselben Thematik, Scherer wählte diesmal allerdings das Genre der Historischen Fiktion, um das Leben ihres Protagonisten literarisch nachzuzeichnen.

Um sich ihre Leidenschaft, Bücher ins Leben zu rufen, leisten zu können, arbeitet Erika Scherer auch als Erzieherin in einem Schülerheim.

Selbst ist sie Mutter dreier Töchter und lebt in Goldegg im Salzburger Pongau.